ULTRA CARNEM

CESAR

BRAVO

ULTRA CARNEM

Copyright © 2016 by Cesar Bravo
Ilustração da Guarda
O Julgamento Final (detalhe), c. 1525-1530,
de Lucas Cranach, o Velho

Os personagens e as situações desta obra
são reais apenas no universo da ficção;
não se referem a pessoas e fatos concretos,
e não emitem opinão sobre eles.

Diretor Editorial
Christiano Menezes

Diretor Comercial
Chico de Assis

Editor
Bruno Dorigatti

Editor Assistente
Ulisses Teixeira

Capa e Projeto Gráfico
Retina 78

Designers Assistentes
Pauline Qui
Raquel Soares

Revisão
Retina Conteúdo

Impressão e acabamento
Ipsis Gráfica

Créditos ilustrações
p.8 123RF (A. Abrignani)
p. 14, 82, 176, 270 123RF (Luisa V. Fumi)
p. 370 123RF (P. Guenette)

DADOS INTERNACIONAIS DE CATALOGAÇÃO NA PUBLICAÇÃO (CIP)
Angélica Ilacqua CRB-8/7057

Bravo, Cesar
  Ultra carnem : muito além da carne / Cesar Bravo.
— Rio de Janeiro : DarkSide Books, 2016.
384 p.

ISBN 978-85-945-4015-7

1. Literatura brasileira 2. Terror I. Título

16-0971   CDD B869

Índices para catálogo sistemático:
1. Literatura brasileira

[2016]
Todos os direitos desta edição reservados à
DarkSide® Entretenimento LTDA.
Rua do Russel, 450/501 - 22210-010
Glória - Rio de Janeiro - RJ - Brasil
www.darksidebooks.com

Para Bianca, a mulher mais forte que conheço.

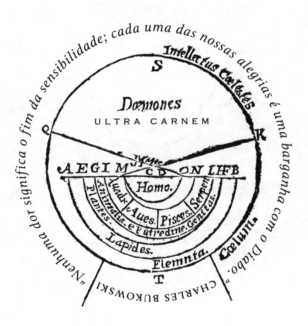

SUMÁRIO

- epílogo 371p.
- os três reinos
- parte IV 269p.
- o inferno
- parte III 175p.
- o pagamento
- parte II 81p.
- gênesis
- parte I 13p.
- o abandono

PARTE I
O ABANDONO

*"De todos os lados somos
pressionados, mas não desanimados;
ficamos perplexos, mas não desesperados;
somos perseguidos, mas não abandonados;
abatidos, mas não destruídos."*

2 Coríntios 4:8-9

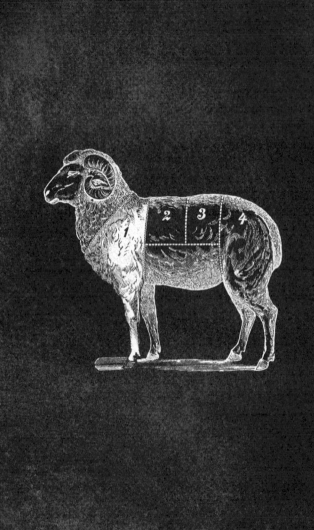

1

Dom Giordano não gostava do que via. Ele amava crianças, Deus sabia que sim, mas aquele menino... Aquele garoto e seus pequenos olhos verdes não refletiam juventude. Giordano sacudiu levemente a cabeça, encontrando um quadro de Jesus Cristo preso à parede. A função de um padre não era julgar, nunca foi. Sua missão era fazer o melhor que pudesse com aqueles pobres desafortunados.

Encontrou o menino recolhido a um canto mais escuro da sala, a cabeça colada no queixo, os olhos fixos em algo que trocava entre as duas mãos pequenas e sujas. À distância segura de dois metros, a velha cigana que o trouxera estudava as expressões do padre. Como feito desde sua chegada naquele lugar, ela evitava pousar seus olhos no menino.

A casa sob a responsabilidade de Dom Giordano ficava em uma cidade interiorana chamada Três Rios, em um tempo em que bestas movidas a gasolina começavam a aparecer e causar os primeiros acidentes, enquanto substituíam as velhas carroças enferrujadas que circulavam pelo centro. No casarão, outras nove crianças faziam companhia ao padre — além de Suzana, uma boa alma que aceitara o emprego e levava o celibato a sério.

Com um suspiro, Giordano acenou brevemente a cabeça para sua estranha visitante. Mais estranho ainda era o fato de ela trazer-lhe uma criança. Ciganos eram reconhecidos como enigmáticos, ladrões e perigosos, mas sua maior característica era a arrogância. Portanto, não era natural que trouxessem um dos seus até o seio de uma instituição católica, mesmo um órfão, como provavelmente aquele garotinho era. Em um sinal de paz, Dom Giordano estendeu a mão para a velha cigana. Ela ergueu o braço sacolejando suas joias. Apertou seus olhos enrugados e os dedos do padre.

— Iolanda — disse ela, se apresentando.

— O que a traz aqui em uma noite de tanta chuva?

Perguntas redundantes, tão necessárias quanto as palavras em latim recitadas durante as missas e a educação que aqueles pequenos esqueceriam assim que deixassem o orfanato. Rituais: porque disso o mundo também era feito.

— *Ele* me traz aqui. É meu irmão. Pensei que a mulher tinha dito ao senhor.

Dom Giordano tornou a olhar para a criança. Em vez de considerar aquilo uma piada e sorrir, decidiu perguntar:

— Poderia me responder, em nome de Deus, como uma criança tão pequena possa ser seu irmão? Não quero ofendê-la, mas a senhora já passou dos sessenta, o que coloca sua mãe na casa dos... Oitenta? Noventa? Nunca ouvi falar em alguém que gerasse um filho nessa idade.

A cigana baixou o queixo e sorriu entredentes.

— Padres... Existe muita coisa por aí que o senhor não conhece. Mas eu não vim até aqui para discutir sua fé ou a minha. Preciso que fique com a criança. Preciso que faça isso ou eles vão matá-la.

Giordano chegou mais perto sem perguntar muito. Ciganos não costumavam dizer a verdade, então...

Apanhou o queixo do menino e forçou a subida dos olhos até que eles o encarassem. O garoto não relutou. Giordano aproximou seu rosto do dele e se concentrou na mancha azulada, contornada por um verde-lodo, que pendia sob o olho esquerdo do menino.

— Quem fez isso com o pobrezinho?

— Eu não sei, pode ter sido qualquer um. Ninguém quer o menino entre nós, ele está com um *djin* dentro dele.

Terminada a sondagem do menino, Giordano chegou mais perto da mulher.

— Eu não sei o que é um *djin*, mas os responsáveis por isso devem responder às autoridades. Entendo que educar uma criança exija certa força física, mas isso? Ele poderia ter ficado cego.

— Garanto que ele enxerga coisas que eu e você jamais sonharíamos em ver. É isso o que um *djin* permite. Ele abre os seus olhos. Vai ficar com o garoto ou não?

— Não é tão simples, sra. Iolanda. Preciso consultar nossa sede em São Paulo, a paróquia... Existem procedimentos. Eu não posso simplesmente acolher uma criança sabendo que ela possui uma família. Essa é uma casa para órfãos, para os abandonados e desgraçados.

— Ele é um desgraçado. E acabou de ser abandonado.

— Você disse que ele é seu irmão.

— Ele tem uma doença ruim, padre. Não quero mais conviver com isso.

O menino sorriu de soslaio, com uma sutileza que deixava dúvidas se aquilo era mesmo um sorriso. Giordano meneou a cabeça. Como um ser humano — mesmo uma cigana velha e mal-humorada — era capaz de abandonar uma criança indefesa?

— Vai ficar com ele ou não? — Iolanda repetiu.

— E eu tenho escolha?

Em vez de responder, Iolanda olhou para a porta fechada da sala. Do outro lado, os sons das crianças brincando começavam a atrapalhar a seriedade da conversa. O padre pediu um instante a ela e caminhou até a porta. Girou a maçaneta e colocou apenas meio corpo para fora.

— Suzana? — chamou. Precisou repetir outras duas vezes até que a freira vencesse o corredor e chegasse até o padre. Estava um pouco ofegante, seu rosto avermelhado e úmido escapava pelo hábito negro mostrando todos os seus quarenta anos. — Faça esses meninos ficarem quietos. Pelo amor de Deus, o que deu a eles no jantar? Açúcar? Já passa das nove da noite.

— Estão agitados por causa da chuva. As crianças têm medo. E... — esticou o corpo até conseguir avistar o menino — estão curiosas. Nós vamos ficar com ele? — perguntou, observando o menino que permanecia acuado desde que chegara. Suzana foi a primeira a recebê-lo, ele e aquela mulher.

— Cuide para que fiquem quietos, sim?

Suzana obedeceu. Retomou o corredor e foi juntando as crianças que encontrou pelo caminho. Duas estavam a três metros dela, tentando ouvir a conversa. Suzana apanhou a primeira pelo braço — um garoto de cabelos vermelhos — e sem muita resistência a arrastou até o dormitório. Não teve tanta sorte com a seguinte. Ágata resistiu, correu, disse que não iria dormir até que a bruxa fosse embora. Iolanda deve ter ouvido do lado de dentro, mas não ganhou novas rugas por isso. A freira acabou subornando Ágata com um pedacinho de paçoca que trazia consigo. Doces eram úteis com as crianças, tão ou mais que a palmatória.

— Desculpe — Giordano disse, recostando a porta. — Não sei o que deu nelas.

— São crianças, padre. Elas sabem quando alguma coisa não funciona direito no mundo. E eu preciso de uma resposta. Meu povo está deixando a cidade, eles não vão me esperar por muito tempo.

— Existem muitas crianças nessa casa. Temo que não vou conseguir alimentá-lo. Como deve saber, nossa paróquia ainda é pequena, e os órfãos não são benquistos pela gente da cidade.

— Percebo... — disse Iolanda. Em seguida, apanhou algo preso à cintura do vestido verde e brilhante. — Vamos facilitar nossa conversa, padre. Tenho uma quantia razoável aqui comigo, vai pagar os gastos com o menino até que ele tenha idade para decidir por si mesmo.

— Eu não...

Antes que Giordano terminasse a frase, havia uma sacola de couro estendida a ele.

— Pegue, não vai morder.

O tilintar das moedas continuou por algum tempo. Giordano apanhou o volume pesado, avaliou seu conteúdo e sentiu um leve tremor nos joelhos.

— Isso é...?

— Ouro. E tenho mais se precisar.

Uma das crianças escapou de Suzana e chorou do outro lado da porta. Um menino dessa vez. Reclamava que estava com fome e que um dos outros — Leonardo — tinha roubado seu jantar. Logo o padre não o ouvia mais. Todo aquele ouro... Ninguém precisaria ter fome por um bom tempo.

— O que a senhora trouxe é o bastante. Mas não podemos ficar com a criança até que eu tenha autorização da paróquia.

— Estou indo embora, padre. Trouxe dinheiro suficiente para que ele não dê custos ao seu orfanato. Isso é mais que esse menino merece.

Pela primeira vez desde que chegaram, Iolanda olhou para o irmão; seu rosto ficou mais velho e triste quando fez isso. Ela tomou a direção da porta, passou pelo homem de batina e tocou a fechadura. Então, ouviu às suas costas:

— Onde posso encontrá-la? Caso aconteça alguma coisa com o menino... Ou pode me dar o endereço dos pais verdadeiros, se não se importar em dizer.

— Você não me encontra. A mim ou ao meu povo. *Meus* pais também estão longe dessa cidade, no lugar onde o menino os colocou. — Ela já estava virando a maçaneta, apressada em seguir seu caminho.

— Por favor, me diga onde estão!

Iolanda parou de caminhar. Olhou para o teto do casarão e disse, ainda de costas:

— No Inferno, padre. No Inferno.

2

O menino continuou no canto direito da sala, em frente a uma mesa de cerejeira, enquanto o padre averiguava seus poucos pertences trazidos pela cigana. Estavam em uma mala cujo couro começava a partir. O menino não olhava para Giordano. Continuava recostado à parede, sentado, concentrado em suas mãos. Desde sua chegada, deve ter olhado diretamente para o padre uma ou duas vezes, mas não falou com ele.

Na mala havia roupas, dois pares surrados de sapatos e uma carta. Dom Giordano apanhou o envelope, colocou os óculos que estavam em seu peito, amparados por uma correntinha de prata, e leu, sem demonstrar surpresa ou comoção.

— Wladimir Lester. É esse o seu nome?

O menino suspirou um pouco do cansaço do dia e isso foi tudo.

— Nós precisamos conversar em voz alta. Não consigo ler seus pensamentos, filho.

O padre manteve a carta nas mãos e chegou um pouco mais perto do menino, que se encolheu ainda mais e ergueu os joelhos à frente do corpo.

— Não vou lhe fazer mal. Não somos selvagens como o seu povo. Mas você vai descobrir isso, certo? Sabe, Lester, existem mais crianças nessa casa, muitas delas. Serão seus amigos, seus irmãos. Somos uma grande família aqui no orfanato. — Tornou a olhar para o menino. Ele ainda estava um pouco úmido por causa da chuva. — E eu conheço algo que vai fazer você se sentir bem melhor, o que acha de um chocolate quente? Posso trazer um agora mesmo, o que me diz?

Como o menino não respondeu, Giordano tentou outra abordagem. O garoto trazia algo nas mãos e, desde que entrara, parecia interessado naquilo e em mais nada.

— Quero ver o que você tem aí.

Mais uma vez o menino se acuou. Colocou as mãos sobre o ventre e apertou o que quer que escondesse entre elas. Dessa vez, encarou Giordano. Os olhos apertados, como dois sóis eclipsados.

— Não vou tomar de você. Só quero ter certeza de que não é perigoso.

O menino relaxou os ombros, mas não muito. Giordano conhecia o motivo. Crianças abandonadas são como animais selvagens, não demonstram amor, empatia ou confiança. É só depois de alimentá-los e oferecer-lhes algum conforto que tudo muda.

— Tenha calma, meu filho. Só quero dar uma olhada.

As mãos suadas do menino deixaram o ventre e continuaram unidas. Lester as colocou em frente ao rosto, abaixo do nariz, e olhou para o padre por cima delas.

— Vai me devolver?

— Prometo que sim. Só quero ver o que é.

Lester começou a esticar os braços lentamente. As mãos seguiram firmes na direção de Giordano e depois se afastaram uma da outra. A direita logo foi aberta, mas era a esquerda que escondia o segredo que tanto valia para aquele menino. Ele olhou mais uma vez para o padre, talvez testando sua confiança. Então, abriu a mão esquerda.

— O que é isso? — Giordano não pegou o *segredo*, não o faria até que o menino estivesse pronto para cedê-lo a ele.

Parecia um tubo de ensaio. Cerca de sete centímetros de vidro, tapado com uma rolha de cortiça. Seu conteúdo era algo muito vermelho, e líquido como água.

— Posso ver nas minhas mãos?

Lester torceu levemente o pescoço. Ergueu um pouco a sobrancelha esquerda.

— É minha tinta — ele disse. Em seguida, esperou que o padre tomasse o tubinho.

Giordano o levou para perto dos olhos, colocou o objeto entre eles e a luz mortiça do candelabro do teto. Vergou o tubinho para checar a consistência do líquido em seu interior.

Não negaria que sua primeira impressão é de que aquilo fosse sangue. Era tão vermelho, tão atraente. Além disso, estava quente depois de tanto tempo nas mãos do menino. Foi só depois de vergar o tubo algumas vezes que mudou de ideia.

— Vinho? O que uma criança tão pequena faz com vinho?

Do lado de fora, um trovão ribombou. Alguns meninos gritaram do outro lado da porta. O som chegou bem baixinho; deviam estar todos no dormitório. Lester não demonstrou aversão alguma pelo brilho fantasmagórico que iluminou as janelas ou pelo estrondo que se seguiu. Ele só parecia preocupado com o objeto nas mãos do padre. Era quase um cão que espera seu brinquedo preferido ser devolvido pelo dono.

— Não é vinho — ele respondeu. — Eu já disse que é uma tinta, *minha* tinta especial.

— Presente dos seus pais?

O garoto deu de ombros. De certa forma, o padre estava certo. Mas Lester não diria isso a ele.

— Eu gosto de pintar.

— Então gosta de desenhos?

— Odeio desenhos. Isso é coisa de mariquinha. Eu gosto de pintar. Gosto de colocar as cores em um quadro, entendeu?

— Ah, claro. Sou um padre abobalhado mesmo... Quer dizer que temos um artista entre nós? Deus, eu devia estar contente! Sabe o que minha mãe dizia sobre os artistas? Sobre os pintores?

Lester fez que não.

— Mamãe dizia que eles estão mais perto de Deus. Ela acreditava que nossa alma guarda todos os talentos e que alguém capaz de produzir uma obra de arte falava diretamente com o Senhor.

— Eu gosto de pintar. Me devolve? — pediu.

Giordano apreciava o peso do tubinho. A cor dentro dele. Era bonito, mas não era só isso. Também podia ser perigoso. Mesmo que o líquido em si não fizesse mal algum, o recipiente onde estava contido era feito de vidro. Crianças assustadas costumam fazer besteiras umas com as outras. Ainda assim, ele cedeu o frasco de volta a Lester. Não era uma boa ideia quebrar um laço de confiança no primeiro contato. E de qualquer forma, nos próximos dias, seus olhos estariam sobre o menino, evitando qualquer acidente.

— Eu disse que devolveria.

Lester o apanhou e, ainda sentado, esticou as pernas. Colocou o tubinho no bolso da frente, mas não sem antes envolvê-lo com um lenço de tecido verde. Tecido cigano, brilhante demais, atraente demais.

— Meu nome é Giordano, filho. Mas se quiser me chamar de padre como os outros meninos, não me oponho. Alguns me chamam de pai — disse o padre, oferecendo a mão para Lester.

Lester estendeu a mão direita e devolveu o cumprimento. Suas mãos eram frias como aço. Ele olhou ternamente para o homem à sua frente e disse:

— Acho que quero aquele chocolate.

3

Quase uma hora mais tarde, Dom Giordano ainda não tinha conseguido convencer o menino a sair de onde estava. Lester tomou o chocolate, mas depois disso não voltou a concordar com coisa alguma. Estava sentado à mesa agora, em uma cadeira de frente para o padre. Giordano não se importou que o menino ficasse por lá enquanto ele terminava de colocar suas anotações no livro de atas do orfanato. O registro escrito não era uma obrigação, mas o ajudava a manter a agenda em dia. Sua cabeça estava cheia demais. Seu corpo tinha pouco mais de cinquenta anos, mas seus órgãos e sua musculatura não sabiam disso.

— Agora vamos ler um pouco da palavra de Deus — disse. Fechou o livro de atas e apanhou outro de dentro de uma gaveta. Era uma Bíblia, com capa de couro e detalhes dourados na capa e nas bordas das páginas. Mostrou ao menino na ilusão de que o brilho metálico despertasse seu interesse. Ciganos eram pagãos, mas se o menino ficasse no orfanato seria evangelizado. — Por que não chega mais perto e me acompanha em uma leitura?

— Seu Deus não escreveu esse livro — Lester disse.

Giordano apertou o braço direito da cadeira com os dedos. Respirou mais fundo.

— Não *in persona*, minha criança. Mas Ele orientou os homens para que fizessem isso. Nós os chamamos de profetas. São pessoas boas que alcançaram a iluminação e conheceram os planos do Senhor.

— Eu acho que se Deus tivesse alguma coisa para dizer não escreveria em um livro.

Outro suspiro de Giordano. Aqueles diabinhos eram espertos.

Por sorte, não eram mais espertos que um padre católico.

— Chamamos de inspiração, Lester. Diga-me, você nunca teve uma boa ideia sem que soubesse de onde ela veio? Nunca se pegou tentando resolver um problema quando de repente — estalou os dedos — a resposta apareceu bem na sua frente?

— Não sei...

— Tenho um exemplo melhor. Seus desenhos, *seus quadros*, como você diz. Eu não cheguei a vê-los, mas não duvido que sejam bons. De onde você pensa que vem a ideia? Elas não surgem do nada, do ar. Ideias são milagres de Deus, Lester.

— O meu povo não acredita nisso. Eles dizem que os espíritos trazem as ideias quando nós merecemos.

— O mesmo povo que deixou você aqui? — perguntou o padre.

Cristianismo não se ensina com carinhos. A religião é uma estrada reta e dura, e muitas vezes, imposta. Giordano continuou:

— Eu não daria ouvidos ao que eles disseram. Nós vamos cuidar de você, Lester. E você vai amar a Deus sobre todas as coisas, vai amar mais a Deus do que a si mesmo.

— Mais do que eu amava minha mãe?

Pergunta difícil. Giordano ouvia os órfãos falando de suas mães o tempo todo, mas nunca era fácil. Acabou descarregando rapidamente o semblante.

— É muito difícil amar alguém mais do que a própria mãe. Porém, Deus nosso Senhor pede um amor diferente. Você vai aprender a amá-lo.

O menino bocejou sem tentar controlar o ruído. Os olhos pesaram um pouco.

— Não precisamos ler a Bíblia hoje. Você está cansado, teve um dia estranho, precisa dormir um pouco. Amanhã conversaremos a respeito. Quando você acordar vai tomar café da manhã e conhecer as outras crianças. Hoje você dorme no quarto número oito, o único que tem só uma cama. Fica bem perto do quarto da madre Suzana e ela estará atenta se você precisar de alguma coisa.

Lester tornou a bocejar e finalmente concordou em sair da sala. Apanhou sua mala fazendo um esforço enorme para suportar o peso sozinho e esperou junto à porta vermelha. O padre trancou suas gavetas, apagou o candelabro do teto com um longo artefato de metal com um copinho na ponta e tomou a saída. Os passos foram diminuindo pelo corredor enquanto Lester arrastava sua mala pelo chão.

Lá fora, Deus disse algo barulhento nos céus.

4

Noite estranha. Não bastasse a novidade de outra criança para cuidar, Giordano ainda dividiu a escuridão com pesadelos e suores gelados. Por volta das três da manhã, quando desistiu de fechar os olhos e de ter uma noite tranquila, ele se retirou até a cozinha. O céu ainda rugia lá fora. Fazia meses que não chovia na cidade, e Deus decidiu derramar toda a água acumulada naquela semana.

O silêncio dentro do casarão era agradável, mas também um pouco assustador. Um padre tem um contato muito próximo com o desconhecido, com o oculto. O que não chega pelos ensinamentos da Igreja acaba sendo absorvido da boca dos fiéis. E também dos infiéis, como aquela cigana, Iolanda. Ela dissera que o menino era seu irmão, mas não era possível. E por que sua tribo resolveu que o menino não servia para eles? O que uma criança poderia ter feito de tão grave?

Giordano caminhou até um dos fogões e acendeu o braseiro. Ficou algum tempo olhando para o fogo e aproveitando seu calor enquanto colocava uma caneca de leite para ferver. No dia seguinte teria que apresentar o ciganinho aos outros meninos. Não seria fácil, sempre havia confusão com os novatos. Crianças são territorialistas. Uma criança abandonada, então, nem se fala.

As ações de Lester ainda brincavam com suas expectativas. O menino recusou a palavra de Deus. A única coisa que pareceu importante para ele — mesmo sendo retirado de seu lar e jogado em um orfanato — foi o bendito tubinho com a tinta vermelha. Ele parecia aficionado por ela, não seria exagero dizer apaixonado.

Em dez minutos o leite estava pronto. Giordano apanhou a caneca usando um pano de prato para não queimar os dedos e tomou assento na única cadeira da pequena mesa da cozinha. Suzana sentava ali quando comandava as cozinheiras e as refeições. Ela também cuidava das roupas dos meninos e, quando estava bem disposta, limpava todo o lugar. Às vezes, colocava as crianças para ajudá-la — fazia parte da educação um pouco de trabalho pesado. Em outras, requisitava o auxílio de duas ou três mulheres que concordavam em trabalhar por pouco dinheiro.

Como o resto do casarão, o refeitório estava escurecido pela noite. A única iluminação vinha do candeeiro que Giordano trouxera consigo. Enquanto experimentava o leite com chocolate, sua pele arrepiava tentando se livrar do vento que entrava assoviando pelas frestas do casarão. Ainda faltava alguma coisa naquela bebida. Giordano deixou a caneca sobre a mesa e caminhou até um pequeno armário, de onde apanhou uma garrafa âmbar. Colocou um pouco do conhaque na caneca fumegante e sorveu um pequeno gole. Enfim satisfeito, lançou os olhos para o refeitório vazio. A cozinha onde estava media três metros quadrados, o restante do refeitório, outros cinco. No maior dos cômodos, cadeiras estavam empilhadas sobre as mesas, como ficavam todas as noites.

— *Padre?*

Aos fundos estava ainda mais escuro. Giordano tentou rastrear a voz do visitante, mesmo sabendo que não devia ter ninguém ali. Ainda mais um homem adulto.

— Quem é você? O que faz aqui? — Com o susto, o padre se levantou. No silêncio da cozinha, conseguia ouvir uma respiração riscada, um pouco carregada na garganta.

Ninguém respondeu, o que o obrigou a deixar seu chocolate batizado sobre a mesa. Depois de apanhar o candeeiro, Giordano caminhou até a metade do refeitório sem encontrar o dono daquela voz. As pernas vacilavam um pouco, o que o fez parar na terceira mesa. A mão direita logo alcançou uma cadeira que serviria como arma caso fosse necessário. Giordano esticou o braço esquerdo que segurava a luminária e lançou o feixe de luz em outras direções.

— Já é tarde, não temos dinheiro — disse.

A presença riu baixinho. O som chegava de todas as direções, se alternando por cada canto escuro, resvalado na madeira das mesas.

— Estou armado, não me obrigue a machucá-lo — alertou o padre.

Dessa vez, nada de risos ou qualquer outro som audível. Trotando de cadeira em cadeira, o padre deu alguns passos lentos em direção à porta de entrada. Caminhar à luz de uma vela não era exatamente encorajador, o que o fez andar mais depressa a despeito das pernas, que queriam o oposto. A luz atingiu a entrada alguns passos depois. Continuava fechada. Ninguém teria entrado por lá sem que ele tivesse ouvido, era uma porta velha, suas dobradiças reclamavam o tempo todo.

Então, um riso o trouxe de volta. Giordano girou o corpo a tempo de ver sua caneca se chocando contra o chão. Com o susto, por muito pouco não derrubou a luminária. O padre conseguiu mantê-la na mão direita e correu em direção à cozinha. Se era um jogo de gato e rato o que o homem queria, Giordano seria o gato. Andou o mais depressa que pôde, mas sua coragem acabou tão logo a luz fraca da vela iluminou a abertura da porta.

Havia alguém ali. A figura conseguia ser mais negra que a noite. Era alta, ocupava toda a altura do vão da porta. A coisa também tinha olhos. Eram intensos, brilhavam como brasa. Notando o padre mais perto, o visitante recuou um passo para fugir da luz. Apesar do medo que sentia, do coração aos pulos dentro do peito, Giordano avançou em sua direção.

— O que faz aqui? — perguntou. Esticou o braço iluminado para a frente. O estranho não reagiu e tampouco foi afetado pela luz. O feixe amarelado pareceu ser absorvido pela entidade, de uma maneira jamais vista pelo sacerdote. Aos pés do visitante, o leite derramado era perfeitamente visível.

Outro som tomou o silêncio do refeitório, de novo às costas do padre. Ele olhou em direção à distante porta que começava a se abrir, sem coragem de manter os olhos nessa posição por muito tempo. A figura enegrecida ainda estava na cozinha, era para lá que deveria olhar.

— Padre? O que está fazendo acordado?

— Não entre aqui, Suzana. Está tudo bem, mas não entre aqui até eu chamá-la.

— Padre, eu...

— Já falei! Preciso de uns minutos.

Antes de continuar, Giordano esperou que os passos de Suzana invadissem o salão. Ela era uma boa freira, mas mantinha a teimosia de toda mulher. Dessa vez, contudo, ela decidiu ouvi-lo.

A chama da luminária tremia embalada pelo seu condutor. O padre ainda conseguia ver os olhos do visitante. Duas fagulhas aos fundos da cozinha, embaixo de uma pequena abertura para a saída de ar. Por sorte, a mesma abertura também trazia um pouco do luar. A figura negra continuou onde estava; absorvendo a luz para dentro de si e mantendo a escuridão que adornava seu corpo.

— Que Deus me ajude — o padre disse e avançou.

Assim que entrou na cozinha, a figura esmoreceu diante de seus olhos. O brilho fátuo que era a única parte visível do visitante empalideceu e o deixou em paz. Em seu lugar, um cheiro podre tomou conta de tudo.

— Deus! — exclamou Giordano. Cruzou o peito com o sinal da cruz e deu os passos que precisava até os fundos da cozinha.

No local onde a criatura estava recuada, notou marcas no chão. Giordano se ajoelhou e deixou que a luz da luminária chegasse bem perto. Havia alguma fumaça se erguendo da madeira do piso. Ele tocou o lugar com a mão esquerda e retirou em seguida, com medo de queimar os dedos. Poderia ser algo que saiu dos fogões ou o leite, mas ora essa... Não havia nada naquele ponto, nada a não ser as marcas. Olhou para a abertura acima. Ela era pequena demais para alguém daquele tamanho atravessar. Pela porta ele não havia saído, não havia espaço suficiente para passar sem que esbarrasse no padre. E Suzana teria gritado por socorro.

Voltou às marcas no chão. Ainda estavam quentes, mas não bem delineadas. Parecia loucura, mas seriam cascos? Sua mente vagava depressa, esbarrando em cada história horrível que já ouvira em confissões. Talvez fosse um inimigo, um demônio. Não era incomum que os servos do maior rival de Deus visitassem os soldados oponentes, sobretudo os que levavam a sério os mandamentos do Senhor. E em se tratando do inimigo, o melhor era desprezá-lo. Giordano caminhou até a pia, apanhou um pano de prato e limpou o chão até que as marcas ficassem praticamente invisíveis. Quando terminou, ouviu os passos de Suzana se apressando na direção dele — um pouco da realidade do mundo tomando sua vida de volta.

Graças a Deus.

5

Perto das sete da manhã, Giordano estava pronto para encarar o dia. O sono não veio, como era de se esperar, e ficou ainda mais difícil com a conversa interminável que o padre precisou ter com Suzana para convencê-la de que não havia nada de errado no refeitório.

Contudo, a vida de um padre se resume ao trabalho e não às horas que ele passa na cama.

Na manhã seguinte à chegada do menino cigano, o sol não teve ânimo para aparecer entre as nuvens carregadas. O dia mantinha bem pouca diferença para a noite, exceto pelo barulho da cidade que continuava crescendo e pelo som das crianças que se agitavam com a curiosidade sobre o novo morador. Giordano esbarrou em uma delas enquanto dava os primeiros passos pelo corredor que levava ao refeitório.

— O que conversamos sobre correr feito uma mula pelos corredores?

— Cadê ele? Onde está o menino novo? — perguntou Ágata. Seus cabelos lisos estavam tão alvoroçados quanto ela, os olhos arregalados e aflitos.

Giordano estufou o peito para tentar aumentar a autoridade sobre a menina, mas já sabia que era inútil.

Quando Ágata chegou à instituição, já tinha quatro anos. O padre tentou de tudo para acalmá-la. A menina não parava de gritar e chamar pela tia que a trouxera de outra cidade e a deixou amarrada às portas do orfanato. Depois de horas de choro, Ágata cismou com um crucifixo de prata que Giordano trazia no peito — um presente do pai dele pela sua ordenação. Ágata só se calou depois que o amuleto pesou em suas mãos. Ela ainda o guardava em um dos bolsos do vestido.

— O menino ainda está no quarto, Ágata. Eu estava indo acordá-lo para o desjejum.

— Ele é esquisito? Tem dentes pontudos? É verdade que os ciganos odeiam crianças da cidade, padre?

O padre dispensou um sorriso e tocou os cabelos claros de Ágata.

— Vá tomar seu café da manhã, sim? O que dizem sobre os ciganos é invenção do povo. Ninguém os conhece direito.

— Então o senhor também não sabe, não é?

No final do corredor, Suzana apareceu para salvar a manhã. Notando que o padre estava finalmente acordado — com uma hora e meia de atraso —, caminhou até ele com passos firmes e olhos cravados em Ágata. Só desviou dela quando chegou bem perto do padre.

— O senhor dormiu? Está com uma cara horrível.

— Obrigado por notar, madre.

— Posso ir com vocês? — insistiu Ágata.

— Você vai com a madre tomar seu café da manhã. Eu vou acordar seu novo amigo para que nos acompanhe.

— Deixa eu ir junto! Eu quero ver ele!

— Já chega, Ágata. O padre falou que quer você no refeitório.

— Mas...

A conversa chegou ao fim com Suzana apanhando o braço da criança com força. Giordano as observou enquanto as duas atravessavam o corredor, Ágata sendo arrastada e olhando para trás, como se fosse perder o maior acontecimento de seus oito anos. Em seguida, deu os passos que o separavam do quarto número oito.

Ajustou a batina no pescoço e tocou a porta com os nós dos dedos.

— Lester? Está acordado?

Como não houve resposta depois de uma nova tentativa, Giordano usou a chave presa em sua cintura para destrancar a porta — sempre que uma criança chegava, dormia de portas fechadas nas primeiras noites. O padre aprendeu a fazer isso quando uma delas tentou fugir, um menino chamado Ernesto. Ele entrou no quarto e manteve a porta aberta atrás de si.

— Deus, como está frio aqui! Por que abriu a janela?

O menino estava em frente à abertura, olhando para a grade que o separava do lado de fora. Um vento forte entrava no quarto e atirava seus cabelos finos para os lados. Já estava vestido. Calça de tergal, camisa branca de mangas compridas, um sapato velho protegendo os pés. Ele não pareceu notar a entrada do padre.

Giordano chegou mais perto e observou a cama esticada. Se ele mesmo não tivesse colocado o menino em cima dos tecidos, apostaria que ninguém se deitara sobre eles.

— Há quanto tempo está acordado? — perguntou ao garoto.

— Não sei. Ciganos acordam bem cedo.

Quer tivesse acordado há cinco minutos ou às cinco da manhã, o melhor a fazer agora era fechar aquela janela e tirar o menino da corrente de vento. Teriam tempo para conversar sobre seu ritmo circadiano depois que ele estivesse novamente aquecido e de barriga cheia.

— Está com fome? Já estão todos no refeitório, as crianças estão ansiosas para conhecê-lo. Uma delas quase me obrigou a trazê-la comigo. Você vai adorá-las, Lester. São meninos e meninas de ouro. Assim como você, nenhuma delas merece o azar de viver sem uma família. Mas nós vamos fazer valer a pena, sim? Você vai adorar nossa casa, nossa família.

Dessa vez, o menino olhou para trás. Seus olhos estavam um pouco vermelhos e inchados. O rosto corado era provavelmente culpa do vento frio que entrava pela janela.

— Se tiver comida, eu como.

Giordano passou por ele e caminhou em direção à janela. Precisou se esforçar um bocado para alcançar as divisórias de vidro que se abriam para fora do casarão.

— Acho melhor não levar isso para o refeitório — disse o padre. Lester estava com o tubinho de tinta nas mãos. — O frasco pode quebrar ou aguçar a curiosidade dos outros meninos. Eles podem querer ficar com sua tinta.

Ouvindo aquelas palavras, Lester colocou as mãos sobre o peito e protegeu o tubinho. Recuou um passo e olhou para a janela que o padre acabara de fechar.

— Tudo bem, filho. Pode levar com você. Mas mantenha escondido, sim? Coloque no seu bolso até que os outros se acostumem com você.

O garoto obedeceu. Apanhou o lenço verde do bolso de trás da calça e envolveu com todo o cuidado o tubinho de vidro. Enfiou no bolso da frente o mais fundo que pôde. Assim que terminou, seus olhos relaxaram um pouco. Ele passou por Giordano em direção à porta e o esperou do outro lado.

6

— Lá vem o nojento — disse Leonardo, mais conhecido como Buba. Seus setenta quilos impunham respeito, mas não o suficiente para que evitassem um apelido. Agora era só Buba, mas antes de apanharem um bocado, outros garotos o chamavam de Buba-Baleia. Ainda faziam isso pelas costas dele.

Ao lado de Buba, Ernesto. O único menino com olhos puxados do orfanato — e é claro que todo mundo o chamava de Japonês. Seus pais foram mortos em uma fazenda, eles decidiram ajudar um casal de negros a se esconderem depois de terem sido acusados de roubo. Os negros também morreram.

— Ele é coisa-ruim — disse Japonês. — Nenhum cigano presta. Meus pais falavam que eles eram ladrões.

— Seu pai e sua mãe nem sabiam falar direito, Japonês.

Japonês se encolheu um pouco e mordeu os lábios para conter a vontade de espetar um garfo nos olhos saltados de Buba.

Em segundos, todas as crianças tinham parado de comer. O silêncio dentro do refeitório era tão grande que era possível ouvi-los respirando. Mesmo as mulheres da cozinha, coordenadas por Suzana, pararam com suas panelas para observar a chegada do menino cigano.

— Olha só o sapato dele! Que vergonha! — disse Júlia. Ágata a golpeou por baixo para que ficasse quieta.

Nada que não tivesse acontecido antes. Um coitadinho chegava e todo mundo ficava provocando o infeliz. Pediam moedas, roubavam comida, roupas, tomavam o que podiam. Faziam isso até que o novato desistisse de tentar reagir e ocupasse uma das cadeiras lascadas que machucavam a bunda. A hierarquia dos meninos era bem rígida, e sempre seria assim enquanto houvesse um Buba-Baleia no comando.

Giordano colocou Lester na frente de si, suas mãos pesando sobre os ombros caídos do menino que olhava para o chão.

— Pois bem, todos sabem que ontem recebemos mais uma criança em nossa casa.

— Filho do diabo... — murmurou alguém. O culpado provavelmente era Emílio, o menino que fazia contrabando dos doces que roubava na cozinha. Giordano desprezou o insulto, parecia cedo demais para um castigo.

— Não ligue para eles — disse a Lester. — Só estão curiosos e assustados. Eles têm medo da sua gente.

Depois de encarar os pequenos rostos um a um, o padre continuou:

— Este aqui é Lester. Ele também é órfão. Como todos vocês, perdeu a família que conhecia e precisa da nossa ajuda. — Depois, mais austero: — Antes que comecem a implicar com ele, quero que se lembrem de quando chegaram aqui. Eu olhei nos olhos de cada um de vocês, pedi que confiassem em mim e que tratassem uns aos outros com respeito, como a família que todos gostariam de ter. Posso contar com vocês?

— Claro que pode, até porque, se a gente fizer besteira, vamos apanhar da Suzana — Japonês resmungou. A freira estava perto demais e ouviu. Ela não deixou por menos e se aproximou mais ainda. Japonês continuou olhando para a frente, Buba riu.

Na mesma mesa também estava Ágata. Ela saiu do seu lugar, apanhou uma cadeira vazia colada à parede esquerda do refeitório e a levou para a mesa. Giordano percebeu o sinal e deu um empurrãozinho no menino cigano, para que ele fosse até ela. Lester caminhou devagar, olhando para cada uma das crianças.

As meninas eram naturalmente mais dóceis; os meninos não eram grande coisa, mas o gordo era um problema, ele encarava e não desviava os olhos. O menino japonês seria um covarde longe dos outros, ele se apoiava no gordo. O outro, que o chamou de *filho do diabo*, tinha o cabelo vermelho (seu apelido era Vermelho, Lester descobriria depois). Ruivos eram perigosos, a mulher mais velha da tribo sempre dizia isso. Mas ela também disse que Lester era a encarnação do mal na terra e fez a cabeça dos outros para que o expulsassem. Idiotas... Todos eles. Eles nem estavam lá quando *aconteceu*.

Lester ocupou sua cadeira e recebeu um prato de Suzana. Dentro dele havia duas fatias generosas de pão com manteiga. Ela também trouxe leite e uma fatia de pudim. Buba-Baleia cochichou alguma coisa com Japonês e os dois riram.

— Não se importe com eles, daqui a pouco vocês serão amigos — disse a freira.

Lester assentiu com a cabeça e apanhou um pedaço de pão com a mão direita. A mão esquerda estava sob a mesa, pressionando o tubinho enterrado no bolso.

Depois da primeira mordida, a mão insegura também foi para cima. Ele estava faminto, seu corpo precisava comer. Mais tarde teria tempo para fazer o que realmente gostava. Enquanto mastigava, Lester podia sentir o peso dos pincéis nas mãos, a textura da tela. Conseguia sentir o cheiro ferruginoso e adocicado da tinta. Pensou em sua mãe, algo que não fazia com frequência. Pobre mulher, seduzida por um feiticeiro, mutilada em vida por um trato que não poderia jamais ser cumprido. O pai do garoto — feiticeiro e mentor do assassinato — já havia morrido, mas aquilo parecia pouco. Juan — ou *Cigano,* como era conhecido — merecia sofrer muito mais, merecia as penas de toda eternidade.

— E então? Como nos saímos? — Giordano perguntou. Estava em pé, afastado das mesas e ao lado de Suzana. As mulheres da cozinha haviam voltado às suas panelas e as crianças começavam a falar de novo.

— O senhor está ficando cada vez melhor. Fique tranquilo, padre. Nós já passamos por isso antes. Ele vai se encontrar em nossa casa. Só precisamos garantir que ninguém se machuque feio nos primeiros dias; depois disso, Deus colocará cada um em seu caminho.

— Temo que ele não entenda nosso mundo. Somos muito diferentes dos ciganos. Eles têm roupas estranhas e toda aquela feitiçaria. Pelo que percebi, esse menino não sabe direito quem é Deus, ele sequer conhece as palavras da Bíblia! Lester está sozinho e assustado, longe do seu povo. O menino será um desafio, para nós e para ele mesmo.

Do meio do refeitório, alguém atirou um pedaço de pão encharcado de leite na cabeça do garoto. As crianças riram. Mesmo Ágata que estava ao lado dele tapou a boca e deixou o ar escapar entre os dedos. Suzana tentou ir até ele, mas o padre a impediu.

Sem demonstrar ira ou surpresa, Lester afastou a cadeira da mesa e apanhou o pedaço de pão espatifado no chão. Assoprou para tirar a poeira, depois enfiou na boca. Um pouco de leite escorreu pelo canto esquerdo dos lábios e ele o limpou com a manga da camisa clara.

— Que nojo! — disse Júlia, que, mesmo sem os dois dentes da frente, sempre falava pelos cotovelos.

Suzana observou a situação e sorriu. Com dois golpes gentis tocou o ombro direito do padre e seguiu para a cozinha. Logo depois o sino que servia de campainha do orfanato começou a tilintar. Giordano saiu apressado para atender o visitante. Olhou para Lester como se aquilo pudesse trazer-lhe boas notícias.

7

A esperança de encontrar uma cigana arrependida à sua porta logo foi desfeita. Quem estava do outro lado era um homem alto, cuja expressão dizia bem mais que o distintivo que logo seria apresentado. O sujeito esguio usava terno, gravata e camisa branca por baixo. No rosto, um bigode rigorosamente aparado. O chapéu inclinado, um pouco umedecido pela garoa fina, cobria parte dos olhos miúdos.

— Bom dia. Em que posso ajudar?

— O senhor é o dono desse local?

Giordano deixou um pouco dos dentes amarelados pelo café aparecerem no centro da boca.

— Não sou dono de nada. Sou apenas o homem que toma conta das crianças. — Apanhou a identificação estendida pelo homem e a avaliou. — Sr. Lucano... Vamos entrar, sim? Não quero que o senhor apanhe um resfriado tomando essa chuvinha fina.

O homem tocou a aba do chapéu e acompanhou o padre até o interior do casarão.

— Vamos até a minha sala, as crianças podem ficar agitadas com a presença de um estranho tão cedo. Deus sabe que elas têm se agitado com qualquer coisa ultimamente.

Lucano acompanhou Giordano até a porta indicada. Ficava logo depois da entrada de portas duplas, à esquerda. Ele olhava para o chão, tentando supor a idade daqueles pisos — pareciam tão velhos quanto a cidade. Datados sim, mas de bom gosto. Um enorme mosaico de cimento vermelho e branco, formando cruzes e losangos. Nas paredes, uma foto do papa Leão XIII e de outros religiosos que não mudariam a sorte de nenhum ser humano.

O nariz de Lucano logo se irritou com o cheiro um pouco viciado da sala de Giordano. Havia parafina, um odor suave de hortelã — o mesmo que o rosto do padre exalava — e um pouco de verniz das madeiras do forro recentemente instalado naquele ponto do casarão.

— Vejo que vocês não têm energia aqui.

— Ainda não. Preferimos manter tudo como antigamente. A luz das velas não é ruim e, além disso, conseguimos economizar algum dinheiro. Sobrevivemos com o pouco que recebemos da paróquia e doações, e o senhor conhece as pessoas, ninguém está podendo gastar dinheiro com o filho dos outros. — Giordano puxou uma cadeira para o visitante e sentou-se em uma ao lado desta, não tomando o assento na vanguarda da mesa. — Aceita um café?

— Não, padre. Agradeço, mas prefiro ir direto ao assunto.

Giordano não tornou a abrir a boca e deixou seu peso cair sobre a cadeira. O oficial da lei sacou um envelope da parte de dentro do terno e o colocou sobre a mesa. O papel estava um pouco deformado pelos pingos de chuva. Lucano não o abriu em um primeiro momento.

— Por volta das três da manhã, fomos informados de um acidente horrível na estrada que leva a Moinhos.

— Santo Deus — Giordano disse em um reflexo.

— Parece que Deus estava distraído quando aconteceu. Me diga, padre: o senhor tem algum contato com a *ciganada* que morava na Fazenda do Retiro?

— Até ontem à noite não, mas... Por que não me conta logo o que foi que aconteceu?

— Estão mortos, padre. Estavam em caravana e todos, *todos eles*, caíram na Serrinha, o senhor deve conhecer o lugar.

— Todo mundo conhece. É um trecho perigoso de estrada. Mas ainda assim, uma caravana inteira? De quantas pessoas estamos falando?

— Quarenta e duas. Mas ainda estão encontrando corpos. Mais de dez carroças, padre. Todas incendiadas. Eles transportavam querosene e vinho, mas não me parece possível que só isso tenha causado o holocausto que encontramos. É como se eles tivessem se atirado uns sobre os outros e ficado quietos enquanto seus corpos derretiam no fogo.

— Deus tenha piedade. Vou orar por essa gente, faremos uma missa na catedral da cidade. É uma tragédia, sr. Lucano, uma tragédia sem precedentes em nossa cidade.

Giordano já estava com um terço nas mãos, orando mentalmente enquanto conversava com o homem. A presença no refeitório na noite passada não era fruto de sua imaginação, afinal. Era um aviso. A entidade era um emissário.

— Padre?

— Perdão, sr. Lucano. Estou tentando assimilar o que me contou. E também... O que eu e as minhas crianças temos a ver com o que aconteceu?

— O senhor sabe melhor do que eu, padre.

Giordano depositou o terço sobre a mesa, ao lado do envelope. Respirou profundamente trazendo um pouco mais de oxigênio para o cérebro.

— Eu me expressei mal. Quis dizer que não tivemos relação com o que aconteceu. Ontem à noite, por volta das oito, tivemos uma visita pouco comum. O senhor deve conhecer os ciganos e sua relação com a igreja e com os ensinamentos de Jesus Cristo.

— Na verdade, não conheço; por que não me explica?

O homem tirou o chapéu e o pendurou no encosto da cadeira. O padre estava se levantando para colocar a peça em um cabideiro que havia na sala, ao lado de um armário de carvalho, mas o oficial acenou que ele não precisava fazer isso.

— Não existe tal relação, sr. Lucano. Os ciganos têm suas próprias regras e crenças. Alguns deles creem no cristianismo, outros são muçulmanos, ateus — benzeu-se — e agnósticos. O que quero dizer é que eles não se misturam com os outros povos, com o *nosso povo*, principalmente. Quando uma cigana apareceu na minha porta trazendo uma criança, eu não consegui acreditar. Ela nos disse que o menino foi rejeitado pela tribo.

— Ela revelou o motivo?

Giordano buscou o retrato de Jesus Cristo que havia na parede, à direita de onde estava o oficial.

— Não. A mulher cigana só pediu que ficássemos com a criança.

— Posso falar com esse menino?

— Receio que não, sr. Lucano. O pobrezinho acabou de ser abandonado, hoje é o seu primeiro dia conosco. Entendo que o senhor tem poderes para exigir um depoimento do menino, mas peço de coração que não faça isso. Ele é só um garotinho. Está assustado e confuso, acabou de ser lançado entre pessoas que não conhece em um mundo que não conhece.

— Eu também tenho filhos, padre. Um menino e uma menina. Não pretendo complicar ainda mais a vida desse infeliz. Ainda assim... É o meu trabalho. De quanto tempo precisa para prepará-lo?

— Me dê alguns dias. Três dias serão o bastante para eu conversar com ele e explicar o que aconteceu. Depois, o senhor pode fazer suas perguntas. — Giordano olhou para o envelope sobre a mesa.

— Cheguei até sua instituição por causa deste envelope. Ele contém páginas do diário de uma mulher chamada Sarah. Ela diz que o *seu* menino deveria ser banido da tribo. Em outro trecho, escreveu que seu coração estava em paz agora que o *djin* estava longe do seu povo. Ela também menciona que o menino recebia poderes de *Beng*. Eu descobri que esse último é como o Diabo para eles.

— Não mencione esse nome aqui dentro, por favor. Estamos em uma casa de Deus, é uma ofensa trazer Seu oponente para essa conversa.

— Giordano juntou as mãos e as pressionou com força sobre o colo. — O que mais há no envelope?

— Apenas algumas páginas. Os papéis são quase tudo que restou do incêndio.

Lucano calou-se e olhou para a sala, averiguando o espaço e pensando em algo que não compartilhara até aquele momento.

— Vai me dizer no que está pensando?

— Algumas pinturas se salvaram, padre. Quadros. Esse é o outro motivo pelo qual preciso falar com a criança cigana o mais rápido possível. Uma dessas pinturas mostra carroças despencando em um desfiladeiro. Eu vi os três quadros, padre. Com meus próprios olhos. Não me lembro de ter visto uma pintura mais realista na minha vida.

8

O oficial da lei concordou que Giordano desse uma olhada no conteúdo do envelope. Ele leu algumas páginas e cruzou o peito várias vezes. Lucano também permitiu que o padre ficasse com o conteúdo, para que estudasse melhor o que as palavras diziam sobre o menino. Disse que Dom Giordano poderia ver os tais quadros mais tarde. Segundo o oficial, as peças ficariam de herança para o garoto cigano. Em nenhum momento Lucano falou sobre *ouro*, mas o padre engoliu sua indignação sem surpresas. Os ciganos eram tão ricos quanto a polícia da cidade era corrupta. Não disse isso ao oficial, é claro. Ele aprendeu cedo na vida que não se deve discutir com um poder maior que o seu.

Meia hora mais tarde, Lucano tomou a saída do casarão. Voltou a dizer que precisava falar com o menino o quanto antes. Giordano garantiu que o faria e fechou a porta quando o visitante se afastou e se juntou a outro homem de terno, mais baixo e atarracado.

As crianças já haviam terminado seu café. Giordano podia ouvi-los brincando no pátio, gritando e sorrindo, com uma felicidade que nenhum adulto possuía. Antes de ir até eles, voltou à sua sala, para guardar o envelope em um lugar seguro. Abriu a porta do armário de carvalho e tirou do seu interior uma caixa de charutos. Ainda havia um dentro da caixa. Giordano o colocou sobre a mesa, suplantando a vontade de acendê-lo imediatamente.

9

O pátio era o melhor lugar do casarão. Havia dois pés de romã e um limoeiro. O resto do terreno era calçado. O ar puro soprava entre os cabelos dos vivos, enquanto uma estátua de Nossa Senhora olhava para a agitação das crianças. Elas corriam de um lado para o outro, brincando de pega-pega, cabra-cega e o que mais fosse motivo para queimar sua energia inesgotável. Suzana cuidava do joelho ralado de Japonês que tinha acabado de levar um tombo. Giordano foi até eles quando o curativo estava perto de terminar.

— O que aconteceu com você?

— Aquele gordo me empurrou!

— Sempre o Buba... Será que esse menino nunca vai parar de implicar com os outros?

— O mundo também é assim, padre — Suzana respondeu sorrindo.

— É bom que eles aprendam cedo. E seu joelho não está tão mal. Foi só um ralado, Ernesto. Depois eu converso com o Leonardo.

— Se você bater nele, ele bate em mim de volta. É melhor deixar pra lá. — Japonês secou os olhos. Buba o encarava com os braços cruzados, à frente da estátua da santa. — E nem tá doendo mais. Olha só — reforçou o passo, forçando a botina de couro contra o chão.

— A decisão é sua, Ernesto — disse o padre. O menino saiu correndo e logo estava junto com Buba, implicando com outro dos meninos. Giordano sacudiu a cabeça, lamentando que as crianças se comportassem como adultos tão cedo.

— Quem era? — perguntou Suzana.

— Perdão?

— Na porta, padre. Quem tocou a campainha?

Giordano continuou olhando para as crianças, calado e introspectivo.

— Onde está Lester?

— Ele pediu para ficar no quarto. Normalmente eu não permitiria, mas é o primeiro dia dele. Pensei que poderia ficar sozinho até sentir vontade de estar com os outros.

— Até ter coragem, você quer dizer?

Suzana estava sentada em um murinho de concreto que cercava o pátio. O padre ocupou um lugar ao seu lado. Olhou para o céu cinzento que desistiu da chuva por algum tempo. Ele parecia triste.

— As crianças são como passarinhos que nasceram na gaiola. Se você deixá-los lá dentro com comida e água, não sentirão falta do lado de fora. Nosso novo passarinho ficou muito tempo na gaiola dos ciganos, então acho que devemos forçá-lo a sair o mais cedo possível. Sobre sua pergunta, o homem que tocou a campainha era um oficial da lei.

Suzana voltou a olhar para o sacerdote, deixando as crianças de lado por alguns segundos. Sua boca perguntaria alguma coisa, mas o padre continuou:

— Aconteceu uma tragédia com o povo que trouxe o menino.

— Santo Deus...

— A caravana caiu na Serrinha e se incendiou. Não há esperança de sobreviventes. O oficial da lei disse que encontraram mais de quarenta corpos.

— Jesus Cristo, padre! E como nós...

— Eu converso com o menino. Por hora, precisamos garantir que nenhum dos outros saiba o que aconteceu. Você conhece as crianças...

— Pobrezinho. Antes de ir para o quarto, ele pediu uma folha de papel e um lápis, queria se distrair e rabiscar um pouco.

Giordano se levantou e já ia saindo quando Suzana o chamou de volta.

— Sabe o que é mais estranho, padre?

Ele se voltou para ela.

— Ele não parece triste em ter sido abandonado ou com a implicância dos meninos. Sua única preocupação até agora foi desenhar um pouco.

Sem muita surpresa, por ter notado o mesmo, Giordano continuou caminhando para dentro do casarão. Às costas da freira, protegida por uma coluna amarela de cimento que sustentava a parte destinada a uma sala de aula, uma menina deixou o esconderijo e correu até Buba e Ernesto.

10

— Lester? Posso entrar?

Três segundos e Giordano tornou a dizer:

— Lester?

O silêncio que recebeu em resposta foi o pedido para que o padre girasse a maçaneta de bronze e atravessasse a porta. Encontrou Lester sentado no chão, embaixo da janela. Estava criando algo. O tubinho com sua tinta preferida estava ao seu lado, aberto e apoiado sobre uma meia, em cima da mala de couro. Algo avermelhado e gasoso que escapava pelo recipiente logo se recolheu com a entrada do padre.

As mãos do garoto se moviam depressa e seus olhos estavam brancos. A boca pendia para baixo alongando o rosto.

— Meu Deus, Lester! O que está acontecendo com você?

As mãos continuavam se movendo, de um lado para o outro, hábeis, colorindo o papel com muita força. Os músculos do menino retesados no pescoço, as veias estufadas bombeando sangue para o restante do corpo. Giordano avançou em direção a ele, os pelos de seu braço se eriçando. Chegar perto do menino foi como manusear um cobertor de lã por muito tempo.

— Largue o lápis, Lester! Agora! — gritou.

Os olhos brancos desviaram do papel e encaram o homem que se aproximava. A boca subiu e desceu, quem sabe tentando articular alguma frase. O que saiu, no entanto, foi um sibilo, um assovio de cascavel. Os braços não paravam, as mãos se articulavam, exigindo músculos desconhecidos. A concentração do garoto era tanta que ele chutava com os pés, em um ato praticamente convulsivo. Giordano cruzou o peito pedindo a proteção divina.

— Já chega! — gritou ainda mais alto. Emendou uma tosse seca em seguida, as cordas vocais estafadas com o esforço repentino.

Lester baixou o pescoço e deixou que o cabelo da testa pendesse sobre sua fronte. Os olhos estavam protegidos de novo; a identidade da alma, resguardada. O lápis acabou solto da mão direita e rolou pelo chão. Os pés chutaram o ar outra vez, depois mais uma. Então, o menino suspirou e sacudiu a cabeça, fazendo os cabelos esvoaçarem.

— Filho? Está tudo bem com você?

Lester apanhou o tubinho com a tinta vermelha e o tampou com a rolha. Colocou atrás de si, mantendo-o em segurança. Em seguida, secou a testa reluzente e úmida.

— Eu estava desenhando.

— Desenhando? Menino! Você estava tendo uma convulsão!

Imediatamente o rosto infantil de Lester ganhou um sorriso astuto.

— Eu não tenho convulsão. Sou criança, mas sei o que significa. Convulsão é coisa de retardado, como os velhos nojentos que não param com as cuecas limpas. Eu não pedi para estar aqui! Eu odeio esse lugar! — gritou.

— Ei! Que tal respeitar um pouco os mais velhos? E o que você acha de honrar o lugar onde vai morar, no mínimo, pelos próximos dez anos? — A voz de Giordano ainda estava rouca. Ele transpirava um pouco, não conseguia tirar de si a imagem que acabara de ver. Precisou se concentrar antes de continuar. — Quero ver o que você estava desenhando.

— Não está pronto.

— Agora!

Lester apanhou a resma de folhas e a colocou sobre o peito. Recuou até que as costas estivessem esticadas na parede e deixou os joelhos flexionados, prontos para fazer o que fosse preciso para aquele homem não chegar muito perto.

Na tribo, ele precisou aprender a se defender. Desde que seus pais morreram, Lester era surrado e provocado, tratado como uma abominação. Só não deixavam de alimentá-lo e dar-lhe um lugar para dormir porque tinham medo. Despertar temor era uma grande coisa, o medo traz a vitória sobre os fracos.

— Rapazinho, nós não precisamos ser inimigos. Só quero ver o que você tem aí. Minha obrigação é cuidar de você e da sua saúde. Se desenhar deixar você no estado que acabei de ver...

— Não é nada demais. Isso sempre acontece com os artistas da minha tribo. E não é só com gente que pinta quadros. O homem que tocava violão, por exemplo... Quando ele terminava, nem se lembrava das músicas que tinha tocado. Meu pai também, quando ele estava estudando, ou fazendo *coisas* com a minha mãe, ficava esquisito. Uma vez, eu...

— Chega de desperdiçar meu tempo, Lester. Quero ver seu desenho e quero agora. Ou pode esquecer seu tubinho mágico ou novas folhas para continuar fazendo arte.

Dois brotos úmidos desceram dos olhos de Lester. Seu queixo se enrugou todo e ele disse:

— O senhor é como todo mundo. Não entende o meu povo e tem raiva da gente. Eu não fiz nada, padre. Só estava desenhando.

— Padre? — A voz surgiu atrás de Dom Giordano.

— Madre, não é um bom momento.

— Ágata ouviu seus gritos e correu para me chamar. O que aconteceu? Está tudo bem? Precisa de ajuda?

Giordano deu as costas a Lester e disse a Suzana:

— Estou tendo uma conversa com o menino, tentando ensinar bons modos. Pode voltar para os outros; ficaremos bem.

Alguma agitação nos papéis fez o padre voltar a prestar atenção no menino. Suzana já estava indo embora. Mas só partiu de fato depois de se esticar pela abertura da porta e dar uma olhada em Lester. Ele respirava suavemente, toda a sua insegurança estava resumida nas sobrancelhas um pouco arqueadas.

— Pode olhar se quiser. Eu não ligo — Lester disse quando a freira deixou a abertura da porta. O menino colocou o tubinho sobre a mala suavemente, mas manteve consigo o lápis e os papéis.

Giordano se aproximou, recuperando o bom senso. Esperou que o menino estendesse os desenhos a ele.

Tomou os papéis nas mãos e olhou a primeira página. Precisou de um tempo, não para decifrar a arte, mas sim, para se acalmar.

— Quem é esse?

— Um homem de saia? Quem pode ser, padre?

Giordano mostrou os dentes amarelos em um sorriso retorcido.

— E o que eu estou fazendo?

O desenho mostrava um padre segurando uma cruz e olhando para o alto. Atrás dele, aos fundos, o que poderia ser uma catedral — se o menino tivesse tido tempo para terminar. Ainda assim seus traços eram claros. Os sombreados, o cuidado nos contornos, a expressão de fé nos olhos do homem que tinha muito de Giordano. Lester não se esqueceu nem mesmo de uma verruga que o sacerdote tinha logo abaixo do olho esquerdo.

— O senhor está conversando com seu Deus. Está pedindo que todas as crianças tenham comida.

Devia haver algo mais, precisava haver alguma coisa que explicasse a conversão maligna que Giordano vira há pouco.

O próximo esboço estava incompleto, mas a tentativa de reproduzir o refeitório era clara. As mesas, os rostos quadrados emergindo sobre elas, uma mulher de pé, segurando uma caneca fumegante — o padre enxergou Suzana.

— De agora em diante, você só desenha com alguém por perto. Pelo menos até entendermos o que acontece com você. — Giordano se abaixou para devolver as folhas e gemeu. Seus joelhos já não eram os mesmos de vinte anos atrás. Aliás, eles nunca ficaram bons desde que fraturou a perna direita. (Ele tentava apanhar uma fruta para sua irmã que esperava um bebê. O abacateiro não sabia disso e o chão, menos ainda, e ambos foram inclementes.)

— Eu não quero mais desenhar. Esses papéis não servem, eu quero papéis de verdade, papéis de pintar quadros.

— O que está me pedindo custa caro, rapazinho. Você imagina quanto precisaremos poupar de pão e leite para um material desses? Sem contar que precisamos de roupas, remédios...

— Eu vi quando o senhor pegou o dinheiro.

Giordano tornou a se levantar, titubeando um pouco antes de retomar o equilíbrio. O joelho direito soltou um estalo. Acabou amassando sem querer duas folhas que ainda estavam em seu poder.

— Não briga comigo, padre. É que os meninos não gostam de mim, eu já percebi. E eu também não gosto deles. Só quero ficar quieto e pintar alguma coisa, quando eu faço isso fico mais perto de casa. Eu queria estar com eles, com o meu povo.

À direita de Lester estava sua cama. Giordano foi até lá e sentou-se. Tornou a olhar para as artes. A família do menino estava morta, ele logo precisaria saber disso. Mas seus olhos revirados... Eles ainda insistiam que pintar não era uma boa ideia.

— Podemos fazer um acordo — disse Giordano. — Como sabe, a partir de hoje você vai dormir com os outros meninos. Eu quero que se entenda com eles, que vocês fiquem amigos como todos os outros. Se você se esforçar e conseguir fazer isso em vez de ficar trancado o dia todo no quarto, eu providencio o que me pediu.

O menino estudou cada ruga, cada curvinha no rosto do padre.

— Um pacto?

— É... Pode chamar assim se quiser. Você se esforça com os meninos, e eu me esforço para conseguir o que quer.

Lester sacudiu a cabeça para cima e para baixo.

— Gosto de pactos.

Giordano devolveu os papéis em seguida. Pediu para que Lester não voltasse a desenhar naquele dia, disse que se os meninos o vissem torcendo os olhos ficariam assustados. Ele concordou, guardando o que faria com seu tempo livre para si. Quando o padre deixou o quarto, o menino colocou os dois esboços e o resto dos papéis dentro da mala — na parte de cima, ao lado do lápis e do tubinho de tinta que logo voltaria para o bolso da calça. Antes de deixar o quarto, conferiu a parte de baixo, onde ele escondera os *outros* desenhos.

11

Lester chegou ao pátio dez minutos depois. Encarou sem muito ânimo os meninos que pareciam babuínos nervosos. O que chamavam de Buba-Baleia — não por acaso — estava sentado, devorando alguma coisa de cor bege. Pela sua expressão estava delicioso, e pela boca aberta e olhos úmidos do menino ao seu lado, aquele doce tinha outro dono cinco minutos atrás. A freira com olhos esbugalhados fiscalizava algumas meninas que pulavam corda. Os outros não eram importantes. Quem domina os grupos sempre são homens fortes e mulheres bonitas, não importa o que digam sobre a inteligência.

Tentou se aproximar sem ser notado, apenas para cumprir sua parte do acordo com o homem que usava saia. Um cigano jamais colocaria um vestido preto a menos que alguém o pagasse para isso. Talvez o padre fizesse isso pelo mesmo motivo. As pessoas fazem absurdos por um pouco de dinheiro.

Havia um canto quase esquecido no pátio, ficava atrás do maior dos pés de romã. Se ele conseguisse chegar até ali, escaparia do moleque gordo que provavelmente tinha nascido como uma espinha nasce na bunda.

Lester caminhou até se refugiar na sombra da árvore. Gostava da natureza, da liberdade, do cheiro jovem das folhas.

Em segurança, observava Buba-Baleia implicando com outro garoto, um de óculos fundo de garrafa que possivelmente ficaria cego sem eles. Na tribo, a única pessoa a ter uma lente daquelas era Madame Sarah, só que ela não usava no rosto, usava para acender o fogo. O menino de óculos se afastou e olhou em direção à freira, Buba sacudiu a cabeça e chamou pelo menino de olhos puxados. Ciganos também não gostavam deles, dos japoneses. Romena, sua mãe, sempre dizia que nunca se sabe quando um japonês sorri de verdade, dizia que os olhos deles são mentirosos. Lester tateou o bolso dianteiro direito e apanhou um envelhecido caderninho com capa de couro, presente da mesma mulher que o colocara no mundo. Dentro dele havia um desenho de Romena. Lester acariciou o retrato com a ponta dos dedos. Sua mãe estava vestida para o casamento — que sepultaria sua vida dez anos depois. O tecido do vestido devia ser vermelho, mas podia ser rosa — o retrato só mostrava tonalidades mortas. Lester acabou retirando as mãos do caderno quando um cheiro diferente irritou seu nariz.

— Tá fazendo o que aí, filho do diabo? Chorando de saudade da mamãezinha, é?

Lester ergueu os olhos e encarou o garoto gordo com marcas escuras embaixo dos sovacos. Essa não era a única sujeira de sua camisa caqui. Ele também tinha comida perto do umbigo, e algo que poderia ser baba ou suor no colarinho. Aproveitando que o outro não desviaria o olhar primeiro, fechou o caderninho.

— Perguntei o que você tá fazendo.

— Nada.

Buba sorriu, mas foi quase uma careta.

— Você e seu povo fedido se acham melhores que a gente. É por isso que vivem em bandos, longe da cidade. Ou então porque são selvagens.

— Não somos selvagens.

Buba olhou ao redor. Fez isso em todas as direções. Lester fez o mesmo e constatou que a pessoa mais próxima não serviria para muita coisa. Era um garotinho com as pernas ruins. Lester o havia visto quando entrou no pátio, o coitado tentava chutar uma bola, enquanto os outros meninos riam. Ele tinha os pés curvados para dentro.

— Você tem que me dar alguma coisa.

— Eu não tenho que fazer nada. Você não é o dono desse lugar.

— Sou mais dono que você. Anda, me dá alguma coisa, todo mundo precisa pagar quando chega nessa merda de casa.

— O padre e a mulher esquisita dão comida e cama para a gente, por que você quer meu dinheiro?

Buba não respondeu de imediato. Ele deu às costas sem se afastar totalmente e assoviou metendo os dedos na boca. Não demorou nada até que o garoto de cabeça vermelha e o menino japonês chegassem; os dois riram quando viram Lester acuado.

— Ele quer saber por que precisa dar alguma coisa para gente — disse Buba.

— Para um cigano, você é bem burro... — disse Vermelho. — É simples, coisa feia, você paga a gente para não se machucar. Essa casa parece um bom lugar, eu sei que o padre Giordano contou para você que todo mundo aqui é uma família e um monte de lorotas. A verdade é que esse lugar é perigoso. Você pode cair de cabeça no chão encerado do banheiro, acabar preso no porão... Uma vez, um menino até despencou de cima do telhado. — Ele olhou para o garoto com as pernas curvadas. — Um acidente horrível...

— Eu não tenho medo de vocês.

Lester não teve tempo de reagir quando Buba o socou no rosto. Ele rolou pelo chão, seu olho direito queimava, enquanto os garotos riam. O menino gordo ainda o surrou com dois chutes na barriga.

— O que estão esperando? Procurem nos bolsos!

Lester rolou no chão, era tudo que podia fazer. Ainda estava meio tonto com a pancada.

— Eu entrego! Eu tenho uma coisa para vocês! — gritou. Começou a chutar Japonês e Vermelho para que eles não o tocassem. Buba estava afastado, procurando por algum adulto intrometido.

— Ele parece um peixe! — disse o ruivo.

— Você é um pamonha, Vermelho! É só tirar a casca de sujeira e agarrar ele! — Japonês disse em seguida. O ruivo começou a olhar feio para ele, e Buba intercedeu.

— Chega dessa lambança, ele já disse que vai pagar. — Chegou mais perto e puxou a camisa de Japonês para que ele ficasse com o posto de vigia. — O que você tem aí, bicho feio?

Lester pousou a mão sobre o bolso esquerdo, apenas para garantir que o tubinho estava inteiro. Depois levou-a ao bolso direito, de onde tirou o caderninho. Estendeu a mão trêmula a Buba. Seus dentes estavam cerrados e Lester sangrava um pouco no lábio superior.

— O que é essa porcaria?

— É antigo, mas vale dinheiro se encontrar o comprador certo. A capa é de couro.

— Eu não me importo com a merda da capa. O que você acha, Vermelho?

— Isso não paga o serviço... Mas dá para usar para limpar a bunda se acabar o papel.

Buba apanhou o caderninho e o folheou, as páginas farfalhando em suas mãos. Um papel solto acabou se desprendendo e caindo no chão. Lester tentou ser rápido, mas Vermelho pisoteou o dorso de sua mão.

— O que é isso aqui? — Buba perguntou. Japonês apanhou o retrato e o entregou a ele. O menino gordo arregalou um pouco os olhos, parecia gostar do que via. — Quem é a vagabunda?

— Ninguém — respondeu Lester. Me devolve, o retrato é meu. Eu já dei o que você queria! Pode ficar com o caderno.

— Se não é ninguém, não tem problema eu ficar com a foto. E você, sua besta, pode ficar sossegado, vou guardar em um lugar onde ninguém vai mexer. — Buba puxou a calça e a cueca para a frente. Enfiou o retrato ali. Lester acabou arranhando o chão enquanto via aquilo.

— Ela tá vindo! — Japonês avisou.

Buba confirmou com os próprios olhos e avançou na direção de Lester. O garoto cigano recuou, mas o outro o agarrou pelo colarinho da camisa.

— Isso aqui serve por enquanto, fedido. Se você não quiser perder os dentes, fica de boca fechada. Se andar na linha, pode conseguir dormir sem apanhar todo dia.

Japonês já estava no meio do pátio, roubando a boneca de Júlia para atrasar Suzana. Quando ele notou Buba e Vermelho se aproximando, deixou o brinquedo e correu em direção a outras duas crianças que chutavam uma bola de meia. Logo as duas estavam chorando, e os outros três, juntos. Eles tinham um caderninho, uma foto e uma bola de meia para chutar.

12

Lester não foi perseguido por sete dias. Tempo suficiente para que conversasse com outros meninos e desse a impressão ao padre de que estava se enturmando. Uma das suas companhias mais próximas era Ágata. Mesmo com todo mundo dizendo que os ciganos eram traiçoeiros e perigosos, ela decidiu facilitar a vida do menino. Passava o dia colada nele; especulando sobre seu povo, sobre seus costumes. Lester falava muito pouco. A maior parte do tempo preferia ouvir e ficar quieto, observando o novo mundo e o comportamento dos garotos — também o dos adultos que nunca fizeram muito sentido em seu velho mundo. Seu pai cuidou disso. Ele era o feiticeiro da tribo. Dizia que era médico, mas Cigano logo provou que seu único interesse era a dominação; da tribo, da esposa, do filho. De Deus e do Demônio.

O oficial que conversou com Giordano no dia seguinte à chegada de Lester — Ágata contou isso ao menino, seria mais fácil esconder um giz em um monte de calcário do que manter um segredo a salvo daquela garota — voltou a visitar o casarão outras duas vezes. Na primeira, Giordano o convenceu a abandonar a ideia de interrogar o garoto. Na última, Lester conseguiu bisbilhotar a conversa e descobriu que o homem de bigode trouxera algo consigo. Também ouviu sobre um acidente com a tribo, o que arrancou um sorriso dos seus lábios finos.

Buba e seus capangas mantinham os olhos em Lester. Tentaram ficar sozinhos com ele algumas vezes, mas, graças a Ágata e a inteligência incomum de Lester em supor os planos dos seus oponentes, aquilo não aconteceu.

Em uma das aulas de religião que o padre ministrava no orfanato, Buba apanhou o retrato de Romena e ameaçou destruí-lo com os dedos. Lester o ameaçou de volta com um bilhete. O papel dizia que se o garoto amassasse demais o retrato, ele contaria para Giordano, não importa o quanto apanhasse depois. Isso bastou para que Buba devolvesse o desenho para a parte mais nojenta de seu corpo.

Foi só na noite de sábado, quando Lester estava tentando tirar a terra que alguém jogou sobre a sua cama, que o sacerdote o convocou novamente para uma conversa particular. Dessa vez, o padre estava com Suzana, o que não animou muito o menino. Sempre que um adulto precisa de outro para conversar com uma criança, a situação fede. Ainda assim ele deixou o dormitório sorrindo. Qualquer coisa seria melhor que dividir o mesmo ar com aqueles imprestáveis.

13

— Primeiro você — disse Giordano, mantendo a porta aberta. Suzana estava atrás do menino, preocupada em deixar as outras crianças sozinhas por muito tempo. Desde a chegada de Lester, eles pareciam animais selvagens. Todo dia alguém discutia, brigava e sangrava.

— O que eu fiz de errado?

— Calma, Lester. Só queremos conversar um pouco.

Lester esperou os olhos se acostumarem com a sala escurecida e entrou. Sentiu o cheiro da madeira dos móveis e, ao mesmo tempo, saudade da casa que costumava ter. Sentiu falta principalmente da liberdade de antes que agora parecia tão consistente quanto à sinceridade de Giordano. O padre respirava um pouco depressa demais e também transpirava na testa.

Antes de chegar à sua mesa, Giordano cochichou alguma coisa com madre Suzana. Lester não se importou, o que tomava toda sua atenção eram alguns objetos recostados à parede. Enfim, a conversa entre Lester e aquele pobre homem poderia trazer algo útil. Suzana ficou de pé, ao lado de Giordano. O padre ocupou a cadeira à frente da mesa de cerejeira. Ele abriu a primeira gaveta e retirou de lá um envelope surrado pelo manuseio.

— E então? Como vai a sua estadia em nossa casa? Os meninos ainda estão implicando? A madre me contou que andaram provocando você no pátio, quer me contar o que aconteceu?

Lester estava de costas, passando as mãos sobre o carvalho do armário e olhando com o canto dos olhos para os objetos recostados à parede.

— Os meninos não me conhecem direito. Eles estão fazendo o que todo mundo faz quando tem medo de alguma coisa, estão testando minha força.

— E você é bem forte, suponho?

— Todo cigano é. Aprendemos isso desde que nascemos: ou você fica forte, ou o mundo acaba com você.

Giordano cedeu um risinho torto a Suzana. Ela não retribuiu. Estava com a boca fechada e os ombros retesados, um dos pés ritmava contra o chão da sala. Ficaria mais tranquila com o fim daquela conversa.

— Muito bem, se está tudo certo entre você e os meninos, podemos continuar. — Giordano caminhou até a mesa a apanhou um envelope. Retirou o conteúdo e selecionou uma das páginas amarelas.

— Aqui diz que você é um artista.

— De onde veio isso? — Lester perguntou. Girou o corpo para que ficasse de frente para a mesa. Continuou afastado, suas costas tocavam a madeira do armário e as fazia trepidar.

— Esse é o outro ponto da nossa conversa. Lester, eu não sei como dizer, mas...

— O que fala aí? O que está escrito nesse papel velho?

Suzana estranhou o jeito do menino. Geralmente ele falava de maneira calma, mas agora, a despeito de sua aparência de doze anos — e de ele ter alegado essa mesma idade —, Lester aparentava a perspicácia e inteligência dos quinze. Mesmo sua voz estava mais grossa e potente.

— Está escrito que você é um prodígio. Quem o escreveu foi uma mulher chamada Sarah. Pelo que soubemos, ela era uma espécie de conselheira. A mulher mais velha da tribo, estou certo?

Lester acenou que sim. Lançou os olhos para a porta entreaberta, também para a janela fechada em uma das persianas. O dia estava carrancudo outra vez, como era comum nos agostos daquele país quente e úmido.

— Eu me pergunto o que causou toda a discórdia que veio depois. Pelo que pude entender, sua tribo o tratava como um herói. Ela também fala sobre seu pai, alguém chamado Juan.

— Meu pai era um feiticeiro. Mas no *seu mundo* ele seria chamado de... padre.

Giordano pigarreou, mas não respondeu com a agressividade que gostaria. Seria uma conversa dura, melhor poupar o espírito.

— E Sarah nem conheceu ele direito. *Eu* conhecia meu pai, conhecia de verdade!

— Calma, Lester. Nós só queremos saber mais sobre você.

— É só me perguntar — ele disse, não com raiva, mas distante de estar tranquilo. — A sra. Sarah estava perdendo o juízo, todo mundo do acampamento sabia disso, ela falava bobagens o dia inteiro e às vezes ficava gritando, até que alguém entrasse em sua casa e a trouxesse de volta para a terra. Eu não sei o que ela escreveu nesse papel, mas o senhor devia jogar fora. Sabe o que dizem sobre gente louca? Que se a gente conversar muito tempo com eles, acaba ficando igual.

— Tudo bem, Lester. Você venceu. Não vou mais ler uma linha desses papéis. — Giordano tornou a guardar as folhas no envelope, fechou o pacotinho e abriu a gaveta.

— Pode me dar? São do meu povo, não são?

— Boa tentativa, mas o envelope fica comigo.

Os ombros do menino subiram e desceram, negando a importância que seus dedos enovelados nas palmas das mãos davam àquelas folhas.

— Você se recorda que sua família estava de saída da cidade quando o trouxeram para cá? Naquela noite de chuva?

— Mais ou menos. Foi um dia estranho.

— Pois bem, filho, eles estavam. A mulher que dizia ser sua irmã me falou isso e depois outra pessoa confirmou a história. — Giordano girou o pescoço na direção de Suzana e ela deixou o posto ao lado da mesa. Foi para perto de Lester e apanhou sua mão. O menino olhou para cima. A freira pediu que ele fosse forte.

— Recebemos a visita de um agente da lei alguns dias atrás. Ele trazia más notícias. Notícias sobre o seu povo.

— Tá tudo bem com eles?

— Não, filho. Não está. Lester, antes que eu continue, você precisa entender que Deus nosso Senhor sempre sabe o que faz. Às vezes, ele nos coloca à prova e nem sempre entendemos quando acontece alguma coisa terrível e...

— Eles...

— Estão mortos, Lester. Um terrível acidente se abateu sobre a caravana. O oficial me contou que eles caíram de um desfiladeiro. Ainda não sabemos como aconteceu, mas parece que houve um incêndio e...

— Eu estou sozinho no mundo? É isso?

Notando a irritação na voz do menino, Suzana se abaixou até que fizesse contato com seus olhos.

— Você não está sozinho. Nunca ficará sozinho de novo. Nós somos sua nova família. Eu, o padre e as outras crianças. E você pode chorar se sentir vontade, faz bem colocar a tristeza para fora.

O garoto continuou encarando a freira, mas nada de umidade em seus olhos. O que ele fez foi permitir um abraço para em seguida dizer:

— Eu já estava sozinho. Eles me deixaram para trás e foram amaldiçoados pelos deuses. Não vou chorar por causa disso.

— Filho... toda essa revolta...

— É só isso, padre? Posso voltar para o quarto?

Suzana e Giordano se entreolharam de novo. Poderia ser choque, surpresa ou ódio puro mascarado com desprezo. O fato é que o menino não parecia incomodado como deveria estar.

O padre tornou a limpar a garganta.

— Daqui a pouco você vai estar livre de nós dois. — Ele deixou a mesa de cerejeira e caminhou até a parede onde estavam apoiados os objetos que não paravam de chamar por Lester. O menino já sabia do que se tratava antes mesmo que o padre abrisse a boca. Giordano aproveitou que o quadro de Jesus estava bem acima dos pacotes e disse baixinho: — Tende piedade do menino. — Depois prosseguiu: — Tudo o que restou do incêndio foram essas peças.

Lester correu em direção a ele. Suzana tentou segurá-lo para que não corresse dentro da sala, era uma regra de ouro no orfanato. As crianças só podiam correr do lado de fora, no pátio. Giordano consentiu, e ela largou o menino.

Antes que Lester tocasse os embrulhos, o padre apanhou o menor deles, que parecia proteger uma coluna, algo roliço de cerca de um metro. Colocou-o em cima da mesa. Lester entendeu o recado, ele não tocou nos outros embrulhos. O padre gostou disso, era um sinal de respeito e confiança. Calado, continuou colocando as peças sobre a mesa. Terminado o trabalho, escolheu o primeiro embrulho e começou a desempacotar.

— Precisamos saber do que se trata antes de dar a você.

Lester parecia andar sem se mover. Suas pernas tremiam, uma mão segurava a outra em frente a elas. A boca não fechava.

Depois do papel pardo, um monte de jornais. Giordano também não havia visto o conteúdo dos embrulhos, mesmo com a insistência do oficial para que ele o fizesse. Segundo o homem — que contou superficialmente o que eles guardavam —, ele e outros oficiais abriram alguns embrulhos e deram uma olhada antes de levá-los ao orfanato, ele disse que nenhum dos artefatos fora tocado pelo fogo, ou mesmo pela água, ou pelo sereno da noite. Estavam intactos, embaixo da única lona que não pegou fogo. Apenas um quadro ficou com o agente, o que mostrava a queda de uma caravana. Giordano disse a Lucano que Lester contou sobre uma lenda cigana na qual muitas pessoas morriam depois de terem roubado uma grande tribo do Norte e matado seu governante. O oficial fingiu que acreditou e encerrou mais um caso. De qualquer forma, ninguém de Três Rios se importava muito com um bando de ciganos mortos.

Os papéis foram enchendo a mesa, Giordano começou a desembrulhar mais depressa. Suzana, que havia se aproximado, não tirava os olhos das próprias mãos. De repente, o padre parecia mais curioso que o menino.

— O que é? — ela perguntou ao vê-lo desnudar a peça.

— Uma estátua? — Giordano perguntou a si mesmo.

Lester se esticou todo e estendeu as mãos. Giordano manteve a estatueta consigo, estudando suas curvas e sorvendo a sensação tentadora que a peça começava a causar nele. O menino insistiu, dando a volta na mesa e puxando a batina do padre.

— Entregue a ele — Suzana disse.

Bem devagar, Giordano fez isso. Depois, sacudiu a cabeça como quem chama o juízo de volta. Lester vasculhava a estatueta a girando entre as mãos. Suzana notou um rasgo na parte de trás, como se a peça esperasse algo que ainda seria colocado dentro dela. Lester abraçou a estatueta depois de avaliá-la, foi sua primeira emoção genuína desde que entrou na sala.

— Minha Ciganinha, santa Ciganinha! — ele disse e deslizou os dedos pequenos sobre a peça.

— Blasfêmia — disse Suzana, e se benzeu.

14

Giordano continuou desembrulhando a herança de Lester e a cada descoberta mais arfadas de receio o acometiam. Não havia dúvidas de que o garoto era especial, um verdadeiro prodígio, daqueles que nascem por um descuido dos anjos. Entretanto, as obras e suas cores vívidas, *luxuriosas*, traziam consigo um agouro inexplicável. O padre já estava respirando profundamente quando chegou ao terceiro dos cinco pacotes.

— Padre? Está tudo bem?

— É só cansaço. Mas se puder me trazer um pouco d'água...

Suzana saiu da sala, apressada, para fazer o que ele pedia. Nunca tinha visto Giordano tão atordoado. Mesmo seu rosto, quase sempre calmo, assumia as cores de um tomate maduro. O capelão continuou com Lester:

— Estávamos preocupados com você, filho. Fico feliz que não esteja consumido em revolta depois do que aconteceu.

Ah, mas Lester estava consumido... Suas mãos curiosas, o movimento rápido dos olhos, o medo de que o padre danificasse alguma das peças em uma manobra descuidada. Sua herança não era somente gesso, papel e tinta, aquelas coisas eram parte de sua alma, como eles logo descobririam.

Lester continuou atento até que a última moldura estivesse livre da proteção dos papéis pardos. Havia um monte de lixo no chão e sobre a mesa. Papéis, barbantes, pedaços de paina — um tipo de algodão um pouco mais grosso. Também algum gesso da estátua devolvida à mesa, sobre a madeira e sobre a batina negra do padre. Suzana estava entrando na sala outra vez, trazia um jarro de barro com água e uma caneca. Giordano apanhou a caneca de alumínio abastecida pela freira e a virou em dois goles. Tornou a enchê-la e mais uma vez bebeu seu conteúdo rapidamente.

— Filho, preciso de alguns minutos com a madre Suzana.

— O que vão fazer com os meus quadros? Com a minha estátua? Isso é meu, não podem ficar com eles ou esconder de mim! — Lester correu até a mesa e tornou a apanhar a estatueta, colou-a contra seu peito com força, entrelaçando os braços.

— Ninguém vai fazer isso. Mas se você nos desobedecer e nos enfrentar como um menino egoísta e mesquinho, podemos mudar de ideia.

O garoto continuou como estava.

— Entregue para o padre, Lester. Nós só queremos conversar e decidir a melhor maneira de agir.

— Eu não vou sair daqui! — disse ele. Quase um rugido felino.

A fim de contê-lo, Suzana deixou o jarro sobre e mesa e deu dois passos firmes em sua direção. Ela estava com os punhos fechados, as pupilas dos olhos contraídas ao máximo. Giordano tomou sua frente.

— Não.

— Padre! Ele...

— Tivemos uma conversa dura, madre. Estamos todos nervosos — disse. Encarou firme Suzana, de modo que ela bufou e recuou um passo. Mas a mulher continuou de braços cruzados. Giordano retornou sua atenção para o menino. — Lester, o que você acha de ficar do outro lado da porta? Não precisa ir para o seu quarto agora, prometo que daqui a pouquinho falaremos com você.

— Não vai destruir minhas coisas? — perguntou. Seu rosto também estava vermelho. Os braços tremiam um pouco, se esforçando para segurar a estatueta de gesso por mais tempo. Os olhos não desviavam de Suzana, ela era o risco agora. Ela era Sarah, Iolanda, Maria e todas as mulheres desconfiadas do mundo.

Ainda contrariado, Lester avançou até a mesa. Apanhou um pouco de papel do chão e colocou sobre a escrivaninha, a estátua ainda em seu controle, desafiando os músculos jovens do menino. Ele a pousou suavemente sobre as folhas, como se fosse um bebezinho. Depois saiu da sala. A porta se fechou e as costas de Lester fizeram um ruído seco sobre a madeira que a compunha.

— Nunca vi uma criança tão teimosa!

— Precisamos ter paciência, madre. O menino está assustado.

— Ele não é o único — disse Suzana.

Giordano caminhou até a janela, era o mais longe possível da porta onde Lester os aguardava. Abriu as persianas e deixou que um vento mais fresco resfriasse o suor da pele.

— Não está pensando em deixar essas coisas horríveis com ele, está? — Suzana perguntou.

Giordano apanhou algo do bolso que começava a deixá-lo maluco. Um cigarro artesanal que ele só fumava dentro daquela sala, sempre em frente à janela aberta.

— O senhor não tinha parado de se envenenar?

— Um homem precisa ter um vício, madre. Esse é um dos poucos que não perturbam minha fé.

O dia lá fora estava calado de novo. Duas carolas passaram pela frente do casarão e se benzeram quando notaram a silhueta do padre. Ele as abençoou com uma das mãos e manteve o cigarro abaixado na outra.

— Não podemos tirar a herança de Lester. As pinturas são a vida do menino. Você mesma viu suas reações, o que aconteceria se tomássemos tudo dele?

— Padre... — Suzana se afastou outra vez e retrocedeu até a mesa. Olhou nauseada para a estatueta da cigana. Ela tinha tantas curvas e voluptuosidade. Tinha até seios! Devassidão e decadência, mesmo aos olhos de uma criança. Porém, optou por apanhar outra peça — talvez para não precisar tocar na estatueta imunda. Ela ergueu um dos quadros, de modo que Giordano pudesse vê-lo de onde estava. Uma pintura realista. Uma mulher de uns setenta anos segurando um gato rajado em seu colo, atrás dela havia outro quadro, com outra mulher segurando outro gato. Pelas roupas da mulher, a cena era atual, mas algo o fazia parecer mais antigo. A mulher no plano principal estava toda de preto, havia uma escrivaninha ao lado, ligeiramente recuada. Sobre a escrivaninha, meia dúzia de rosas brancas.

— O senhor pode dizer *com certeza* que essa é uma obra de Deus?

Giordano tragou o cigarro e soltou a fumaça para o lado de fora da janela.

— Essa é a obra de um menino cigano. É a maneira que ele vê o mundo e o representa. Madre... Até homens brilhantes como Leonardo da Vinci e Michelangelo pintaram quadros estranhos. E precisamos reconhecer que ele tem talento. Daqui de onde estou, o quadro parece uma fotografia. É um pouco sombrio e triste, concordo, mas seria justo privarmos o menino de um talento tão grande? Um talento dado por Deus?

— E os outros garotos? Eles vão se assustar com essas coisas. Ou pior: vão torturar Lester com apelidos que ele nem conhece.

— Tenho uma solução para isso. — Giordano lançou o cigarro pela janela e voltou a se aproximar da freira. Apanhou o quadro das mãos dela e o devolveu à mesa. Depois tomou as mãos da mulher dentro das suas. — Cuidamos desses coitadinhos há muito tempo, nos conhecemos há muito tempo. Peço que tenha confiança em meu julgamento mais uma vez.

— Padre...

A voz era quase um suspiro. O coração acelerado dentro do peito, um ou dois pensamentos que deveriam ser rechaçados. As mãos de Suzana ficaram oleosas depressa, ela as tomou de volta e se afastou um pouco.

— Podemos usar o quarto de hóspedes — sugeriu Giordano. — Ele está vago desde que Lester o deixou. O menino pode trabalhar lá dentro. Deixaremos tudo no mesmo lugar, e tenho certeza que Lester não fará questão nenhuma de que os outros vejam suas obras. Eu fiz um acordo com ele, estou lhe devendo material de pintura. Madre... É nítido que esse menino possui um talento extraordinário, podemos orientá-lo, agenciá-lo, quem sabe instruí-lo para que produza algo mais adequado à nossa casa. Faríamos um favor a ele. O garoto não deixará de pintar porque eu e a senhora não gostamos dos seus quadros.

Suzana voltou a olhar para a estatueta. Suas curvas, seu busto, sua volúpia, sua fertilidade.

— Ela é horrível.

15

Uma coisa Lester sabia do mundo adulto: se você quer alguma coisa, precisa dar algo em troca. Assim, ele concordou em pintar, juntamente com seus quadros, algumas obras sacras que Dom Giordano poderia vender para angariar fundos para a sua casa de órfãos.

Lester passava a maior parte do tempo com os garotos, mas após as quatro da tarde, ele se recolhia ao quarto transformado em ateliê; só o deixava quando o jantar estava servido. O quarto agora tinha dois cavaletes, três conjuntos de tintas e pincéis, e alguns aparados — cinzéis, espátulas e lixas de diversos tamanhos e grãos — para que ele pudesse esculpir sua única e detestável obra em gesso. Lester dedicava muita atenção a ela. Suzana, apesar de odiar olhar para a peça, às vezes o fazia. Não era raro que seu corpo se arrepiasse; olhar para aquela coisa horrenda era bem próximo de encarar uma mulher em miniatura.

A data era 7 de outubro e todos estavam empenhados para a quermesse em homenagem a Nossa Senhora. Giordano quase não parava no orfanato, e Suzana usava a força e a disposição das crianças para ajudá-la na cozinha. O dia nasceu ensolarado, Deus parecia estar feliz com os homens de novo. Foi nesse dia que Buba-Baleia e seus comparsas se lembraram do pequeno cigano com mais afinco. Não que eles o tivessem esquecido completamente, mas com toda a atenção que o padre dava a Lester, não era exatamente fácil pegá-lo de surpresa.

Conversas sempre enchiam o dormitório à noite. Ágata, que se tornara a amiga mais chegada do menino, foi pressionada várias vezes a contar o que tanto ele fazia no quarto. Ela disse a verdade de que não sabia de nada, mas mesmo assim sua boneca preferida — uma réplica de bebê chamada *Branquinha* — teve os dois olhos e o pezinho esquerdo arrancados. Contudo, ela se manteve fiel a Lester, conseguindo na maior parte do tempo não pressioná-lo a contar seus segredos.

Naquele mesmo dia, logo depois de o sol brilhante se pôr no horizonte, Lester estava com os olhos revirados. Seu corpo padecia em transpirações, os pincéis se moviam freneticamente, como se ele não precisasse pensar para comandá-los. A camisa um pouco desgrenhada e aberta no colarinho estava toda respingada de tinta vermelha. A Ciganinha — quase finalizada — o observava no ponto mais alto do quarto. Lester conseguiu convencer o padre a deixá-lo colocar a estatueta em um oratório, dividindo o espaço com São Miguel e o arcanjo

Gabriel. Mas eles não estavam mais naquele lugar. Lester os colocara embaixo da cama, dentro de uma caixa de sapatos.

Já pintava há algum tempo quando sua concentração exagerada foi tomada por batidas rudes à porta. Quando ouviu o ruído, o menino não tinha certeza de quanto tempo estava sendo chamado. Deixou o pincel trêmulo sobre o aparador do cavalete e caminhou até a porta.

Era Japonês. Quando o viu, Lester diminuiu a abertura e colocou o pé escorando o rodapé da porta, para que o garoto não forçasse a entrada.

— O que você quer?

— Nós pegamos a sua amiga. Ela está com o Buba no banheiro dos meninos. Se não me deixar entrar, ele vai ficar nervoso.

— Não tem nada para você aqui dentro. E podem fazer o que quiserem com ela, eu não ligo.

— Pensei que diria isso. Mas olha só, o Buba ainda tem aquele desenho da sua mãe. E ele disse que vai rasgar.

Lester relaxou um pouco as mãos. Os pés continuaram onde estavam.

— Por que não me deixam em paz? Eu não fiz nada pra vocês.

— Eu só quero dar uma olhada, tá certo? Ninguém nunca ganhou um quarto ou os favores do padre. Não é justo que um fedido como você chegue aqui e mude nossas regras. E se não tem nada de errado, por que não posso ver?

Lester lançou os olhos para trás, primeiro para a estátua suspensa, depois para o quadro que estava produzindo.

— Você me devolve o retrato? Consegue fazer o gordo me devolver?

Ernesto sorriu com seus dentes japoneses e levantou a mão direita espalmada.

— Juro pela minha mãe.

Foram necessários mais alguns segundos até que Lester se decidisse.

— Só uma olhada, depois você vai embora. E quero que solte a Ágata e me devolva o retrato.

A porta cedeu um pouco. Lester continuou na abertura, sem abri-la totalmente. Então seu corpo foi arremessado para o meio do quarto.

— Anda! Fecha essa porcaria antes que chegue alguém — disse Buba, se desencostando da parede externa e entrando no quarto. Atrás dele, Vermelho fez o mesmo. Eles não paravam de rir.

16

Havia uma regra de ouro entre os meninos da cidade que Lester jamais respeitou: se você é minoria, melhor manter a boca fechada. Assim, tão logo Buba e os outros fecharam a porta do quarto, ele começou a falar:

— Não podem entrar aqui, o padre vai ficar sabendo, ele vai bater em vocês, em todos vocês!

Buba tomou distância, puxou o joelho para trás e o chutou na barriga, com mais força do que calculara. Lester se dobrou e manteve o estômago no lugar, um dos braços protegendo o rosto, esperando novos golpes.

— Reage se for homem! — Vermelho disse.

Mas Buba deixou o cigano em paz. Seus olhos estavam arregalados, absortos com dois quadros. O primeiro era de uma velha segurando um gato, uma pintura estúpida e cretina, mas que mesmo assim agarrava seus olhos pelos humores. O que ainda estava em andamento chamava ainda mais atenção. No cavalete, ele não parecia grande coisa, mas era o desenho mais horrível que Buba vira em toda sua vida. A tela tinha um tom bege, um pouco apodrecido. Imersos no que devia ser lama, dezenas de riscos do que pareciam esboços de rostos em sofrimento. Também havia uma espécie de raiz vermelha entrando e saindo deles, como se o sangue estivesse sendo drenado e compartilhado. De tão impressionante, Buba quis tocá-lo.

— Eu não faria isso — disse Lester. Ainda estava no chão.

— *Eu não faria isso* — replicou Japonês, fazendo o possível para defecar pela boca. Vermelho riu e deu um bote para cima de Lester. Ele tornou a se encolher, e o ruivo preferiu parar pouco antes de tocá-lo.

— Covarde! Não é à toa que seu povo desistiu de você — disse.

Buba se aproximou da tela, porém não chegou a tocá-la. Em vez disso, deu as costas ao cavalete.

— De pé, retardado.

Lester precisou de tempo para obedecer. O ar ainda parecia rarefeito. Mantinha as mãos na barriga que pulsava de dor.

— O que é toda essa merda? O que alguém tem na cabeça para desenhar isso? — Ele apontou para o quadro em andamento.

— O que *você* tem na cabeça? — Lester perguntou de volta. — Quando bate nos outros, quando tenta fazer todo mundo chorar, de onde vem o mal que inspira sua alma?

— Falou bonito — Japonês provocou. Vermelho ameaçou outro riso esganiçado. Mas Buba secou seu ânimo com os olhos.

— Sou dono de mim, renegado de bosta. E o mundo é um lugar duro e cruel. O que eu faço com os outros é o mesmo que vão fazer com eles lá fora, talvez até pior. Agora solta essa língua e me diz o que é tudo isso.

Mancando um pouco, Lester se levantou e caminhou até o quadro. Apanhou um dos pincéis, deixou o excesso de tinta escorrer no aparador. Apontou o pincel para Buba.

— Saia daqui enquanto pode. Eu preciso trabalhar.

— Acho que não — Buba riu. — Lembra que a gente falou que você precisava pagar para não se machucar?

— Você tem meu retrato e meu caderno, já paguei muito mais do que você merecia.

— Acho que não, desgraçado. Na verdade, estava pensando... Já que você gosta de desenhar todo esse lixo, eu quero um quadro para mim. E não me pergunte o que vou fazer com eles, talvez use para limpar meu cu.

Lester sacudiu a cabeça.

— Se não me der, vou rasgar todos. — Buba sacou do bolso um canivete de dobrar. Deixou a lâmina cuspida para fora, o brilho refletido da luz da janela acertou os olhos de Lester. Ele manteve a expressão calada e deixou que Buba e seus macacos continuassem sonhando. Lester ainda não tinha certeza se poderia morrer, se o seu *patrocinador* apareceria para ajudá-lo na hora exata, mas aqueles três não valiam o risco.

Buba foi até o outro cavalete. Esse estava coberto por um tecido verde e brilhante. Claro que aquele escroto fedorento protegeu o que tinha de melhor. O que tinha de *valioso*. É sim, porque o padre não permitiria aquela nojeira a menos que trouxesse algum dinheiro.

Percebendo que Buba não desistiria, Lester tentou partir em direção a ele quando se distraiu. No entanto, os outros bastardos continuavam atentos, Vermelho chutou suas pernas por trás, Lester desabou. Seu corpo ainda se arrastou no chão, o lábio inferior se partiu e sangrou. Lester tornou a se levantar, mas Japonês e Vermelho o agarraram.

— Me solta!

Buba apanhou o pano verde e brilhante, pela beiradinha de cima. Olhou para Lester para reafirmar quem é que mandava naquela porcaria de orfanato. Então puxou o tecido.

O que viu foi algo muito estranho. A pintura retratava uma cadeira, bem, parecia uma cadeira. Porém, era feita de um material dourado. Seu assento era ainda mais esquisito. Com tantos pregos, quem se aventurasse morreria com buracos extras na bunda e também por causa de outro detalhe daquela cadeira. Bem no meio do assento erguia-se um ducto dentado, semelhante à boca de um verme. Ninguém sobreviveria àquilo, a cadeira era uma porcaria de instrumento de tortura. No apoio dos braços, braceletes de couro confirmavam a suspeita, o mesmo para as pernas. Buba nunca chegou a ver os outros quadros, estava com a boca aberta, fascinado pelo que acabara de descobrir.

— O que é isso? — perguntou.

— Não vou dizer até me soltarem. E se você não sabe o que é, também não sabe para que serve — disse ele, jogando uma isca maior.

Buba estudou Lester. Ele era pequeno, fraco, não seria uma ameaça mesmo que tivesse uma arma de fogo escondida dentro dos trapos que usava. Assim, fez um movimento com o pescoço para que os outros o deixassem.

Assim que os lacaios se afastaram, Lester limpou o sangue que escorria do lábio inferior. Olhou para as mãos sujas. Em seguida meteu o dedo na boca e sorveu a mancha. Colocou a parte de baixo da camisa para dentro da calça.

— É um Fazedor de Milagres — disse a Buba. — Alguém com coragem suficiente pode conseguir o que quiser com uma máquina dessas.

— Pode conseguir arrebentar a bunda, isso sim — disse Vermelho.

— Deixa o filho do diabo continuar, eu tô curioso. — Buba se afastou do quadro, para a direita. Lester caminhou na direção oposta.

— Meu pai sabia sobre o oculto, ele vivia aqui e do outro lado. Mas vocês, brancos da cidade, não entendem desses assuntos. Eu poderia dar esse quadro para você, sabe? Mas ele é amaldiçoado. Você teria pesadelos até os cem anos, todas as noites. Seus filhos nasceriam com o pescoço torcido e o leite da mãe deles viraria sangue.

— Cala essa boca — Japonês disse. Estava recuando sem perceber, ficando o mais perto da porta que podia.

— Se depois de saber disso ainda quiser ficar com ele, é seu.

Buba colocou os dedos perto da imagem, sua pele parecia sugada por ela, sua força de vontade, até mesmo a força física que julgava ter. Os pelos de seu braço se arrepiavam, os olhos estavam tão secos que coçavam.

— Não tenho medo dessa porcaria. Só não gostei dele. Mas eu ainda quero meu pagamento do mês.

— Buba? — chamou o menino ruivo. Estava perto do oratório, erguendo as mãos para colocá-las na estatueta da cigana. Japonês deu outro passo em direção à porta. O quarto ficou frio de repente; o dia, mais escuro. E caso tudo isso não bastasse, ainda havia um cheiro azedo no ar, como o feijão que apodrece dentro da panela.

— Não toca nela! — Lester gritou. — Não põe a mão nela!

Buba havia encontrado seu presente. Ele tornou a socar Lester na barriga e foi para perto de Vermelho.

Vermelho nem chegou a botar as mãos na estatueta. Em vez disso, Buba o empurrou e resolveu tomar a obra para si. Lester estava recuado, tentando respirar de novo. Aquela baleia nojenta tinha a força de um adulto. Por mais que soubesse que ele se arrependeria amargamente do que estava fazendo, Lester queria ser mais forte. Seria tão bom arrancar seus olhos do crânio, tão doce apreciar seu sangue escorrendo no chão de cimento.

— O que essa puta faz?

— Não é uma puta. Ela é minha mãe — Lester gemeu. — O nome dela é Ciganinha.

— Nome de vagabunda — Buba afirmou e sacudiu a estatueta. No segundo movimento brusco, ela escapou de suas mãos. O gordo conseguiu apanhá-la a tempo de se divertir com o pavor de Lester.

— Se me der isso, devolvo seu retrato. E também não encho você de pancada até o Natal. — Voltou e olhar para a estatueta. — Sabe, fedido, você caprichou nessa aqui. Estou sentindo alguma coisa dentro da cueca. Olha só essas tetas — disse enquanto acariciava o gesso. Seus hormônios falavam tão alto que a boca do menino estava cheia de cuspe. Lester podia ver o brilho no esmalte dos dentes. O resto, podia imaginar.

— Ela *nunca* vai ser sua. Ela é do padre. Se você não me devolver, se você lascar um tiquinho da tinta, ele vai ficar sabendo. A estátua é uma encomenda do prefeito, ele vai pagar um dinheirão por ela.

— Por esse lixo? Eu duvido.

— Os avós dele eram ciganos — Lester explicou. — Foi o que o padre disse.

Buba estava com os dedos fechados ao redor do pescoço da estátua. Aquele cigano desgraçado... Ele não poderia arriscar uma encrenca dessas com o padre, ainda mais se tratando do prefeito que poderia muito bem cuidar da casa e do que eles precisassem por muito tempo. Mas engolir um desaforo daquele merdinha? Não, nem pensar.

A estátua voltou para o seu posto. Lester respirou, deixando um pouco de ar novo aliviar seus pulmões retraídos. Japonês e Vermelho se entreolharam. O ruivo deu de ombros, e Japonês procurou Buba para saber o que fazer. A porta à sua frente parecia o melhor caminho agora, e ele teria a atravessado se não houvesse um Buba logo atrás.

Buba-Baleia enfiou a mão na parte da frente da calça e retirou o papel já amassado, o único retrato da mãe de Lester. Ele cuspiu sobre a folha e a rasgou ao meio.

— Nãããooo!

Ainda não estava bom, o cigano indecente poderia remendar a porcaria ou copiá-la em outro quadro. Mas Lester não conseguiria fazer isso se o canivete picotasse o papel até que ele virasse uma peneira. Buba empurrou para o chão o que havia sobre o aparador de tintas. Colocou as duas metades do retrato sobre ele e as fez virarem oito partes. Voltou a empilhá-las sobre a madeira. Empunhou o canivete e o fez subir e descer. Continuou golpeando, furando, desfigurando. Só parou quando seus braços começaram a ficar dormentes. O cigano estava chorando.

— Pode ficar com a sua mãe agora.

Japonês sacudiu a cabeça de onde estava. Vermelho foi para perto da porta. O menino estava no chão, sentado, olhando para cima, para o que restou do único retrato de sua mãe.

Depois de assoprar as tiras de papel retorcido atirando fragmentos para todos os lados, principalmente sobre Lester, Buba guardou a lâmina e foi para perto dos comparsas. Seu rosto estava vermelho, a camisa suada grudando no peito. Sorrindo, ele colocou as mãos na maçaneta e disse a Lester:

— Ainda não acabou.

Do meio do corredor, os três ouviram a porta se fechando com uma pancada. A janela fez o mesmo sem que ninguém a tocasse. A escuridão da noite tomou conta de tudo. Os quadros, mesmo empalidecidos pelo negrume, pareciam animados aos olhos de Lester, como se a tinta que os formou estivesse viva. Da estatueta, olhos luminosos compunham dor, ódio e sofrimento. Lester se deixou banhar sob as asas do oculto.

Buba-Baleia estava certo. Ainda não tinha terminado.

17

A pior noite da cidade continuava sem uma lua no céu. Os animais estavam calados, o sereno não vinha acalmar a terra, as pessoas se aglomeravam em volta das velas.

Os três rivais de Lester correram para o refeitório para encher a barriga de comida. Junto com os outros, fizeram papel de santos e ajudaram madre Suzana nos preparativos da quermesse. Antes de comerem, rezaram com o padre Giordano. A agitação era tanta que alguém só percebeu a ausência do menino cigano perto das nove da noite — ou talvez tenham notado e o deixado de lado, como um leproso qualquer. Não por acaso era Ágata chegando à porta número oito. Ela tinha ouvido de uma das meninas o que aconteceu mais cedo naquele mesmo quarto.

— Lester? Tá tudo bem com você?

Sem uma resposta, ela colou os ouvidos na madeira e se pôs a ouvir. Alguma coisa acontecia dentro do quarto, um som similar a uma vassoura espanando o chão. Mas Ágata duvidava muito que Lester estivesse ocupado com uma faxina.

O som logo ganhou companhia, um ofegar, rápido como o de um cão.

Ágata ergueu os braços e bateu na porta com força.

— Abra, Lester! Se não abrir, vou chamar o padre!

Ela bateu mais vezes, seus punhos já estavam doendo. Estava prestes a desistir e buscar Giordano quando a porta se escancarou. Era estranho, mas não havia ninguém operando a maçaneta. A menina recuperou o equilíbrio dois passos depois, já dentro do quarto.

Lester estava à sua frente, de costas. Os braços estendidos, uma de suas mãos segurava um pincel. Seu corpo banhado apenas pela luz que entrava do corredor e pela chama de uma vela. A garota quase saiu correndo quando ele se virou para ela.

O rosto do menino era uma pintura sangrenta e esfolada. A pele fina estava agora trincada, sulcada, perecendo com o ressecamento da tinta. Os olhos do menino cigano não estavam brancos, mas consumidos pela escuridão. Ao lado de Lester, um pouco recuada, a última expressão de seu gênio transferida para uma tela. Rostos de todas as formas sofriam. Pedaços humanos se entrelaçavam a eles, uma estranha ramificação vermelha permeava a carne ali representada. O quarto estava gelado, um cheiro horrível de carniça penetrava seu nariz. No chão, uma poça do que provavelmente era urina.

— Lester! O que aconteceu aqui? O que você fez?

Atrás do menino, projetada na parede que sustentava a única janela do quarto, uma sombra enorme. O dono da forma não aparecia no mundo dos vivos, mas a silhueta borrada do chão ao teto não deixava muitas dúvidas. Seus quase dois metros de escuridão terminavam com chifres, as asas pontudas, o som de cascos batendo no chão quando a sombra marchava. Ágata tentou se mexer, mas seus joelhos vacilaram. Sua garganta fez o mesmo quando tentou gritar por ajuda. Percebendo a intenção da menina, Lester levou o dedo aos lábios trincados.

— Você não quer fazer isso.

Alguém gritou "Tá com você" do dormitório. Ágata conseguiu voltar ao mundo, escapar do horror por um segundo. Tempo suficiente para recuar um passo.

— Não tão rápido — Lester disse.

A porta se chocou atrás dela, o estampido fez as janelas trepidarem. Quanto tempo levaria até alguém chegar ao quarto depois daquele estouro? Não o bastante, porque a figura da parede começou a avançar. A sombra não estava mais confinada, estava viva, caminhando, suas asas farfalhavam riscando com negrume o ar parado do quarto.

— Lester, sai daí! Tá indo para cima de você! — ela gritou.

Em vez de ouvi-la, o garoto deixou o pincel cair no chão e o trocou por uma estatueta. Abriu os braços, como um homem crucificado. Ágata não conseguia entender como ele era capaz de sustentar a peça de gesso com um só braço. A sombra tomou sua atenção em seguida, esticou suas mãos e as colocou sobre os ombros de Lester. Ele sorriu, um sorriso adulto e depravado.

Mesmo para alguém com a tenra idade de Ágata, não havia dúvidas de que o menino estava perdido. Ele mesmo devia ter invocado aquela coisa. Era o que se comentava pelos corredores: que os ciganos, todos eles, têm parte com o Demônio. Mas Lester conseguia ser tão doce, tão indefeso, não parecia possível. Como também não parece possível odiar uma criança ou a nossa própria mãe. Giordano costumava dizer, às vezes, quando uma criança parecia deprimida demais, que o mundo também é feito de decepções e surpresas desagradáveis. Ele estava certo.

Ágata correu até a porta e agarrou a maçaneta. O metal estava tão quente que sua mão chiou ao tocá-lo. A garota insistiu, apanhou o babado de seu vestido e o usou para proteger a mão. Foi inútil — a maçaneta parecia soldada. Ela desistiu e virou-se para Lester.

— Eu não fiz nada para você! Sou sua amiga, lute contra ele, Lester! Lute contra o Demônio!

Lester sorriu abrindo novos sulcos na pele untada de tinta. Saliva escorria por sua boca, tão exuberante que respingava pelo queixo. Seu corpo também estava maior, havia músculos adolescentes em seus braços. Deus! O que era aquela coisa?

— Ninguém nunca faz nada — ele disse. — Gente ruim vive e gente decente morre. Pessoas boas não tem chance nesse mundo.

— Mas você é uma pessoa boa, Lester! Eu sei que é!

Ele chegou mais perto e Ágata se espremeu junto à madeira da porta. Lançou os olhos para a janela fechada. Não adiantaria. Mesmo que ela corresse muito e conseguisse passar pelo menino e abri-la, acabaria nas grades. E Ágata não faria isso. Com ou sem grades, ela estava convencida de que traria seu amigo de volta, estava certa de que Lester era uma vítima da escuridão.

Assim, observou-o enquanto ele avançava os passos que precisava para alcançá-la. O rosto da menina estava vermelho e úmido, seus olhos injetados e cheios de novas veias. Ela ainda forçava o corpo contra a porta. O padre Giordano dizia que Deus sempre está atento, que ele nunca abandona uma ovelha de seu pasto. No entanto, o que Deus havia feito por ela até ali? Havia permitido que nascesse para depois a colocá-la em um depósito de crianças rejeitadas, com um padre hipertenso e uma freira que não assumia a mulher que havia dentro de si. Deus a odiava, isso sim. Talvez odiasse todo mundo.

— Não me machuque — pediu.

— Preciso de você, menina. Vou homenageá-la, você viverá para sempre — disse a voz grossa que deixou a garganta de Lester. — Você vai deixar esse mundo com um pedido, por isso colocarei sobre seu jugo os desejos da raça humana.

— Eu não quero! Só quero sair daqui!

Lester chegou mais perto. Sua mão direita agarrou o pescoço de Ágata. Ele a içou a alguns centímetros do chão e aproximou seu rosto. O cheiro que ela sentira antes não era do quarto, não era de algo vindo de fora que entrara pela janela. Era dele. Lester fedia como um animal morto.

— Já está decidido — disse a ela.

Logo depois, torceu seu pescoço. Os olhos de Ágata não mostravam ódio ou desejo de vingança. Eles apenas não acreditavam. Acabada a torção, Lester levou o corpo morto ao chão e posicionou a mão esquerda sobre sua boca.

— Sua alma ficará nesse corpo — disse, retomando a voz infantil.

— E esse corpo ficará dentro da estátua de minha mãe. Vocês vão dividir dádivas e maldições. Em cada pedido, as duas vão decidir o merecimento. Que as tuas chagas protejam o espírito dos desejosos.

Lester baixou as pálpebras de Ágata e se afastou um pouco. Rodeou o corpo até chegar à estatueta. Ela era perfeita. Cada traço, detalhe, a cor amorenada da pele. Os olhos, como em todas as grandes obras, pareciam seguir quem os encarasse. Finalmente ficaria pronta. Sem a proteção da maldita velha chamada Sarah, sem a interferência dos ciganos, Lester poderia enfim completar seu intento. Ele seria relembrado para sempre, suas obras atravessariam o tempo e encheriam o mundo com sua glória.

— Que seja feito — disse.

Um som pastoso brotou de dentro do cadáver infantil. Lester sacudiu a cabeça e ganhou seus olhos de volta. O negrume começou a deixá-lo, escorrendo pela pele como a sujeira que realmente era. A mancha tomou a direção do cadáver, e Lester pousou a estatueta no chão, ao lado do corpo. Em segundos, havia um trecho negro conectando a estátua e a menina. O rosto de Ágata começou a murchar. Primeiro as maçãs vermelhas, depois o queixo afilado. As orelhas se tornaram dois pontos de carne, depois, duas covas. O corpo juvenil seguia o ritmo, envelhecendo e encolhendo. As roupas sobrando ao seu redor. Ao mesmo tempo, a estátua ganhava vitalidade. O brilho exagerado do verniz havia deixado a superfície; em seu lugar, uma oleosidade orgânica surgiu. Lester passou os dedos sobre a pele do rosto da Ciganinha e os levou até a boca. Salgado como suor.

Restavam os olhos e a boca de Ágata. Essa última não demorou a se transformar em um traço fino e enrugado. Só quando os dentes apodreceram e retrocederam às gengivas, os olhos tomaram destino similar. Lester olhou de volta para a estátua e os olhos da peça o acompanharam. Não como antes. Agora, estavam cheios de vida.

Quando a porta do quarto trouxe outro visitante, não havia mais nada de Ágata. Nem mesmo as roupas.

18

Lester beijou o rosto da estátua e deixou que Suzana tentasse derrubar a porta. A Ciganinha estava pronta. Sua mãe, sua melhor amiga e os desejos que ainda teria. Ele a repousou sobre a cama. Deu um passo à frente e apanhou a obra sangrenta que estava quase finalizada no cavalete. Colocou-a ao seu lado no colchão.

— Já vou abrir — falou a Suzana.

Não pretendia encará-la agora, seria mais fácil pegar todos eles juntos, mas já que a mulher estava com tanta pressa...

Lester apanhou o pincel caído no chão e olhou para suas cerdas vermelhas de tinta.

Em seus materiais também havia uma lâmina que Lester usava para afiar o carvão que servia para traçar o primeiro rascunho de seus quadros. Ele apanhou o metal e fez o que precisava com o pincel. Suas mãos prodigiosas não encontraram dificuldades. Suzana começou a forçar a madeira de novo. Lester caminhou até a porta e a abriu com uma leve torção do punho direito na maçaneta.

A freira praticamente mergulhou no quarto, o hábito esvoaçando em atrito com o ar. Antes de notar Lester ou procurar por Ágata, ela pousou os olhos naquela estátua abominável sobre a cama. Ah, sim. E a estátua também a viu.

— Mãe de Deus! — Levou as mãos ao peito. Pressionou uma contra a outra com força. Os pulmões respiravam depressa, dando ao corpo o conhecimento de que seria atacado. Mas o corpo, idiotizado e carnal, não conseguia vencer a curiosidade. Suzana manteve os olhos na estátua e deu um passo à frente. Pelo canto dos olhos, sabia que o menino estava ao seu lado. Trataria com ele logo depois de ver de perto aquela indecência blasfema. Não bastasse a imagem da cigana, que agora parecia uma mulher de verdade em miniatura, a coisa ainda piscou os olhos.

Antes que decidisse se afastar e desaparecer daquele quarto imundo, algo ainda mais assustador a tomou de assalto. Suzana sentiu uma pressão pontiaguda nas costas. Suas forças drenaram em segundos. Confusa, tentou respirar. O diafragma rejeitou o esforço e expeliu algo líquido de volta. A mulher caiu de joelhos e molhou suas mãos com o que saiu da boca. Olhou para a mancha vermelha e densa. Então, sentiu outro golpe, miseravelmente preciso em acertar o outro pulmão. Sem fôlego, ela ainda conseguiu girar o corpo e agarrar seu agressor pela camisa. Lester continuou empunhando o pincel transformado em agulha. Suas mãos continuaram subindo e descendo, perfurando e lacerando, até Suzana implorar clemência aos anjos do Céu. Se ela soubesse que Lester tinha um canivete no mesmo quarto, talvez se perguntasse por que motivo ele preferiu usar a madeira, e ele talvez explicasse que o metal vulgar não serviria ao oculto com a mesma pureza da madeira. Em seu último fio de vida, a freira deixou o menino amaldiçoado e tentou alcançar a estátua. Lester a trouxe de volta com uma perfuração na nuca.

19

Atrás de outra porta daquele mesmo corredor, no dormitório, Giordano se esforçava para controlar as crianças. Depois da saída de Ágata, seguida por Suzana, elas ficaram malucas. Mas entre as mais agitadas, três garotos mantinham-se isolados e conversando apenas entre si. O padre não gostou disso e os chamou de volta para que acompanhassem a leitura da Bíblia. Buba e seus comparsas não gostavam de ouvir sermões antes de dormir, mas se aquela era a única garantia que o Tinhoso não perturbasse seu sono, que assim fosse feito.

— Então por que Jesus não volta logo e liberta todo mundo do sofrimento? Por que o *inimigo* pode fazer o que ele quer com as pessoas? — perguntou Rita, uma das meninas mais caladas do orfanato. Quando falava, ela dizia que queria ser freira, igual à madre Suzana.

— Não é bem assim — explicou Giordano. — Você já ouviu falar em livre-arbítrio?

A menina acenou que não, mesmo tendo ouvido a palavra uma ou duas vezes. Ela não queria parecer uma espertalhona. Outros meninos que se interessaram chegaram mais perto de Giordano, se amontoando no chão e nas camas mais próximas. O padre estava sentado na cama que pertencia a Wladimir Lester — a com o colchão mais fino.

— O Senhor nos dá a liberdade de escolher nosso caminho. Ele não impõe que sejamos bons ou ruins, ricos ou pobres, vagabundos ou nobres. Deus nos dá a escolha.

— Servir ao Diabo não deveria ser uma escolha — Rita disse. Sacudiu a cabeça para os lados, embalando as tranças que pendiam das laterais da cabeça.

— Imaginem uma disputa muito antiga. Quando os oponentes têm verdadeiro interesse em saber quem é o melhor, eles tentam não trapacear, certo? E Deus de maneira nenhuma é um trapaceiro.

— E o outro? — Buba se interessou.

— Esse eu não conheço. Não sei ou desejo saber de seus planos. Mas pelo que vejo desde que tinha o tamanho de vocês, o outro sempre está tentando um caminho mais curto de vencer a disputa. — Giordano olhou para a porta tão logo terminou a frase. Os meninos fizeram o mesmo. Alguns riram.

— Lester? Meu Deus do Céu, o que aconteceu com você? — perguntou, levantando da cama. Tentou caminhar até a porta, mas o amontoado de crianças o impediu. — Onde está a madre Suzana e Ágata? Elas tentaram encontrá-lo para rezarmos juntos.

— Estão no meu quarto, elas querem falar com você, Buba. A madre mandou chamar você e seus dois amigos.

O menino gordo arregalou os olhos e os espremeu em seguida. Japonês cochichou alguma coisa nos ouvidos de Vermelho.

— Peça para que venham até aqui. Já é tarde, filho. E você precisa de um banho, um de água em vez da tinta que está no seu rosto. Amanhã teremos um dia cheio com os preparativos. Por que está todo pintado desse jeito?

Lester estava com um pedaço de papel na mão. Uns cinco centímetros. Estava rasgado e perfurado.

— A madre sabe o que aconteceu. É por isso que ela quer falar com eles.

Não demorou um segundo para que Lester, pintado como um rascunho, acabasse com o sono frágil das crianças. Uma delas ficou de pé sobre a cama e começou a pular. "Vai ter confusão! Vai ter confusão!", cantarolou. Outra perto dela, o menino com os pés torcidos, a incentivava batendo palmas. Logo havia três ou quatro fazendo o mesmo, enquanto Giordano, ilhado entre Rita, Lúcia e outras duas crianças, decidia o que fazer.

— Que seja rápido. E vocês, parem já com essa balbúrdia! — disse mais alto. A menina que saltava sobre a cama voltou a sentar-se, levou uma cotovelada de um amiguinho e ficou calada. — Leonardo, Ernesto e Emílio, vão ver o que a madre quer com vocês. Diga a ela que tem cinco minutos, nem um segundo a mais! E você, Lester, por favor, tome um banho. Está parecendo um selvagem.

O menino cigano esperou que os três atravessassem e fechou a porta. Sacou uma chave que geralmente ficava com Suzana e a girou na fechadura.

— Ei! Por que trancou eles? — Japonês perguntou.

Ele não respondeu. E com a agitação das crianças lá dentro, o padre nem chegou a ouvir a porta. Lester adiantou-se em frente aos outros três e, em silêncio, seguiu pelo corredor. Do quarto oito, para onde parecia caminhar, uma luz mortiça escapava. O resto do corredor estava escuro; as velas das arandelas, apagadas. O quarteto chegava à metade do caminho quando Vermelho perguntou:

— Ele vai ferrar a gente, não vai? Ele contou tudo para a madre. Que merda, Buba, a gente vai ficar de castigo e perder a festa.

— Cala a boca — Buba disse. — Vamos ver o que ela quer sem piorar tudo no caminho. Somos três contra um, ela não vai acreditar nele. O nojento é um cigano, ciganos mentem o tempo inteiro. E também...

— O garoto sacou o canivete que estava sempre dentro de sua cueca, na parte de trás. Acabou o derrubando enquanto preparava a lâmina. O som alto fez com que Lester olhasse para trás. Enquanto estendia a mão para pegar o canivete de volta, Buba aproveitou para dizer: — Ele sabe que vai custar caro se fizer gracinhas.

Lester já estava à frente do quarto. Ele não entrou até que os outros três o alcançassem. Do lado de dentro, um cheiro ácido e apodrecido tentava escapar pelo vão da porta. Dos três, Buba era o único que permanecia com o rosto descarregado. Ele era bom em assustar os outros, em causar o medo que mantinha os oponentes no cabresto. Claro que aquele cigano de merda tentava fazer a mesma coisa. Talvez com a ajuda da freira.

— O que tem do lado de dentro? — ele perguntou a Lester.

— É! — Vermelho se encheu de coragem. — E que cheiro é esse?

— Eu não quero entrar aí, tem coisa errada! — disse Japonês.

Os três não moveram seus pés e suas pernas.

Se havia um veneno mais poderoso que a estricnina usada para matar ratos, seu nome era curiosidade. O elemento circulava pelas veias dos três, tomava corações para si, controlava as terminações nervosas para que a fuga fosse evitada. Além disso, nenhum deles, mesmo o japonês acovardado que se mantinha atrás dos outros, deixaria que Lester os vencesse pelo medo. Ele era apenas um cigano, certo? Não passava de uma criança esquisita, rejeitada por sua própria gente.

Em vez de ficar onde estava, Buba foi até Lester. Passou por Vermelho e Japonês com o canivete na mão direita, que tremia um pouco, propulsada pelo braço suado.

— Você primeiro. Eu não estou vendo a freira ou Ágata. Seu fedido nojento, eu juro por Deus que se estiver aprontando alguma, furo você com isso — Ele estocou o canivete à frente.

— Elas estão dentro do quarto. E por que você está com essa *faca* na mão? Tá com medo de mim, Buba? Ou delas? Das mulheres?

— Não tenho medo de nada — disse ele, indo para trás de Lester. Espetou suas costas, provando que não estava brincando. — Vai andando.

— Ele tá esquisito — Japonês disse a Vermelho. — Viu o rosto? Todo sujo de tinta? E aquele negócio na camisa dele? Parece sangue, sangue!

— Cala essa boca antes que o Buba use o canivete em você.

Os dois esperaram Lester abrir a porta e seguiram Buba para dentro do quarto.

20

Dizem que o Inferno é a repetição, mas talvez seja a novidade. Era o que Buba pensava enquanto lançava os olhos para as quatro paredes do quarto e, principalmente, para algumas obras de Lester jogadas sobre a cama.

— Vai me contar o que está acontecendo aqui? Cadê as duas? — o menino gordo perguntou. Japonês se espremia ao lado da porta, rente à madeira. Vermelho, um pouco mais corajoso — ou se fazendo disso para que Buba não o lembrasse para todo o sempre que ele teve medo de um cigano —, aguardava as respostas de Lester.

— Você queria a estátua, não é? A Ciganinha? — perguntou ele.

Buba tornou a olhar para a peça. Agora, com a luz de três velas animando o quarto, ele podia vê-la melhor. A estatueta estava sobre um travesseiro, apoiada na cabeceira da cama, de pé. Estava de frente para a porta e para Buba. Ao lado dela, um quadro emoldurado, com a frente voltada para o colchão. Buba chegou mais perto, mantendo a lâmina sempre diante de si. A coisa de gesso parecia viva. Não se admiraria se ela saísse da cama e começasse a falar.

— Eu não quero mais essa porcaria. Já vim até aqui com você, fedido. É melhor a gente voltar e dormir. O padre está azedo hoje, não vou irritar mais ele. E cadê a madre e a sua *amiguinha*?

Da porta, ouviu a respiração aliviada de Japonês e Vermelho. Ele não os recriminou dessa vez, também queria sair daquele quarto o mais rápido possível. O cheiro que estava no ar chegava a revirar o estômago. Talvez o cigano usasse sua própria merda naqueles quadros. Pensava nisso quando Lester começou a falar de novo.

— Elas estão bem aqui. Antes de a gente voltar, vocês precisam falar com a madre Suzana.

Os três se entreolharam e depois olharam para o cômodo. O menino estava perdendo o juízo, deve ter inalado muito solvente enquanto pintava seus quadros de merda. Vermelho diria isso, mas antes, Japonês, que segurava a porta aberta com o peso do corpo, sentiu a madeira pressionando suas costas e se afastou. Era o vento, sim, era sempre o vento. O problema é que a janela estava fechada e a madeira da porta repetia o movimento. Japonês se afastou mais, acabou esbarrando em Vermelho que o empurrou de volta.

Buba esticou o braço armado em direção a Lester.

— O que tem ali atrás?

Lester recuou o passo que precisava para escapar de um possível golpe do garoto. Em seguida, algo empurrou a porta, atirando Japonês no chão e expondo o pior pesadelo que aqueles três meninos teriam em vida. As chamas das velas que animavam o quarto tremularam, mas não chegaram a se apagar. O cheiro de morte ficou tão intenso que os pulmões tentavam expeli-lo com tosses. Os olhos lacrimejavam, tentando permanecer abertos.

Assim que viu o que a porta escondia, Buba correu em direção à janela. Japonês se levantou e foi até a porta novamente fechada, forçou a maçaneta. Vermelho foi ajudá-lo, assustado demais para ter força.

A madre Suzana estava saindo das sombras. Seus olhos estavam perfurados e vazavam algo negro como petróleo. A mancha escorria até perto dos lábios ressecados. Ela ainda usava o hábito, escondendo o corpo que estava no mesmo estado. As mãos grandes e desnutridas pareciam ter cem anos, as unhas estavam negras, encharcadas com o mesmo material que saía dos olhos. Ela tentava falar, ou parecia que tentava, mas o que os meninos ouviam eram gemidos dolorosos e entrecortados.

— O que fez com ela? — Buba gritou. — Eu quero sair daqui!

Forçou a fechadura da janela repetidamente. Acabou largando o canivete no chão e usando as duas mãos, esquecendo-se que depois da madeira haveria as grades. As persianas cederam muito pouco. Elas retornavam ao batente e não conseguiam se abrir com os puxões desesperados de Buba. Seus dois amigos estavam no meio do quarto, entre eles e a porta, a figura tomada de morte que um dia fora Suzana.

— Você vai viver para sempre, Buba-Baleia. Mas ninguém nunca mais vai querer olhar para você. Para vocês.

— Eu vou te matar! — ele gritou e deixou a janela. Apanhou a lâmina do chão e partiu para cima de Lester. O cigano não reagiu. Ele deixou que o metal penetrasse sua barriga duas vezes. Foi só quando Buba se afastou, com o punho molhado de sangue, que Lester disse algo novo. Suzana já tinha acabado com Japonês, torcido seu pescoço e o atirado para o outro lado do quarto. Vermelho estava tendo um fim parecido, mas Suzana preferiu usar o pincel que a matara para abrir caminho pelos olhos até chegar ao cérebro do menino.

Com o canivete mergulhado no ventre, Lester caminhou até a cama. Não teve dificuldade alguma em avançar. Buba se recolheu ao canto esquerdo, gritando junto com Vermelho enquanto ele era torturado. Da cama, Lester apanhou o quadro e o apontou em direção a Buba. O menino girou os olhos, talvez imaginando que aquela visão fosse a última de sua vida. Da pintura que vira inacabada, horas antes, uma luz esverdeada venceu o amarelo das velas e banhou o corpo de Buba, dos pés à cabeça. Seus olhos se abriram mais do que seria possível, seus joelhos arquearam, e ele escorregou parede abaixo. O queixo pendeu, os músculos relaxaram.

— Faça o que deve ser feito — disse Lester.

No centro do quarto, Suzana apanhou o corpo de Japonês e o atirou para cima de Buba. O Baleia continuou parado, dominado, olhando para a luz verde que escapava da moldura. O quadro lamentava e gemia; seus riscos tomavam consistência e forma. Quando terminou com Japonês, Suzana carregou Vermelho para o mesmo lugar. Os dois meninos mortos também presenciaram a obra de Lester, mas algo dentro deles ainda vivia. Suas essências, a última gota de vigor, suas almas.

Lester repousou o quadro no chão e deixou que terminasse seu trabalho com os três. A luz esverdeada lambendo seus corpos, refletindo o suor que resvalava pela pele. O cheiro pútrido se diluindo aos poucos, se perfumando, trocando de lugar com um novo odor que saía da estatueta pousada na cama. Os corpos dos três meninos pareciam fazer o mesmo. Estavam assumindo alguma transparência, a carne sólida os deixando e rumando em vapores para dentro do quadro maldito.

Um baque surdo no centro do quarto e Suzana estava de volta ao chão, para onde estaria condenada para todo o sempre. O fluido escuro que animava seu corpo escoou pelo hábito, tal qual um tapete de piche. A mancha ganhou o chão e correu até Lester, subindo pelos seus pés. Enovelou-se ao contorno do corpo em um abraço; continuou seu caminho pulsante até que chegasse ao canivete estocado no ventre. Lester retirou a lâmina de si e deixou que caísse. O negrume encontrou a fenda que precisava para entrar e foi escoando para o interior do corpo. O menino permitiu que o fizesse.

Antes que Buba, Japonês e Vermelho desaparecessem totalmente, os olhos ciganos estavam negros de novo. Ele caminhou até uma das velas — no oratório do quarto — e a apanhou. O fogo iluminou seu rosto demoníaco, seus olhos negros. Lester mergulhou a mão no bolso direito da calça e retirou algo de dentro dele. Colocou o tubinho em frente à luz da vela. Parecia mais cheio, mas não o suficiente para tudo o que ainda queria produzir. O cigano sabia como resolver a questão. Giordano e os órfãos gritavam no quarto de onde jamais sairiam com vida.

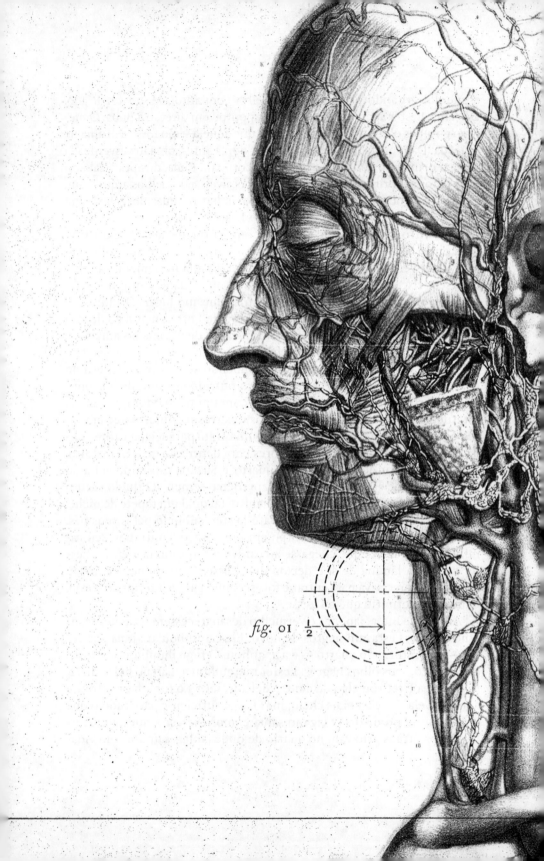

fig. 01 1/2

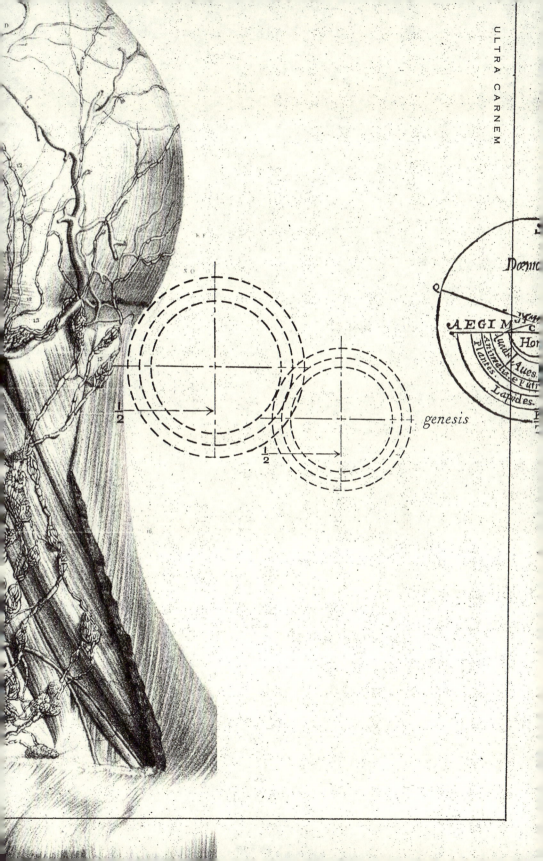

ULTRA CARNEM

genesis

PARTE II
GÊNESIS

*"Mas depois virão sete anos de fome.
Então todo o tempo de fartura será
esquecido, pois a fome arruinará a terra."*

GÊNESIS 41:30

1

O destino parece ter um plano traçado para todos, mas para alguns, tudo que existe é um enorme ponto de interrogação. Um desses casos encontrava morada no corpo de um homem chamado Nôa D'Nor.

— Não vou esperar o dia inteiro, Nôa! Juro por Deus que se você não sair desse chiqueiro, desapareço dessa casa para sempre! Para sempre, tá me ouvindo?

Liza esperou em vão por uma resposta, como fez nos dias que antecederam àquele.

— Nôa! Faz quase uma semana que você que não vê a luz do sol! Jesus!

Do lado de dentro, ele pôde ouvir o prato de comida sendo colocado no chão; uma armadilha. Nada que o fizesse desviar os olhos do manuscrito à frente, nada que o fizesse desistir de seu futuro. Nôa virou outra página e continuou sua leitura. Os olhos cansados roubavam o que podiam da pouca luz que entrava pela janela. Ele não a abriria até entender tudo aquilo. Precisava de concentração, de escuridão e imaginação, não precisava de uma porcaria de luz branca que só servia para queimar a pele. O artefato aberto à sua frente continha o cheiro do tempo. Nôa conseguiu o livro em uma loja do centro, um lugar úmido e empoeirado onde o mundano e o mágico tinham a mesma cor. A mulher que se recusou a vender o volume a ele o preveniu para ter cuidado. Mas Nôa o roubou mesmo assim.

Ele puxou a luminária incandescente para perto de si e leu em voz baixa:

"... *Romena estava com o marido naquela noite sem lua. Ela era a ajudante, a amante e o objeto sexual de tantas missas malditas. Usava seu melhor vestido, um da cor negra que chegava aos pés. Os seios voluptuosos propulsados por um espartilho compunham paisagens no busto. Embaixo das roupas, vestia a pele que sugava homens como areia do pântano. O ventre ornamentado por escaras vindas de tentativas passadas de se comunicar com os mortos havia se tornado forte e rígido — uma blindagem de músculos e pele designada a cobrir sua fertilidade. Cabelos negros desciam pelos contornos, olhos verdes brilhavam no rosto.*

Treze velas estavam acesas, preparadas segundo as instruções do ritual. Na distante tribo cigana a que o casal pertencia, a música enchia a noite, animada por violinos e gritos viris. A casa, especialmente plantada em um local onde as almas negras ficavam à vontade para operar seus trabalhos, localizava-se no pé esquerdo de uma encruzilhada. A mesma morada de tantos suicídios... A concentração energética fazia dela um portal, uma fenda dimensional, escondida bem no meio da terra. Do outro lado, entretanto, não havia galáxias ou estrelas. Cigano e Romena não imaginavam tais prodígios. Seu mundo, assim como os dos outros ciganos, era escuro e místico. Do lado oculto da passagem, cercando-a com lamentos, estavam eles, os seres que podiam dar poder e lágrimas a alguém sem que a pessoa percebesse a diferença. Espíritos injetados de ódio, forjando sonhos humanos e repousando entre seus fracassos.”

— Nôa! Eu não vou pedir de novo!

Ele suspirou. Não adiantaria ignorá-la. Não existe sucesso ao desprezar uma garota tatuada. Além disso, Liza podia atear fogo na casa outra vez... Nôa não se importaria alguns dias atrás, mas agora? Podia sentir o cheiro da sorte, seu abraço materno, a glória que buscava desde que deixou seus pais no Sul do país, abandonados em uma próspera fazenda de algodão. Talvez voltasse a vê-los quando finalmente prosperasse como artista. Liza não desistia e tornou a golpear a porta. Depois de fechar os punhos e voltar a abri-los, Nôa fechou o livro e caminhou até a entrada. Ouvia o som dos sapatos de Liza testando a dureza do chão. Ele, por outro lado, já estava mais calmo quando tocou a fechadura.

— Minha nossa, Nôa! Você parece um espantalho!

Ele agradeceu e coçou os olhos, retirando os restos endurecidos de sono que haviam se acumulado. Passou as mãos pelos cabelos achatados e oleosos. Tentou melhorar minimamente sua aparência colocando metade da camiseta preta para dentro da calça.

— Quanto tempo faz que não toma banho? Tem ido ao banheiro pelo menos? Ou está cagando no chão?

Os dentes amarelados de Nôa apareceram entre os lábios finos. Ele tentou puxar Liza para um abraço, mas ela recuou. Nada disso, campeão, não tão fácil. Para conseguir algum contato com aquela garota seria preciso pelo menos perder o cheiro azedo do café que emanava de sua pele.

— Eu não fiz nada no chão, pode conferir.

Liza deu um passo para o lado, tentando enxergar o interior do ateliê. O cheiro viciado começava a sair. Tintas, solventes, suor e mofo.

— Terminou? — ela perguntou.

— Do que está falando?

— Nôa! Jesus Cristo... Você está trancado aí dentro há mais de três dias. Do que acha que estou falando?

Ele coçou a cabeça, seus olhos piscaram lentamente. Estavam vermelhos; veias nasciam por toda parte. Seu hálito não devia estar em condições melhores. Realmente Nôa não defecara no chão, mas escovar os dentes não passou por sua cabeça.

— Eu não estava pintando — ele respondeu.

Depois de estudá-lo por alguns segundos, Liza se abaixou e apanhou o prato de comida do chão. Quando voltou ao parceiro, seus olhos estavam carregados d'água.

— O que está acontecendo com a gente? Onde está o homem que eu conheci?

— Liza, não começa. Eu só estou tentando fazer algo especial, uma pintura que nos tire de vez dessa miséria.

— Não somos miseráveis, isso aqui é prova. — Ela mostrou o prato a ele. Um pouco de carne, legumes, arroz branco e folhas de alface. Nôa desviou o olhar e levou as mãos ao estômago. Caminhou até a janela do apartamento e a abriu. Uma música barata e pornográfica o atingiu como uma mordida.

— É disso que estou falando. Dessa gente. Da música que eles ouvem, das crianças piolhentas passeando pelas calçadas. Você tentou dar uma volta nesse bairro depois das dez? Liza, por favor, estamos no cu do mundo. Pior que isso: estamos no que sai dele. Eu só quero uma vida decente para nós.

A mulher não esmoreceu. Era feita de carne, orgulho e tinta.

— Não faz muito tempo, nós tínhamos o bastante. Mas para você nunca está bom, nada está bom. Nôa, eu sou a primeira a acreditar no seu talento, mas ficar aí dentro, trancado, criando germes e escaras não vai encher nossa vida de alegria. E se você não estava pintando a droga de um quadro, o que fez durante todo o tempo que ficou trancado em sua caverna?

— Descobri algo em uma loja do centro. Você deve conhecer o lugar. É um...

— Comprou feijões mágicos? Foi isso? E está esperando a porra do pé levar você para a terra do gigante?

Nôa ainda estava à janela. Olhava para o lado de fora, para as formigas proletárias que trafegavam esperando um pé divino vir pisoteá-las. Crianças, velhos, adultos — eram todos feitos da mesma argamassa: aceitação e agonia.

— Isso é grande, Liza, é sobre Wladimir Lester.

— O cigano? Ainda está metido nisso, Nôa? Mãe do céu, quando você vai parar de perseguir esse bezerro de ouro? Nós nos conhecemos há quanto tempo? Dez anos?

— Doze.

— E faz pelo menos treze que você persegue esse lixo de lenda urbana. Ele não existe, Nôa. Lester nunca existiu. Só você não percebeu ainda que a internet está cheia dessas porcarias. Gente que faz milagres, alienígenas, bonecas que são meninas mortas. Qualquer invenção dessas soaria melhor que o menino cigano.

— Encontrei uma loja, Liza. No centro da cidade. Pertence a uma parente distante do menino, a única que sobreviveu. Ela tem o diário de alguém da tribo. Liza, se o que dizem for verdade, se esse menino existiu mesmo, ele tem a chave para que eu produza algo incrível.

— Você já tem essa chave! — gritou ela. — Na minha terra isso se chama talento, Nôa! O que falta para você não é isso; é disposição, é sair de dentro do seu mundinho encantado e enfrentar a vida lá fora, você não precisa de uma merda de magia negra cigana.

— Me diz isso depois que você ler, tá bem? E desde quando você se tornou uma defensora religiosa?

— Não estou defendendo ninguém.

Liza deixou o corredor em direção à mesa da sala. Colocou o prato sobre a fórmica e saiu pela porta da sala antes que começasse a chorar de novo.

2

Dizem que artistas precisam de inspiração, mas qualquer um que teve o azar de amar essas peças complicadas do universo sabe que o ingrediente mais importante do prato chama-se solidão. Assim, Nôa preferiu ficar em casa e nutrir seu corpo em vez de alimentar o relacionamento com Liza. Em minutos, o prato de comida deixado por ela se esgotou sobre a mesa. Cada pequeno farelo, tempero, até mesmo o arroz úmido e colado de Liza que embrulhava o estômago de Nôa foi consumido. Comer era uma necessidade, nunca se ouviu dizer que um morto produzisse algo além de carniça. Terminada a refeição, ele ainda esperou por dez minutos. Se Liza se arrependesse e voltasse para casa, era melhor não encontrá-lo no estúdio.

— Ah, que se dane — disse a si mesmo quando o apelo das tintas superou seu bom senso.

Nôa voltou para o quarto transformado em ateliê e abriu um pouco da janela. Talvez Liza estivesse certa. Um pouco de luz do sol, um pouco de vida — talvez fosse isso que estivesse faltando. Isso e comida no estômago. Nôa sentia-se quase disposto. Suas pernas doíam, sua coluna doía um pouco mais; no entanto, seus braços estavam ansiosos para recomeçar. Depois de separar alguns pincéis, Nôa pousou uma tela em branco sobre o cavalete. Também preparou seu conjunto de tintas. Olhou para a cor preta, uma das mais usadas. Sua falta de inspiração custou caro. O frasco estava bem abaixo da metade, e praticamente não havia dinheiro em sua carteira. Precisaria economizar ou não haveria contornos nos novos quadros.

Olhou de relance para o livro sobre a mesa. A verdade é que ele ainda parecia mais sedutor do que a tela. Tantos segredos, tantas possibilidades. Se o que diziam sobre o garoto fosse verdade, ele tinha as chaves para poderes desconhecidos pela maioria dos homens. Nôa não julgava que isso acontecera a todos os artistas, mas alguns simplesmente não teriam tido condições de produzirem suas obras sem uma forcinha do além. Seria como acreditar que Bob Dylan, um menino semianalfabeto e virgem, de repente caiu na estrada e se tornou um gênio folk em dois meses. Não, não mesmo. Bob também passou pela encruzilhada.

— Foco, Nôa! Foco!

O pincel em sua mão direita estava pronto. Carregado de tinta, as cerdas bem perto da tela. A luz que entrava pelo quarto era morna e quase desprezível. O rádio estava desligado, para que ele não começasse a pintar alguma letra medíocre que sempre toca nas FMS. Nôa sabia que o primeiro impulso deve ser sempre silencioso. Depois vale tudo, valia até mesmo trepar sobre a moldura e pintar com a bunda da esposa.

Mais uma vez não havia nada dentro dele. O homem sentia o vácuo, a ausência, a completa falta de direção. Seu braço direito começou a tremer um pouco, respingando tinta no piso frio do chão. Não. Ele precisava tentar. Liza estava certa, ele tinha algum talento. Um completo imbecil não teria recebido o Prêmio Rios de melhor obra contemporânea. Ok, a menos que existissem outras dezenas de imbecis se candidatando para o mesmo concurso.

— Quem eu quero enganar? — perguntou a si mesmo.

Nôa atirou o pincel sobre a tela e se afastou sem notar a mancha que traduzia toda sua angústia. Voltou à mesa onde algumas páginas apodrecidas pelo tempo — e principalmente pelo seu conteúdo — pareciam mais promissoras. Sentiu um calafrio percorrer sua pele ao tocar o livro. Também sentiu um princípio de ereção que logo se foi. Era um sinal que o melhor a fazer era dar outra chance ao material que o consumia há anos. Mas depois de tanto tempo... Ciganos eram místicos e não se importavam muito com a verdade, pelo menos quando tratavam com o mundo desprezível dos brancos. Essa era a principal diferença do que tinha em mãos. Eram fragmentos de um livro cigano, escrito por ciganos para advertir outros ciganos. Nenhum galego azedo havia botado as mãos nele.

Decidido a ler e entender todo o poder contido nas páginas, Nôa desistiu de vez de seu talento. O que ele queria era glória, dinheiro, poder. E Deus sabe que ele desejava bem mais do que conseguiria administrar.

3

Liza retornou do trabalho — um estúdio de tatuagens — perto das oito da noite. Nôa não estava em casa. A porta do ateliê estava destrancada, a janela aberta iluminava toda a sujeira deixada para trás. Pincéis ressecados, tinta escorrida no piso frio e nas paredes, três camisetas e uma calça que só serviriam como pano de chão. O banheiro que ficava na suíte transformada em estúdio recendia um pouco de Nôa. Liza respirou fundo para não atear fogo em tudo e recostou a porta.

No prato que ainda enfeitava a mesa, havia um bilhete. Nôa dizia que precisava de um tempo para se reencontrar. Ele também deixou algum dinheiro para trás, parte da miséria que não conseguiu torrar nos últimos meses. Trêmula, Liza deixou o dinheiro e o bilhete onde estavam e apanhou o telefone. Ouviu o toque desinteressante na linha até perder a ligação. Em seguida, tomou a chave do carro nas mãos, pensou em procurá-lo. Caminhou até a porta da frente e tocou a fechadura. Seus ombros caíram em seguida. Liza atirou a chave o mais longe que pôde e disse: "Foda-se, então, Nôa". Se seu homem quisesse agir como uma criança mimada, que assim fosse. Quem ele pensava que era? Depois de tudo o que ela fez... De acolhê-lo, suportar suas crises, depois de dizer a ele palavras doces que nunca recebeu de volta. Que Nôa fosse para o Inferno. Insistir em um relacionamento desgastado é como consertar um carro velho: você só faz quando não tem outra opção.

4

A pista sobre Lester que Nôa encontrou no livro não era das mais quentes. Tudo o que conseguiu foi o endereço de um mosteiro na periferia da cidade. Também havia um nome que dizia um pouco do que esperava encontrar. Quando chegou ao local, já estava escuro. Nôa se perdeu pelo caminho, ele não era muito bom em se locomover de ônibus — o carro era de Liza e ele não chegaria muito longe andando a pé. Em vez de importunar os moradores à noite com suas perguntas, preferiu se refugiar em um motel onde as piores prostitutas da cidade atendiam seus clientes. Ficava a dois quarteirões do mosteiro e era barato; tudo o que ele precisava. Nôa esvaziou os pulmões e, do outro lado da rua — de onde não tinha coragem de atravessar — deu uma boa olhada no lugar.

Na marquise da parte mais alta antes da cobertura do hotel October, no quarto andar onde uma janela brilhava com uma luz vermelha, uma pichação dizia em uma letra estilizada: O INFERNO É AQUI. Abaixo, palavras carinhosas como CU, ANARQUIA e PODER DAS RUAS. E ainda chamavam aquilo de arte... O mundo perdeu a arte nos anos 1970, quando começaram a pintar garrafas de Coca-Cola com letras florescentes e fotografar mulheres nuas.

Na frente do prédio, um grupo de vagabundos conversava. Eram cinco, e dois já estavam caídos sobre jornais. Um homem, branco como leite, reclamava que não tinha dinheiro para comer. O outro o chamou de retardado e o empurrou para que parasse de repartir suas misérias. Na porta do prédio, uma garota loira fumava. Nôa não achou que fosse uma garota em um primeiro olhar. Era alta demais, produzida demais. Uma mulher não faria questão de ficar tão bonita naquele bairro. O que os homens dali queriam estava dentro das saias, e se você tivesse uma *delas* podia relaxar na aparência.

Nôa decidiu atravessar a rua. Forçou a jaqueta jeans pelos bolsos contra a barriga para que o vento não a abrisse, e fincou o olhar no chão.

— Ei! Tá indo pra onde, amizade? — um dos vagabundos perguntou assim que Nôa botou o primeiro pé na calçada. Ele olhou para cima. Quem falava não era o senhor albino-leite, mas um homem baixo, magérrimo, com dentes faltando no sorriso, que se esforçava para não cair da própria bengala.

— É um hotel, não é? Preciso de um lugar para passar a noite.

— Isso aí não é um hotel. É um pulgueiro de merda! — O homem avançou com a muleta, a estaca de madeira deslizando perigosamente sobre o chão úmido da noite. Ao que parecia, para andar direito, ele precisaria de duas delas, uma para cada perna tomada pelas varizes. Chegou ao lado de Nôa e, antes de tornar a falar, cuspiu algo denso no chão. O homem sinalizou para que Nôa se abaixasse um pouco, para que ele não precisasse gritar.

— Você não precisa disso, doutor. Tá na cara que o senhor é alguém que merece um lugar melhor que essa casa de quenga. Eu posso mostrar um hotelzinho onde ninguém vai ficar gemendo a noite inteira. Vai custar um pouco mais caro, mas...

— Eu vou ficar por aqui. — Nôa enfiou a mão no bolso, buscando um sinal de amizade. Tirou uma nota de cinco toda amassada e a estendeu ao homem. O sujeito a enfiou no bolso, com um mínimo de gratidão. — Não quero ofender — Nôa disse. — Isso é pela ajuda que o senhor me deu. Eu não vou ficar muito tempo, sabe? Só tenho que resolver uns assuntos pela manhã e voltar para casa.

O homem sacudiu a cabeça e riu, raspou a garganta e cuspiu outra vez.

— Isso é o que todos dizem, doutor. Se quer meu conselho, fique longe das putas. A maioria delas tem o mesmo que nós dois no meio das pernas.

Nôa tornou a agradecer e tomou seu caminho. O homem faz o mesmo e retornou à discussão que agora girava em torno de futebol.

Havia um lance de três escadas antes da porta, Nôa já os tinha vencido e estava passando pela quase-mulher que tapava parcialmente a entrada quando ela o tomou pelo braço.

— Procurando diversão, gatinho?

A voz grossa demais tirou qualquer suspeita de Nôa. O homem de muleta e os outros riram. O sujeito muito branco puxou os dois braços para o ventre e disse:

— Vai nessa, amizade! Fogo no buraco!

— Obrigado — Nôa disse, e continuou caminhando.

O lado de dentro não era muito melhor que a fachada. Atrás de um balcão de madeira dos anos 1930 marcado por tocos de cigarros, um homem ouvia as mentiras do telejornal e fumava. Ele apagou o cigarro em uma lata de cerveja quando notou Nôa se aproximando. O máximo que fez para recebê-lo foi se esticar e baixar o volume da televisão.

Talvez fosse o cheiro do lugar ou a iminência de um assalto noturno, talvez fosse o travesti parado à porta, mas Nôa não encontrou nada para dizer.

— E então? O que vai ser?

A voz grossa do homem era quase uma sentença de câncer. Sua pele era cinzenta, a camisa branca e encardida deixava alguns tufos de pelos escaparem pelos buracos. Nôa quase sentiu falta de sua própria miséria, o mundo continuava bom em desanimar homens teimosos. Seu avô costumava ser um desses — ele teimou com a bebida até vomitar pedaços de fígado em uma manhã de outono.

— Quero um quarto, o mais barato que tiver.

O homem se desgrudou da cadeira que tentava sugar seu esfíncter e deu uma boa olhada em Nôa. Porém, ao contrário do sujeito de muleta, não tentou aconselhá-lo.

— Não tem banheiro e o estrado da cama tá quebrado. E o interfone não funciona. Se você quiser pedir alguma coisa ou usar o telefone vai ter que descer até aqui.

— A janela tem grade pelo menos?

Finalmente alguma comoção tomou o recepcionista. Ele começou a rir e só parou quando uma crise de tosse ameaçou asfixiá-lo.

— Rapaz... De onde você saiu? Você está no meio do esgoto, camarada. Esse bairro só não é pior porque alguém resolveu empilhar os vagabundos na Cohab. E mesmo assim, muitos deles se cansam do chiqueiro onde vivem e vem passear por aqui. A única janela com grade nessa espelunca fica no meu quarto. E você não parece disposto a dividir uma cama comigo.

Nôa se afastou um pouco. Uma coisa era o travesti da entrada, que pelo menos tinha o cheiro de uma mulher fedida, mas aquela entidade mofada? Talvez fosse melhor dar meia-volta e dormir com os mendigos do lado de fora.

— Tô brincando, amizade. Eu não gosto de bunda de homem.

A coisa encardida se abaixou e desapareceu por um instante. Nôa ouviu sons metálicos. Tornou a olhar para a porta de saída. O homem poderia ter uma arma. Ele levantaria e diria: "O cu ou a vida!". O pintor só relaxou quando uma mão enegrecida apareceu sobre o balcão. O recepcionista veio em seguida e deixou uma chave oxidada sobre a madeira.

— A diária é vinte paus. Se quiser uma puta, eu providencio. As mulheres são mais caras e não fazem de tudo. As bichas são mais limpas e você nem precisa pedir o pacote completo.

— Vou ficar só com o quarto — Nôa disse e apanhou a chave, fazendo o possível para não resvalar na pele daquele homem. Perto dele, Nôa parecia um dos filhos da princesa Diana.

Tomou a escada mantendo distância do corrimão ensebado e subiu até o terceiro andar, onde o cheiro do térreo praticamente desaparecia. Não que o odor que sentia agora fosse melhor. Era apenas menos urbano. O chão acarpetado garantia o mofo que perpetuava no corredor. A luz fluorescente do teto piscava e chiava, desorientando Nôa, enquanto ele tentava encontrar o quarto número nove. Ficava no final do corredor, perto de uma janela forrada com jornais. Alguém gemia no quarto ao lado. Provavelmente uma das putas mais baratas e limpas — e que tinha algo generoso entre as pernas.

A porta parecia sólida, mas Nôa logo descobriu que não poderia confiar nela. A chave girou em falso, a porta estava apenas presa pelo trinco. Não desceria as escadas por causa disso. Seria menos traumático recostar a cama a ela e dormir contra a madeira da porta.

Uma cama velha, um criado-mudo amarelo ao lado, graças a Deus o chão não era acarpetado. O sinteco poderia albergar uma família de cupins, mas ainda era melhor que uma crise de rinite alérgica. Nôa tocou um interruptor rente à porta. A luz funcionando foi um bom sinal. Mas no quarto não havia TV, e como o homem disse, nada de banheiro. Quando Nôa tivesse coragem — e muita necessidade —, usaria o banheiro coletivo que havia no começo do corredor. Também podia descer as escadas e entrar em um dos botecos do bairro.

Seus pés doíam um pouco, suas pernas estavam fracas depois de várias horas enfrentando o sacolejo dos ônibus. Seguindo o plano, ele arrastou a cama até a porta. Depois se sentou sobre o colchão fino. Rodou a mochila em suas costas para frente e apanhou o livro que o levara até lá. Estudá-lo antes de dormir parecia melhor que ouvir os gozos sexualmente híbridos dos quartos vizinhos.

As páginas amarelas dividiam espaço com Liza. Como ela estaria? Desistiria dele dessa vez? Ele merecia, claro que sim. Mas como explicar a uma garota o que se passa no coração atormentado de um homem? Não... Liza voltaria quando ele conseguisse resgatar um mínimo de amor próprio, quando Nôa se esquecesse de como era parecer e se sentir como uma privada cheia.

5

Não foi uma noite fácil. Quando Nôa releu o suficiente das páginas em seu poder para confirmar onde estava se metendo, um novo cliente ocupou o quarto ao lado. Os gemidos começaram dez minutos depois. Em outros dois minutos, a porta se abriu novamente para um terceiro visitante. Então, os gritos começaram. Pelo que Nôa conseguiu entender eram dois homens e uma mulher. Meia hora depois de se iniciar o *ménage*, ele levantou da cama e colou os ouvidos na parede, pensando que o sexo tinha ficado de lado. No entanto, a garota berrava, urrava, pedia clemência, mas ao mesmo tempo, implorava que colocassem mais fundo. A coisa toda durou mais de uma hora e quando finalmente terminaram, Nôa ouviu um disparo do lado de fora. Pensou em rojões, mas quando foi até a janela viu duas viaturas de polícia rasgando à frente do hotel. Ele só conseguiu dormir depois de tomar um comprimido de Valium que afanou de Liza antes de sair de casa.

O relógio do celular marcava sete e quinze da manhã quando acordou. Não havia nenhuma nova chamada perdida, o que deixava claro o humor de Liza ao ler seu bilhete de despedida.

Pelo brilho dentro do quarto, o tempo continuava cinzento. Nôa bocejou e esticou os pés para fora da cama, deu uma boa olhada antes de tocar o chão — para não pisotear os ratos e as baratas que porventura estivessem fazendo hora extra no expediente diurno. Sentiu a bexiga reclamando um pouco. Estava de calça jeans, então tudo o que Nôa precisou fazer antes de deixar o quarto foi vestir a camiseta preta e devolver o livro à mochila da Adidas. Também precisou devolver a cama ao lugar original.

Banheiros coletivos não costumam cheirar bem, mas o banheiro do October era praticamente o esgoto. Havia merda na parede, o cesto vazado cuspia papéis manchados para fora, o chão estava melecado de urina. Nôa quase teve pena de arrancar seu tímido amigo de dentro das calças e obrigá-lo a usar o vaso. Mais aliviado, usou a pia para escovar os dentes. Deixou um monte d'água correr antes de usar a torneira, para que todo o encardido grosso da louça fosse embora. Ainda assim, o metal tinha um cheiro estranho, como o de água parada. Umedeceu os cabelos e passou os dedos sobre os fios, usou a câmera do celular como espelho. Quando deixou o terceiro andar, estava mais certo do seu propósito — ele não arriscaria passar mais de uma semana em um lugar daqueles, muito menos o resto da vida.

— Você precisa fazer o acerto agora, regras da gerência — disse o mesmo cara simpático da noite anterior. Nôa parou em frente ao balcão e vasculhou os bolsos. Tirou uma nota de vinte e entregou ao homem.

— Vai ficar mais um dia? — ele perguntou.

— Ainda não sei. Tenho que resolver uns lances por aí. Se quiser alugar para outra pessoa, tudo bem.

O homem riu e balançou a cabeça, fazendo a fumaça do cigarro se agitar um pouco. Depois aumentou o volume da TV como se Nôa tivesse deixado de existir.

— Bom dia para você também — Nôa disse, pouco antes de cruzar a porta.

Os mendigos da noite anterior estavam do outro lado da rua, onde havia um coreto abandonado. Pelo chão, um monte de jornais, cobertores velhos e papelões. Os homens estavam enterrados neles.

6

Assim que chegou à frente do casarão dos freis, Nôa sentiu seu estômago esfriar. Além da aparência envelhecida e intimidadora do local, já imaginava que não seria bem-vindo. Você não chega simplesmente para um religioso, em pleno século XXI, e pergunta sobre um menino cigano que tinha parte com o Demônio. Mas era exatamente isso que ele estava prestes a fazer. Talvez por isso tenha preferido, antes de tocar a campainha, ocupar um assento em um ponto de ônibus logo em frente ao casarão e observar. Ninguém entrou ou saiu por vinte minutos, o máximo de agitação até ali foram dois cachorros que atacaram um ao outro. Um deles, o bege que levou a pior do cachorro preto, teve o focinho rasgado. Uma mulher gorda chegou para socorrê-lo e levou o animal em seu colo. Ela também perguntou a Nôa o que ele tinha na cabeça para não separar a briga. O rapaz respondeu que tinha seus próprios problemas. Foi quando atravessou a rua.

A frente do monastério contava com um portão alto e enferrujado. Ao lado dele, a murada era toda de tijolos gastos e um pouco apodrecidos. O ponto mais alto da construção tinha uns seis metros. Nesse local ficava uma torre que perdera seu sino há muito tempo.

Nôa precisou caminhar alguns metros em frente à construção para encontrar a campainha. Ficava nos portões, logo abaixo de um artefato de bronze — uma boca de leão escancarada. Sem muita coragem, apertou o interruptor e esperou que alguém o atendesse. Um sereno fino começava a cair do céu. Nôa olhou para cima, sentindo a condensação pura resfriar seu rosto. Tinha acabado de acordar, mas seu corpo pedia descanso.

Com os olhos fechados, sentiu falta da mãe. Ela teria dito que saísse da chuva. E também que Nôa não precisava passar por tudo aquilo, que se ele não fosse orgulhoso poderia contar com a ajuda do pai para fazer uma faculdade que daria a ele algum dinheiro. Em seguida, ela começaria a chorar, se perguntando onde foi que errou para ter um filho tão insatisfeito e infeliz. Então, seu pai chegaria, falaria umas poucas e boas e pediria que Nôa não voltasse a pôr os pés em sua casa enquanto não conseguisse conversar com sua mãe sem fazê-la chorar.

Alguém dentro de uma batina marrom abriu a porta enorme que protegia o casarão depois dos portões. Havia um brasão entalhado nela, velho e descorado. O homem não saiu imediatamente. Em vez disso, olhou para os dois lados de onde estava Nôa. Quando constatou que ele estava sozinho, tomou o caminho ladeado por uma grama baixinha que levava até o portão. Sinalizou que Nôa fosse até ele.

— Estamos em retiro — disse quando se encontraram.

Nôa não conseguia vê-lo direito, o capuz cobria a maior parte do rosto. O que ficava mais visível eram seus olhos, azuis de doer a alma, e as mãos magras demais.

— E quando vocês abrem? Preciso falar com o responsável.

— Nós nunca recebemos ninguém. Mas se você tiver algum documento, ou algo que queira tratar, eu levo os papéis e as informações até o... *responsável*.

Nôa respirou bem fundo mais uma vez.

— Olha só, vou tentar simplificar para você. Eu vim de longe, e estou hospedado em um lugar que até os cachorros rejeitam. Não pode pelo menos me deixar falar com alguém?

— Senhor, você está falando com alguém. E caso já tenha terminado, preciso voltar para dentro. Tenha um ótimo dia, sim? — O homem deu meia-volta. Nôa gritou que ainda não tinha terminado e ameaçou pular o portão. O frei não diminuiu o passo por causa disso. Ele atravessou a porta grande de onde tinha saído e a fechou.

— Tá certo, vamos ver quem é mais teimoso.

7

Perto das onze da manhã, Nôa trocou de lugar pela sexta vez. Continuava em frente ao casarão, alternando entre os muros, o centro dos portões onde ficava a campainha e o outro lado da rua. Agora, ele estava sentado e via alguma movimentação na porta. Ela se abriu, alguém espiou o lado de fora e tornou a fechá-la. Nôa gritou:

— Eu não vou embora até falar com vocês. Tenho o dia inteiro, tenho a vida inteira!

Uma mulher de saia longa e cabelos trançados que passava pela calçada se benzeu e estendeu a ele uma moeda. "Deus tem um plano para você", ela disse. Nôa apanhou a moeda, mesmo não sendo um mendigo (ser tratado como um farrapo daria algum efeito especial à sua dramatização). Antes que a mulher seguisse seu caminho, ele acrescentou:

— Espero que seja um bom plano.

A mulher já estava distante quando Nôa arregalou os olhos e gritou para o lado de dentro do casarão:

— Estão vendo? Agora eu tenho dinheiro! Não podem me ignorar para sempre!

Ele gritou outras vezes, se levantou, ameaçou escalar os portões, depois voltou a sentar. Estava com fome e um pouco descrente que a porta se abriria, apesar de sua insistência. Aqueles homens estavam acostumados com o sofrimento, pior que isso, eles achavam que as penitências os colocavam mais perto de Deus. É, mas um doido gritando ou morrendo de fome em seus portões era diferente — a imprensa adoraria uma novidade dessas.

Outros dois ônibus passaram pelo ponto até que outra movimentação à porta fez Nôa gritar de novo. Dessa vez, quem saiu foi um homem sem capuz. Não o mesmo de antes, esse tinha olhos castanhos e uma pele rosada de Jô Soares. Também tinha uma cicatriz do lado esquerdo do rosto, um pouco funda demais e já consolidada.

— O que, em nome de Deus, você tem na cabeça? Quer ser preso, meu filho?

— Padre, eu só quero falar com o responsável. Tenho um assunto importante, é caso de vida ou morte.

O homem sorriu do exagero, mas não colocou uma chave na fechadura do portão.

— Vida ou morte? Ouça, rapaz, como já lhe informaram, estamos em retiro. Para dizer a verdade, essa é a nossa vida. Não podemos aceitar visitantes nesse monastério. Isso perturbaria os homens e atrapalharia sua evolução espiritual.

— Se eu ficar gritando aqui, vou atrapalhar mais ainda. E não adianta me prender, quando eu sair, volto para sua porta e grito em dobro. E eu posso fazer greve de fome, aposto que os jornais adorariam.

— *Dio Mio!* — falou o homem, espalmando as mãos aos céus.

Baixou os olhos e estudou Nôa por um instante. Os cabelos empapados pelo sereno que se tornara garoa, a calça igualmente úmida, a mochila que não saiu de suas costas desde então. Não duvidou que Nôa cumprisse sua ameaça. Ele tinha aquele olhar maluco que diz que alguém é capaz de tudo.

— Pode me adiantar o assunto?

— Eu já disse, padre. Quero falar com o responsável.

— E pensa que está falando com quem?

Nôa rodou a mochila, trazendo-a para a frente depressa demais. O sacerdote recuou um passo. Aquele estranho podia ter uma arma escondida. Pessoas se desesperam e matam umas às outras o tempo todo. E perseguir e matar religiosos parecia estar na moda ultimamente. O homem só relaxou quando Nôa mostrou o conteúdo da mochila a ele.

— Um livro?

— Não um livro comum, padre. Este livro aqui tem seu endereço. É um diário. A maioria das páginas fala sobre um menino cigano que morou neste lugar há muito tempo.

O padre se esforçou para segurar a imparcialidade do rosto, mas sua testa não demorou a enrugar.

— Posso vê-lo?

— Do lado de dentro, padre. Se concordar em conversar comigo, deixo você ler o que quiser.

— Pode girá-lo? Quero ver o encadernamento da parte de trás.

Nôa tinha virado o livro do avesso. Conhecia cada palavra, cada erro, cada maldição, praga e encantamento que existia em seu interior. Mas não se atentou muito à capa. Só agora, quando estendeu o volume ao padre, percebeu um símbolo na parte de trás. Não era uma coincidência que as quatro flores de lírio nos brasões eram idênticas às que estavam entalhadas na porta de entrada.

— Onde encontrou esse livro?

Nôa olhou para a construção e guardou o volume.

— Filho, teimosia deveria ser pecado... Vou deixar que entre. Mas não abra a boca até estarmos sozinhos. Não quero deixar meus irmãos ainda mais agitados depois de tudo que você já fez.

8

Nôa atravessou o caminho de concreto seguindo a figura robusta do frei. Não devia ser tão ruim ser padre. A maior parte deles era bem nutrido, bebia vinho duas vezes por semana e não precisava aguentar o mau-humor de uma mulher. Mas dessa parte ele não abriria mão — já estava com saudade de Liza.

Quando se conheceram em um barzinho da cidade — o Mosca-Morta —, ela o tratou como um papel higiênico sujo dos dois lados. Nôa não cortava os cabelos, estava dez quilos mais magro e gaguejava quando tentava falar com uma garota bonita. No entanto, ele descobriu que Liza adorava cachorros. Então, no aniversário dela, ele apareceu no estúdio de tatuagem onde Liza trabalhava trazendo um poodle que chamou de Encardido. Ficaram com Encardido seis anos. O cãozinho acabou morrendo, tinha uma doença crônica no coração. Mas Liza ficou com Nôa.

Antes de entrarem, o frei pediu alguns minutos e tornou a fechar a porta. Devia estar organizando os outros homens de batina para que não vissem o maluco que passou a manhã gritando do lado de fora. Quando voltou, o clérigo estava com o rosto menos corado. Falou calmamente com Nôa:

— Venha comigo, vamos até minha sala.

Depois da porta, o cheiro de antiguidade atingiu Nôa em cheio. Algo amadeirado do forro, o ar viciado que pouco circulava pela antessala que sucedeu a porta. O corredor que descobriu em seguida tinha o mesmo cheiro, além de um pouco de leite de rosas que possivelmente era usado por cada rosto liso do mosteiro. A veia artística de Nôa não demorou a notar o chão. Cimento queimado em mosaicos. Já estava bastante empalidecido pelos anos, o que não diminuía em nada sua beleza. Eles não seguiram pelo corredor, a sala do frei ficava em seu início, logo depois da antessala.

O interior do que parecia um pequeno escritório não era mais novo que o restante. Como tudo que é velho, cada detalhe contava uma história. A janela com vidros turvos e foscos, a mesa de cerejeira, o armário de carvalho que certamente passou de mão em mão desde a fundação da cidade. Nôa pesquisou sobre o mosteiro na internet antes de se aventurar. Agora que estava dentro dele, tinha dúvidas se tudo que lera abarcava tudo que havia ali. Parecia que não. Existia uma sombra sobre aqueles homens, segredos, a mesma incógnita secreta que permeia cada dogma das religiões do mundo.

— Sente-se.

Nôa obedeceu e ocupou uma cadeira em frente à mesa. Tornou a puxar a mochila para frente do corpo.

— Você não está com uma arma aí dentro, não é? — Dessa vez, o frei decidiu perguntar.

— Detesto armas, padre. Tudo o que eu trouxe foi um livro e minha curiosidade.

— Como se chama, rapaz? Não gosto de conversar com estranhos.

— Nôa.

O frade riu, corando as bochechas de novo.

— É um bom nome. Um pouco estrangeiro, mas de raiz forte. Meu nome é Dimitri. Antes de continuarmos, gostaria de ver o livro.

Nôa retirou o encadernado de couro de dentro da mochila e o manteve nas mãos por alguns segundos. Era difícil se livrar dele. Sonhos e promessas, meses de pesquisa, anos de frustração, mesmo o roubo que permitiu que ele o tivesse consigo aumentava seu peso.

Após um pigarro do frei, Nôa desistiu e o estendeu ao homem.

Fazia um pouco de frio dentro da sala, principalmente para Nôa que continuava úmido de garoa. Mas seu sangue quente importava bem mais, isso e o que conseguiria descobrir quando o padre concordasse em falar. E claro que aquele padre gordinho sabia de muita coisa, ele não teria concordado que um estranho entrasse em seu casulo sagrado se não guardasse — e temesse — seus segredos.

O homem estudou as primeiras páginas. Nôa observou um novo rubor renascer em seu rosto. Os olhos varrendo as páginas com a rapidez que lhes era possível, os lábios que se mexiam quase que recitando as passagens descritas no livro. Dimitri continuou imerso às páginas, desviando muito pouco para Nôa.

— Não há dúvidas de que é autêntico — disse. Manteve o livro aberto e continuou: — Me diga, rapaz, como esse livro está em seu poder? Onde o conseguiu?

— Tenho procurado por ele faz tempo. O senhor conhece a lenda, todo mundo em Três Rios conhece a história do menino cigano. E se o senhor quer saber, não é só aqui. Se procurar nos lugares certos da internet, vai encontrar notas sobre o menino em muitos sites.

— Não foi isso que perguntei. — O livro estava novamente fechado, Dimitri mantinha as mãos gorduchas sobre ele. O corpo jogado para a frente, garantindo a firmeza que porventura fosse necessária.

— São especulações, padre Dimitri. O que dizem é que existe um descendente vivo do menino aqui mesmo em Três Rios. E pode me torturar se pretende saber o endereço; eu fiz uma promessa aos donos do lugar de que não iria revelá-lo.

— Está dissimulando outra vez. Sr. Nôa, ninguém nesse mundo de Deus daria esse livro a você, ainda mais um parente do menino cigano. Agora, se você não está disposto a colaborar com a verdade, é melhor seguir pelo caminho de onde veio.

— Ei! Por que tanta hostilidade? Eu não disse que não iria colaborar, só não tenho certeza de que o senhor fará o mesmo, agora que tem esse livro nas mãos. Eu não sou burro, padre, notei o brasão na porta da frente, é o mesmo desenho que está na parte de trás do livro. Eu não sei como esse volume escapou daqui, mas tá na cara que ele já pertenceu a vocês. O que me faz perguntar: por que motivo um menino cigano acabou morando em um monastério?

Dimitri coçou a lateral do queixo com a mão direita. Olhou outra vez para o livro e de novo para Nôa.

— Sabe o que dizem sobre escavar uma cova?

O rapaz deu de ombros, não sabia e não tinha nenhum interesse em descobrir.

— Você nunca encontra o que procura. O tempo come tudo, Nôa. Roupas, valores, devora inclusive a esperança de nos entendermos com o passado. O que aconteceu com o tal menino e com as outras pessoas desse livro é algo que não pertence a nós. E você não precisa me dizer o que o trouxe aqui. Chamo isso de ganância, também de ilusão e de irresponsabilidade. Estamos na era das luzes, filho. Não existe mais espaço no mundo para o obscurantismo.

— Tá certo, padre. Pode me devolver o livro, então. Vou trancá-lo em uma gaveta e continuar minha vida. Obrigado pelo seu tempo e... — Nôa levantou-se da cadeira, levou as mãos até o livro.

— Você não vai fazer isso — Dimitri bateu sobre as mãos de Nôa que tocavam o livro. — O que está escrito aqui fez o de sempre: mexeu com suas crenças e esperanças, encheu sua alma com... escuridão.

Nôa recuou as mãos e retornou ao assento, esperando o próximo movimento do homem.

— Está mesmo disposto a continuar com essa maluquice?

— Eu só trouxe um livro, padre. O senhor é quem está exagerando.

— Não somos inocentes, sr. Nôa. Somos padres, freis e sacerdotes. Somos seguidores fiéis do Deus santificado que a humanidade trata

hoje como lenda. Mas se quer saber sobre o livro, não posso impedi-
-lo. A decisão é sua.

— Tomei essa decisão há muito tempo — Nôa respondeu, resoluto.

Dimitri se levantou e deixou o livro sobre a mesa de cerejeira. Nôa não tornou a tocar o volume enquanto o padre foi até o armário de carvalho às suas costas; um voto de confiança. As madeiras rangeram ao serem abertas, como se soubessem que fazer isso traria má sorte. Quando Dimitri retornou, tinha um novo volume encadernado nas mãos. Nôa sentiu a boca encher de saliva.

— Tem as folhas que estão faltando?

— Deus nos livre. É só um álbum de fotografias. Se quer saber sobre o livro, precisa conhecer o mal que seu principal personagem foi capaz de protagonizar.

— O livro não diz nada sobre o menino. Pelo que entendi, a maior parte dos rituais foi feita pelo pai dele. Pelo pai e pela mãe, uma mulher chamada Romena.

Dimitri não teceu nenhum comentário. Sentou-se e, na terceira página, encontrou o que procurava. Estendeu o álbum à Nôa. Ele chegou mais perto da mesa para ver melhor.

— Quem são eles?

— Antigos habitantes do Orfanato Católico. Ficava aqui mesmo, em meados de 1900. O homem na fotografia chamava-se Augusto Giordano, *padre* Augusto Giordano. A mulher era uma freira, madre Suzana. Todas essas crianças eram órfãs, protegidas por Dom Giordano e pela Igreja. Mas é claro que você sabe sobre o orfanato... Se chegou até esse livro, e *até aqui*, certamente sabe do restante.

Nôa não concordou. Ele só estava ali por causa de um endereço no rodapé de uma das páginas. E sobre o lugar ser um orfanato, aquilo não era grande coisa, metade das igrejas da cidade acolheram órfãos em alguma época — uma maneira óbvia de receber mais dinheiro do Vaticano.

— Ele está nessa foto? O menino?

Dimitri puxou o álbum de volta para si.

— O menino cigano apareceu um ano depois dessas fotos serem tiradas. Seu nome era Wladimir Lester. Uma mulher chamada Iolanda o trouxe, como outras mulheres e homens fizeram com outros órfãos antes dele. Lester foi acolhido por Giordano e pintou alguns quadros. Você pode vê-los na igreja do centro. O resto é história, Nôa. Uma história velha e cheia de crendices.

— Ele pintou mais do que simples quadros. Dizem, inclusive isso está no livro sobre sua mesa, que muitos deles tinham... poderes. Isso se não falarmos sobre a tinta *especial* usada por Lester. Um elixir prodigioso capaz de domar os olhos humanos e escravizar suas vontades. É o que diz aí, na décima segunda página, se não me engano. Também existem menções sobre uma estatueta cigana.

Dimitri se remexeu na cadeira, limpou a garganta, fechou o álbum de fotografias com força.

— O que quer de mim?

— A tinta. Lester viveu aqui algum tempo, ninguém soube mais nada sobre ele depois disso.

— Pensou em perguntar a quem lhe deu esse livro?

— Perguntar? Eles são ciganos, padre! Confiam tanto na gente quanto eu confio nas igrejas. Sem querer ofender. — Nôa se acalmou um pouco antes que dissesse outra bobagem. — Eu não contei ainda, padre, mas também sou um artista, um pintor. Quando soube sobre o menino, sobre seus prodígios, fiquei curioso com todo o mistério ao redor dele. E não nego que fiquei ainda mais curioso sobre essa tal tinta mágica. Entenda... eu não acho que essa porcaria faça alguém ficar rico, mas serviria de inspiração para mim. Preciso dela, padre. Para salvar minha arte e minha vida.

— O senhor precisa de Deus no coração.

— E eu O tenho — Nôa respondeu, se lembrando de quando usou sua última Bíblia para acender o fogo da churrasqueira em uma reunião de pintores fracassados. — Mas também tenho certeza de que, com o estímulo certo, conseguirei produzir algo que atravesse gerações, exatamente como fez o menino.

— Você não quer ser como Wladimir Lester, rapaz.

O sacerdote meneou a cabeça e deixou sua cadeira, voltou ao armário e guardou o álbum de fotografias. Em seguida, rodeou a mesa, devolveu o livro a Nôa e foi até a porta. Esperou que ele guardasse o volume dentro da mochila.

— Para onde está indo? — perguntou o rapaz.

— Tentar demovê-lo de uma ideia estúpida.

9

— Pensei que ninguém deveria me ver aqui dentro — Nôa disse. Acabava de cruzar seu caminho com o de outro homem encapuzado pelo corredor que tomaram ao sair da sala de Dimitri. O sujeito não o olhou nos olhos, baixando ainda mais a cabeça quando passou por Nôa.

— Queria mantê-lo do lado de fora. Eu disse a verdade sobre não recebermos estranhos e sobre nosso voto de silêncio, mas que alternativa eu tinha com um homem gritando e ameaçando fazer greve de fome?

Nôa guardou o sorriso da vitória para si e continuou acompanhando Dimitri pelo corredor. O mais prudente era ficar quieto, aproveitando seu êxito em ter chegado onde tantos falharam. Além do casarão, ele tinha o livro. Dentro dele, a próxima fase que guardava tudo o que a vida lhe negou tão duramente desde que se tornara um homem. Enquanto avançavam, Nôa notou algumas portas, e notou ainda mais a única que possuía numeração — um "8", já oxidado e meio torto.

Nôa chegou a diminuir os passos quando passaram por esse quarto, mas o padre só abriu uma porta quando chegou ao fim do corredor.

Havia outro homem de batina marrom do lado de dentro, varrendo o chão. Ele não se distraiu de sua tarefa enquanto Nôa e o padre atravessaram o cômodo.

Passaram por mesas antigas, três delas, depois entraram em uma cozinha pequena, onde havia outra porta, à esquerda. Nôa percebeu a diferença para as demais: havia um cadeado enorme segurando o ferrolho.

— Por que um cadeado na cozinha?

Dimitri a destrancou e não respondeu. Esticou o braço para a escuridão do outro lado e tocou um interruptor. Uma luz fraca logo iluminou o chão de cimento cru e as paredes ainda no reboco. Foi só quando do Nôa também atravessou que Dimitri respondeu a ele:

— O aço é bom em manter guarda.

O cheiro do corredor era meio enjoativo. Ainda tinha o odor do cimento usado em sua construção. Junto a ele, o óleo que escapava dos fogões e conseguia entrar pelo rodapé da porta. Mas havia algo mais. Um aroma um pouco carbonizado, mofado, o cheiro de um cinzeiro esquecido dentro do quarto depois de uma festa daquelas. Nôa atravessou e tocou uma das paredes para se apoiar. Estava impregnada de gordura.

Ainda em silêncio, caminharam mais alguns passos. Nôa teve a impressão de andarem em círculos. Sempre que a luz ameaçava morrer em uma curva, Dimitri acionava outro interruptor, sem que nada de novo aparecesse. Foi quando o cheiro de queimado ficou tão forte que Dimitri parou de andar. Ele se virou para Nôa e falou:

— Não preciso dizer que conto com sua discrição.

— Claro, padre.

Dimitri tornou a dar-lhe as costas e acendeu o último interruptor. Dessa vez a luz trouxe uma passagem, e nada de portas.

— Que lugar é esse? — Nôa perguntou, olhando o lado de dentro da abertura.

O que havia estava negro e consumido. Nôa reconheceu o que um dia foram camas, mas também havia amontoados de cinzas que não davam pista alguma sobre sua origem. Em um canto, havia uma Bíblia parcialmente incendiada. Em outro, uma boneca sem cabeça. No meio do cômodo, que devia ter uns cinco metros quadrados, um carrinho de bonecas, chamuscado e sem tecido. Mas o que chamou mais a atenção de Nôa foi algo escrito aos garranchos em uma das paredes: filho do diabo.

— Quando Wladimir Lester chegou nesse lugar, havia esperança de que todas as crianças fossem boas. O que está vendo, sr. Nôa, era o dormitório delas. — Dimitri fez uma pausa antes de continuar. Ele olhava para as paredes e para o carvão que estava por toda parte, evitando olhar para Nôa. Sua voz levemente desencorajada continuou explicando: — Semanas depois de terem recebido Lester como um dos seus, o menino perdeu o juízo. O que soubemos a respeito foi dito por uma das meninas, a única que sobreviveu até a chegada dos bombeiros. Ela contou que Lester trancou todos dentro do dormitório e ateou fogo neles, pelo lado de fora da porta.

— Como ele fez isso?

— Isso nunca ficou claro. Talvez Lester tenha preparado tudo durante o dia, com solventes ou algo parecido.

Nôa levou as mãos ao estômago e virou o rosto para a entrada do corredor que deixou para trás, tentando encontrar um sopro de ar que não tivesse aquele cheiro horrível. Precisou se abaixar para não desmaiar, suas pernas tremiam. O Inferno devia se parecer com aquele quarto.

— Eles morreram? Aqui?

— As crianças e Dom Giordano não morreram. Foram *assassinados*. Quando a ajuda chegou, encontraram os corpos e o que havia no quarto, tudo queimado e retorcido. A menina Rita veio a falecer em seguida, assim que terminou de responsabilizar Lester pelo atentado.

— Minha nossa.

— Era uma casa cheia de amor, sr. Nôa. Um lugar onde os abandonados e desgraçados encontravam carinho e amparo. O que esse menino cigano fez contraria todas as obras de Deus, renega o que entendemos por humanidade.

Nôa se reergueu e deu alguns passos pela sala. Precisou desviar de alguns tecidos jogados pelo chão, fragmentos deles.

— O que fizeram com os corpos? E o que aconteceu com Lester?

— A menina Rita disse que Lester pegou fogo. A porta do dormitório já estava arruinada, o incêndio começava a se espalhar. O corpo do padre e o emaranhado de carne a que foram reduzidas as crianças foram enterrados aqui mesmo, no pátio. Foi quase impossível identificá-los na época. Com o escândalo que era esperado, a Igreja resolveu fechar o lugar para sempre. Nesse momento nossa ordem se apropriou do prédio, contamos a história certa e conseguimos guardar o segredo que eles tanto queriam esconder. Tem sido assim desde então. Além da língua ferina do povo de Três Rios, sabíamos como conter o mal que havia sido gerado dentro dessas paredes.

Nôa juntou um pouco as sobrancelhas.

— Vivemos em oração, sr. Nôa. Todo o tempo, o tempo todo.

— Uma atrocidade, sim... Mas, padre, esconder um segredo desses não me parece muito ético. Para que manter esse mausoléu de carne queimada? Por que não reformaram o lugar como fizeram com o restante do prédio?

— Para nos lembrarmos. E penso que para um dia convencermos alguém a não trilhar o caminho escavado por Wladimir Lester.

10

Dimitri e Nôa fizeram o caminho de volta sem falar muito. O padre porque sentia um pouco de vergonha de ter revelado o pedaço mais triste do antigo orfanato a alguém que não usava uma batina ou se interessava pela palavra de Deus, Nôa porque tentava se recuperar fisicamente do que o sacerdote contou a ele. Sua cabeça estava dolorida, aquele cheiro horrendo parecia confinado aos pulmões. Foi só quando voltaram à sala de Dimitri que tornaram a conversar. O rapaz suava um pouco na testa. Do frio que sentira minutos antes, não havia nem mesmo uma lembrança.

— O que mais vocês sabem sobre o menino? — Nôa perguntou tão logo o padre ocupou sua cadeira à mesa.

— Você é mais esperto que isso, sr. Nôa. Boa parte dessa pergunta já foi respondida no livro que carrega dentro da mochila.

— Ele não fala muito sobre Wladimir. Diz mais sobre o pai, como eu já contei.

— O Cigano... Seu nome verdadeiro era Juan. — disse o padre. Nôa não perguntou como o religioso sabia disso, talvez tenha lido quando folheou o livro. Tampouco se ocupou em ter curiosidade. Se tudo o que a Igreja sabe ganhasse a luz do mundo, arruinaríamos todas as religiões para em seguida construirmos outra (quem sabe melhor...). — Ele era um feiticeiro, um homem que lidava com os espíritos. O menino Lester cresceu assistindo ao pai tocar a campainha do mal; presenciou sua mãe sendo torturada com o próprio consentimento. Pode fazer uma vaga ideia de como uma criança seria influenciada crescendo em um lugar desses? Eu não tenho nada contra os ciganos, sr. Nôa, Deus sabe que não. Mas não gosto de gente que flerta com o inimigo. Não me admira que o menino tenha sido expulso da tribo e acabado aqui. Depois que seus pais morreram, ele acabou tomando os rituais de Juan para si. Pintou seus quadros e fez profecias sombrias, como deve ter lido no material que conseguiu.

— Tem algo errado, padre. O menino não morreu no incêndio. Ele deixou descendentes aqui mesmo em Três Rios. O que eu quero saber é como as autoridades nunca colocaram as mãos nele. O senhor mesmo disse que o menino foi o responsável pelo incêndio, como ele conseguiu escapar? Como conseguiu sobreviver?

Dimitri manteve o silêncio. Estudou a expressão ávida de Nôa com resguardo. Ele não desistiria. Sua pele brilhante mostrava isso, seus olhos arregalados, o modo como falava mais alto quando citava o nome de Lester.

— E o que aconteceu com os quadros? Com as obras?

— Foram vendidos — Dimitri respondeu, rápido demais. — A igreja matriz ficou com a maior parte. E o incêndio não se limitou ao dormitório. O quarto onde o menino pintava, agora o meu quarto, também foi consumido pelo fogo. Sr. Nôa, o que está feito está feito, o que foi consumido não pode ser recomposto. Se o senhor quer mesmo saber mais sobre Lester, deve conversar com seus supostos descendentes, e eu duvido piamente que eles existam. Wladimir se tornou uma mercadoria valiosa na cidade e fora dela, e o senhor deve imaginar quanto um impostor lucraria com seu nome.

Nôa gemeu sua condescendência e pediu para olhar outra vez o álbum de fotografias. Ainda tinha esperanças de encontrar Lester. Não seria difícil reconhecê-lo. Certamente o menino não abandonou todos os hábitos, como os cabelos mal cortados, e as roupas ciganas.

Dimitri o entregou a ele, cansado demais para discutir. Faria o que fosse preciso, desde que aquele homem aficionado o deixasse em paz. O rapaz estava folheando a terceira página, que mostrava a freira chamada Suzana, quando alguém entrou na sala sem bater à porta. Instintivamente, Nôa abraçou-se ao álbum.

— Irmão, precisamos do senhor! Agora!

— O que houve, Carlos? Você está pálido — Dimitri disse ao homem e deixou sua cadeira. O frei esbaforido que irrompia a porta levou as mãos ao estômago tentando recuperar o fôlego. Pareceu a Nôa que ele era aquele primeiro frei que se recusou a abrir o portão.

— O irmão Jonas! Ele está tendo uma convulsão. Eu e outros três irmãos não conseguimos contê-lo, precisamos de ajuda! Ele está gritando e babando, acabou batendo a cabeça no chão e o sangue não quer estancar!

Dimitri girou o corpo em direção a Nôa.

— Nós já terminamos por aqui, sr. Nôa. Estou com um problema mais sério para resolver agora.

— Irmão, vamos! Pelo amor de Deus! — insistiu o outro.

Nôa deixou a cadeira e colocou a mochila nas costas. O álbum de fotografias foi para superfície da mesa de cerejeira.

— Eu sei onde é a saída, padre. Não vou incomodá-los de novo.

— Irmão! — repetiu o frei.

Dimitri saiu em seguida, deixando a porta aberta para que Nôa fizesse o mesmo. Avançou depressa pelo corredor. Em segundos, estava prestes a tomar a abertura à direita que levava ao pátio. Antes, porém, conferiu se Nôa estava realmente saindo do casarão. O rapaz acenou para ele e desapareceu a caminho da antessala que o levaria até a saída.

11

Logo os sons de Dimitri deixaram de ecoar. Aquele era o sinal que Nôa esperava. Devagar, ele se arqueou pela divisória da antessala e conferiu se o corredor estava vazio. Ouvia alguns homens se agitando em algum lugar distante. Alguém insistia para que fosse chamada uma unidade de resgate, outro dizia: "O irmão nunca teve uma convulsão antes, ele tem uma saúde de ferro". Em pouco tempo, Nôa não conseguia ouvir mais nada; estava de volta à sala de Dimitri. Pensou em fechar a porta, mas desistiu da ideia quando checou a janela e encontrou grades. Mas não seria um problema tão grande se fosse encontrado bisbilhotando lá dentro. Eles fariam o quê? Chamariam a polícia? Grande coisa. Nôa tinha mais medo dos sacerdotes.

Com a saída apressada, Dimitri não chegou a fechar o armário de carvalho. Era a chance perfeita de obter aquele álbum de fotografias e, quem sabe, um bônus. Após colocá-lo dentro da mochila, Nôa foi até os fundos da sala. Em um pensamento cínico, calculou o que Deus acharia de um homem que rouba padres. No fundo, não era nada de mais, havia muitos padres roubando homens por aí. Supondo que Deus fosse justo, Nôa seria uma espécie de contrapeso na balança.

Dentro do armário havia dezenas de livros. Na primeira prateleira, à frente dos volumes, havia um cachimbo e uma foto de Nossa Senhora. Na mesma divisória, Nôa se surpreendeu ao encontrar um monte de seringas ainda na embalagem. Ao lado delas havia um frasco vazio de insulina. Ele quase teve pena de Dimitri.

Alguma agitação no corredor o levou de volta à porta. Aquilo não seria um problema. Nôa fingiria que esquecera algo dentro da sala e sairia antes que alguém notasse a ausência do álbum de fotografias. Entretanto, o som não avançou, e ninguém apareceu pelo corredor.

O rapaz voltou ao armário e bateu os olhos pelas prateleiras inferiores. Mais livros. Encadernamentos azuis índigo, marrons, de couro e de plástico vagabundo. Na terceira prateleira, Nôa ficou interessado em um deles. Folhas douradas, capa vermelha e bastante surrada pelos anos, devia ter umas mil páginas. Claro que o puxou para dar uma olhada. Folheou as páginas, sentiu seu cheiro. Não era o que procurava e sim um livro de orações romanas. Estava o devolvendo à prateleira quando notou algo na parte de trás, escorado nos fundos do armário e pressionado por outros livros.

— É isso, tem que ser *isso* — disse a si mesmo, por mais que "isso" continuasse sendo um mistério.

As vozes tornaram a aumentar. Nôa tentou retirar o volume sem derrubar os livros que estavam à frente, mas uma chuva de papéis antigos tombou sobre ele. Uma Bíblia enorme vergou-se e acertou seu pé esquerdo. Ele suprimiu o grito, não tinha tempo para sentir dor. As vozes aumentaram do outro lado da porta. Antes que fosse apanhado, guardou o volume resgatado dentro da mochila e deixou a sala. Atrás dele, ouvia os homens se agitando pelo corredor.

12

Ninguém o viu, mas Nôa só parou de correr quando atravessou a porta ensebada da espelunca onde passaria mais uma noite. Não trocou cumprimentos com a criatura que gerenciava aquela pocilga, apenas pediu sua chave de volta e tomou as escadas. Alguém gemia no primeiro andar, desprezando o que dizem sobre o sexo ser melhor durante a noite. Para Nôa, parecia impossível fazer algo em um calor daqueles que não fosse tomar uma cerveja. O ar quente do interior do hotel o fazia respirar depressa, o oxigênio parecia diluído, consumido.

Estava no segundo lance de escadas quando seu celular tocou dentro da mochila. Nôa avançou outros dois degraus e parou de escalá-los por um instante. Não por causa da droga do celular, mas para respirar um pouco. Suas pernas estavam queimando, ele não se lembrava de ter corrido tanto desde que fugiu da polícia durante os protestos políticos de 2013. Na época, acreditava que o esforço gerava recompensas, que ele podia mudar o mundo.

Apanhou o celular e ameaçou devolvê-lo à mochila, mas não foi capaz de fazer isso ao reconhecer a dona da chamada.

— O que você quer? — falou, sem conseguir disfarçar a irritação. Entre todos os momentos do dia, Liza tinha que escolher justo aquele?...

— Nôa... — respondeu a voz chorosa do outro lado da linha. — O que aconteceu com você? Onde passou a noite?

— Tá tudo bem, Liza. Eu precisava pensar um pouco. Está difícil para mim.

— E não podia pensar aqui? Meu Deus, Nôa! Estamos juntos há anos, você não tem direito de me tratar com uma namoradinha qualquer. Quando volta para casa?

— Liza, olha só, estou no meio de uma coisa importante. Não posso voltar agora, não ainda. Prometo que quando voltar, explico tudo direitinho. Estou perto, Liza, finalmente estou perto de conseguir o que eu quero.

— Dá para ser mais claro, Nôa? Arranjou a porra de um mecenas? Foi isso?

— Você sabe do que estou falando — ele respondeu. Em seguida, tapou o microfone do celular. Um casal nada convencional estava subindo as escadas. O homem careca e desnutrido aparentava ter uns cem anos, a mulher que estava com ele — loira, alta, vinte no máximo, com seios que não nasceram com ela — movimentava a mão esquerda por dentro da calça do velho. Nôa se espremeu ao corrimão e baixou os olhos. Só devolveu o celular ao ouvido quando os gemidos roucos do velho diminuíram.

— Nôa? Tá me ouvindo? Quero saber onde você está! Agora!

— Preciso desligar. Eu estou bem, Liza, e espero que você também fique. Daqui a um tempo, eu volto para casa.

— Nôa, não desliga! Não se atreva a me deixar mais uma noite em claro! Eu vou ligar para a polícia, Nôa! Vou ligar para sua mãe e trocar a porra da fechadura!

— Tchau, Liza. Eu te ligo — disse ele e interrompeu a chamada. Antes que voltasse a tocar, desligou o aparelho no botão lateral e retomou os degraus.

13

Não importa o que digam sobre ansiedade e senso de urgência, depois de um dia difícil, o que um homem precisa é de uma cerveja. Foi por esse motivo que, depois de um rápido banho, Nôa desceu as escadas e acabou em uma padaria minúscula, a dois quarteirões do hotel.

Como tudo que cercava o bairro, a padaria era basicamente um retrato da periferia. Um único caixa, uma garota carregada de cansaço esperando os raros clientes, uma dona mal-humorada que lia uma revista ao lado e tentava se lembrar de quando suas pernas pesavam menos que uma criança de 12 anos. Nôa passou por elas e foi até o freezer. Apanhou uma cerveja que tomaria ali mesmo. Sentaria no balcão gasto e assistiria à TV, sem ouvir nada do que o mundo dizia.

— Posso beber aqui? — perguntou, com a educação que ninguém ali costumava ver. A mulher de cabelos na altura dos ombros e com raízes brancas deu de ombros.

Nôa sentou em um banquinho de madeira e retirou o lacre da latinha. Ah, aquele som. Era como ver mágica pela primeira vez.

Do outro lado do balcão, avistou alguns copos disponíveis, mas a boca da latinha devia estar mais limpa. Nôa sorveu o primeiro gole exercendo o prazer máximo de seu dia. Não bebia há algum tempo. Quando ainda produzia algo melhor que frustração em óleo, o álcool costumava limitar sua criatividade. Agora não tinha problema. Não estava nem perto de pintar algo novo, não até que conseguisse descobrir tudo sobre o garoto. Ainda que não encontrasse sua fonte de inspiração, Nôa estudava novas possibilidades. Quanto valeria um único quadro daquele bastardinho? Nos círculos certos, apostava em alguns milhares de reais. Ele riu de si mesmo. Reais? Francamente. Qualquer idiota pensaria em dólares.

— Meio cedo para cervejas, hã? — disse alguém à suas costas.

Nôa puxou a mochila para frente antes de descobrir quem era. Suas melhores opções? Um bando de freis com porretes nas mãos ou alguém a mando de Liza — ela poderia rastreá-lo pelo celular, era bastante esperta para isso.

— Estou com sede — Nôa respondeu.

O sujeito atrás dele caminhou até o freezer. Nôa aproveitou para dar uma olhada.

Era só um rapaz. Não aparentava mais de trinta anos. Usava uma jaqueta de couro quente demais para o dia, botas do mesmo material, um jeans claro e rasgado nos joelhos. A primeira impressão de Nôa é que o homem estava tão perdido naquele bairro quanto ele.

— Posso? — perguntou o sujeito, olhando para um segundo assento de madeira.

Foi a vez de Nôa dar de ombros, fingindo gostar mais da tv.

O aparelho escorado em um suporte velho falava sobre a crise na economia. Também da guerra entre os partidos, da crise implantada por eles mesmos e de todas as previsões catastróficas para os próximos seis meses.

— A televisão me dá tédio. Quando foi que o mundo virou essa merda? — indagou o rapaz. Seu hálito fresco não passou despercebido por Nôa, cheirava a alcaçuz. — Não faz muito tempo que ninguém precisava desse aparelho estúpido para passar o tempo — continuou.

— Estamos perto de conseguir isso outra vez — disse Nôa. — A internet é mais interessante. — Um gole. — E diz menos mentiras.

— Você é novo por aqui. Eu venho nessa padaria às vezes, a cerveja está sempre gelada e a dona é durona. Isso afasta os vagabundos.

— Nem sempre — Nôa comentou cinicamente.

Continuaram com as cervejas, a mulher gorda trouxe um pratinho com amendoins para estimular os dois homens a continuarem bebendo. Nôa consumia sua lata depressa, tentando acabar logo e se livrar daquele cara.

— Você não tem uma arma na mochila, certo? Não é desses malucos que saem por aí matando os outros porque estão fodidos demais com as próprias vidas?

Dessa vez, Nôa não resistiu e deixou um sorriso mais largo escapar pelos dentes. Era a segunda vez que perguntavam isso a ele. Talvez, na terceira, devesse pensar em conseguir realizar as suposições da pessoa. A culpada estava logo ali em cima, vitrificada, enchendo a cabeça do povo de merda.

— Meu nome é Lúcio — disse o rapaz.

— Nôa — respondeu, estendendo a mão direita. O outro a apanhou. Tinha mãos finas, de quem não precisa ralar feito um condenado para usar uma jaqueta daquelas. Também era bonito, o rosto passava alguma tranquilidade, além de uma sensação de "não confie totalmente em mim".

— Então, *Nôa*, o que está fazendo nesse glorioso bairro? Negócios ou farra?

— Farra? Com as *putas* daqui? — perguntou mais baixo. Mesmo assim, a dona do lugar olhou feio para ele. O rapaz esticou os dedos de uma maneira sutil que a fez voltar ao seu trabalho de não fazer nada. Ela se afastou deles e foi conversar algo com a menina do caixa.

— Eu não tenho nada a ver com isso. Foi só uma pergunta — disse o rapaz.

— Vim visitar um parente. Meu avô faleceu e estamos tendo problemas com a herança. Ele não tinha grande coisa, mas sabe como é...

— Dinheiro sempre traz problemas. Com ele ou sem ele, ninguém está satisfeito. Ele morreu de quê?

— Foi um incêndio — Nôa deixou escapar. Aquela foi a coisa mais imbecil que podia falar pela manhã, ainda mais imbecil que discutir com um padre e roubá-lo em seguida, mais imbecil que atender a uma ligação de uma mulher frustrada. Esperava que o tal Lúcio perguntasse detalhes, mas ele não o fez. Talvez porque não se interessasse, mas provavelmente por culpa de uma nova cliente que entrou na padaria. A mulher parecia estar procurando por Nôa, porque, assim que o viu, ela se aproximou. Tomou-o pelo braço e disse:

— Deus tem um plano para você.

Nôa não soube como reagir, a mulher era aquela que disse a *mesma* frase mais cedo, pela manhã. Seus olhos esbugalhados, os cabelos trançados às costas. Dessa vez, no entanto, havia alguém para ajudá-lo. Lúcio se levantou.

— Some daqui, assombração! Leve suas palavras para alguém que se interesse por elas.

Com o grito, Nôa tornou a abraçar a mochila. O rapaz agora estava distante, certificando-se de que a beata tomaria o caminho da rua. Ela fez isso, mas antes se benzeu e pediu que Deus tivesse piedade da alma daquele homem. O bonitão riu, mostrando dentes brancos e rigorosamente alinhados.

— Esse bairro está cheio de crentes — disse a Nôa. — São uma praga. De repente você está se divertindo e uma aberração dessas se aproxima, como se o cara lá de cima detestasse o que ele mesmo colocou na raça humana. Mas diz para mim, o que tem dentro dessa mochila? Um bebê?

— Livros. Tudo o que eu não precisei disputar na justiça para receber do meu avô. Ele era um intelectual e um artista, um pintor.

— Caramba! Nesse bairro? Não sei como não ouvi falar dele.

Nôa se remexeu um pouco sobre o banco. Encheu a mão de amendoins e enfiou tudo na boca para mantê-la calada.

— Sabe, Nôa, eu respeito segredos. O que quer que esteja aí dentro é parte da história. Da sua, da minha, quem sabe de quem mais? Admiro um homem que sabe honrar os mortos e levar sua história adiante.

Nôa checou o relógio, lembrou que não podia ficar o dia todo tomando cerveja. Não ali, na rua, onde qualquer um poderia reconhecê-lo. E, ah, é claro que o estavam procurando.

— Preciso ir andando — levantou-se e deixou a mochila voltar para as costas. — Quanto eu devo? — perguntou à mulher que tomava conta do lugar.

— Eu cuido disso — respondeu o rapaz de jaqueta. — Faz tempo que não encontro boa conversa por aqui.

— Não posso aceitar, eu...

— Que tal um trato? Na próxima, você paga. Eu estou quase sempre por aqui, tomando minha cerveja e procurando alguém que não cheire como um rato de esgoto.

Nôa concordou e tomou o caminho da saída. Antes de ir embora, pediu outras cervejas e dois salgados, feitos no dia anterior, que estavam dentro de um aquecedor de vidro. Pagou por eles antes que o rapaz falante tentasse fazê-lo.

14

Em menos de dez minutos, estava de volta ao hotel October. As cervejas geladas ficariam quentes em pouco tempo, o que motivou Nôa a esvaziá-las bem rápido — seu estômago vazio fez o mesmo com os salgados. Só depois da terceira lata, ele colocou a cama em frente à porta e sentou-se sobre ela. Devia ser culpa daquela primeira cerveja, de estômago vazio, ou toda aquela conversa com o esquisitão de jaqueta, mas sentia-se meio paranoico. O casarão dos freis ficava perto do hotel, se ele fosse um pouco mais esperto teria dado ouvidos a Liza e caído fora daquele bairro fedido. O bairro dele não era grande coisa, mas Nôa não precisaria ouvir gente trepando enquanto tentava descobrir o maior enigma da cidade. Acabou deixando a cama poucos minutos depois, decidido a tomar a próxima cerveja em frente à janela que dava para a rua. Posicionou-se como um assassino de aluguel, o corpo colado à parede, apenas os olhos flertando com a rua. Alguns vagabundos pareciam ter acabado de acordar, carregando suas garrafas e carcaças moídas, esmolando de um lado para o outro. As prostitutas e os travestis ainda não estavam por lá, provavelmente não tomariam a rua enquanto o sol brilhasse no céu. Nôa também procurou por seu novo amigo. Graças a Deus não havia sinal do rapaz de jaqueta. Enfim poderia ler o que roubou — e, com a sorte que andava tendo, nada significava. Mas, antes, precisava dormir um pouco, aquelas cervejas o pegaram de jeito.

15

As fotos não mostraram Lester ou indicações sobre seu paradeiro. Também não disseram seus motivos para atear fogo no orfanato e matar seus moradores. Essa parte Nôa conseguia supor. O menino era um cigano, alguém diferente — portanto, não deve ter sido recebido pela banda marcial da cidade. Se os outros meninos ou o padre que tomava conta do lugar o pressionaram o bastante, deve ter perdido o juízo. Isso se tivesse lhe restado algum, visto o que passou em sua tribo antes de chegar ao orfanato.

— Você tem cara de gente ruim — Nôa disse, apontando para a figura de um menino gorducho. O garoto era o único de braços cruzados na foto que via agora. Também era o único que parecia ter direito a sobremesas em dobro. Tinha os olhos miúdos e as pálpebras caídas nas extremidades.

Outra figura na mesma fotografia que chamou sua atenção foi a freira, a mulher chamada Suzana — o nome estava escrito em outra foto, abaixo e à esquerda da que analisava agora. Mesmo com o hábito, era possível perceber como era bonita. O padre estava ao lado dela e a mente criativa de Nôa conseguia imaginar como deve ter sido difícil para aqueles dois conviverem lado a lado, como pai e mãe de um bando de crianças, e manterem o celibato.

Tudo muito interessante, mas roubar os retratos só serviu para complicar sua visita ao casarão. Não havia nada de novo ali.

— *Mais fundo, filho da mãe!* — gritaram no quarto ao lado. Já era quase noite, o ritual do acasalamento dos porcos acabava de começar. Nôa se levantou e socou a parede com força. Os ruídos diminuíram um pouco.

De volta à cama, mergulhou as mãos na mochila e apanhou o terceiro livro roubado em menos de um mês (o livro que encontrou escondido no armário de carvalho). Não acreditava que teria muita sorte. Provavelmente encontraria uma lista de compras de cem anos atrás, ou uma planta do orfanato com instruções sobre a reforma, talvez um livro de registro sobre o *empolgante* dia a dia em um orfanato católico. Sete da manhã: orações. Depois, café. Mais orações. Em seguida, aula de catecismo. Outras orações. Almoço. Orações, orações e alguns castigos nos joelhos. Orações e boa noite.

Entediado, Nôa deixou o ar sair pela boca e abriu o volume. Suas reações mudaram rapidamente. Tão logo leu o nome do autor daquele livro, Nôa arregalou seus olhos e prendeu o fôlego.

O que tinha em mãos era o diário de Dom Giordano. Sorrindo, ele apanhou a última cerveja da sacola — quente, mas e daí? — e localizou a página que descrevia a chegada de Wladimir Lester.

"...é estranho como o menino não parece assustado. A mulher que o trouxe, Iolanda, alegou ser sua irmã. Mas tal fato também não me parece possível. Iolanda tem mais de sessenta anos, ela não poderia ter um irmão tão jovem. Lester está inseguro, mas, nessa primeira noite, não reclamou da ausência de sua família uma única vez. Quando o questionei sobre os motivos, ele disse que a família simplesmente não gostava dele. Existe uma marca arroxeada em um dos olhos, alguém da tribo o agrediu. A mulher cigana que o trouxe me contou sobre esse fato e também sugeriu que o menino mereceu a agressão. Ela chamou o pequeno de 'desgraçado', contou que ele era algum tipo de amaldiçoado entre seu povo. Pergunto-me quando essa gente vai sair da idade das trevas...*

Conversei um pouco com o menino antes de recolhê-lo ao seu dormitório, tentei orar junto a ele. Como esperado, Lester não sabe muito sobre Deus ou Jesus Cristo. E o que sabe está distorcido e mal compreendido. Temo que será difícil evangelizá-lo.

Todas as crianças estão curiosas com Lester, ansiosas para conhecê-lo, principalmente a menina Ágata. Porém, hoje, ele dormirá sozinho, no quarto de hóspedes. Pretendo apresentá-lo aos outros amanhã bem cedo. Não me parece inteligente colocá-lo com os demais nessa primeira noite.

Junto com uma mala e uns poucos pertences, a mulher cigana trouxe um punhado de páginas. Eu li algumas delas e... Deus... Que nosso Senhor tenha piedade da pequena criança. Seus pais eram curandeiros na tribo, seguiam rituais obscuros e, pelo que compreendi, não guardavam segredos dos filhos. Não estou convencido que Iolanda seja o que alegou ser, mas Wladimir Lester tinha de fato uma irmã."

Nôa terminou a primeira parte e avançou até outra, que o interessava bem mais.

Duas semanas depois, Giordano escreveu:

"Estou preocupado com Lester. Ao que parece, sua única amiga é a menina Ágata. Ele também mantém boas relações com a madre Suzana, muito embora ela tenha certa insegurança em lidar com ele. Madre Suzana me confidenciou que três das crianças, o menino gordinho chamado Leonardo, Ernesto e Emílio — ou Vermelho como alguns o chamam —, andam implicando com Lester. Chegou aos meus ouvidos que eles o chamam de filho do diabo. Os três agrediram o menino dias atrás, tomaram um retrato dele. Pedi a Suzana que não tomasse nenhuma providência contra os agressores. Fiz isso para o bem do menino cigano. Se Lester pretende levar

a vida em nossa sociedade, precisa aprender a lidar com nossa crueldade
e reagir. Caso ele não consiga por si só, agirei em seu auxílio."

— Que filho da mãe. Deixou que os outros acabassem com ele — Nôa resmungou. Lembrou-se de quando ele também era uma criança e precisava se esconder para não perder o lanche no recreio. As fugas e o sofrimento não o fizeram reagir; ao contrário, o fizeram detestar as outras crianças.

Nôa avançou outra página e encontrou uma sequência de prestação de contas. Havia o nome de Lester em várias delas. Giordano estava fazendo dinheiro com a arte do menino. Ele não doava seus quadros para a igreja, ele os vendia. Também vendia para compradores particulares, da cidade e fora dela. Pelo que Nôa entendeu, o dinheiro seria usado no orfanato, para comprar mantimentos e o que mais os órfãos precisassem. Era uma sacanagem daquelas... De repente Lester estava pintando para vestir e alimentar os safados que o acuavam.

"Ele também mantém sua arte cigana. Embora eu abomine os quadros, permito que o menino os pinte, desde que divida seu tempo com a arte cristã. Conversei com a madre e concluímos que ele poderia trabalhar dentro do quarto número oito. Desde então, tem havido um pouco de paz entre os meninos. Lester passa o dia inteiro no quarto, pintando, fazendo o que ele mais gosta. Talvez essa seja a maneira certa dele se adaptar. Se conseguir sobreviver de sua arte, e creio que ele esteja a caminho de tal coisa, a sociedade terá muito a lhe oferecer. Lester é um prodígio. Suas obras parecem vivas, de um modo que chega a assustar. Muitas me assustam de verdade. Uma delas é uma estatueta cigana, uma das peças herdadas depois do incêndio que arruinou sua tribo. Madre Suzana pediu-me para acabar com ela, mas temo não poder fazer isso. O menino trata a estátua como sua mãe. Ele sempre a retoca, limpa, chegando a colocá-la em um oratório no quarto onde trabalha."

Nôa retrocedeu as páginas imediatamente. Ele não tinha lido nada sobre o tal incêndio da tribo. No entanto, o que lhe chamou a atenção foi a parte sobre a estatueta. Santa mãe dos homens sem talento — aquilo era uma novidade e tanto!

Folheou várias páginas sem encontrar a passagem. A maior parte do diário era a enfadonha confissão de um padre atormentado pela própria fé. Enquanto procurava sobre a estatueta, encontrou outro trecho que chamou sua atenção. Nele, Giordano narrava uma estranha visão que teve durante a noite em que Lester chegou. Aconteceu no refeitório. No final da transcrição, Nôa leu:

"...minha alma diz que estive na presença do inimigo, mas espero estar enganado."

Depois de reler todo o relato, continuou folheando, até encontrar o que procurava.

— Aqui está... — disse e comemorou com um gole de cerveja morna.

"Recebi uma nova visita do mesmo policial que esteve no orfanato dias atrás. Ainda não sei como contar a Lester o que aconteceu. O homem relatou um acidente terrível com a tribo cigana. As carroças despencaram em um desfiladeiro. De um modo não totalmente compreendido, todas pegaram fogo. Mais estranho ainda é o fato de que tenham se salvado alguns pertences. São quadros, vários deles. Foram atribuídos ao menino. Também uma estatueta cigana. Ela ainda não está completa, faltam-lhe a pintura do vestido e algum polimento no gesso. Temo que Lester pode perder de vez a sanidade. Não está sendo fácil para ele. O pobrezinho se apega a qualquer coisa. Prova disso é o tubinho de tinta vermelha que nunca sai de suas mãos."

Um calafrio percorreu o corpo de Nôa e morreu em suas mãos molhadas. Finalmente alguém com credibilidade falava sobre a tinta. Como ele já esperava, ela não era uma lenda. A tinta especial de Wladimir Lester, que interessava a Deus e ao Diabo, de fato existia. Mas se quisesse descobrir seu paradeiro, Nôa precisaria reler o material em suas mãos mais atentamente. A tinta! Deus, ela existia!

Continuou com a leitura, praticamente sem ouvir os ruídos sexualmente transmissíveis do quarto ao lado.

"Ele me permitiu tocar o recipiente na noite em que chegou ao orfanato. Não tive uma impressão muito boa. Parecia vermelho demais, quente. Meu primeiro palpite foi que se tratasse de sangue. Foi só quando olhei o conteúdo contra a luz que pensei em vinho, ou mesmo que se tratasse de um pigmento. Perguntei o que era a Lester, ele me respondeu que era sua 'tinta especial'. Desde então o tubinho fica com ele, em seu bolso. A mim, parece uma espécie de talismã."

Mais adiante, quase no final do relato:

"Mais tarde falarei com Lester sobre o incêndio e sua herança. Por mais que me desagrade, é meu dever como seu tutor contar o que houve com sua família."

As páginas que compunham o livro que Nôa conseguiu na loja de uma suposta descendente de Lester não estavam completas. Faltava muito do miolo e também o final. Quando avançou para as últimas páginas do diário de Dom Giordano, que relatava seu último dia de vida e a empolgação com os preparativos para a Festa de Nossa Senhora, encontrou outra surpresa. Havia um envelope pardo e marcado pelo manuseio excessivo entre as páginas. Estava lacrado. Nôa descolou a cera com cuidado, para não arruinar o conteúdo que escondia.

Sentiu a textura do papel, o cheiro rançoso do tempo, desejou com todo seu coração que aquilo trouxesse respostas. E foi atendido.

A tinta estava um pouco gasta, precisaria se esforçar na leitura. Então, saiu da cama e foi para debaixo da luz erma do quarto. A noite caíra depressa, dentro e fora de seu corpo.

Contendo o coração aos saltos, ele leu:

"A maldade sob a forma mais pura o encarou de volta. Era também o ser mais sensual que Juan já tinha visto. O demônio não era um homem, mas falava como um. Um eco tempestuoso que faria o pior dos carrascos se afeminar, envergonhado. Um timbre que sacrificaria toda a bondade existente no mundo com um só suspiro. Era Lúcifer. E ele sorriu antes de atravessar, jogando uma pequena esfera dourada pelo portal. O pequeno sol brilhou dentro da sala.

Cigano ainda acompanhava o destino da esfera quando o inesperado aconteceu. A porta estava se abrindo. Seu coração em agonia ameaçou desistir. Estava tão perto agora, perto demais para ter tudo inutilizado. O Demônio ainda o encarava e mantinha seu brilho, gostava de se exibir. A esfera — que tinha um lugar perfeitamente escavado para ela no Fazedor de Milagres, embora seu construtor nada soubesse sobre isso — enfim repousava e brilhava. A porta rangeu mais um pouco.

Quem teria a petulância de interromper uma cerimônia de tamanha grandeza? Quem entre os ciganos teria essa ousadia? O que significava aquela esfera?

— 'Olá, papai' — saudou o intruso.

Era uma criança, uma que aquele homem à beira da morte conheceu por uma vida inteira. O pequeno Wladimir. Aclamado como o pintor-prodígio, o garoto fazia com carvão e couro cru o que artistas consagrados não conseguiam com suas tintas caras. Oito anos de vida dedicados a pintar e bisbilhotar os escritos do pai que agora agonizava em seu último ritual. Cinco anos brincando com seus experimentos e conversando... Conversando com Lúcifer.

O Demônio sorriu. Estupidamente belo, virou-se de costas para o Vórtice.

— Mas?... O quê? — Cigano ainda podia falar, apesar de sair quase como um suspiro.

O Demônio sorriu de novo, animando seu exército de desgraçados.

As forças de Juan Cigano estavam acabando depressa e seu maior temor se resumia a morrer como Romena, sem uma explicação. Porém, a resposta veio de seu pequeno eu, da criança cuja mãe fora assassinada em uma roda da fortuna.

— Faz parte do plano, papai — disse Wladimir.

— Como pode fazer isso comigo? O que pretende? Eu te amo, meu filho! — Juan chorou em resposta.

— Eu sei. E ele também me ama. — O menino apontou para o demônio que caminhava de volta para suas fileiras. O portal estava menor, cerca de um metro e meio.

— Não entendo... O que você quer com isso? O que ganha?

Lester caminhou até a pequena esfera de brilho fantástico e a tomou nas mãos. Levou-a para perto dos olhos de Cigano. Sua alma continuava se recusando a sair do corpo flagelado, faria isso até que ouvisse tudo. Até a última palavra.

— Eu precisava da tinta para atrair mais almas, almas para ele. Com os meus quadros. Você nunca ofereceu muita coisa para ele. Dor não é o suficiente para o Demônio, ele precisa de almas, papai... E eu preciso de uma tinta tão boa quanto meu talento. Uma tinta que dure para sempre.

Lester recolocou a esfera no lugar escavado do aparelho, à altura dos ombros do passageiro, e se afastou. O bastardinho também trabalhou no Fazedor de Milagres.

Como pode fazer isso, Lester? era a pergunta dos olhos de Cigano.

— Achou mesmo que o Diabo daria a receita para fazer dele seu escravo? Isso foi estúpido, papai...

A bolinha luminosa foi sugada pelo aparelho. Juan sentiu que a madeira começou a se aquecer. Os pregos do encosto e o pedaço de ouro inserido dentro dele também. Além disso, começaram a rodar. Seu espírito não desencarnava, mas suas forças estavam esgotadas, Juan sequer conseguia falar. Assim, sentia em silêncio cada milímetro de seu corpo explodir de dor.

Dentro do Vórtice diminuído, o Demônio foi se afastando.

Um pouco antes que desaparecesse entre as fileiras de seus soldados malditos, Lester o ouviu dizendo: "Temos um trato". Então, a cadeira ficou incandescente e começou a derreter o corpo, cozendo-o devagar. Lester apanhou o caldeirão de carne derretida embebida em azeite e derramou sobre o colo de Cigano. Inexplicavelmente, aquilo derreteu suas pernas. Talvez algum ácido tenha sido gerado com a mistura, ou talvez fosse somente outra surpresa do Demônio.

Com a mesma sorte de Romena, a última parte a queimar foram os olhos, mas os do Cigano não explodiram, eles se liquefizeram como o resto do corpo. O que sobrou, cozinhou devagar sob os olhos atentos e ansiosos da criança. Lester permaneceu sentado em um canto, observando e aguardando.

Ao raiar do dia, acordou com sons de boa música, violinos. O sol que iluminava a casa dizia que o feitiço estava pronto. Wladimir se espreguiçou. Depois se aproximou e apanhou a bacia de ouro embaixo da *cadeira. O receptáculo continha o material destilado que lhe daria poder — e a quem daquilo fizesse uso. Uma tintura. Um concentrado de dor e decepção temperado com traição — uma receita vinda do próprio Inferno, um elixir abençoado por um milhão de demônios. Wladimir chegou mais perto e viu o vermelho mais bonito que conheceria na vida. Um pigmento doentio e apaixonante, cuja textura brilhava como uma lágrima..."*

Nôa recolheu as páginas e sentou-se no chão. O que acabara de ler tinha a mesma caligrafia do livro que mantinha consigo. Supostamente, teria sido escrito pela mesma cigana, a mulher mais velha da tribo de Lester, conhecida como Sarah. Talvez estivesse velha demais, criando contos de fada para aterrorizar as novas gerações, para que elas nunca fossem seduzidas pela maldade. Mas ela poderia ter transcrito a verdade que ouviu da boca de alguém. Da irmã perdida de Lester ou quem sabe dele mesmo.

— Agora me dê uma pista, onde devo procurar por você? — disse ao calhamaço de papéis. Tornou a revirá-los um a um. Os relatos pareciam completos, mas faltavam partes, é claro. Em algumas páginas, a tinta esmaecia até ser impossível ler alguma coisa. Em um desses trechos poderia estar sua resposta, perdida para sempre nos meandros do tempo. Pelo que entendeu do documento cigano, Juan Lester, pai do menino Wladimir, construiu algo que chamou de "Fazedor de Milagres". Uma espécie de máquina que poderia dar-lhe poder sobre demônios e o próprio Diabo. Obviamente que Nôa pensou em obter tal poder para si, mas as partes que descreviam o ritual e o aparelho não estavam naquele livro. O que estava claro como um raio de sol é que Lester trapaceou o próprio pai e fez outro pacto com o Diabo, um que garantiu a ele a tinta que faria de qualquer tolo um Basquiat.

Nôa fechou os olhos e pensou na noite lá fora. Ele não queria as estrelas, as galáxias ou a luz da lua. Ele queria flertar com a escuridão.

— Você ajudou o menino. Estou pedindo que me ajude agora. Os papéis dizem que a tinta traz almas novas para você, eu posso consegui-las! — barganhou.

Um vento mais frio entrou pela janela. Nôa sentiu uma ferroada no estômago, algo se rebelando em seu ventre. As cervejas ameaçaram voltar e voar por sua boca. Nôa conseguiu detê-las apertando o estômago com força.

— Merda, como isso dói! — gemeu.

Uma das persianas da janela estava aberta. A que estava fechada — e Nôa poderia jurar que a prendeu com o ferrolho — voou em direção à parede. O choque abriu um buraco na tinta. Sem resistência, o vento correu pelo quarto como um vândalo. O rapaz tentou apanhar os papéis que voavam para todos os lados. Um trovão rasgou o céu e o distraiu por um segundo. A luz amarelada do teto se tornou azulada e, em seguida, brilhou até explodir. Nôa levou as mãos à cabeça para se proteger da chuva de estilhaços. Ainda ouvia o som do vento e algo elétrico que sobrevivia na lâmpada. Sua agonia durou cerca de dez segundos, só depois Nôa abriu os olhos.

Apanhou o celular que estava dentro da mochila um pouco atrás dele, ligou o aparelho e acendeu a luz da lanterna. Não teve tempo de notar as chamadas perdidas de Liza.

— Merda — resmungou, notando um corte no dorso da mão direita. Não era fundo, mas o sangue escorria mesmo assim. Sua mãe dizia que havia algo nas lâmpadas que não deixava um ferimento cicatrizar direito. Nôa rezou para que ela estivesse errada como em quase tudo na vida.

Pensou em um palavrão que não escapou pela boca quando notou que o sangue acertara uma das páginas. Ainda que toda a corrida pela tinta fracassasse, aquelas páginas velhas poderiam render algum dinheiro.

Tomou o papel nas mãos e estendeu a camiseta, a fim de secar o sangue. Fez isso, mas um pouco tarde demais. A página já estava com aquela cor de ferrugem nojenta que o sangue tem quando fica fora das veias após um tempo. Nôa a colocou contra a luz do celular para avaliar qual era o trecho condenado. Era parte do diário do padre Giordano. Menos mal, uma das páginas de Sarah valeria o dobro. Foi só quando o sangue secou definitivamente que Nôa notou algo que não apareceria sem seu contraste. Colocou a página contra a luz do celular e leu o que estava oculto no rodapé. Sentiu seu corpo aquecido de novo.

— Bingo.

16

Três Rios ficava encravada no interior de São Paulo, no centro-oeste do estado, onde é mais quente e mais seco quase o ano todo — a despeito da chuva e do frio que atingiam a região perto do mês de agosto. Próximo a Três Rios, havia meia dúzia de cidades sem expressão alguma. Uma delas, provavelmente a única a aparecer nos jornais desde a sua fundação, se chamava Acácias. A cidadezinha só se fez notar cerca de quatro anos atrás, em um suposto caso de exorcismo. O que Nôa encontrou no rodapé do diário de Giordano não tinha o nome da cidade, mas tinha o nome da única igreja de São Matias da região. Nôa conhecia o santo graças à sua mãe, que fazia questão de entupir suas veias de catolicismo.

Perto das sete da manhã, depois de uma noite de estudos, pesadelos e dúvidas, Nôa estava a um quilômetro do trevo de Três Rios, contando com a sorte quase impossível de conseguir uma carona. Teria pedido o carro de Liza, se Liza não fosse Liza, mas, na atual situação, tudo o que não queria era uma mulher rejeitada e furiosa em seu encalço.

O chão ainda umedecido pelo sereno da noite distraía o calor que logo lamberia seu corpo. Para ajudá-lo ainda mais, o tráfego estava perto de desaparecer. Desde que Nôa chegara, meia hora atrás, sua melhor opção de carona foi um caminhão que transportava porcos. O motorista chegou a parar, inclusive, mas sem saber quando seria seu próximo banho, Nôa decidiu declinar da oferta. Algo de que começava a se arrepender. O céu rugia, prometendo mais água.

— Dane-se... — Nôa disse. Atirou uma pedra sobre o asfalto, observando-a girar a esmo, sem destino definido, como seu lançador.

A estrada era longa, os carros poucos, mas sair daquele bairro fedido era uma boa notícia. E quanto mais longe ficasse de Liza, do mosteiro e da loja onde "conseguiu" os seus primeiros manuscritos, melhor.

— Finalmente — Nôa resmungou e deixou o pneu encardido que usava como assento. Colocou a mochila nas costas e usou seu dedo polegar. O Fusion desacelerou um pouco, e Nôa felicitou sua própria inteligência. Viajaria com estilo agora. Nada de sujeira, pobreza ou porcos. O carro estava bem perto de Nôa quando o cara no banco do carona atirou uma lata de Coca-Cola vazia em sua direção.

— Vagabundo de merda! Volta para onde veio! — o rapaz gritou. Antes que Nôa conseguisse erguer o dedo da educação, o idiota fez isso. Nôa repetiu o sinal mesmo assim.

— Filho da puta! — gritou.

O motorista acionou a luz de freio em seguida. Nôa olhou ao redor. Se tivesse mexido com o cara errado, poderia contar os dentes no asfalto antes de conseguir qualquer ajuda, a próxima marca de civilização ficava a dezenas de metros atrás de onde estava agora, em um posto de gasolina onde o deixariam apanhar do mesmo jeito.

Nôa girou o corpo se preparando para correr. Dessa vez teve sorte. O carro queimou os pneus e desapareceu na distância.

Se o jeito era esperar, melhor seria fazer isso de boca fechada.

Sem nada melhor para fazer, Nôa voltou ao pneu e sacou algumas páginas da mochila. Já havia lido cada uma delas pelo menos três vezes, mas ainda se perguntava se o nome de uma igreja escrito em uma nota de rodapé do diário de um padre morto tinha alguma importância. Provavelmente não, e Nôa teria aceitado isso se não fosse aquela velha história de exorcismo. Deus e o Diabo deviam ter algum interesse naquela bosta de cidade, não fosse isso, por qual motivo travariam outra guerrinha bem ali? Poderiam ter escolhido São Paulo, Nova York, Londres, até a porra de Tóquio ou o estado bizarro do Vaticano, mas não... Preferiram uma cidadezinha que beirava a insignificância.

Nôa não tinha dormido muito nos últimos dias, e suas pernas sabiam disso. Elas pareciam frágeis como gravetos. Ele também tinha emagrecido um bocado desde que começou a pensar no menino cigano e desprezar sua própria habilidade de pintar quadros. Parecia que estava sendo sugado de dentro para fora. De vida, de vontade, até de esperanças. O relacionamento em ruínas, a família que praticamente não sabia dele. Nôa era como aquela estrada: um grande nada que não daria em lugar nenhum. Pensava nisso quando foi surpreendido pelo ronco selvagem de um motor.

Tornou a se levantar do banco improvisado, guardou os papéis na mochila com alguma pressa e esticou seu dedo outra vez. O carro preto continuou seu caminho. Nôa logo reconheceu o modelo. Um Maverick. Rebaixado, vidros escurecidos, o rádio tocava AC/DC deixando um pouco do som escapar. O motorista passou por Nôa e só então pisou no freio e esticou o braço pelo vidro. Fez sinal para que ele se aproximasse. Nôa obedeceu com medo de ser surpreendido por uma arma apontada para ele. Mavericks não são carros de vovôs e pais de família, eles são a mais pura expressão automobilística da catástrofe.

— Ah, cara... Isso é algum tipo de piada? — Nôa perguntou. — Desde quando você tá na minha cola?

— Meu amigo... Se pretende arranjar uma carona desse jeito, vai mofar nesse asfalto — disse o motorista. Era Lúcio, o mesmo rapaz que Nôa encontrou na padaria xexelenta perto de onde estava hospedado. A mesma jaqueta, o mesmo cheiro, o sorriso de vendedor ainda estampado no rosto. — Tá indo para onde?

— Acácias.

— Aquele chiqueiro? Vai perder seu tempo naquela cidade. Acácias parou de evoluir nos anos 1920, e não tinha nem começado. Eu estou indo até Nova Enoque, tenho negócios por lá. Mas se quiser insistir em Acácias, deixo você na entrada.

Nôa não perdeu muito tempo estudando sua sorte. Enquanto conversava com o cara de jaqueta, alguns pingos de chuva caíram do céu. Também ouviu alguns trovões, dizendo que era só o começo.

— Ei, cara. Eu não mordo. Relaxa. Só estou de passagem e gosto de uma boa conversa. Mas eu já disse isso a você.

Nôa deu a volta no carro e tocou a maçaneta. Não a puxou imediatamente. Pensava outra vez naquele caminhão de porcos. O cheiro era ruim, mas os porcos não ficam puxando conversa com estranhos. Sua decisão final só veio mesmo quando Bon Scott gritou alguma coisa no rádio. Nenhum cuzão ouve AC/DC antes das oito da manhã.

17

Enquanto Nôa se agarrava à sua mochila, o homem ao volante testava o acelerador. A estrada era reta na maior parte do caminho, mas na segunda curva Nôa não aguentou e disse:

— Cara, dá pra ir mais devagar? Eu só tenho essa vida, sabe?

Lúcio não diminuiu a velocidade ao limite da rodovia, mas pelo menos manteve em cento e vinte.

— Qual é? Um pouco de emoção nunca matou ninguém. Quantos anos você tem, cara? Oitenta?

— Menos de trinta. E pretendo chegar aos trinta.

Lúcio riu. Em seguida, acendeu um cigarro, tirando as duas mãos do volante para fazer isso. Nôa conteve a vontade de assumir a direção antes que os dois morressem.

— Sabe — continuou o rapaz —, essa coisa de uma vida só é uma tremenda bobagem. Conheci muita gente, Nôa, gente que sabe o que diz, e nenhuma delas acredita que o caixão seja o ponto final da história. E você não precisa acreditar em mim ou em todas elas, basta pensar um pouco. Ninguém perderia tanto tempo com um animal feito o homem se não tivesse planos maiores.

Nôa deu de ombros, tentando fazer com que o rapaz mantivesse a concentração na estrada. O volume do rádio estava mais baixo, graças ao bom Deus, o que diminuía um pouco a aceleração do *Mavéco*.

— Mas aí, o que vai ver em Acácias? Namorada do colégio? Seus pais?

— Tenho assuntos pendentes. Não é nada de mais, eu só preciso ver uma pessoa e voltar para casa.

Lúcio tragou o cigarro e bateu as cinzas na janela. Nôa não pôde conter a vontade de olhar para o cigarro. Não fumava desde que começou com Liza, mas não se lembrava de ter sentido tanta vontade antes. Talvez tivesse pedido um trago se Lúcio não tivesse dito:

— Sabe o que me deixa mais curioso? Quando nos encontramos pela primeira vez, você estava exatamente como agora. Quer dizer, tirando a cerveja em suas mãos. Essa mesma mochila estava na frente do seu peito e você se agarrava a ela como se fosse um filho doente. Não quer mesmo me dizer o que tem aí dentro? De repente eu posso ajudá-lo. E nós já somos amigos, não é?

Antes que ele pudesse responder, uma nova curva sugou sua respiração. O Maverick deslizou para a esquerda, mas, com um puxão mais forte no volante, Lúcio o trouxe de volta.

— Puta merda, cara! Desse jeito vai matar a gente!

— Relaxa, Nôa. Eu não arriscaria a sua vida — disse Lúcio e tocou o joelho esquerdo do outro, um toque mais longo. Nôa se afastou, seguindo a programação básica de seu DNA heterossexual. Girou o pescoço na direção do rapaz.

— Eu não sou um estuprador, tá certo? E se te deixa mais tranquilo, eu nem gosto de homens. Não para fazer, você sabe... aquilo. Mas falávamos sobre o que tem escondido na mochila. Não quer mesmo dividir esse fardo? E, por favor, aquela história de seu avô morrendo em um incêndio não deu para engolir de jeito nenhum.

Outra curva na estrada se aproximava. Nôa abraçou a mochila mais forte e também se agarrou à tiara de couro logo acima do vidro — que seu pai costumava chamar de "puta que pariu" — e juntou os joelhos. Contrariando a expectativa de Nôa, Lúcio não abusou do acelerador. Fez a curva como uma velhinha. Nôa sentiu-se encorajado em contar um pouco sobre a mochila.

— Tenho um punhado de sonhos aqui dentro — disse ele, batendo sobre a mochila. — Eu diria que é o meu futuro, mas você não entenderia. Nem minha mulher entendeu.

— Elas não sabem de nada. Quer saber o que alguém esperto me disse uma vez sobre os sonhos?

Nôa fez que sim com a cabeça.

— Sonhos são milagres que escaparam do céu. Vou dizer uma coisa, meu amigo, alguém que não sonha, que não abusa da sorte e não se arrisca, não deveria estar vivo. Eu mesmo já arrumei todo tipo de confusão por causa de um sonho. Mas não vou dizer qual foi, também tenho meus segredos. Só que quando eu realizá-lo, meu maior sonho, ah, Nôa... Eu vou virar o mundo do avesso.

Enfim uma placa surgiu na estrada, dizia que Acácias estava a menos de dois quilômetros. Nôa resolveu esticar um pouco o assunto. Se continuasse falando, quem sabe Lúcio maneirasse no acelerador?

— Conhece bem Acácias? — perguntou.

— Estive por lá há alguns anos. Não é grande coisa. A cidade inteira gira em torno de uma fábrica. Pessoas nascem e morrem, seus filhos herdam o emprego de merda dos pais e perpetuam a desgraça da família. A melhor coisa da cidade é o Starlight, um puteiro. Meninas novas e sem muitas doenças. É nisso que está interessado?

— Você tem um sério problema com mulheres.

Lúcio sorriu com o lado direito do rosto, de um jeito meio esquisito.

— As mulheres são a melhor invenção dos céus. Mas você já sabe disso, hã? Me diz, Nôa, o que você quer saber sobre Acácias?

— Preciso chegar a uma igreja. Não tenho o endereço comigo, mas é a igreja de São Matias. Não deve ter muitas delas por aqui.

— Matias... Você sabia que ele foi o apóstolo escolhido para substituir o sacana do Judas?

— Não curto muito esse negócio de religião.

— Ninguém gosta delas até precisar de um favor. Mas eu falava sobre São Matias. Imagina só, Nôa, de repente você está por aí, pregando a porra do evangelho de um maluco da Galileia, e mais de repente ainda, alguém tem a ideia de colocar você no time. Cara! E no lugar do maior filho da puta da Bíblia! Deve ter sido uma viagem e tanto. Não é à toa que o homem virou santo.

— Conhece a igreja ou não? — Nôa reforçou. Já conseguia ver a entrada da cidade. Um trevo mixuruca, com letras de concreto meio desbotadas e um símbolo do Rotary Club logo ao lado. Lúcio começou a diminuir a velocidade.

— Eu não gosto de igrejas — respondeu.

Duzentos metros depois, o carro diminuiu a velocidade até que parasse de vez. O motor continuou ligado.

— O lugar que procura fica no centro. Eu levaria você até lá, mas estou em cima da hora. Quando conheci a igreja, ela estava caindo aos pedaços. Você vai entrar por essa avenida — apontou o que havia logo depois do trevo — e andar cerca de um quilômetro. Quando chegar a um posto de gasolina com a estátua de um índio, não tem como errar, você vira para a esquerda. Vai andar mais uns quinhentos metros. A igreja de São Matias fica depois da igreja matriz. E eu não falaria com o pessoal daqui sobre o segredo que você tem aí. O povo daqui é ranzinza, detesta forasteiros. Ainda mais alguém que traz sonhos na mochila.

— Tá certo — Nôa disse e levou a mão à maçaneta. — Valeu pela carona.

Desceu do carro. Já ia seguindo seu caminho quando Lúcio o chamou de volta.

— Lembra daquela cerveja? — perguntou a ele.

— Claro.

— Você ainda me deve.

Lúcio engatilhou os dedos como um revólver e fez um *clique* estalado com a boca. Em seguida, o Maverick voltou a emborrachar o asfalto. Nôa acenou, agradecendo pelo carro desaparecer tão rápido. Olhou para o céu que parecia mais calmo e seco e tomou a longa avenida que precisaria vencer. Lúcio era meio estranho, mas sua carona foi uma surpresa boa — as pernas de Nôa pareciam novas em folha.

18

Nôa caminhou os primeiros quinhentos metros olhando para trás a cada vinte ou trinta segundos. Parecia impossível que alguém o estivesse seguindo, mas seu estômago estava cada vez mais fundo. Se o padre Dimitri também tivesse percebido a nota no rodapé do diário de Giordano, a próxima cena seria o "dois mais dois" dos livros medíocres de mistério. Quando chegasse à igreja de São Matias haveria policiais, cães e uma viatura ansiosa para dar-lhe um carona de volta.

Além disso, Acácias era um lugar bem pouco aprazível.

A avenida principal que tomara estava esquecida pela civilização. Não havia casas ou pontos comerciais às suas margens. Terrenos e pastos abandonados pelos animais eram tudo o que se via. Cem metros atrás de onde estava agora, Nôa passou por duas crianças, um menino e uma menina. Ele acenou para os dois, que empinavam pipa em um parquinho com grama crescendo entre as placas de concreto. O menino parou de comandar a pipa e ficou observando. A menina o puxou pelo braço e o levou para longe, para perto de um cachorro poodle com os pelos encardidos. Só voltaram a se aproximar quando Nôa estava longe.

Carros então, nem pensar. O que viu foi um homem em uma charrete, carregando móveis usados, que fingiu não notá-lo no acostamento.

Porém, o que mais incomodava Nôa era outra coisa.

Acácias estava cinzenta, quente, mas também havia no ar uma espécie de *sensação*. Nôa sentia o peito apertado, uma opressão silenciosa que fazia seus pés se moverem mais depressa do que realmente precisavam para avançar. Não era cansaço o que sentia, era desalento.

Claro que o fato de ele estar fazendo uma estupidez sem classificação na escala das burradas contribuía para sua angústia. Perseguir uma lenda como Wladimir Lester, roubar velhotes e igrejas, rejeitar um relacionamento estável com uma garota que era um prêmio de loteria... No fundo, Nôa sabia que depois de tudo que fizera, Liza o detestaria para sempre, com ou sem dinheiro no banco.

— Até que enfim — falou, notando a estátua do tal posto de gasolina mencionado por Lúcio.

A coisa tinha quase dez metros. Pelo estado do concreto usado para construí-la, era bem velha. Algumas partes, como as mãos, os antebraços e as pernas, estavam verdes, impregnadas por lodo e mofo. Era mesmo um índio, um pobre homem livre enganado, agora condenado a segurar uma Bíblia nas mãos e olhar para o céu por toda a eternidade — ou pelo tempo que aquele concreto durasse. Nôa logo trocou a estátua pelo posto de gasolina ao seu lado.

Uma mulher loira esperava do lado de fora do carro, enquanto o frentista, que nunca teria uma mulher como aquela, enchia o tanque do Chevrolet Cruze. Era um rapaz novo, que não tinha a menor noção de como estava perdendo sua vida atrás daquelas bombas. Graças aos céus, Nôa não era um desses. Sua ambição, sua perfeita compreensão de que um homem não deve — e não pode — viver preso ao calcanhar de outro garantiriam que não morresse na merda. Poderia morrer, sim, mas estaria tentando sair dela. Nôa esperou que o rapaz terminasse o serviço para depois falar com ele. A moça loira deixou o posto lentamente enquanto sintonizava alguma porcaria moderna no rádio.

— Bom dia — disse Nôa.

O rapaz não devolveu o cumprimento, mas girou o corpo em direção a ele. Olhou nas mãos de Nôa, procurando um possível galão vazio. O que alguém tão cansado desejaria quando chega a pé em um posto de gasolina? Ou era gasolina, ou era assalto. Talvez por isso o rapaz tenha concentrado os olhos na mochila logo depois.

— Preciso chegar na igreja de São Matias. Fica seguindo em frente, certo? Estou muito longe?

— Não tá longe, não, moço. Mas o senhor vai perder seu tempo. Tão reformando a igreja. Bom, eu acho que ainda nem começaram, mas o prédio tá interditado. Faz quase seis mêis que ninguém pode entrá lá — o rapaz disse, cheio de sotaque.

— Meu pai dizia que um povo esperto preserva sua história.

— O povo daqui? Moço, eu duvido muito que seu pai ia falar isso se conhecesse alguém de Acácias. Eles tão reformando aquela porcaria para não cair na cabeça de algum coitado. Mas se quiser mesmo chegá nela, é só seguir em frente. O senhor vai passá pela igreja do centro, a de São Matias fica logo depois.

— Onde encontro comida por aqui?

— Tem uma lanchonete aqui mesmo no posto. Não é grande coisa, mas serve para matar a fome. Ou, se o senhor preferir, pode comer no centro da cidade. O pessoal que trabalha na Concor prefere comer por lá. Só os pobres comem aqui.

— Acho que vou arriscar.

O rapaz, que se chamava Hugo — estava escrito em um crachá no seu peito —, apontou a lanchonete. Nôa foi até lá.

Não era mesmo grande coisa, mas parecia bem melhor que o bairro onde acordara pela manhã. O banheiro exalava um pouco de cheiro de urina, mas Nôa escolheu um lugar distante depois de se aliviar — perto da cozinha, onde a chapa e os bacons mantinham a gordura predominante no ar. Pediu um lanche rápido e uma Coca-Cola. Quando terminasse, perguntaria sobre a rota dos ônibus ao rapaz. Suas pernas já começavam a doer de novo.

19

Sentir-se um esfíncter supurado seria a perfeita descrição de Nôa dentro do ônibus. O povo de Acácias não parecia muito amigável em um primeiro contato. Ele ficou nos fundos. Ao seu lado, uma velha de cabelos longos e despontados segurava sua Bíblia surrada e meneava a cabeça enquanto dois adolescentes se beijavam tão profundamente que pareciam tentar se engolir. Nôa estava no meio, se perguntando por que raios preferiu tomar um ônibus em vez de usar as pernas cansadas. Droga, qualquer mal-estar seria melhor que aquela meia hora de silêncio e olhares. Só dez minutos depois de a velha e o casal com hormônios à flor da pele descerem, Nôa puxou a cordinha. Já no centro, a primeira igreja estava do outro lado da rua.

Nôa desceu e respirou o ar carbonizado do centro. Enfim, Acácias parecia uma cidade como todas as outras. Uma agência bancária, uma lotérica, um barzinho onde três homens tomavam cerveja em silêncio. Eles notaram Nôa e resolveram falar entre si, trocando risinhos. Nôa olhou para o outro lado. A catedral do centro era bem nova, suas paredes ainda mantinham a tinta amarela, a porta entreaberta refletia o brilho do verniz. Se acreditasse em Deus como acreditava em Wladimir Lester, Nôa teria pedido sua proteção. Quem sabe não o fizesse mesmo assim. Não, soaria como provocação — afinal, não era nos favores de Deus que Nôa estava interessado.

Como indicado por Lúcio, ele avistou a igreja de São Matias. O que viu foi uma cruz tímida e sem brilho, a única estrutura que superava a altura de um galpão de uma revenda de automóveis logo à frente. A igreja estava a menos de duzentos metros. O caminho não seria exatamente em linha reta, Nôa faria uma leve curva para a esquerda no próximo quarteirão.

Ele ajeitou a mochila nas costas e deu o passo seguinte cheio de ânimo. Estava perto. Mesmo que não encontrasse nada naquela igreja, que tudo não passasse de uma ideia ridícula (como Liza diria), ele estaria livre de Wladimir Lester — e das ideias mais inconsequentes de seu cérebro.

20

Quando o rapaz do posto de gasolina contou sobre as obras, Nôa não deu crédito que a catedral estivesse mesmo prestes a cair. Agora, observando toda a fachada coberta por andaimes, ele tinha outra opinião. A porta da frente da igreja estava atrás de um desses andaimes, e também atrás de um tecido feito de náilon, que ia do topo da catedral até o chão. Nôa calculou que aquilo servia para que nenhum pedaço de concreto acertasse um pedestre na descida.

— Que maravilha... — disse a si mesmo.

Não havia ninguém trabalhando nela. Se tivesse pelo menos um pedreiro, Nôa poderia jogar uma conversa e entrar na igreja. Queria dar uma olhada, mesmo sem ter ideia do que faria depois de estar lá dentro. Se tivesse sorte, talvez encontrasse alguma coisa de Lester, algo desprezado, embrulhado e pronto para ser exposto quando a reforma terminasse. No fundo, nem ele acreditava nisso. Depois de tanta estrada e caminhada, Nôa tinha certeza que perdera seu tempo outra vez.

Decidiu rodear a igreja. Não era raro que um pedreiro esquecesse uma porta aberta — e em uma cidadezinha daquelas, não teria a menor importância, poucos se aventurariam a invadir a casa de Deus.

Olhou para os dois lados da rua antes de fazer isso, só para ter certeza de que ninguém o denunciaria caso tivesse êxito. Esperou que uma mulher empurrando um carrinho de bebê passasse por ele para só depois percorrer a lateral. Nôa encontrou uma abertura na rede de proteção, e entrou por ela.

O cheiro de poeira era quase insuportável e cada passo suspendia mais daquele pozinho fino. Seus braços começaram a coçar, Nôa olhava para cima sem parar, com medo de que algum caco de tijolo abrisse sua cabeça. Ficaria muito bem nas manchetes dos jornais. "Ladrão de padres sofre a ira de Deus." Talvez ficasse famoso depois disso e suas porcarias que não pagavam o aluguel começassem a valer um bom dinheiro. Provavelmente Liza tiraria proveito da boa fase e arranjaria um cara bem melhor que ele para seguir com sua vida.

— Não mesmo — disse, olhando para cima.

Conforme caminhava, mais pó aderido ao tecido chovia sobre ele. Nôa não conseguia manter os olhos abertos. Eles coçavam e ardiam. Mesmo se não fosse atingido por um tijolo celestial ou ficasse cego, provavelmente cairia de boca no chão e perderia os dentes. Nesse caso, a manchete do jornal seria algo como: "Idiota quebra os dentes tentando roubar a igreja".

Já havia avançado dez metros quando notou com as mãos algo que não tinha a rispidez da parede descascada no reboco. Nôa limpou os olhos com a camiseta e ficou imóvel, tentando não desprender mais poeira para cima de si.

A porta lateral da igreja estava bem em frente. O visitante tocou a fechadura. Estava com um pouco de receio de descobri-la fechada. Às vezes, o melhor é ficar com a boa e velha esperança, pois a realidade costuma doer bem mais. Mas quando Nôa puxou a maçaneta, a madeira da porta cedeu. Ele a empurrou mais forte, sem saber que sua sorte acabaria ali mesmo. A porta abriu apenas vinte centímetros, não era o suficiente para passar por ela.

— Anda! Desiste, merda! — resmungou. Tomou uma distância e deu com os ombros na madeira. Uma chuva de estilhaços finos caiu sobre ele. Nôa baixou a cabeça, preparado para aquele tijolo celestial.

Só levantou os olhos quando parou de chover concreto. Bateu as mãos sobre os cabelos se livrando de um pouco da sujeira e tentou enxergar a parte de cima. A porta poderia estar segurando um pedaço da parede, alguma viga — só Deus e os empreiteiros mágicos da igreja seriam capazes de responder como se construía uma catedral em uma época em que o gás dentro da Coca-Cola ainda era novidade. Ele forçou mais uma vez a madeira, a parte de cima se moveu mais um pouco.

— Tudo bem, o problema não é na parte de cima.

Nôa se abaixou, sentou-se no chão imundo e esticou o braço até o interior da igreja. Tateou o chão em busca de algo que estivesse prendendo a porta. Precisou se esticar bastante, até que seu ombro doesse junto à madeira, para encontrar o que procurava. Estava no chão, por baixo da porta. Nôa tateou o objeto. Era madeira. Prova disso foi uma farpa que resolveu entrar em seu dedo. Nôa retirou a mão, mas logo depois tentou de novo. Dessa vez, conseguiu puxar o pedaço de madeira em sua direção. Era uma cunha — um toco de madeira cortado em V. Ele jogou o pedaço para longe e forçou a porta outra vez. Ela cedeu mais um pouco, mas ainda estava presa. Nôa deu uma cabeçada na madeira, apenas para ficar mais calmo. Então tornou a mergulhar seu braço na abertura da porta. Havia outra cunha a prendendo. No entanto, Nôa não conseguiu puxar esse pedaço de madeira para fora. Ele, porém, encontrou um pedaço de ferro perto de onde estava sentado, um vergalhão. Usou-o para empurrar a cunha. Tomou fôlego e tornou a empurrar a porta. Ganhou alguns centímetros de abertura. Um cheiro ruim de cocô de pombo saiu do lado de dentro. Nôa parou com metade do corpo para dentro da abertura. Do lado de fora, onde ainda estava seu rosto, sentia uma brisa fresca. Deveria mesmo continuar com aquilo?

É claro que sim.

21

Nôa ralou as costas enquanto passava pela abertura estreita e também tropeçou em um pedaço de madeira que havia pelo caminho. Quando conseguiu se reerguer do tombo, notou que a reforma demoraria outro século para terminar. Ao contrário do que esperava, boa parte da igreja estava praticamente intacta. Havia plásticos protegendo as imagens dos santos, mais daquele tecido de náilon sobre o altar, os bancos estavam recuados no lado oposto por onde entrara. Pelo chão e por cima de tudo que via, repousava uma camada de poeira de pelo menos dois milímetros. O ar cheirava mal, estava viciado, mortalmente parado, o que fez seu corpo ansioso começar a transpirar logo. Ele viraria uma sopa de poeira em minutos, mas nada disso o incomodaria mais do que ter permanecido do lado de fora.

Empolgado por essa ideia, avançou em direção ao altar.

O eco dos passos começou a brincar com ele. Os sons se repetiam como se botas invisíveis estivessem camufladas pelo barulho. A sensação de estar sendo observado crescia a cada metro. Nôa começou a lançar os olhos às suas costas e também para as grossas colunas de sustentação do teto, espessas o bastante para esconder duas pessoas. Nos vitrais, os anjos olhavam para ele, perdidos entre azuis e vermelhos nublados pela poeira. Nôa andou mais rápido e cinco passos o levaram até o altar.

No canto esquerdo, encontrou o patrono da igreja. Matias o encarava, a única estátua desprotegida da nave. Continuou estudando o altar. Tudo estava coberto além da estátua do santo. O tecido se emaranhava, formava ondulações, dando a impressão que alguém se escondia entre o náilon. Nôa começou a tocá-lo para ter certeza, também buscando uma abertura por onde pudesse atravessar. Havia um rasgo no tecido pouco depois da metade da extensão do altar. Conseguiria passar com folga. Talvez encontrasse algo de Lester escondido depois da cortina, subestimado e desprezado em algum canto. Energizado por essa ideia, o rapaz tocou o tecido e separou suas partes.

— O que está fazendo aqui dentro? — alguém perguntou às suas costas.

Nôa girou o corpo tão depressa que perdeu o equilíbrio. Conseguiu recuperá-lo se agarrando ao tecido que ainda mantinha enrolado em suas mãos. Um bando de pombos voou sobre ele — Nôa não conseguiu vê-los, mas o farfalhar de suas asas pareceu perigoso. Os pombos arrulharam e se foram enquanto Nôa continuava cego, enroscado em uma parte do tecido que desceu sobre ele. Ouvia passos se aproximando cada vez mais rápido. Seu coração batia no mesmo ritmo. De repente a ideia de um policial vindo prendê-lo parecia quase sedutora. Sim, porque talvez houvesse mais gente interessada nos prodígios de Wladimir Lester: homens com dinheiro, armas e quase nenhuma paciência.

Quando conseguiu desvencilhar o tecido de seu rosto, se deparou com um homem claro, de cabelos espetados e olhos pequenos. Devia ter quarenta anos, apesar da roupa social que o armava com alguns anos extras. O homem usava uma camisa de um azul bem claro, que já tinha machas de suor sob os braços e no peito.

— Quem é você? — ele perguntou.

— Não sou um ladrão! Eu só estava dando uma olhada — Nôa respondeu. Tentava livrar os pés do tecido.

— Não tem muito para ver, estamos em reforma. O senhor pode se machucar feio aqui dentro, o teto não é seguro. Como, em nome de Deus, conseguiu entrar aqui? — O homem estendeu a mão direita para que Nôa pudesse se reerguer. Ele o fez e espanou a camisa e os cabelos cheios de pó. Só quando olhou para o homem pela segunda vez que notou algo em seu colarinho.

— Graças a Deus, padre. Pensei que o senhor fosse um... — Nôa terminou a frase antes que dissesse outra bobagem. — Estou de passagem pela cidade e resolvi dar uma olhada na igreja. Costumava vir aqui quando era criança, com o meu pai.

— Sabe o que dizem por aqui? É um ditado muito antigo na cidade. "Jamais comece uma conversa com uma mentira." Não estou julgando você, senhor, mas invadir uma igreja condenada apenas para *dar uma olhada* me parece um risco desnecessário. E se concordar, nós podemos terminar nossa conversa do lado de fora, onde é mais seguro.

Nôa concordou e seguiu o padre até o outro lado da igreja. Entre as fileiras de bancos empilhados, formava-se um corredor. O padre seguiu por esse caminho e saiu por outra porta lateral da construção. Nôa foi logo atrás dele.

— Jesus Cristo, você está imundo!

— Não foi muito fácil entrar na igreja. Se eu soubesse que o senhor estava aqui, teria batido na porta. — Ele se debateu mais um pouco, principalmente nos cabelos que estavam brancos de poeira. — Meu nome é Nôa.

— Justino — disse o padre e estendeu sua mão. — Venha, vamos sentar em um dos bancos e terminar nossa conversa. Eu o chamaria para um café, mas do jeito que o senhor está... O povo daqui teria assunto para uma semana.

Caminharam pela pequena praça aos fundos da igreja. Justino preferiu escolher um banco mais distante, que ficava em frente a uma fonte luminosa desativada. Sentaram-se. Nôa não sabia o que dizer. O padre fez as honras mais uma vez.

— O que pretendia encontrar em uma igreja fechada, Nôa?

— Sou um historiador, padre. Devo estar parecendo um bêbado, mas, dessa vez, digo a verdade. Venho de Três Rios. Minhas pesquisas me trouxeram até essa igreja. É uma pena que esteja nesse estado.

— A fé se encontra em estado parecido. Muitos homens abandonaram nosso Criador, e as igrejas tiveram a mesma sorte. Essa catedral, por exemplo, está fechada há anos. Ainda estamos tentando levantar o dinheiro necessário para terminar a reforma, mas o que vem dos bingos beneficentes mal paga a areia do cimento. O senhor disse que era um historiador? De que área, exatamente?

— É um pouco complicado de explicar. O fato de eu estar em uma igreja católica não tem muita relação com meus estudos. Minha especialidade são ciganos; obras de arte ciganas, sendo mais específico. Há anos pesquiso sobre um menino, seu nome era Wladimir Lester, talvez já tenha ouvido falar dele.

Justino levou as mãos ao ventre e as depositou no colo.

— Acho que todo mundo da região já ouviu falar dele. Era o menino artista, estou certo? Dizem que pintava quadros e que eles tinham algum tipo de poder. Li algo sobre ele durante meu seminário, nada que valha a pena ser comentado. Mas o que o menino tem a ver com a igreja de São Matias? Pelo que sei, a maioria dos ciganos é politeísta, e boa parte deles sequer crê no cristianismo.

— Um dos itens que consegui recuperar da antiga tribo de Lester é um diário de uma mulher chamada Sarah. Ela menciona essa igreja em uma nota de rodapé. — Nôa pigarreou ao dizer isso.

Justino deixou um sorrisinho brotar em seus lábios. Alguém que limpa a garganta durante uma conversa costuma estar mentindo. Qualquer um que tenha se sentado do lado mais seguro de um confessionário sabe disso. Ainda assim, ele não desencorajou Nôa — mentirosos também costumam ter a língua bem solta.

— Não existe nada nessa igreja que faça referência ao menino cigano. Estou aqui desde que me ordenei padre. Ministrei missas, fiz batizados e casamentos e conheço cada ladrilho dessa igreja. A peça mais antiga daqui é a estátua de nosso patrono. E ela veio para igreja em 1958. Pobre São Matias, acredita que eles vão trocar a estátua?

— Notei que ela estava desprotegida. — Nôa deixou os olhos se perderem no céu cinzento. Seus ombros caíram, ele soltou um suspiro de dar pena. Então era só isso? Toda aquela correria, tudo o que fez... A abnegação do relacionamento com Liza, os riscos em roubar comerciantes e padres, tudo em vão.

— Depois do seminário, ouvi falar uma vez só sobre o menino cigano.

— E não vai poder me dizer por se tratar de uma confissão, estou certo?

— Em parte — concordou Justino. — Há três anos, alguém me procurou. Um forasteiro, igualzinho ao senhor. Ele também me perguntou sobre o menino cigano, dei a ele as mesmas respostas que você ouviu. O homem parecia profundamente atormentado. Alguém próximo a ele teria se deparado com um dos quadros do menino. Pelo que compreendi, a pessoa perdeu o juízo. Infelizmente, o mesmo aconteceu com aquele estranho. Dois dias depois, ele foi encontrado bem aqui — o padre apontou para a igreja. — Estava deitado em frente ao altar, com os braços estendidos e salivando muito. Que eu saiba, o pobre homem nunca mais falou uma palavra desde então. Mas se quiser se encontrar com ele mesmo assim, posso passar o endereço.

— Ele está aqui? Em Acácias?

O padre Justino apanhou um bloquinho de anotações e uma caneta no bolso e começou a escrever algo. Quando terminou, destacou a folha e estendeu o papel timbrado com uma cruz a Nôa.

— O endereço é de uma clínica de repouso mantida pela prefeitura. Eu não daria esse papel a você, mas nenhum dos médicos da clínica conseguiu fazer progressos com o pobre homem. Talvez o senhor possa trazê-lo de volta. Se conseguisse que ele se reintegrasse ao mundo real seria maravilhoso. Vocês têm um interesse em comum, afinal, foi a lenda do menino cigano que os trouxe a Acácias.

— Não sei como agradecê-lo — Nôa disse.

— Eu tenho uma ideia. Caso um dia consiga dinheiro com suas pesquisas, pode nos ajudar com a reforma da igreja. E também espero que ajude o homem que vai visitar. Pelo pouco que conversamos, ele me pareceu uma boa pessoa, foi uma pena vê-lo reduzido a um vegetal. Os médicos não sabem muito sobre seu estado, parece que ele simplesmente desistiu de viver em nosso mundo, como um autista voluntário.

— Preciso pedir outro favor, padre. Na verdade, dois.

— Estou ouvindo...

— Preciso de um lugar para me hospedar. E, pelo amor de Deus, onde posso tomar um banho?

22

A pensão Dolores ficava perto, a dois quarteirões da igreja. Nôa só conseguiu convencer a dona — também chamada Dolores — a deixá-lo entrar depois de mostrar um cartão do padre Justino. Mesmo assim, ela pediu pagamento adiantado.

Após tomar seu banho, fazer a barba, ganhar alguma dignidade com roupas limpas e comer um pouco, Nôa estava de volta às ruas de Acácias. Tomou um segundo ônibus e, graças à sua nova aparência, passou praticamente despercebido. A única pessoa a falar com ele — além do cobrador do ônibus — foi uma menininha de cabelos crespos e cheios de personalidade. Ela perguntou por que Nôa estava triste. Ele sacudiu seus cabelos, sorriu para a senhora que acompanhava a criança e disse que não era nada. Não era verdade. Nôa estava cabisbaixo porque recebera uma mensagem de Liza. Ela disse que estava indo para casa da mãe, que ficaria duas semanas em São Paulo e que, quando voltasse, não queria sentir nem o cheiro de Nôa no apartamento. Ele a conhecia o suficiente para acreditar que era verdade. Uma vez, em 2013, Liza disse que se Nôa saísse com seus amigos derrotados para encher a cara, ela manteria as pernas fechadas por uma semana. O castigo durou o mês de setembro inteiro.

O percurso no primeiro ônibus demorou pouco mais de vinte minutos. Depois, Nôa tomou um segundo, que o levou para as portas da empresa chamada Concor Diagnoses — a tal empresa que mantinha Acácias no mapa —, para em seguida partir em direção à casa de recuperação e repouso citada pelo padre Justino. O caminho até lá era mais bonito que o restante da cidade conhecida por Nôa até então. Arborizado, sinuoso, o ar era leve e fresco. Nôa aproveitou para abrir a janela e respirar aquele ar puro.

Depois de outras duas paradas do ônibus, avistou um casarão cercado por altos alambrados. Atrás das cercas, havia um jardim, com caminhos de tijolos entre eles e, aos fundos, dois conjuntos de habitações. Duas pessoas estavam no jardim, sentadas em bancos. Elas eram observadas por um enfermeiro. O lugar não parecia ruim, visto que era mantido com dinheiro público. Nôa puxou a cordinha, desceu do ônibus e se despediu do único homem que o acompanhava nos assentos. O velho de chapéu-panamá não respondeu.

Os alambrados eram divididos por um grande portão de ferro, cheio de entalhes coloniais. Nôa procurou por uma campainha ou interfone, mas o enfermeiro que estava nos jardins acionou outra pessoa com o rádio que trazia na cintura assim que notou o rapaz. Nôa espalmou a mão direita e agradeceu. Em dois minutos, uma enfermeira chegou perto do portão de entrada.

— Pois não? — perguntou.

— Oi, boa tarde. — Sua mãe sempre dizia que cumprimentar com decência era meio caminho andado. — Vim visitar um hóspede da clínica. Quem me passou o endereço foi o padre Justino, da igreja de São Matias. O nome do paciente é...

— João Paulo Portas — a mulher disse, baixando o pescoço e o encarando por sobre os pequenos óculos quadrados.

Nôa arregalou os olhos. Ela explicou:

— Ele é o único paciente que chegou aqui através do padre Justino. O padre me ligou agora há pouco, disse que viria alguém procurar pelo Jota. É assim que chamamos ele. Uma letra foi uma das poucas coisas que o coitado conseguiu antes de decidir ficar mudo para sempre.

— Posso vê-lo? — Nôa perguntou.

A enfermeira respondeu apertando uma tecla em um controle remoto. Logo, um dos portões se abriu e Nôa passou por ele. Precisou acelerar o passo para alcançar a enfermeira que escalava a estradinha de tijolos. Ela era baixinha, tinha pernas curtas mas andava depressa, provavelmente para deixar Nôa — e o trabalho que ele daria com aquela visita — o mais desconfortável possível. Passaram pelo primeiro paciente sem que fossem notados. Quando passaram pelo segundo, o homem começou a bater contra a própria cabeça e gritar. Nôa parou de andar por um instante.

— Não se sinta homenageado — disse a enfermeira, também parando de caminhar. — Ele faz isso o tempo todo.

23

Enquanto caminhavam pelo jardim, Nôa percebeu que o lugar — chamado de Doce Recanto — não era exclusivo para doentes mentais. Também havia velhos com seus olhares perdidos, suas carcaças cansadas e suas histórias incríveis que ninguém tinha tempo para ouvir. Sentiu, talvez pela primeira vez em anos, saudades de seu avô. Onofre era um bom homem, um que, ao contrário do neto, percebeu que a vida poderia ser boa sem grandes inspirações. Ele era marceneiro, pai de seis filhos, alguém que limitava seus dotes artísticos a embelezar a casa dos outros. Nôa jamais conseguiria fazer algo parecido com seus quadros. Ele tinha uma chama dentro dele, um fogo que o consumia desde que descobriu ter consciência. Liza costumava chamar aquilo de maldição. Talvez tivesse razão.

Quando finalmente cruzaram o jardim, Nôa seguiu a enfermeira, que descobriu se chamar Celeste, até o interior de uma das instalações. Passaram por um pequeno hall com um conjunto de estofados escuros onde um homem careca não desviava os olhos da TV e, depois, chegaram ao que parecia um salão de jogos.

O próximo homem que Nôa viu estava jogando damas, sozinho. Porém, em seu mundo, o velho tinha companhia. Sempre que movia uma peça ele sorria e fazia alguma gracinha. Depois mudava de lado e escolhia outra peça, a pedido do parceiro invisível.

— O nome dele é Bismark — disse Celeste. — Veio morar conosco em 1995. A família disse que ele serviu o Exército e ficou desorientado depois disso.

— Ele parece maluco para mim...

— Mas não é. O problema é que Bismark ficou sozinho tanto tempo que se esqueceu de dar importância ao mundo. Acontece com muita gente velha. Agora me diga, seu Nôa: o que você quer com nosso amigo silencioso?

Nôa absorveu o impacto. Tentou ganhar tempo e não dizer nada idiota.

— Tivemos um amigo em comum. Eu tenho esperanças de descobrir seu paradeiro.

— Vai perder seu tempo. João Paulo não fala nada que se compreenda. Aliás, até dois meses atrás ele não falava nada, até pensamos que tivesse ficado mudo de verdade. Então ele acordou aos berros em uma noite de quinta-feira. Tivemos que segurá-lo e aplicar sedativos para que se acalmasse. Bem, seu amigo não está *exatamente* falando, mas às vezes grunhe e geme como se tentasse dizer alguma coisa. Quanto tempo faz que o senhor não o vê?

— Muito tempo — disse, pigarreando.

— Vamos. — Celeste recomeçou a andar. — Ele está no pátio interno. Seu amigo não gosta muito de ficar fora dos muros. Nós tentamos levá-lo até o jardim mais de dez vezes; na última, ele quebrou o nariz de um enfermeiro.

Nôa engoliu em seco, fazendo a garganta estalar. Ele precisaria conversar com o homem a sós, e saber que ele arrebentara o nariz de outra pessoa não era de modo algum uma boa notícia.

Os dois atravessaram o salão de jogos e tomaram um pequeno corredor. Havia obras de arte ordinárias nas paredes, duas delas representavam frutas. O terceiro quadro, que ficava de frente para uma grande porta de vidro aberta, mostrava um ramalhete de valquírias. Os três quadros já estavam desbotados e esquecidos, como as pessoas internadas naquele lugar. Ao lado da porta de vidro havia uma velha. Quando Nôa chegou mais perto, ela o agarrou pelo braço, com força.

— Você veio me visitar?

— Infelizmente, não. Mas podemos conversar mais tarde.

— Eu não gosto de ficar para depois — ela disse. Soltou o braço de Nôa e mostrou-lhe a língua.

Celeste riu da provocação e deu um passo em direção à abertura da porta de vidro. Nôa a seguiu, ficando o mais perto dela que podia.

Havia duas outras pessoas no pátio onde estava João Paulo. Um homem de uns quarenta anos brincando com bolinhas de gude e uma velhinha. A mulher fazia tricô e não perdeu nenhum ponto com a entrada de Nôa e Celeste. O homem também não parou com seu jogo. O terceiro elemento, que devia ser o homem que procuravam, estava mais aos fundos, sentado em uma cadeira de vime. Suas pernas estavam protegidas por um cobertor, ele não tinha mais de cinquenta anos. Os cabelos estavam sem corte e havia mechas brancas pelas têmporas. Longe daquela condição deprimente, ele seria até charmoso. Mas ali, com o queixo despencado e o olhar perdido, não era mais que outro condenado ao esquecimento.

— Jota? Eu trouxe alguém para visitá-lo.

O homem sequer moveu os olhos. Seu olhar continuou fixo no meio do pátio, desfocado. Respirava profundamente, como alguém que ainda dorme. Seu queixo pendido o fazia inspirar o ar com algum ruído.

— Vou pegar uma cadeira para você se sentar enquanto conversam — Celeste disse a Nôa. — Ou tentam conversar — completou. Ele agradeceu e esperou que a enfermeira retornasse. Não demorou muito tempo. Celeste encontrou uma cadeira ali mesmo, no pátio.

Nôa ocupou o assento e ficou olhando na mesma direção do homem, tentando acompanhar o ritmo de sua respiração. Criar empatia é a chave para uma boa conversa. Era o que dizia seu pai. Para Nôa, a animação das conversas do velho tinha bem mais a ver com garrafas de cerveja.

Quando Celeste desistiu de fingir que cuidava das duas outras pessoas a fim de observá-lo e se afastou, Nôa disse:

— É bem tranquilo aqui. Consigo ouvir pássaros, o lugar é limpo e fresco. Aposto que cuidam muito bem de você — disse para o homem que parecia tão interessado naquela conversa quanto na urina que descia por sua sonda. — Eu gostaria de ficar em um lugar assim quando envelhecesse ou precisasse de amparo.

Nôa terminou a frase e alguém deu um grito no salão de jogos, assustando o velho.

— Parece que não é tão tranquilo, afinal — falou, se corrigindo. — Mas você entendeu o que eu quis dizer.

Enquanto olhavam para o pátio, um urubu desceu do ar e pousou no meio do concreto. Ele bicou o chão três vezes, saltitou e abriu as asas, então ficou de frente para Nôa e para seu novo amigo silencioso. João Paulo esfregou os braços como se estivesse com frio. Para Nôa, ele parecia uma criança assustada.

— Parece que temos companhia — disse o rapaz.

Não demorou muito e o homem que brincava com bolinhas de gude atirou uma das esferas na ave. O pássaro rixou alguma coisa com ele e, em seguida, alçou voo. Foi nesse momento que Nôa também se assustou, porque o homem ao seu lado perguntou com uma voz rouca e frouxa:

— Quem mandou você aqui?

24

A primeira reação de Nôa foi procurar pela enfermeira Celeste. Segundo ela e o padre, aquele coitado não falava há anos. Jesus, ele mal se movia! Por mais egoísta que estivesse sendo nos últimos dias, Nôa não resistiria em prestar alguma ajuda ao homem. Mas a mulher não estava mais no pátio — e Nôa não estava nem um pouco disposto a perder sua grande chance.

— O padre Justino. Ele me disse onde encontrá-lo.

O homem resmungou alguma coisa. Virou o pescoço para o lado e cuspiu.

— Padres... Eles não sabem de nada.

— Eu não entendo, é... João, Jota... Disseram que você não conseguia falar. Estou confuso. Quer que eu chame alguém? Um médico?

— O pessoal de branco? — Ele raspou a garganta como se a voz fosse falhar a qualquer momento. — Eles nunca foram capazes de me devolver a voz. Mas você conseguiu. Minha garganta não funcionava e agora funciona, é tudo o que preciso no momento. Eu fiz uma pergunta, moço. Quem *realmente* mandou você aqui? Foi *ele*?

— Eu não...

— *Ele*, moço. O homem escuro, o Demônio, escolha o nome que preferir. É por causa do desgraçado que estou aqui. Eu já imaginava que alguém viria. Semanas atrás, tive um pesadelo com um velho amigo, um pobrezinho que acabou internado em um lugar como esse, bem antes de mim. Quando éramos meninos, nós o chamávamos de Furão. E eles me chamavam de Cabelo — falou, com o rosto se iluminando em um sorriso gasto.

— Não vou tomar muito seu tempo. Meu nome é Nôa. Eu sou um pesquisador de artes, vim de Três Rios até a igreja de São Matias, estou interessado nas obras de...

— Sei bem o seu interesse. Moço, eu não posso tirar da sua cabeça o mal que está crescendo, mas posso lhe dar um conselho. Esqueça de uma vez por todas a criança cigana e o que ela produziu. O que o menino fez envenena a gente. Primeiro, vai tomar o seu corpo; depois, sua consciência. No fim, perderá sua alma. Foi o que aconteceu comigo e com os outros.

— O senhor teve contato com alguma obra de Wladimir Lester?

— Nós não sabíamos quem ele era. Só conhecíamos a história do quadro. Faz muito tempo, moço, e minha cabeça não quer se lembrar dessas coisas. Então, se era só isso o que senhor queria, pode dar meia-volta e me deixar em paz. Acredito que ficarei mudo de novo quando você tirar sua bunda seca dessa clínica, mas não me importo. Existem muitas coisas piores que o silêncio.

— Só estou pedindo informações. Não tenho nada a ver com padres e demônios. Eu sou um artista, um pintor. Quero que o mundo volte a conhecer o que o menino produziu.

— Você disse que era um pesquisador... — João meneou a cabeça. — O senhor é pura ganância, seu Nôa. Eu também já fui assim. Perdi quem amava, fui taxado de maluco. Me diga com toda a sinceridade, veio até aqui para me entupir com suas mentiras?

Nôa não disse nada dessa vez. Preferiu respirar fundo e tentar abrir seu coração — que achava ser justamente o que não deveria fazer se quisesse mesmo respostas daquele homem. Entretanto, não dizem que os maiores prêmios vêm de apostas arriscadas?

— Preciso da tinta. Não estou atrás dos quadros. Sou um artista medíocre, minha família perdeu a fé em mim faz tempo, minha esposa precisa de dois turnos no emprego para ajudar a me sustentar. Eu cheguei a pensar em suicídio.

— Morrer pode ser uma benção...

O homem ficou mudo de novo. Seu queixo pendeu e Nôa imaginou que jamais teria suas repostas. Já tinha se levantado, pensando em buscar Celeste, quando Jota respirou como se acabasse de acordar de um pesadelo e o tomou pelo braço. Suas unhas compridas pressionavam a carne. O rapaz tentou recolher o braço e não conseguiu.

— Aquele maldito pintou um quadro chamado *Desgraça*. Diziam que traria boa sorte, desde que ninguém olhasse para ele. Eu tinha quatro amigos idiotas e nós resolvemos ir atrás do tal quadro.

— Me solta! Você tá me machucando.

— Ainda não. Você não sabe o que é dor. Nós conseguimos encontrar o quadro, sabe? Estava em uma casa velha, com alguém mais maluco que nós quatro, preso dentro de um quarto escuro. Então, um de nós olhou para aquela porcaria. Ele morreu por dentro, senhor sabichão. Murchou como uma folha no outono. Levei meu amigo para um bom lugar, na sua amada Três Rios. Mas meu amigo acordou em uma noite chuvosa e me pediu, em prantos, que escondesse o tal quadro, disse que o Diabo queria nossa alma. Furão implorou para que eu desaparecesse com todos os quadros do moleque encardido. Perdi os dois anos seguintes atrás do que ainda havia do menino cigano no mundo. O senhor agora me pede para desenterrar tudo isso?

— Eu não sei nada sobre o Diabo. Já disse o que me trouxe aqui.

— O senhor está a serviço dele, Nôa. Do Diabo, Lúcifer, do escuro. O menino cigano foi só outra marionete nas mãos do desgraçado. E eu aposto minha vida que o senhor já sabe de tudo isso! Ele virá buscá--lo, Nôa. Vai dar algo em troca e depois o levará para um Inferno bem pior que esse aqui. É só isso o que aqueles quadros, estátuas e a tal tinta maldita fazem.

— Eu assumo os riscos — Nôa disse.

— Está jogando com sua eternidade, seu imbecil! — Depois, mais calmo: — Espero que compreenda isso.

Nôa puxou o braço para si e o massageou. As unhas do moribundo marcavam sua pele.

— Está tudo na igreja. Existe um alçapão no altar, à direita, embaixo de uma estátua de São José. Vai precisar tirá-la dali para encontrar. Eu só descobri a abertura porque tinha as plantas da catedral. Consegui com o mesmo padre que o mandou vir aqui. Disse ao pobre coitado que ajudaria na reforma da igreja — falou Jota, sorrindo. Pareceu extremamente jovem de novo, mas Nôa sabia que não restava muito de sanidade dentro dele. Aquele homem era como um doente em seu último suspiro de vida.

Nôa agradeceu e se levantou, antes que fosse outra vez tomado pelo braço.

— Não faça isso, eu suplico. Quando escondi as porcarias do menino, fui atacado por forças que ainda não compreendo. Eles nunca agem sozinhos, Nôa. Estão sempre de olho. Enquanto você se distrai em busca dos seus sonhos, eles traçam planos para expandir a escuridão. Se tocar em uma porcaria daquelas, será como uma infecção. Ninguém consegue enganar o demônio. Ninguém.

Nôa deixou o homem sozinho e se afastou. Seu corpo foi se arrepiando depressa, em ondas geladas e elétricas que brincavam com a pele.

Antes de sair, olhou uma última vez para trás, já perto da porta. João Paulo, Jota, Cabelo ou como quer que aquele coitado preferisse ser chamado, estava na mesma posição que Nôa o encontrou. Os olhos perdidos, o queixo pendido. A conversa de poucos minutos atrás pareceu nunca ter existido.

O rapaz continuou caminhando depressa e só parou quando alcançou o portão de saída. Celeste deixou o salão de jogos e foi atrás dele. Alcançou Nôa nos portões. Ele estava com as mãos suadas sobre as grades, olhando para fora, como uma criança saindo de um trem-fantasma.

— E então? Conseguiu suas respostas? — ela perguntou.

— Eu duvido que qualquer coisa que ele diga seja verdade.

— Ele falou com o senhor? — Celeste questionou. Seus olhos se encheram com o brilho do dia.

— Não sei. Não exatamente.

Nôa agradeceu e saiu pelos portões, apesar das perguntas não respondidas de Celeste. Passou pelo ponto de ônibus e continuou caminhando. A enfermeira calculou quando tempo demoraria até ele voltar para a clínica — o homem parecia meio maluco.

Ela trancou tudo e voltou para o pátio, a fim de avaliar o que teria acontecido com seu paciente silencioso. Não encontrou nada muito diferente, a não ser um pouco de urina no chão, respingando pela sonda desconectada do saquinho plástico.

João Paulo estaria morto no dia seguinte. Pela manhã, Celeste entraria no quarto com seus remédios e o encontraria com a boca escancarada. De dentro dela, uma mosca varejeira ganharia o mundo batendo suas asas podres.

25

Foi preciso muito autocontrole para Nôa não invadir a igreja de novo naquela mesma tarde. Entretanto, quando chegou à pensão de Dolores, estava tão cansado — ele voltou o caminho todo a pé — que simplesmente desmaiou sobre a cama. Só acordou no dia seguinte, às duas e meia da manhã. Fazia um pouco de frio, gotas tímidas se chocavam contra o metal nas janelas, mas nada daquilo tirou um grama de seu ânimo. Alguma intuição dizia a ele que as poucas palavras que trocou com João Paulo não foram mera imaginação ou fruto do seu cansaço. Elas vieram do além-mundo, do outro lado.

Nos anos que antecederam seu interesse por Lester, Nôa pensou bem pouco sobre questões espirituais. Seu pai sempre disse que era perda de tempo, que um homem precisava fazer o melhor de si, e que, se Deus existisse, tinha nos deixado à própria sorte. Sua mãe era um pouco diferente. Ela tentou, digamos, encaminhar Nôa. O máximo que conseguiu foi colocá-lo nas aulas de catecismo. Lester trouxe bem mais que superstições para a vida de Nôa; ele o fez acreditar no outro lado. Agora, enquanto caminhava na escuridão da noite, calculava se tudo o que ouviu — ou sentiu — de João Paulo era verdade. Alguma coisa aconteceu com o homem, isso era fato. João estava envelhecido, encruado na má sorte, esgotado.

Nôa ganhou a rua da igreja às três e vinte da manhã. Cinquenta metros antes do local, ele parou por alguns instantes e estudou se havia alguma vivalma pela rua. Cidadezinhas são desconfiadas, você não precisa fazer muito para ser taxado de bandido — algo que ele de fato se tornara nos últimos dias. Havia um cachorro do outro lado da rua, um vira-lata caramelo. Ele levantou o pescoço, abanou o rabo e voltou a dormir encaracolando o focinho ao rabo. Um carro parou dois quarteirões antes, à esquerda. Foi o sinal para que Nôa entrasse na igreja antes que alguém mais aparecesse.

Antes de tentar a entrada apertada da tarde anterior, ele foi até o lado oposto, por onde havia saído com o padre Justino. O filho da mãe se lembrou de usar a chave, é claro. Nôa tornou a circular a igreja, indo até os fundos, e se meteu entre o conhecido tecido de náilon que protegia a catedral. Com o azar que andava tendo, o padre teria voltado depois de conversarem e fechado também aquela porta. Isso seria bem ruim. Nôa não tinha ferramentas para arrombá-la, além disso, faria barulho. O que ele trouxe em sua mochila — *emprestado* da dona da pensão — foi um alicate, um martelo e uma chave de fenda.

O rapaz se esgueirou pelo caminho que tinha feito antes e alcançou a porta. Forçou a maçaneta. A madeira rangeu suavemente e permitiu sua entrada. Dessa vez com menos alarde — nada de rolar pelo chão e se encher de sujeira. Ativou a luz da lanterna do celular e alguns pombos revoaram acima dele, o assustando de novo. Sem a luz do dia, a catedral era bem mais assustadora. As imagens cobertas pareciam se mover às vezes, erguendo braços e os retornando à posição original quando se olhava diretamente para elas. Os pombos estavam nervosos. Voavam e pousavam nas partes mais altas; um deles se chocou contra um dos vitrais, contra o rosto de Jesus Cristo. A ave caiu no chão e ficou se debatendo, então tornou a voar. Fazia frio, um pouco de condensação escapava de sua boca — Nôa não se lembrava de a noite estar tão gelada.

Ele só parou de olhar para o teto e para as estátuas cobertas quando chegou aos pés de São José. O santo também estava envolvido com plásticos, como todos os outros, à exceção da estátua de São Matias que ficava na mesma altura, sobre o altar. Nôa circulou a estátua de São José sem desnudá-la da proteção.

— Merda...

Era alto demais. Ele não conseguiria tirar a estátua de onde estava sem arremessá-la no chão. A imagem ficava em cima de uma coluna de gesso, de cerca de um metro e meio de altura. Nôa olhou ao redor, procurando uma escada. Havia andaimes, é claro, mas eram de ferro e fariam um barulho dos diabos. Além disso, eles provavelmente estavam sustentando alguma coisa lá em cima.

Aos fundos, ao lado de onde os bancos estavam empilhados, encontrou algo que poderia usar. A cabine do confessionário estava tombada, e ele poderia arrastá-la. Bastaria colocar um pedaço de papelão por baixo, para reduzir o atrito e o ruído. Não encontrou papelão, mas havia um monte de plástico sobre os bancos que formavam o corredor até a segunda porta lateral. Teria que servir.

Confiante, Nôa apanhou o plástico e o levou para perto da cabine. Por que, Jesus, uma execução nunca é tão fácil quanto seu planejamento? Nôa esfolou o braço, suou como um porco e só conseguiu o que queria depois de quinze minutos — parcialmente.

Ele puxou o móvel até a entrada do altar e suspirou. Havia um lance de degraus até o topo, onde estava a estátua. O plástico se rasgaria com o atrito com o chão, e aquela merda era pesada demais para empurrar sozinho. Nôa chutou a madeira, fazendo os pombos acordarem de novo, e levou as mãos à cabeça. Checou o relógio do celular. Não demoraria muito até amanhecer.

— O que está fazendo aqui? — perguntou uma voz que o fez estremecer.

26

— Liza? Minha nossa, como chegou aqui?

— Eu faço as perguntas, Nôa. O que você está fazendo dentro de uma igreja abandonada? — Liza era mal-humorada depois das oito da manhã, mas durante a madrugada era uma vespa. Nôa tentou acalmá--la e não piorar tudo. Chegou mais perto dela. Ela tinha acabado de atravessar a porta e se esforçava para tirar a poeira dos cabelos negros.

— Não encosta a mão em mim! Vim até aqui porque fiquei preocupada. E antes que pergunte, seu celular tem GPS, gênio. Não foi difícil encontrá-lo. Eu quero respostas, Nôa. E se eu não gostar delas, juro por Deus que chamo a polícia!

— Para que isso, Liza?

— Para foder com você. Como acha que eu passei os últimos dias? Você me abandonou, Nôa! Depois de tudo o que eu fiz por você. *Eu* montei aquela porcaria de ateliê! Com o meu dinheiro! O mínimo que exijo é um pouco de consideração.

— Liza, não é hora nem lugar para uma DR. Eu estou perto, amor. Estou a alguns metros das obras de Wladimir Lester.

— E vai fazer o que depois? Vender no mercado negro?

Nôa sorriu.

— Exatamente. Mas não é só isso. A tinta também está aqui, *aquela* tinta — disse, dando luz à sua principal suposição. Na verdade, a única que realmente o motivava.

Liza deu alguns passos pela igreja, olhando para o teto e para as paredes cobertas por plástico e náilon. Ela tinha uma lanterna em mãos. Como sempre, estava mais preparada que Nôa. Também estava bem mais bonita, com uma calça de couro mais justa que a vida e uma camiseta do Misfits, cortada na barriga.

— Onde estão os quadros? Já pensou em como vai carregá-los daqui?

— Vou deixar escondido em algum lugar. A reforma está empacada, não tem ninguém trabalhando aqui. O único problema é um padre enxerido, mas eu posso enrolar ele. Vem comigo — chamou.

Caminhou até a parte de cima do altar. Parou em frente à estátua que guardava a entrada do tal alçapão. Liza se manteve a dois metros de distância. Nôa estava pálido, seus olhos se moviam depressa demais. Alguém tão obstinado faz besteiras quando não consegue o que quer.

— Está dentro da estátua?

— Não, Liza. Está embaixo dela. Tem uma abertura no chão.

— E como descobriu isso?

Pense Nôa, pense. Você precisa da ajuda dela. Não vá foder tudo com uma resposta cretina.

— Consegui as plantas da igreja — mentiu. — *Como* eu consegui as plantas e cheguei até aqui, explico depois. Estamos perto, Liza. Nosso futuro está embaixo desse monte de gesso.

— E você precisa da minha ajuda? Depois de me deixar sozinha e desaparecer por dias? Depois de todo o tempo que passou desaparecido dentro da nossa própria casa? Sabe, Nôa, eu nunca conheci alguém tão sem noção quanto você. E o pior de tudo é que você não tem nenhuma certeza se existe alguma coisa aí embaixo.

— Por favor, Liza. Por nós.

— Não existe *nós*. — Ela cruzou os braços.

Nôa não se intimidou e voltou ao trabalho. Apanhou o plástico que forrava o confessionário e o puxou com força. Acabou de costas para o chão, segurando dois pedaços rasgados.

— Você não existe... — Liza disse. — Eu vou ajudar, Nôa. Mas metade do que tiver aí embaixo é meu. E ainda estou pensando se empresto meu carro para você levar tudo embora.

— Metade? Depois de eu ter me ralado como um condenado para descobrir tudo isso?

Ela sorriu. Seus dentes brancos contrastaram com a sujeira da velha igreja, um diamante reluziu à luz da lanterna em um deles.

— Chame de compensação. Você me fez sofrer demais nos últimos meses. É pegar ou largar, Nôa. E eu estou menstruada e morrendo de sono.

Ficou mais fácil tomar uma decisão. Nôa voltou a ficar de pé e disse:

— Você puxa o plástico e eu empurro essa merda para cima.

27

Enfim, sucesso.

Com a ajuda de Liza, Nôa conseguiu erguer o confessionário tombado e empurrá-lo até perto da estátua com o mínimo de barulho. A parte mais difícil agora era descer a estátua. Ela não era de gesso, afinal, mas de madeira. Nôa preferiu ficar com a parte de cima.

— Meu Deus — reclamou. — Isso pesa demais.

— Cuidado aí, eu não quero morrer esmagada dentro de uma igreja — Liza disse.

Seria mesmo uma ideia tão ruim?

Nôa a amava, mas quando Liza começava a falar era preciso um pote de Super Bonder para mantê-la calada. E a ideia de dividir tudo meio a meio o deixava incomodado. Liza tentou sabotá-lo desde o começo, afinal. Com seus pedidos de atenção, suas crises de carência matrimonial... Ultimamente, ela reclamava até do cheiro da pele dele.

— Segura firme. Aí vai — Nôa disse. Abraçou a estátua e a tirou do suporte. Sua coluna gemeu na hora, as veias do pescoço se encheram de sangue, suas pernas tremeram. A coluna balançou um pouco para a frente e para trás, Liza manteve-se em posição, provando que merecia estar com ele. Nôa, ainda em cima do confessionário tombado, segurava a estátua. Ela o ajudou a colocá-la no chão. A mulher ofegava um pouco, tinha ralado o braço segurando aquela coisa e não estava nada feliz com isso. Nôa não esperou pelas reclamações. Assim que tirou as mãos da estátua, correu até a coluna e a empurrou para o lado.

— Eu não acredito... — ele disse.

— Não tem nada aí, não é? Ótimo. Podemos ir para casa e esquecer essa loucura.

— Tem sim, Liza. Está bem aqui.

28

Enquanto ela dava uma olhada, Nôa voltou até a mochila. Havia um cadeado prendendo a abertura do alçapão. Não era grande coisa. Nôa conseguiria arrebentá-lo com alguns golpes.

Voltou com um martelo nas mãos. Ela se afastou, iluminando a porta do alçapão com a lanterna. Deu um grito logo abafado quando uma aranha saiu correndo, deixando seus filhotes enovelados em uma das frestas.

— Parece que foi reformado — Nôa disse. — Tá vendo aqui? Esses pisos estão menos desbotados que o resto da igreja. Eu aposto que essa abertura devia ser bem maior.

— Não viemos aqui para filmar pro History Channel, Nôa.

— Vamos mudar de vida, Liza. Finalmente, vamos ter o que merecemos — ele disse e golpeou o cadeado.

29

Estava escuro do lado de dentro do alçapão, mas o local não era desabitado. Quando Nôa suspendeu a portinhola e iluminou algo de metal preso à parede, dois morcegos voaram para cima dele. O primeiro se enroscou nos cabelos de Liza, e ela gritou outra vez, fazendo mais barulho que o necessário. Nôa resolveu a situação golpeando o morcego com o martelo — passando bem perto da cabeça de Liza. O animal ficou alguns segundos atordoado no chão e voltou a voar.

— Que merda, Nôa! Esses bichos têm doenças! Que nojo!

O rapaz torceu os lábios e tomou a lanterna de Liza. Iluminou a parte de baixo, cautelosamente mantendo o corpo distante da saída, esperando por novos morcegos. Eles não apareceram. Tudo o que Nôa notou foi um cheiro terrível de mofo.

— Se tem alguma coisa aí embaixo, já apodreceu faz tempo — disse Liza.

Havia uma escada apoiada no concreto do alçapão. Nôa pediu que Liza o ajudasse mais uma vez enquanto descia. Ela fez isso, apesar da vontade quase sufocante de acompanhá-lo. Aquele desgraçado ainda fazia seu coração bater mais forte. Nôa tinha seus defeitos, mas no fundo era só um homem atormentado pelo próprio fracasso. Quando ela o conheceu, Nôa era diferente. Tinha sonhos tangíveis e acreditava que sua arte era boa o bastante para ganhar o mundo. Liza também acreditava nisso. Os quadros de Nôa tinham vida própria, a marca de sua ambição, os traços determinados de quem abusa da própria personalidade. No entanto, como um veneno que se torna inócuo, seu talento foi se diluindo com o tempo. Ele teve bloqueios de criatividade que não conseguiu superar e, aos poucos, aceitou que, sem a ajuda do impossível, não chegaria a lugar algum. Agora o velho Nôa estava de volta. O brilho dos olhos, a não desistência, a ambição sufocante que arrastava todos para dentro de seu próprio mundo. Liza não confessaria, mas continuava apaixonada por ele.

— Tudo bem aí? — ela perguntou.

— Fica de olho, Liza. Pode chegar alguém.

Nôa não disse outras palavras quando chegou ao fundo. Ele nem poderia. Estava imerso no que seus olhos alcançavam, toda sua atenção estava no foco de luz que varria cada centímetro de escuridão para longe. O lugar onde estava não era somente um alçapão apertado, era todo um porão. Havia uma mesa de madeira no centro da estrutura. Nôa notou um livro aberto sobre ela e se aproximou. Assoprou para que a poeira acumulada fosse embora. Havia um trecho grifado no papel:

— Maldito serás ao entrares, e maldito serás ao saíres.

Sem se importar com que acabara de ler, fechou o livro e continuou sua expedição. Deu dois passos e acabou enroscado em uma enorme teia de aranha. Elas estavam por toda parte; descendo do teto e se esticando pelas paredes, preenchendo cantos escurecidos com sua arte hexagonal. Nôa só não encontrou vestígios da seda sobre aquela Bíblia.

Por todo o porão, havia muito entulho recostado às paredes. Pisos, madeiramento, mármore: tudo aquilo provavelmente restara da concepção inicial da igreja. Nôa já estava ficando impaciente quando lançou a luz da lanterna sobre um armário antigo. Além de poeira, havia um embrulho sobre ele, tubular e deitado. O rapaz foi até lá, já conformado em encontrar algum santo. Colocou a lanterna deitada no armário e começou a desembrulhar o tecido.

— Santo Deus — disse ao olhar para a estatueta.

Nôa reposicionou a lanterna um pouco acima, na segunda prateleira do armário, de modo que a luz incidisse sobre ele. Afastou-se e deu uma nova olhada na peça. A pequena cigana parecia nova em folha. O vestido vermelho, os olhos brilhantes, as curvas de seu busto que tinham o exato tom da pele humana. Não somente o tom, mas também a estranha mágica que faz com que todo homem admire um seio feminino a ponto de sugá-lo.

— Nôa! Vai demorar aí?

— Não, fica de olho na entrada — ele disse. Levou a estatueta para cima da mesa onde também estava a Bíblia e a deixou em segurança.

Ele demorou mais quinze minutos procurando pelos quadros. Abriu o armário, iluminou o teto e o chão, retirou as teias de aranha que formavam cortinas em alguns pontos próximos às paredes. Encontrar a tinta, um pequeno tubinho provavelmente empapado com a poeira dos anos, seria impossível. Já estava a ponto de desistir, suando com a temperatura no porão da igreja e incomodado pelos chamados insistentes de Liza, quando tropeçou em um pedaço de corda. Não a havia visto antes, a poeira do lugar era boa em esconder coisas. Nôa se abaixou e a tomou nas mãos. Viu a longa corda se levantar do chão e levá-lo ao armário, o mesmo onde encontrou a estatueta. Nôa puxou com mais força, o armário se afastou da parede alguns centímetros. Parou de puxar quando o móvel esbarrou em uma das vigas do teto baixo. Nôa deixou a corda e correu até ele. Posicionou o feixe de luz atrás do armário, iluminando a parede.

— Muito esperto, sr. Jota. Mas a sorte está do meu lado essa noite.

Nôa recolheu os pacotes. Havia dois deles, bem menos do que esperava. O homem doido e estropiado da clínica de repouso fez um bom trabalho. Estavam embrulhados em papel pardo e havia ainda duas camadas de plástico bolha. Nôa levou tudo até a mesa e começou a desembrulhá-los. Seu coração estava disparado. Quanto valeria um original de Wladimir Lester?

— Muito — falou em voz alta.

Sobre a mesa agora havia um monte de papel e plástico. Também uma tela que mostrava uma mulher segurando um gato, com a mesma cena se repetindo em outro quadro dentro dele, a coisa mais esquisita que Nôa já tinha visto. Talvez por esse motivo tenha demorado tanto tempo olhando para ele. Ou talvez porque os olhos da mulher o acompanhavam. O segundo quadro, e desse Nôa não gostou nada, mostrava uma cadeira que parecia um instrumento de tortura. Demorou bem pouco tempo até ele se lembrar dos diários que estavam em sua mochila. Só podia ser o tal Fazedor de Milagres. O mesmo que, segundo havia lido, deu a Lester, através de um ritual satânico, a tal tinta mágica. Porém, não encontrou sinal dela. Nôa revirou todo o armário, cada milímetro dele. Tornou a procurar pelo chão, pelas paredes, por um provável esconderijo no teto. Não havia nada. No entanto, encontrou outro quadro atrás do armário. Não estava recostado à parede como os outros, mas escondido por um fundo falso do armário — Nôa só o encontrou quando tateou a madeira da parte de trás.

Também o levou até a mesa. Os outros quadros, a estátua e a Bíblia ocupavam o espaço que ele precisava para trabalhar. Nôa jogou o livro no chão. Colocou o quadro à sua frente e respirou bem fundo, fechou os olhos e fez uma oração silenciosa aos santos ciganos que jamais conhecera — mas que deviam existir. Esfregou uma mão contra a outra para se livrar da poeira e retirou o plástico bolha e o papel pardo que envolvia o quadro como nos dois anteriores. Antes da moldura, porém, havia um tecido verde e brilhante. E também um bilhete, escrito em um papel ainda branco e bem pouco afetado pelos anos.

"Jamais olhe para este", dizia o bilhete.

Apesar da vontade de fazer exatamente o oposto, Nôa se lembrou da conversa com João Paulo e tornou a cobrir a obra com o papel pardo. Nada que diminuísse a vontade — ela continuava forte e crescente. Nôa precisou sacudir a cabeça várias vezes para se livrar das vozes que imploravam para que ele desse uma olhada. Devia ser culpa daquele calor improvável e do oxigênio escasso, mas Nôa realmente as ouvia.

— Vou subir os quadros, Liza — disse depois de embrulhar tudo novamente.

— Não podia responder minhas perguntas? Que merda, Nôa! Estou chamando você faz dez minutos! Idiota... — resmungou.

— Sou sim. Mas um idiota muito rico.

30

A primeira peça a subir foi a estatueta cigana. Liza não sentiu vontade ou teve coragem de desembrulhá-la. Não era segredo o que Nôa descobrira sobre o menino antes de sair de casa; portanto, aquelas coisas deviam ser perigosas. Nôa voltou a descer para o porão e trouxe consigo o quadro da mulher segurando o gato. A abertura era justa, se o quadro tivesse três centímetros a mais não atravessaria. Em seguida trouxe o outro, que reproduzia o suposto Fazedor de Milagres descrito no diário da mulher cigana chamada Sarah. Por último, Nôa entregou a Liza o quadro que teria arruinado com a vida de João Paulo Portas e o deixado mais parecido com uma samambaia.

Terminado o transporte, Nôa convocou Liza para devolveram a coluna e a estátua ao seu lugar.

— Para que isso? — Liza perguntou. — Já não conseguiu o que queria? Nós devíamos sair correndo daqui antes que alguém apareça.

— Quero evitar perguntas. O padre me conhece, ele pode não saber o que tinha lá embaixo, mas vai se interessar se a igreja for roubada. Não esqueça que ele ainda pretende terminar a reforma desse lugar, Liza. Agora, preste atenção — disse, apanhando a coluna. — Eu vou erguer a estátua, você só precisa direcioná-la sobre essa coisa.

Liza subiu no confessionário tombado e apanhou São José pelos ombros. Nôa estava segurando a estátua pelos pés, a peça tremia um pouco.

— Anda logo, Liza! Não vou conseguir segurar por muito tempo.

Ela fez mais força do que julgava ter e conseguiu colocar a estátua no lugar. A coluna balançou um pouco, assustando os dois outra vez, mas enfim se estabilizou. Nôa se jogou de costas no chão, exausto. Ele sorria.

— O que é tão divertido?

— Nós conseguimos, Liza. Estamos com tudo o que restou de Wladimir Lester.

— Encontrou a tinta? — ela perguntou, descendo do confessionário.

— A tinta seria um prêmio, mas depois de tudo isso... Eu estou inspirado Liza, totalmente. Minha cabeça está fervendo de novo. Vou pintar alguma coisa assim que chegarmos em casa. Quer dizer, se você ainda tiver um lugarzinho para mim lá dentro.

Liza acabou sorrindo.

— Você não tem um lugar dentro de mim, mas pode usar a casa por enquanto. Pelo menos até negociarmos essas coisas com um comprador. Tenho alguém que pode ajudar, um cliente. Ele trabalha para um expositor em São Paulo.

— Tudo bem. — Nôa tornou e ficar de pé e espanou o bumbum. — Vamos cair fora daqui.

Nôa caminhou até a estátua cigana e a apanhou. Liza colocou sobre o braço livre dele as duas primeiras molduras.

— Eu levo esse aqui — ela disse e tirou o embrulho do chão. Em seguida: — Ai, droga!

O pacote que segurava era o tal quadro que não deveria ser visto por ninguém. Agora tinha um rasgo nos fundos — e Nôa se esqueceu do maldito plástico bolha. A moldura foi para o chão e quicou, Liza ficou segurando papéis vazios. Com a queda, o tecido verde que cobria o quadro farfalhou, e alguma luz escapou da moldura. Nôa colocou o que estava em suas mãos no chão e correu até o quadro.

— Que merda, Liza! Não consegue segurar um quadro?

— Desculpa, tá bem? Eu não queria ter vindo até aqui de madrugada para ajudá-lo com seus planos de grandeza.

Nôa começou a rodar o quadro, avaliando se alguma parte da moldura fora danificada. Em um dos giros lentos — sempre tomando cuidado para não olhar diretamente para ele — ouviu um barulho vindo do interior da moldura.

— Tem alguma coisa aí dentro — disse Liza. — Devem ser pilhas, porque nunca vi um quadro brilhar desse jeito.

Ele girou o quadro ao contrário, Liza cuidava da lanterna.

Não demorou até descobrirem um pequeno compartimento na parte de trás — uma portinha de madeira, presa por um parafuso. Já estava um pouco frouxo, e Nôa conseguiu desatarraxá-lo com as mãos.

— O que tem aí? — Liza perguntou, enquanto ele mergulhava as mãos dentro da abertura. Nôa pensava em todas as teias de *aranha* do porão. Talvez houvesse uma delas ali, ou um escorpião. Ou quem sabe alguma antiga magia cigana que comeria seus dedos.

Sem picadas, Nôa conseguiu retirar o que havia dentro do quadro. O posicionou entre seus olhos e a luz da lanterna. Ele e Liza viram ao mesmo tempo.

— Eu não acredito! Nôa! É a tinta que você procurava, não é?

Ele não tinha palavras. O que esperava encontrar era um vidro encardido e vazio, mas aquilo? O tubinho em suas mãos brilhava como cristal, o conteúdo parecia vivo, pulsante, tinha a cor do sangue, mas a maneira como se comportava? O líquido não chegava a macular as paredes de vidro, era como se a superfície do tubinho fosse hidrorrepelente.

— Está acabando — disse ele, por fim. — O que tem aqui não vai durar muito.

Encantado com o que via, Nôa sentou-se no chão. Continuou a avaliar o recipiente. Era exatamente como diziam. A textura de lágrima, o brilho quase fluorescente, a vontade de tocá-la e mesmo de enfiar aquilo goela abaixo. Como seria colocar aquela tinta em um quadro? Havia tão pouco dentro do tubinho, três mililitros, talvez menos. Mas ele poderia diluí-la, é claro. Algo com tamanho poder...

Ainda pensava em seus planos quando a luz da lanterna ganhou uma tonalidade verde. Nôa girou o pescoço e sentiu as pernas fraquejarem.

31

— Liza! Não!

Ela estava de frente para o quadro. O tecido que o protegia fora removido, seu rosto era banhado pela luz verde que emergia da tela. Seus joelhos estavam no chão, os braços tremiam; os olhos arregalados mantinham a mesma cor bizarra que escapava do quadro. Ela estava de frente para Nôa, segurando o quadro de maneira que ele só conseguia ver a parte de trás da moldura. Ele também ouvia as vozes que a domavam, dezenas de lamentos infernais rogando por almas.

— Solte, Liza! Solte o quadro! Feche os olhos, pelo amor de Deus!

Avançou em direção a ela. Um pedaço de náilon sujo o fez tropeçar, mas ele tornou a se levantar e conseguiu tocar uma das mãos de Liza. Foi o mesmo que chupar um fio de alta tensão. A mandíbula de Nôa travou imediatamente, seus músculos retesaram, ele foi estapeado para a frente. Só parou de deslizar pelo chão encardido quando suas costas encontraram uma das colunas de sustentação da igreja. Os pulmões cuspiram o ar acumulado, os olhos de Nôa rodopiaram, evitando um possível desmaio.

— Não, Liza! Não agora — lamentou em um sussurro.

Em segundos, o que havia na frente do quadro não era mais Liza, mas o esboço de um ser humano. O rosto estava sugado aos ossos; as mãos, negras e úmidas. Os braços ainda tremiam, embora parecesse apenas um esforço débil e inconsciente. Uma das tatuagens dela, no pescoço, se enrugou como se a pele fosse um tecido encolhido. Liza gemia como uma velha, os lábios não se encontravam. Nôa presenciou seu corpo diminuindo dentro das roupas. Os anéis penderam dos dedos, os brincos de prata enegreceram.

Os olhos foram a última parte a ser consumida. Eles encaravam Nôa. Horrorizado com a visão, o rapaz ainda conseguiu se levantar e caminhar até Liza. Ela deixou o quadro cair, pouco antes que ele chegasse. A moldura vergou e tombou com a frente voltada para o chão.

— Liza! Liza, fale comigo!

Assim que a tocou, Nôa tornou a se afastar. Ela estava gelada como o piso da igreja. A pele estava queimada e retraída, e Liza tinha o cheiro de um trapo sujo que ficou em um canto qualquer enquanto esperava a luz do sol que nunca veio.

— Não era para ser assim, Liza. Eu queria o melhor para nós dois.
— Nôa estava chorando. — Eu preciso ir. Você entende, não é? Não vai
adiantar nada eu ficar aqui e tentar explicar o que aconteceu.

Retomando o controle que lhe era possível, Nôa apanhou o quadro, desceu o tecido verde que estava às costas da moldura e os devolveu ao embrulho. Superando a dor que sentia e o nojo ao tocar aquele corpo, apanhou a chave do carro de Liza. As vozes ainda protestavam dentro da moldura, querendo, quem sabe, um pouco mais de carne. Ele não deixou de apanhar a estatueta e os outros dois quadros. A tinta de Lester estava segura em seu bolso esquerdo. Precisou atravessar a porta mais três vezes para então recostá-la e nunca mais voltar a cruzá-la. Carregando a estatueta cigana, ganhou o jardim externo e correu até os quadros. Eles o esperavam, empilhados em um banco de concreto. Nôa não chorava mais. Só queria desaparecer daquele lugar infeliz e pintar os horrores daquela noite. Liza seria sua nova musa agora, ele usaria a tinta do menino cigano e a imortalizaria para sempre. Ou era o que pensava...

32

Apesar da expectativa da manhã, a noite parecia mais escura agora. Um silêncio mordaz tomava conta de tudo. A garoa havia parado, não havia ninguém na rua. Mesmo os silvos dos morcegos e o zumbido do transformador do poste de luz pareciam ter deixado de existir. O único som que Nôa conseguia ouvir era o motor do carro de Liza, um último favor que ela lhe prestou antes de morrer. Nôa estava de costas para ele, juntando o que apanhou da igreja depois de ligá-lo.

— Precisando de uma mãozinha? — alguém perguntou. Nôa girou o corpo depressa, mas algo dentro dele reconheceu o dono daquela voz bem antes que os olhos o fizessem.

— Você? O que está fazendo aqui?

O rapaz de jaqueta de couro estava apoiado na porta aberta de seu Maverick, que, de alguma maneira, não fez ruído algum ao chegar na igreja. O carro de Liza estava estacionado diante dele, ainda ligado. Os faróis iluminavam o asfalto serenado à frente.

— Não estou roubando uma igreja. — Lúcio disse e se afastou da porta do carro. Caminhou em direção a Nôa. O rádio tocava um blues de Robert Johnson.

— Estou ocupado, Lúcio. Não é uma boa hora — Nôa disse e avançou em direção ao carro de Liza. Lúcio deu um passo para o lado e se colocou no caminho dele.

— Ah, sim. Eu acho que é — disse. — É a hora *perfeita*.

— O que você quer? Por que está me seguindo desde Três Rios?

Lúcio riu, mostrando aqueles dentes brancos e irritantes. Era um cara bonito, seguro, mas tinha aquele mesmo perigo silencioso que fazia todos desconfiarem de Marlon Brando.

— Vamos esclarecer algumas coisas, Nôa. Primeiro, não sou *eu* quem está atrás de você. Não sou eu quem detesta a própria existência e precisa vasculhar os pertences de um menino cigano para dar sentido à própria vida. Não fui eu quem permitiu que a pessoa que mais me ama no mundo fosse morta. Foi isso que aconteceu com a doce Liza, estou certo?

Nôa recuou um passo, depois outro. Acabou tropeçando e derrubando os quadros no chão. A estatueta escapou do mesmo destino por muito pouco — Nôa conseguiu ampará-la com a mão direita.

O rapaz de jaqueta parecia mais alto agora. Mais forte. Deus do céu, ele parecia invencível. Nôa se esforçou para controlar a respiração e perguntou:

— Quem, diabos, é você?

— O próprio. E quero o que me foi tomado.

Nôa se abraçou à estatueta e olhou para os quadros espalhados ao seu lado.

— Não! São meus. Eu me esforcei para conseguir tudo isso. E não me venha com essa de Deus e o Diabo. Que eu saiba, nenhum dos dois dirige uma porra de Maverick ou perde seu tempo em um país como o nosso.

— Nôa, Nôa... Onde você está com a cabeça? Citando Ele? — apontou para o céu. — Eu não falo com o *patrão* faz muito tempo, mas você deve imaginar que não temos uma boa relação. No entanto, supondo sua total falta de bom senso, posso contar algumas coisas sobre mim. Eu ando por aí. Escutando seus anseios, me esforçando para ser útil, enquanto as ovelhas rezam para o pastor errado. E esse país? Nôa! Eu chamaria esse lugar de lar. Pluralismo religioso, fornicação, corrupção, ódio, delitos em cada esquina. Isso aqui só não é melhor porque vocês ainda não liberaram as drogas e o porte de armas. Mas estou trabalhando nisso, eu garanto... — disse e sorriu, com a metade esquerda dos lábios. — O caso aqui, sr. Nôa, é que você vai me entregar tudo o que roubou de Wladimir Lester.

— Lester está morto! Eu não roubei nada que pertença a você!

— Sim. De fato, Lester é o dono legítimo. Mas eu sou o procurador dele. Mostraria nosso contrato a você, mas... Vamos resumir, ok? Minha paciência não está das melhores nessa noite gloriosa.

Nôa fez um movimento para ficar de pé, Lúcio apontou o dedo para ele, na forma de um gatilho.

— Fique onde está se não quiser perder as pernas. Falo sério, rapaz.

O homem de jaqueta de couro caminhou mais alguns passos. Então, em um salto preciso, empoleirou-se no encosto do banco de concreto que havia atrás de Nôa. Mergulhou a mão em um dos bolsos da jaqueta, puxou e acendeu um cigarro.

— Você ainda me deve aquela cerveja, Nôa. Eu nunca esqueço um trato. E sobre Wladimir Lester... Rapaz, vou contar uma história bem triste para você. — Ele tragou o cigarro. Nôa sentiu a velha vontade de fumar crescendo dentro dele. Mas não aceitaria mais nada do demônio. Lúcio continuou: — Um dia desses, eu estava em casa, cuidando das finanças, então ouvi um menino clamando por atenção. Como se tratava de um cigano, não dei muito crédito, sabe? Não dá para confiar nessa gente. Mas aí alguém me disse *quem* era o pai do menino. Nós costumávamos negociar às vezes. Resolvi ouvir a criança, e o menino me contou sobre uma trapaça do velho Juan Lester. Para cima de mim? Por favor...

— Não quero ouvir mais nada. Por favor, me deixe ir embora com os quadros.

— Se me interromper outra vez, faço sua língua virar espuma. — Os olhos do homem ficaram laranjas, com a cor do fogo. Nôa sentiu sua alma congelar perante o outro, sua esperança o abandonou e ele desejou a morte. Precisou enterrar as unhas no concreto do chão para afastar a ideia.

— Eu fiz tudo pelo menino — continuou Lúcio. — Dei poderes a ele, o livrei do bando de sacanas que queriam torturá-lo até a morte. Eu o ajudei quando as outras crianças tentaram acuá-lo e persegui--lo. Então, Wladimir Lester decidiu me desafiar e crescer. Eu o man- tive uma criança por muito tempo, gostava dele assim. Todos amam as crianças. Mas se ele realmente queria se tornar um adolescente idiota, quem era eu para negar? O livre-arbítrio é minha lei preferi- da, sabia? Dar a chance de criaturas como vocês pensarem por si mes- mas... Não nego que torna meu trabalho bem mais fácil. O fato é que o menino cresceu, Nôa, e decidiu que não desejava mais meus favo- res. Wladimir Lester queria sua alma de volta. Foi quando o cretino escondeu suas obras da minha visão. Colocou cada pedaço de sua arte nas mãos de imbecis como você.

— Você não é o Diabo? Como ele conseguiu enganá-lo?

A figura do homem aqueceu o ar ao seu redor. Nôa podia sentir o ca- lor, conseguia ver o ar liquefeito se rebelando contra ele. Lúcio respon- deu olhando para cima, para o céu que começava a ganhar alguma luz.

— Persegui as obras do menino por décadas. Encontrei muitas de- las. Entretanto, algum idiota resolveu colocar as mais importantes den- tro de uma igreja. É só aí que você entra no jogo, Nôa. Eu precisava de alguém ambicioso, persistente e descrente o bastante para invadir uma catedral condenada e reaver o que estava escondido dos meus olhos.

Lúcio deixou o banco em outro salto e parou ao lado de Nôa. Des- ceu sobre os joelhos e colocou os braços entre eles.

— Agora que já conhece a história, quero o que está no seu bolso esquerdo. Não me faça abrir sua carne para conseguir.

— Não... Não depois de tudo.

— Aquela cerveja, Nôa. Você ainda me deve.

Nôa mergulhou a mão no bolso da calça e puxou o tubinho de vidro. Decidiu mantê-lo em suas mãos. Ele tremia, seus olhos estavam cheios e vermelhos. O demônio conseguia sentir sua ira, sua fúria.

— Por que precisa da tinta? Eu posso ficar com ela, Demônio. Posso pintar para você, continuar de onde o menino parou. Você ficaria famoso de novo, teria seguidores que não poderia numerar.

— É uma boa proposta, Nôa. Mas o que você tem nas mãos está além de sua capacidade de entendimento. Essa tinta deixou de ser produzida quando Wladimir se afastou da minha presença. Lester é parte dessa tinta e ela é parte dele. Só preciso que me entregue o tubinho e siga com sua existência infeliz. Posso até deixar sua vida mais confortável, é claro, desde que não continue testando minha paciência.

— Depois de tudo...

Nôa encarou a criatura à sua frente. Seu pai não era muito religioso — ao contrário da mãe —, mas algo que ele sempre disse é que não se pode confiar no Diabo. A mão de Nôa projetou o tubinho à frente e, pela última vez, seus olhos se deixaram seduzir pelo brilho que havia dentro dele. Nôa segurou o frasco e o abriu com o polegar. Então o enfiou na boca. Sentiu o líquido adocicado e ferruginoso inundar sua língua, sentiu a garganta queimar como se engolisse brasas.

O demônio sacudiu a cabeça em desdém. Em um relance, estava com a garganta de Nôa entre os dedos. Ou melhor, entre as garras.

— Seu macaco imbecil. Acha mesmo que pode me derrotar?

Nôa tentava dizer algo, mas as mãos do Demônio — e o líquido que derretia sua garganta — não permitiam. Seus pés começaram a se agitar, as mãos se abraçavam ao estômago pulsante.

Com a mão livre, o demônio apanhou o tubo de vidro jogado ao chão. Olhou nos olhos de Nôa com profundo desprezo e mergulhou o recipiente em seu coração. Nôa bufou e esticou os pés em um chute pela última vez.

— Sua alma me pertence, Nôa. E você vai me entregar cada gota dela.

Nôa olhou para baixo, o sangue de seu coração estava preenchendo o tubinho, se mesclando ao quase nada que resvalava pelas paredes. O demônio levantou o pescoço e gritou, irritado com os primeiros raios de sol que transformavam o céu na casa de Deus. Quando o tubo se encheu pela metade, deixou o corpo sem vida de Nôa estirado no calçamento.

Em seguida, apanhou os quadros e a estatueta cigana. Colocou-os no banco de trás do carro. Pouco antes de dar a partida, guardou o tubinho em um dos bolsos da jaqueta. Ainda tinha dúvidas se aquilo serviria para alguma coisa, diluído com o sangue daquele ser patético, mas teria que funcionar. O Maverick ganhou as ruas depois disso, emborrachando o asfalto e desaparecendo para sempre de Acácias.

Pl. 12

ULTRA CARNEM

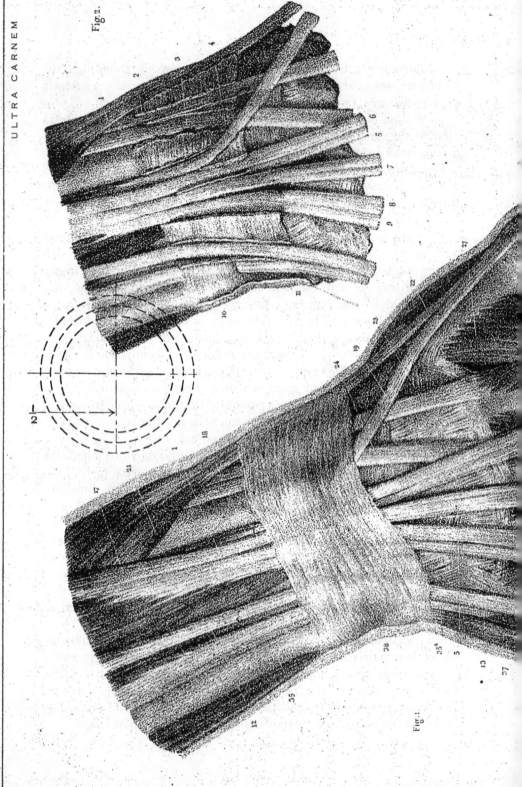

Fig. 2.

Fig. 1.

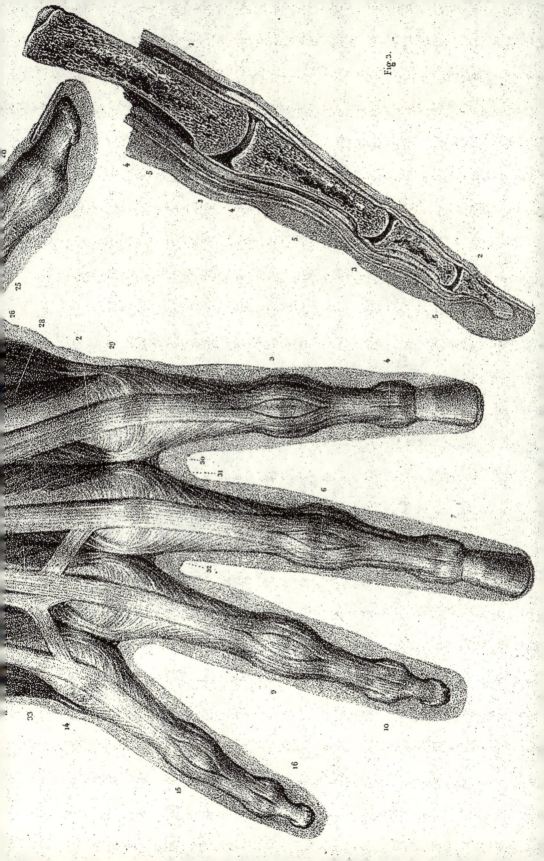

PARTE III
O PAGAMENTO
"Devemos pagar ou podemos nos recusar?"
MARCOS 12:15

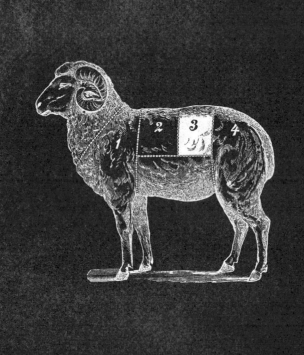

1

Sofia não esperava muito de seu dia, como geralmente acontecia em "O ESTRANHO E O MÁGICO: PRODUTOS RAROS". Nada incomum para uma loja de artigos religiosos e esquisitos no centro de uma cidade metida a besta como Três Rios. Mas tudo mudou quando um Maverick negro estacionou à sua porta. Uma criança chorou do lado de fora, um vento frio percorreu a loja, a luz diminuiu com o sol coberto por uma nuvem escura. Orlando, seu gato preto, correu para dentro da loja, como se tivesse visto o Diabo lá fora. Sofia esfregou seus braços e fez uma oração silenciosa para a estatueta às suas costas. *Santa Morte*, uma das poucas santas que merecia sua fé.

Na calçada, alguém abria as portas do carro. Sofia deixou o balcão e foi até o meio do corredor, a fim de ver quem se interessava por seus produtos.

O primeiro a entrar foi um homem negro, alto, que usava o terno mais elegante que ela vira na vida. Ele também era bonito, embora ela jamais fosse admitir. O homem cruzou seu olhar com o dela, colocou três pacotes em cima de um dos balcões de vidro e, sem dizer nada, voltou de onde veio. Em seu lugar apareceu um rapaz jovem. Usava botas, jeans claro e uma jaqueta de couro. O coração velho de Sofia não demorou a alertá-la que havia algo de errado com aquele homem.

Ele também trazia um embrulho. Colocou o pacote ao lado dos outros três deixados pelo homem negro. Em seguida, perguntou:

— Sabe quem eu sou? — Tirou os óculos escuros e deixou que Sofia apreciasse seus olhos.

— Não estamos abertos para negócios — ela disse. — Não hoje.

— São presentes, Sofia. Objetos que pertenceram a Wladimir Lester. Tenho certeza de que está familiarizada com o nome.

Sofia recuou um passo. Teria recuado mais se não houvesse outro balcão de vidro atrás dela. Se já não desconfiasse de sua identidade maldita, também teria se perguntado como o estranho sabia o seu nome. Na noite passada, cartas disseram que ele viria. As cartas de uma cigana velha nunca se enganam.

— Wladimir está morto. Deus quis assim e eu não O reprovo.

O rapaz sorriu, mas sua contrariedade era tão perceptível quando o cheiro que deixava seu corpo.

— Vou deixar as peças com você. Considere uma herança.

O homem negro estava de volta, trazia uma mochila encardida com ele. O rapaz mais jovem tomou-a para si e a colocou sobre o balcão.

— Aqui dentro tem algo que foi roubado das suas mãos. Tenha mais cuidado da próxima vez. Quanto ao que trouxemos, é seu dever e seu direito.

— Eu não quero acordo nenhum com você e a sua laia.

— Considere um adiantamento, velha. Ou um presente, se preferir. Pelos préstimos do seu tio-avô.

2

Sessenta dias depois.

A miséria parece gostar de alguns, mas talvez exista apenas para medir a capacidade humana de sair do lodo. Marcos era uma dessas pessoas, alguém que não imagina o quanto o azar e a sorte podem ser próximos.

Em outro bairro da mesma Três Rios, ele acordou com os olhos arregalados depois de um pesadelo horrível. Apesar do corpo suado e do coração acelerado, ficou na cama até que o alarme do relógio tocasse, às sete. Preferia ter algum motivo para levantar antes, mas na verdade não tinha — não um bom motivo. Sua esposa, que aos seus olhos parecia quarenta quilos acima do peso, pouco o animava e seu emprego — técnico em informática, daqueles ruins que ganham algum dinheiro montando CPUs e trocando pentes de memória — não era exatamente *inspirador*. Talvez a única coisa boa que Marcos tivesse feito na vida fosse mesmo o pequeno Randy (o nome era uma homenagem do pai — que um dia tocara guitarra — a Randy Rhoads).

Pobre Randy. Não fosse sua cabeça ruim, seria um ótimo garoto, e ora essa, mesmo com suas limitações, ele era o máximo. O menino era o fator empolgante que fazia Marcos enfrentar mais um dia de clientes que jamais o tirariam de sua vida lastimável. Deus! Até sua casa — o castelo sagrado de qualquer exemplar macho da espécie humana — parecia um chiqueiro. Óbvio que a dona daquele palácio poderia melhorar tudo se dedicasse um pouco do tempo livre à sua casa, talvez até perdesse alguns quilos, quem sabe deixasse de parecer uma grande leitoa? E uma leitoa no cio — e Deus sabe que estava cada vez mais difícil fugir de suas investidas.

Mas ficar reclamando na cama não ajudava ninguém a fugir do fracasso.

Marcos se esticou, estalou as costas e foi até o banheiro. Coçou a bunda pelo caminho.

Apanhou um dos itens essenciais das manhãs de qualquer pessoa normal. O tubo de pasta de dente estava tão liso quanto uma folha de sulfite. Pelo jeito, Odeta tinha se esquecido de fazer compras. *De novo.* Marcos desistiu do tubo e gargarejou com Anapion vencido que encontrou no armário. Desprezou o espelho quando fechou o armarinho branco e descascado.

Não precisava de um pedaço de vidro velho para, mesmo com quarenta anos, sentir-se um cinquentão acabado. Sua magreza adoecida, suas olheiras. Os malditos cigarros que marcaram seus dedos e destruíam sua pele.

O banheiro era amplamente compatível com sua aparência. Pequeno, úmido, com louças verdes que deviam estar ali há uns trinta anos. O boxe do chuveiro era uma vergonha feita com uma lona de plástico florido suspensa por argolas enferrujadas. *O cenário perfeito para um suicídio* — era o que pensava Marcos todas as manhãs. Se pelo menos ele tivesse uma banheira onde se afogar, teria resolvido o assunto há anos, mas não morreria no chão, como uma barata que inalou inseticida. Uma barata que morreria olhando para o teto todo mofado, do qual em vários pontos a tinta soltava placas secas, implementando o risco de esmagá-la mesmo depois de morta. Nem pensar em morrer deitado naquele piso marrom-cocô cuja maior serventia era esconder a preguiça de Odeta. Não... Nem as baratas se sentiam à vontade naquele lugar. Preferiam a casa dos Almeida, do outro lado da rua. A família perfeita, a prova cabal de que nem todos odeiam suas vidas. *Jeferson Almeida...* Ele, sim, vivia bem. Ele, sua filha adolescente e sua mulher que parecia outra adolescente.

Depois de depositar a urina da noite na privada e botar suas roupas de trabalho (calça jeans e camisa azul "cobrador de ônibus"), Marcos foi tomar café da manhã. Café mesmo, *puro*. Nada de leite misturado, frutinhas coloridas, pães fofinhos e coisas normais em uma mesa matutina. Apenas o suco preto de cafeína e a cara de pau da esposa, propositalmente incapaz de preparar uma primeira refeição decente.

O pequeno Randy (de onze anos de nascença, mas três na cabeça) se distraía com alguns carrinhos quando o pai passou por ele. Era sorte o garoto não perceber muito do mundo. Se pudesse escolher, Marcos trocaria de lugar com ele. Principalmente pela manhã.

— Cara feia logo cedo, amor? Que foi? — indagou Odeta.

Pergunta redundante. Bastaria olhar para aquela camisola branca que ficaria sobre ela o resto do dia para perder o apetite. Não costumava reparar muito em Odeta, mas achava que aquele trapo estava nela há duas semanas — fazia cinco dias que Marcos tinha percebido um enorme escorrido de molho de macarrão no tecido. Ainda estava lá. Jesus... A mulher com quem se casara parecia um galão de água mineral naquela maldita roupa.

— Dor nas costas — disse e entornou meia xícara de café. — Já vou indo, Deta.

— Dia cheio?

— O de sempre.

O dia *cheio* de Marcos se limitaria a dois clientes: o dono de um mercadinho de frutas a uns dez quilômetros de sua casa e uma loja de quinquilharias. Esse último era um cliente novo — não que isso significasse alguma coisa relevante na profissão xexelenta de Marcos.

— Cadê meu beijo? — ela perguntou, antes que Marcos escapasse. Ele não tentou resistir. Foi até o meio da cozinha e tocou seus lábios, como se tocasse a lepra.

Marcos deu as costas a ela como quem foge de um caminhão jumbo desgovernado.

— Vê se não se cansa muito, gostosão — disse ela. Depois, um leve aperto em sua bunda seca. Marcos continuou de costas; evitou outra troca de olhares e deu um passo mais largo. Passou por Randy no meio da sala. Deu um beijo em sua cabeça e atravessou a porta da frente, já entorpecido com a doce alegria de sair de casa. Esta porém, durou bem pouco...

— Aiii!

Havia um carrinho de Randy do lado de fora. Um Mickey, sentado em um jipinho barulhento, movido à corda. O tipo de brinquedo que as crianças de hoje não dariam a mínima, mas não Randy. Para ele, o carrinho descascado era o máximo, principalmente porque conseguia dar corda nele. E *sozinho!*

— Merda de brinquedo — disse Marcos, massageando o tornozelo torcido. Voltou a abrir a porta e colocou o jipinho para dentro da casa, mas só com as mãos atravessando a abertura. A irritação em seu rosto não melhoraria o dia de Randy...

Enfim foi para seu Fiat 147. Como o carro dormia na rua, estava fresco lá dentro, o orvalho da noite ainda manchava os vidros com suas gotas. O sol lá em cima já lutava para acabar com isso, fritando o mundo com seus raios cancerígenos. Marcos rapidamente conferiu as ferramentas e suprimentos e acelerou para o mercadinho União. O lugar era uma tragédia, mas com um pouco de sorte, veria a filha do dono. Ela ficava por lá de vez em quando, arrumando as frutas. O que Marcos mais gostava em Catarina eram suas frutas, seus *melões*. Sim... Grandes melões, maduros e pouco cobertos. O dono do mercadinho não era pai biológico de Catarina. Ele devia ser um homem bom, afinal, nunca trocou a mãe pela filha. Berenice era uma baiana fogosa que pegou seu Nakura de jeito quando percebeu que ele tinha algum dinheiro. Era mãe solteira, acabou se casando com ele e abocanhando metade do mercadinho. No fim, eram todos boa gente, pessoal trabalhador. Marcos tinha um pouco de inveja do seu Nakura. Morar na mesma casa que Catarina, pegar a mãe pensando na filha, espiar pelo buraco da fechadura... Marcos, ao contrário de seu Nakura, não se qualificava na chamada *moralidade cristã*. Sexualmente falando (e longe de Odeta), era quase um *huno*.

— Não é possível... — reclamou cinco quarteirões depois de ligar o carro.

A rua estava bloqueada. Algum gênio resolveu arrebentar o asfalto logo cedo. Isso significava sacrificar mais um pedaço do lucro e aumentar o percurso em uns cinco quilômetros.

Marcos encontrou o motivo em um enorme banner. Nele havia um homem sorrindo a nova porcelana dos dentes e dando um "joinha" cheio de confiança.

Todo prefeito que se preza começa a abrir buracos na rua, para mostrar serviço, quando as eleições se aproximam. Não era diferente com Jorge Gusmão, o prefeito que se candidatava para seu segundo mandato. Marcos o conhecia, estudaram juntos e, enquanto Marcos queimava nicotina no banheiro, *Jorginho* estudava de verdade. O resultado estava bem ali: o valentão comia capim e o CDF virou prefeito. Levemente irritado com a lembrança, colocou o carro em ponto morto e botou a cabeça para fora:

— Ô, patrão? Deixa eu atravessar, vai... Vocês ainda nem começaram a quebrar — disse. Não custava nada darem um jeitinho. Não no Brasil, www.terra-de-ninguém.com.br.

— Segura aí, amizade. Vou falar com o chefe — disse o homem. Um baita negão (afrodescendente de porte grande e musculoso) que mastigava uma maçã encardida e se apoiava em uma pá.

— Ô, seu Marcelo? — gritou, dando dois passos para trás.

Se fosse pra gritar, eu mesmo tinha feito isso, pensou Marcos.

O homem com o rego encardido e exposto continuou:

— O cara no Fiat ali — não disse Fiat e sim *Fiête* — tá pedindo pra passar.

O encarregado do quebra-quebra era um pouca sombra com um cabelo arrepiado e arrogante crescendo no cocorote.

— Manda ele se foder. A gente tem prazo aqui — respondeu "seu Marcelo". Baixinho é fogo quando o assunto é facilitar as coisas. Tudo bem que para eles a vida seja mais complicada, que apanhem demais na escola, que não consigam as melhores garotas... Pode ser por qualquer motivo, mas o fato é: todo cara com menos de um metro e setenta é complicado.

Impotente, o negão deu de ombros para Marcos, se esquivando de alguma culpa. Marcos buzinou chamando a atenção de Marcelo, o Baixinho. Então esticou o braço pra fora do 147 e cresceu o dedo médio, para cima e para baixo, penetrando a atmosfera. O pessoal riu e Marcos tomou o desvio obrigatório, ligeiramente vingado.

3

Difícil acreditar que algo de bom fosse acontecer em um dia que começou como aquele. Com as obras, o caminho até o mercadinho do japonês se prolongou mais do que o esperado e o interior do 147 começava a parecer com o inferno. A camisa azul clarinha de Marcos criava manchas embaixo dos braços, o cheiro de desodorante barato travava uma guerra perdida contra o suor. A combinação resultante começava a lembrá-lo do perfume novo de Odeta — algo minimamente melhor que suor puro.

Depois de duas dúzias de ruas esburacadas e música ruim no FM, o Fiat 147 estacionava na rampa inclinada do mercado União. Marcos manteve o pé no freio e puxou o freio de mão com toda força que tinha no braço. Em sua última visita ao mercadinho, o 147 acabou descendo da rampa. Marcos deu sorte. O carro atravessou a rua e beijou o muro do vizinho sem machucar ninguém, ganhando apenas um esfolado no para-choque traseiro.

Por precaução, além do freio de mão, Marcos adotou desde então dois tocos de madeira embaixo dos pneus traseiros.

Feito o ritual dos bobos, ele apanhou uma pequena maleta de ferramentas do banco de trás e entrou. O cheiro de frutas do mercadinho logo o incomodou. Natural demais, orgânico demais, devia ter o mesmo cheiro do Japão de 1930. Nakura estava no espaço reservado ao caixa. Braços cruzados, ombros apertados, os olhos ainda menores. Mal dava para vê-los.

— Bom dia — Marcos cumprimentou.

— Bom dia nada. Quando você arrumou porcaria de computador, falou que não ia dá *pobrema*.

— Seu Nakura... É uma máquina velha, o senhor sabe... Eu avisei que era melhor trocar tudo, lembra? Foi o senhor quem insistiu em só trocar o HD.

— Não quero desculpa com *gadê*. Arruma logo porcaria. E não *vô* pagar nada — disse. O dedo rígido sacudindo pra lá e pra cá, como um limpador de para-brisas.

— Vou precisar dar uma olhada e checar a garantia...

— Tá na garantia, sim. Senão, corto convênio — disse Nakura. Fez um gesto de decepar com a mão espalmada, como um golpe de caratê.

A ideia brilhante de conveniar os clientes cobrando uma mixaria por mês foi do próprio Marcos. O propósito era ganhar no volume em serviços, só que o volume não veio e ele ficou obrigado a atender dez clientes que não bancavam nem a gasolina do carro. Marcos foi tão originalmente estúpido que fez tudo direitinho, na legalidade, com contrato formal e toda essa enganação. Resumindo: estava amarrado e falindo.

Sem muito ânimo, Marcos deu a volta no biombo de concreto, se abaixou e abriu a máquina, tentando não se sujar todo com o pó que havia dentro da CPU. Devia existir alguma magia secreta entre processadores e poeira, coisa impressionante...

Ele bufava, tentando liberar o último parafuso (com vontade de atirar a chave de fenda longe) quando a sorte sorriu ao seu lado.

— Oi, seu Marcos. Tudo joia? — perguntou uma voz levemente rouca e carinhosa.

Marcos ergueu os olhos, mas já sabia quem era. Acima dele, melões enormes e maduros o convidavam a sorrir. Cat estava debruçada, os braços cruzados sustentando sua melhor parte sobre a bancadinha de ardósia que cercava o caixa. Marcos continha a saliva na boca. Trabalharia o dobro, o triplo se recebesse seu pagamento em sexo — uma pena que os tempos haviam mudado desde o Japão feudal. Os bicos dos seios de Cat eram tão duros que dava para vê-los como um alto-relevo na blusinha vermelha. Marcos talvez conseguisse transar com Odeta se pensasse em Cat. De olhos fechados, é claro. E, se possível, com ela de costas. *Odeta? Não...* Pensar em Odeta acabou com sua ereção naquele mesmo momento.

— Vou levando, Cat — respondeu.

— Tá feia a coisa aí embaixo? — ela perguntou.

Bem que eu queria mostrar... Mas não foi o que Marcos disse, preferiu algo mais sútil como:

— Computador velho é assim mesmo.

— *Catína*! Vem dá jeito nessas bananas — Nakura gritou do meio do mercado.

— Vou ver o que o ele quer, o pai tá estressado hoje.

Marcos subiu, espanando a sujeira das mãos. Uma última olhada em Cat. Ela já estava dois passos à frente quando girou somente o pescoço e disse a ele:

— Tchau, tio.

— Té mais, Cat — Marcos disse baixinho, pensando que se ele fosse mesmo parente dela, incesto deixaria de ser crime.

A briga com o computador continuou com Cat distante e, pelo jeito, seria o terceiro HD queimado em menos de um ano. Era muito azar... O fornecedor sacana que vendia hardwares para Marcos garantia somente a primeira peça — o que colocava o problema todo das garantias futuras em sua bunda magra, como era o caso de Nakura. Marcos conhecia aquele japonês como poucos; era difícil, quase impossível passar a perna nele. A menos que...

Na parte de cima do balcão havia um copo. Ele sempre ficava por lá, esquecido. Marcos já o tinha visto antes e alertado sobre a possibilidade de respingos. Água, suco, guaraná. O japonês ou alguém da família sempre ficava no mercadinho no horário do almoço (quase sempre era Cat). Acabavam fazendo a refeição ali mesmo (e usando a bancada do caixa como mesa).

Marcos levantou-se com cuidado para não ser visto, apanhou o suco e sorriu. O copo estava cheio com algo vermelho. Parecia morango ou uva e tinha cheiro de Quik. Delicadamente, jogou um bocado do líquido dentro da CPU, depois ligou e desligou rapidamente a energia. O suficiente para dar um curto-circuito. Enrolou alguns minutos para que a placa estivesse seca — o mercado estava vazio e ninguém precisou do caixa enquanto Marcos resolvia o *probleminha* com a garantia.

— Seu Nakura, dá uma chegadinha aqui.

O japonês parou o que estava fazendo com os nabos e foi até Marcos. Andava incrivelmente rápido para alguém com pernas tão curtinhas.

— Descobriu defeito? — disse ele, carregando no sotaque, como todo japa original.

— Notícia ruim, seu Nakura.

— Notícia ruim tem que dá rápido, né?

Marcos respirou mais fundo.

— Alguém derrubou suco na CPU.

— Humm — bufou o velho samurai, depois e coçou o queixo. — Deixa vê.

Nakura deu a volta no caixa, se abaixou, ajeitou os óculos, franziu a testa quando sentiu o cheiro de circuito queimado.

— Tá vendo essas pecinhas esfumaçadas? Já era. O senhor vai precisar de outra CPU. Uma nova. Por acaso tenho uma no meu carro.

— Deve tê sido *fira do puta do menina*. Ela não pensa, não pensa! — disse, golpeando a própria cabeça. Depois, mais afetado ainda: — *Catína*. Vem aqui!

Cat atravessou correndo o corredor entre as bancas. Os melões para cima e para baixo, quase acertando o queixo quadrado perfeitamente esculpido no rosto. Marcos assistiu em *slow motion,* pensando em uma música do Beach Boys.

— Que foi, paizinho?

— Um mês de castigo.

Os olhos ficaram confusos. Os seios subindo e descendo com a respiração apressada.

— O que foi que eu fiz?

Marcos enxergou alguma culpa por trás da indignação daquela pergunta. Gostosa daquele jeito? Cat devia merecer algum castigo. De um jeito ou de outro, ela devia ter feito algo muito, muito errado pelas costas do japonês.

— O que fala *desse* aqui? — Nakura estendeu o copo de suco para ela.

— O quê?... Suco?

— *Suco, sim.* Mas balcão *não lugar* de suco! — golpeou a bancada.

Agora, Nakura comia metade das letras desnecessárias à compreensão. Japoneses são práticos; economizam espaço até na fala. — Tá de castigo, Cat! Mês inteiro.

— Pai... — disse, abraçando o velho.

Marcos pensou que nenhum homem perderia uma ereção com um abraço daqueles, mas Nakura continuou com sua expressão de chuchu esmagado, como se Cat não existisse.

— Sem conversa, *Catína.* Já pra quarto. Depois gente fala direito.

Cat parou de abraçá-lo e voltou para os fundos do mercado. Foi até a escada em caracol que dava acesso ao andar de cima, onde era a casa da família. Marcos aproveitou para reparar nela outra vez. Além dos peitões, Cat tinha uma bundinha linda. Cat era mais perfeita que uma Ferrari movida a ar com seguro-manutenção eterno. Peitos grandes, pernas grossas, bundinha dura, lábios grossos precisando de prática. Marcos tornou a se agachar, evitando que o japonês visse algo que ele não pudesse explicar propulsando suas calças.

— Quanto fica conserto, Marco?

Com tudo o que já tinha roubado de Nakura nos meses anteriores, Marcos teve pena de esfolá-lo de novo. Para ser justo, cobraria da CPU só o custo e a gasolina. Seu pai chamaria aquilo de *coisa de idiota.* Ou falaria algo como: *Se é pra roubar; roube direito.*

— Seiscentos paus.

Nakura coçou a barbinha rala e esbranquiçada do queixo.

— Faz em duas?

— Duas fica ruim... Faço seiscentos *e cinquenta* em duas.

— Fechado — respondeu. — Pode trocar aparelho.

Marcos terminou de desconectar os fios e levou a CPU ferrada para o Fiat 147. Colocou a outra no lugar, sem muita dificuldade. Com o equipamento novo, teria um pouco de sossego. O próximo passo seria trocar a impressora fiscal, que também era um lixo. Ou talvez fosse melhor dar um tempo a Nakura. Clientes são como sapos na panela, você precisa cozinhá-los devagar, senão saem correndo.

— Terminei aqui, seu Nakura.

— Já testou?

Marcos ligou a CPU, levantou-se, e saiu do biombo de cimento. Esperou que a tela ganhasse vida.

— Testado — disse.

Nakura apertou uns botões. Pareceu satisfeito. Enfiou a mão no bolso direito da calça e puxou um maço de notas.

Antes de entregar, colocou os óculos e conferiu o dinheiro, nota por nota (duas vezes).

— Tá aqui o que é seu — disse.

Marcos apanhou a grana sem muita dor na consciência. Dinheiro e consciência são coisas distintas. Mesmo assim disse:

— Dá uma chance pra garota, seu Nakura. Ela não fez por mal...

O velho deixou os óculos baixarem e olhou para Marcos por cima das lentes:

— Computador, problema seu. Filha, problema meu. Hoje suco, amanhã barriguda em casa. Boa volta pra você, seu Marco.

— Tá certo — resmungou. Nakura não voltou a falar com ele. Já estava de costas, atravessando o mercadinho.

Marcos despachou seu remorso por Cat quando cruzou a porta do mercado. Seu dia terminaria logo, depois da próxima ocorrência. Então ele teria o dia inteiro para gastar seu tédio na garagem alugada que fazia de escritório. Quatrocentos paus só para ficar longe de Odeta. Dinheiro bem gasto.

O 147 com pintura queimada o aguardava na rampa do mercado, lembrando seu dono de que eles precisavam fazer grana. Se aquela desatualização sobre rodas parasse de andar — e Deus sabia que não faltava muito — seria o fim dos negócios. E Marcos não conseguiria sustentar seu garoto especial sem o emprego. Algo que Randy não merecia. Além disso, em Três Rios não estava sobrando emprego em sua área. Antes a situação era um pouco melhor, mas agora, com todo moleque espinhento se achando Bill Gates? Calamidade.

Já dentro do carro, Marcos tentava entender seus próprios garranchos em um papel com o endereço ao qual deveria ter chegado há meia hora. Técnicos de computador são como prostitutas, profissionais agressivos — se ele demorasse muito, perderia aquele chamado. Provavelmente para algum adolescente metido à besta, vestindo uma camiseta do Slipknot e cheirando a maconha.

Com o trânsito como estava, demoraria pelo menos mais meia hora até a loja de raridades. Para ajudar, era dia 5, quando todo pobretão da cidade recebe sua miséria e sai, doido para gastar tudo. Pobretões como ele. Gente que trabalha para comer e pagar aluguel, fingindo que a vida se resume a isso. Acordam cedo para enriquecer supermercados, imobiliárias e qualquer um que seja mais esperto que eles mesmos.

Um trovão o trouxe de volta para a realidade. A previsão do tempo se enganou de novo e era sempre terrível lidar com equipamentos eletrônicos quando o céu despenca em água.

O calor parecia não se incomodar nadinha com o desconforto humano, e ficou ainda pior com o tempo úmido e condensado. O Fiat estava um forno. A camisa de Marcos estava aberta até o meio da barriga, as mangas arregaçadas. Graças a Deus estava quase chegando. Com muita, mas muita sorte, a tal lojinha teria ar-condicionado...

4

Quando Marcos engatou a ré a fim de estacionar o carro na rua Carneiro Justo e olhou para alguns pedestres que transitavam pelo calçamento, pensou: *Estou na Índia...* Em seguida, em um esforço terrível para um dia quente como aquele, terminou de estacionar o Fiat e voltou a conferir o endereço. Infelizmente era ali mesmo: rua Carneiro Justo, número 71. À sua direita, havia uma loja ridiculamente pequena. Na entrada, um toldo vermelho e desbotado fazia sombra sobre portas abertas. Um pouco acima do toldo, uma plaquinha vermelha sinalizava: "O ESTRANHO E O MÁGICO: PRODUTOS RAROS".

Nem pensar em um ar-condicionado. A única sorte até ali foi conseguir estacionar o carro bem em frente à loja. Com o suor escorrendo em bicas, Marcos parou mal pra caramba, todo torto. Mas era algo que não o faria dar outra partida no carro — naquele bairro, as multas deviam ter saído de cena na época do governo Collor. Bairro perigoso; dava pra ver. Gente nervosa, carros velhos, crianças com peso adulto nos olhos. O ABC basicão dos subúrbios.

Antes de descer, Marcos precisou de algum tempo dentro do carro para apanhar suas ferramentas. O calor úmido tentava jogá-lo para fora. Naquele pedaço da cidade, já tinha chovido o suficiente. Os poucos carros na rua estavam molhados e embaçados por dentro. Agora o sol se vingava.

Com a caixa de ferramentas em mãos, Marcos abriu a porta barulhenta do Fiat e botou o pé esquerdo para fora.

— Puta merda!

O pé estava engolfado em uma poça d'água que escondia um buraco enorme. Sua canela gritou na hora em que levou um corte.

Puto da vida, Marcos ignorou o ferimento e continuou seu caminho. A raiva tem dessas coisas boas: anestesia. Agora o sapato de couro parecia um sapo, coaxando a cada pisada. Em segundos, a meia fina e molhada começou a assar os pés contra o couro do calçado. Em uma situação normal, o dia dificilmente conseguiria ficar pior. Mas difícil não era impossível se tratando daquele lugar — e se tratando de Marcos Cantão. Ele respirou fundo, passou as mãos sobre os cabelos finos e atravessou a porta.

5

— Cuidado aí! — disse um homem velho tão logo Marcos passou pela porta. Era a criatura mais feia que ele já tinha visto. Dentes encurvados e amarelados de tártaro, a pele do rosto descascando toda. Parecia uma doença, como psoríase. Na cabeça calva era pior. Dava para ver as casquinhas desprendidas com um pouco de pus seco as agarrando. O velho tinha uma gaiola nas mãos. Foi ela que acertou em cheio o peito de Marcos. Dentro da gaiola apertada havia um galo, todo ferrado. Já estava cego de um olho e sem um dedo na pata direita. O bicho tentava acertar Marcos e esbarrava nos arames.

Depois de se reequilibrar, o velho corcunda sorriu, mostrando mais de sua boca desagradável. Os lábios trincados e murchos se distenderam.

— Calma aí, vovô! Segura essa galinha!

— É um galo de briga. E tem mais coragem que você... Deixa pra lá. Tô com pressa. Sai da frente.

A ave encarou Marcos com seu olho bom até que ele e seu dono dobrassem a porta para a esquerda.

— Jesus...

Livre do segundo incidente em menos de dez minutos, Marcos girou o corpo e se deparou com um corredor enorme e iluminado por uma luz vermelha. Decidiu segui-la.

Cinco passos depois, sentiu um cheiro bom que não conseguiu identificar. Em dez passos, encontrou o foco daquela luz. Estava sobre um altar.

O aparador ficava atrás de um balcão de vidro, no alto e preso à parede. Sobre o altar havia uma santa. Não uma santa qualquer. Na verdade, era uma caveira envolvida com um manto. Dentes arregalados e uma inexplicável expressão de compaixão. Aos pés da estátua havia flores, mel e um pacote de cigarros Eight. Marcos chegou mais perto e inalou um pouco do ar. O incenso que perfumava a loja queimava naquele altar, e se Marcos não estava enganado, o que saía do palito tinha um quêzinho de maconha. Ele fechou os olhos e respirou mais fundo.

— É a Santa Morte — explicou-lhe uma voz de mulher.

Marcos sentiu as pernas fraquejarem.

— Meu Deus! Quer me matar de susto? — perguntou, encarando a velha.

A mulher à sua frente não tinha mais de um metro e meio de altura. Usava um vestidinho rodado bem escuro e uma blusinha de seda preta que a deixavam ainda menor. No rosto rugoso, duas coisas chamavam atenção: uma verruga nojenta no canto superior direito da boca e fios grossos e brancos espalhados pelo queixo fino. Em alguns lugares estavam raspados. Isso o fez pensar que sempre havia algo pior na casa do vizinho, pior que Odeta e sua barriga cheia de estrias. Perto daquela velha, Odeta era uma princesa asteca. Talvez princesa fosse exagero, mas Deta era melhor que a tal velha.

— Quem se assusta com pouco, deve muito — ela disse, e sorriu. Acima dos dentes, o rosa falsificado das dentaduras brilhava. — Tá procurando alguma coisa especial, *fio*?

Marcos continuou quieto, espantado com a mulher e mais ainda com a loja. Havia muita coisa ali que não se vê todo dia. Caveiras, cristais, miniaturas de demônios, velas, pergaminhos, pequenos animais empalhados... Até entrar ali, parecia impensável que alguém perderia seu tempo empalhando uma ratazana. Ela parecia viva para Marcos. Os pelos sarnentos, a boca arreganhada com enormes dentes pontudos. A coisa tinha olhos vermelhos de vidro, mas, nossa, pareciam reais.

Por dentro, a loja era bem maior do que a fachada mostrava. Parecia atravessar, com o corredor comprido, toda a extensão do quarteirão. Balcões de vidro imundos tentavam organizar as bizarrices, mas também havia muita coisa pendurada ou recostada às paredes. O local lembrava um santuário. Marcos notou alguma semelhança com a sala de milagres de Aparecida do Norte, que também era assustadora demais para esquecer com todas aquelas próteses, exames, tumores dentro de vidros de maionese, ataduras e cadeiras de roda.

— Procurando? Não... Só estou curioso — Marcos respondeu. — Nunca tinha ouvido falar de uma loja dessas aqui em Três Rios.

— Nossos clientes são discretos. E a gente não vende nada que se anuncia no jornal — respondeu a mulher, tentando sorrir outra vez. Dava quase para ouvir o estalar das mandíbulas que não estavam acostumadas ao movimento.

— O que são todas essas coisas?

— Ingredientes — ela respondeu.

A expressão sonsa de Marcos a fez explicar melhor.

— Bruxaria, rezas, trabalhos e promessas. E tem algumas peças pra esse pessoal do rock. Eles gostam daqui. De vez em quando, vendemos umas cabeças para eles. Pessoal bom, paga à vista.

— Cabeças de verdade? — perguntou Marcos. Tomou nas mãos um crânio pequeno que estava sobre o balcão.

— Algumas. Mas isso fica *entre nós* — piscou. — Esse aí na sua mão é o Rodolfo.

— Puta merda, tia — disse Marcos, colocando o osso de volta. — A senhora dá nome para essas coisas?

— Claro. Esse aí foi meu primeiro filho. Morreu cedo. Eu tinha uma *doença do sexo*, peguei do safado do pai dele. O Rodolfo nasceu só pra sofrer. — Tomou o osso pra si e o acariciou. — Hoje, ele não sofre mais. Se você quiser comprar, eu vendo.

— Acho que não. Eu vim por causa do computador.

— Ah, você é o moço que arruma aquela droga...

— Sou, sim — respondeu Marcos, sorrindo. Chamar um computador de "droga" naquele lugar soou curioso. — Onde fica a máquina?

— No meio da loja. É só me seguir. Atanásio! — gritou depois de dois passos. — Vem vigiar a frente da loja.

Dos fundos, emergiu um velho de 180 anos se arrastando em cima de um andador. Carregava um fedor de urina com ele, que chegava antes dele. Atanásio vestia um roupão bordô e, apesar da expectativa de Marcos de ele demorar meia hora para chegar até a frente, sua habilidade com o andador provou o contrário.

— Oi — cumprimentou Marcos. O velho olhou para ele e continuou seu caminho sem dizer nada.

— Ele está mal-humorado. Foi ver o doutor da próstata ontem — disse a velha, estendendo o dedo médio e mexendo para a frente e para trás, como se cutucasse alguém.

— Coitado.

— Bem-feito pra ele. O Atanásio não me *satisfaz* há vinte anos. Homem que não satisfaz a mulher não serve pra nada melhor que uma dedada no... Você sabe onde.

Difícil conter os músculos do rosto e não fazer uma careta. Marcos imaginou o sexo bizarro dos dois, a dedada... Sentiu nojo do próprio cérebro depois disso.

— Meu nome é Sofia. Você é o tal do Marcos? Com quem eu falei por telefone?

— Eu mesmo.

— Não liga pra essas besteiras que eu falo. Gosto de me divertir. Gostava muito de me divertir com o Atanásio quando ele ainda funcionava.

— O que aconteceu com o computador? — perguntou Marcos, tentando fugir do assunto preferido da velha.

— Estava bom e então começou a travar. Funcionava umas três horas e parava. Faz uns dois dias que parou de vez. Agora fica com uma tela azul com uns troço escrito. Eu não entendo muita coisa, e o Atanásio não entende nem o jornal da TV. Eu preciso dessa porcaria para o pessoal que paga com cartão. Hoje, até o diabo tá aceitando cartão — disse enquanto seguiam pelo corredor.

Caminharam mais cinco passos e Sofia parou de andar.

— Taí a porcaria que não funciona... — apontou para um balcão pouca coisa mais limpo que o restante da loja. A máquina estava sobre ele. Em cima dela, uns vinte anos de poeira. Devia ser o primeiro filho do PC486.

— Vou abrir para olhar melhor.

— Pode abrir o que você quiser, mocinho — sorriu. A dentadura brilhou de novo. Marcos fincou os olhos no computador e passou para o lado de dentro do balcão. — Eu vou ajudar o Atanásio antes que ele se mije todo. Depois de velho, ele parece um cachorro feliz. Se precisar de alguma coisa, é só chamar.

— Posso arrumar direto ou a senhora prefere um orçamento antes?

— Pode arrumar. Depois a gente *acerta*.

Sofia se afastou e Marcos ficou na posição clássica dos técnicos de computador: cócoras. Sacou a chave de fenda, desrosqueou os parafusos que precisava e puxou a tampa em forma de U invertido.

Devia ter ouvido minha mãe e me especializado em saúde. Eu andaria mais limpo. Mas não... Eu tinha que tentar ser a porra do Steve Jobs.

Havia muita sujeira, como sempre, mas não só isso. Algo grudento estava por todo o interior do aparelho. Sobre os circuitos, nos fios. Apesar do aspecto horrível, Marcos logo viu que o defeito não era esse. O problema era um cabo solto na fonte de energia. Mas a curiosidade o fez puxar um pouco daquela gosma. Com a chave de fenda, levou para perto do nariz. Cheirava um pouco a ferrugem. Era melhor dar logo um jeito naquilo e garantir seu dia, e Sofia não precisava saber sobre a fonte, *obviamente*.

Depois de uma hora limpando, Marcos tinha um diagnóstico mais conveniente.

— Dona?

Sofia estava mais à frente, espanando uma cúpula de vidro que albergava um macaco empalhado.

— Já acabou, mocinho?

— Queria que a senhora desse uma olhada.

Sofia foi até onde ele estava e franziu a testa.

— Sumiu a tela azul?

— Sem tela azul. Preciso perguntar outra coisa para a senhora — ele disse. — Ela apertou os olhos, parecia saber que não daria aquela resposta mesmo antes de conhecer a pergunta. Marcos continuou mesmo assim: — Tinha uma gosma grudenta dentro dele, espalhada por toda a placa. Você lembra se alguma coisa caiu no computador?

Ela relaxou os ombros.

— Ah, meu filho. Essa loja faz coisas estranhas.

— A *loja*?

— Deixa pra lá. Deve ter sido o Atanásio que derrubou groselha. Ele anda meio descoordenado com as mãos. Tá parando de funcionar, igual o computador.

— Olha só, eu limpei toda a sujeira, troquei a memória que estava fraca, instalei outro HD e reprogramei tudo — mentiu.

— Era esse *agardê* o problema?

— É bem comum. O que estava na máquina tinha uns dez ou doze anos. Agora tá redondinho.

Sofia ficou quieta. Marcos também. Ambos esperando o próximo movimento. O vácuo pareceu durar para sempre até que o técnico em informática resolveu falar.

— A senhora me deve... Deixa eu ver... Peças, mais serviço... Mais a quilometragem... Acho que *oitocentos* pagam tudo.

Sofia arregalou os olhos.

— Não é muito não, *fio*?

— Veja bem, dona Sofia. Se a senhora chamasse outro técnico, ele nem ia querer consertar. Eu limpei tudo, perdi umas duas horas fazendo isso. Troquei peças. E estou sem almoço. Acho que é bem justo.

— Temos um problema... Eu e você — ela disse. Marcos suspirou.

Rodou os olhos e encontrou um manequim todo perfurado, possivelmente com facas. A coisa parecia um boneco de cera, perfeito demais para ter pele de PVC. Mesmo com olhos de vidro, aquilo parecia gente... Marcos voltou para Sofia.

— Qual é o problema, dona?

— Só tenho trezentos.

— Isso não paga nem as peças. Faço em duas vezes para a senhora...

— A gente está vendendo pouco, *fio*... Sempre fica assim quando a economia melhora. Essa loja funciona melhor quando o povo está ferrado... Não pode esperar até o corte de funcionários da fábrica? Acerto com você no dia seguinte. O povo sempre procura ajuda na macumba.

— Que fábrica?

— A de alumínio. Eles vão cortar pessoal e a peãozada vai bater aqui. Eles sempre vêm para cá quando a comida foge da mesa.

— E como sabe sobre os cortes?

Sofia cruzou os braços.

— Isso é assunto meu. Mas se você me der esses quatro meses, eu pago tudo.

— Dona Sofia, não posso fazer isso. Quero meu dinheiro *agora* — disse Marcos. Espalmou as mãos sobre o balcão.

— Entendo. Já pensou em receber de outro jeito? — sugeriu ela, baixando um pouco a blusinha.

Minha Nossa Senhora!

— Quero apenas o dinheiro, dona Sofia. Só isso. E em notas de cem, se possível.

— Humm — ela resmungou, coçando os pelos grossos e brancos do queixo. — O que acha de trezentos agora e uma coisa que vale muito mais no lugar dos outros quinhentos? Uma *troca*?

Marcos olhou para cima, para os lados, para *todos* os lados. Não havia nada naquela espelunca que fosse capaz de desejar. Era só um monte de esquisitices e ideias desagradáveis. Mesmo assim, fez um adendo à contraproposta — e trezentos era melhor que nada, e bem melhor que os cem que deveria ter cobrado pelo serviço.

— Olha só, dona Sofia... Eu vou aceitar, mas tenho uma condição.

Sofia estalou a dentadura e estendeu os trezentos mangos para ele:

— Pode pedir, *fio.*

— Se eu não encontrar nada que eu queira, ou se esse tal *presente* não me interessar, a senhora me paga o dobro dos quinhentos que faltam daqui a quatro meses. *Milão* no total.

Sofia sorriu mostrando novas rugas.

— Mocinho... Todo mundo quer o que eu vou oferecer pra você. Conheço gente que venderia a alma por isso. Você vai gostar, sim, garanto que vai.

Marcos não se animou, mas seguiu Sofia até os fundos da loja. Atanásio trocou de lugar com ela, ficando outra vez com o posto de vendedor.

Quanto mais entravam na loja, mais horrores tingiam as paredes. Cabeças de animais, vidros de conserva com fetos humanos. Um casal de urubus, empalhados com as asas abertas, chamou a atenção de Marcos. O mesmo aconteceu com o que havia embaixo deles; outro balcão de vidro com ervas em pequenas colmeias de madeira — deviam ser os tais ingredientes para bruxaria. Também havia livros mofados, estatuetas malignas. A loja era um túnel do terror.

Alguns metros antes do fim do corredor chegaram a duas interseções que formavam uma encruzilhada. Na verdade, formavam mais que isso, e Marcos veria uma cruz invertida se pudesse olhar a loja de alguma altura, algo que não faria. Tudo o que via ali, no plano onde estava, era uma pequena estátua no braço esquerdo da cruz, que foi para onde Sofia o levou. Do outro lado, somente um esqueleto, daqueles usados em aulas de ciências. Provavelmente a coisa mais bonita daquela latrina.

— Essa aqui é a Ciganinha — disse Sofia, já perto da estatueta. Ela se aproximou com muita reverência, parecia ter muito respeito por aquela coisinha de gesso. Ou quem sabe fosse medo.

— E o que isso aí vai fazer por mim? — Marcos perguntou, notando a estátua em um relance e devolvendo a atenção a Sofia.

— Cuidado como fala, rapaz. Uma moça bonita não gosta de ser subestimada.

Depois de bufar um bocado, ele prestou mais atenção à estatueta. Para dizer a verdade, era uma peça bem esquisita, principalmente os olhos. Eles pareciam segui-lo, por mais estranho ou impossível que parecesse. Marcos testou a hipótese duas vezes, se afastando para a direita e retornando em seguida.

Se tivesse que arriscar, daria quase um metro para a estátua. A Ciganinha ficava em um balcão suspenso, de mármore branco, enterrado na parede. Estava iluminada por uma luz vermelha, parecida com a da Santa Morte do começo da loja. Marcos também notou que suas oferendas eram diferentes. Algumas moedas que pareciam ser de ouro e outras que não pagariam um pão francês se empilhavam dentro de um potinho de vidro. Ao lado, havia uma garrafa de rum pela metade, e um prato cheio de papeizinhos dobrados ou enrolados.

— O que são esses papéis?

— Pedidos. A Ciganinha costuma atendê-los.

O prato branco com os papeizinhos era todo decorado com pontos de interrogação azuis. Era bonito e agourento ao mesmo tempo. Todos aqueles pedidos... O padre que catequizou Marcos costumava dizer que um pedido é um pedacinho de uma alma crente.

— E essa é a minha parte no pagamento? Porque, se for me dar essa estátua, prefiro voltar daqui a quatro meses pra pegar o resto.

— Não, não... Sua parte é boa, mas ninguém sai da minha loja com essa estátua. Vivo ou morto — Sofia completou e o encarou, suspendendo a sobrancelha esquerda. Ela falava sério. — Mas pode ficar tranquilo, moço, eu já falei que você vai receber *mais* do que vale seu serviço. Provavelmente o que vai ganhar vale mais que nós dois juntos.

— Está na minha hora, dona Sofia. Vamos agilizar por aqui?

— Muito bem, senhor apressadinho. A partir de agora, faz tudo o que eu mandar.

Marcos não gostou, mas concordou. Tinha lido em algum lugar que doidos varridos não gostam de ser contrariados. A velha começou com as instruções.

— Junte as mãos como se fosse rezar, mas não reze. Só repete o que eu disser. E ajoelha quando eu me ajoelhar — ordenou. Foi chegando mais perto da estátua e terminou se abaixando, com uma facilidade que contrastava com suas rugas.

Marcos ficou onde estava, gastando o sapato contra o chão e tomado por um pensamento singelo. *Puta que pariu... Não acredito nisso.*

Mas por que não? A escolha, afinal, era embolsar uma miséria ou arriscar o dobro e salvar dois meses de despesas com Randy. Talvez não ouvisse os delírios de uma cigana velha para salvar a própria bunda, mas por seu filho? Marcos iria até o Inferno por causa dele.

Sentindo-se um completo idiota, ele foi até o altar e dobrou os joelhos, ao lado de Sofia.

Ante sua obediência, ela respirou profundamente, por três vezes, e disse:

— Minha Santa Ciganinha.

Depois de uma cotovelada, Marcos repetiu ao seu lado:

— Minha *Santa Ciganinha.*

— Sei das maldades que fizeram com você. Sei do sangue que encheu seu corpo de dor. Santa Ciganinha, estou aqui pra pedir o que não mereço. Escute as palavras da velha língua. *Zac, suáp, condjá. Zac, suáp, condjá.*

Marcos continuou repetindo, e a cada palavra estranha, sentia alterações em seu corpo. Suas orelhas queimavam, seus dentes se encontravam sem seu comando. Ele teve uma ereção dolorida e pulsante, como se ganhasse um presente oral ali mesmo, com calça e tudo. Seus olhos reviraram, seu cérebro implorou para que aquilo acabasse. Pensou ter atingido um orgasmo quando disse a última parte da oração. Ao seu lado, Sofia parecia enfraquecida, na mesma proporção que ele ficou mais forte. Algo mágico acontecia naquele braço esquerdo da cruz.

— Agora, levanta — ela disse. — Você não vai escrever um bilhete como os outros fizeram. Quero que cochiche um desejo no ouvido esquerdo da Ciganinha. Qualquer um que seu coração realmente queira. Repita o mesmo desejo por três vezes. Depois, você sai por onde entrou, sem falar uma palavra comigo. Se fizer direito, a Ciganinha vai atender — concluiu Sofia. Seus olhos estavam úmidos e vermelhos. As mãos velhas enterradas entre os seios murchos.

Marcos se levantou, chegou perto do ouvido da estatueta e pediu o que queria. Ao terminar as palavras, estava entorpecido pelo cheiro da Ciganinha. Emergia dela um perfume quente e adocicado. Sentiu vontade de profaná-la, de destruir aquela vagina de gesso escondida sob o vestido. Sua consciência o apunhalou por isso, mas Marcos terminou o que fora combinado. Cochichou seu desejo todas as três vezes. Seu corpo ficou arrepiado, o mundo girou por alguns segundos. E ainda rodava quando ele saiu daquela loucura. Os olhos da Ciganinha o seguiram de novo, entretanto, pareciam diferentes agora... Mais vivos e felizes. Lacrimosos. A sensação ruim continuou até a metade da loja, alguma culpa. Se tivesse acabado de cuspir em uma imagem de Cristo, estaria menos incomodado. Droga, Marcos se sentia cuspindo no próprio Deus!

Ele percorreu todo o caminho e não olhou para trás. Tropeçou nas peças que entulhavam cada canto da loja, sua única parada foi para recolher suas ferramentas. Transpirando horrores, entrou no 147 e decidiu que voltaria o mais depressa possível para casa, nada de oficina. Naquela tarde, o melhor seria encarar a patrulha da banha e evitar a solidão. Inventaria uma boa desculpa para não precisar dar amor a ela e tudo ficaria bem até o dia seguinte. Mas antes... — Marcos olhou para os pingos que desciam pelo toldo vermelho da loja. Teria que enfrentar a chuva que voltava a cair.

Gente maluca. Até daqui a quatro meses, pensou convicto, reorganizando sua mente para que qualquer fato ocorrido na loja tivesse uma explicação lógica.

A volta para casa seria mais rápida. O baixinho e sua trupe de empregados da prefeitura já deviam ter terminado a maquiagem da rua que o impedira mais cedo. O asfalto fino resultante duraria algumas semanas. Com sorte e poucos caminhões, alguns meses. Mas ninguém falaria sobre o serviço porco, não com as pessoas certas.

Marcos tinha razão, mas depois do trecho reformado de asfalto, uma chuva torrencial começou a castigar sua vista cansada. Não bastasse a mecânica *confortável* do 147, ele ainda precisava dividir o tempo entre dirigir e esfregar o para-brisa, que não parava de embaçar. Já eram anos encarando aquele vidro nojento, fios, componentes *xing-ling* e a tela fria dos PCS. As telas atuais têm algum cuidado com os olhos, mas nas telas onde Marcos se criou, o derretimento da retina era praxe. Ele precisava de óculos há anos. E não que se recusasse a usá-los, Marcos só não tinha dinheiro para as lentes. A medicação anticonvulsiva de Randy custava caro e era muito mais importante que um par de vidros grossos. Talvez devesse ter pedido os malditos óculos para a Ciganinha. Não enxergava quase nada com a chuva acertando o 147 de jeito.

Passavam quarenta minutos dos vinte que normalmente Marcos gastaria quando o Fiat chegou em casa, pouco depois de Marcos engolir uma coxinha comprada no boteco do Raul, que ficava na esquina. Desligou o motor, desceu e saiu correndo da chuva, deixando as ferramentas atrás do banco do motorista. Com toda aquela água, acabaria estragando alguma coisa se tentasse guardar tudo na garagem-escritório a dois quarteirões dali. E a sorte definitivamente não estava ao seu lado.

6

— Já chegou, amor?

Marcos não respondeu enquanto fechava a porta da sala. Caminhou até a cozinha e encheu um copo com um pouco de suco que sobrou do almoço de Odeta e Randy. A coxinha do seu Raul matou sua fome, mas fez o oposto com a sede.

— Tudo bem no trabalho? — ela insistiu. Mastigava alguma coisa, sentada em um sofá com a marca de sua bunda. Marcos pensou que ela comeria madeira se alguém colocasse catchup. Que ela comeria o pé da mesa de jantar ou o pé da poltrona da sala cujas almofadas cheiravam a peido mofado.

— O de sempre, Deta — ele respondeu.

Reclamações não mudariam seu dia. Além disso, as partes mais animadas — como os melões da filha do japonês e o cheiro sexy da Ciganinha — não poderiam ser mencionadas. E outra: Odeta daria mais atenção a um pedaço de bolo estragado do que para o seu desabafo.

— Cadê o Randy?

— No quarto — ela respondeu. Em seguida, um trovão explodiu no céu.

— Sozinho? Que merda, Odeta. Você sabe que ele detesta chuva!

Marcos descalçou o sapato úmido e saiu correndo para vê-lo. Com tantos trovões, Randy estaria em pânico. Tudo bem que Odeta fosse horrível com a casa, com ele e consigo mesma, mas com o próprio filho?

Encontrou a porta do quarto recostada, apenas uma frestinha de luz passando pela abertura e iluminando o quarto.

Randy estava sentado no chão, debaixo de um cobertor. As luzes estavam apagadas e as janelas fechadas. Ele sempre fazia isso quando ficava com medo, como se a realidade fosse bem mais assustadora que a escuridão.

— Tá tudo bem, filhão. — Marcos puxou devagar o cobertor, tentando não assustá-lo ainda mais. — Pode sair do esconderijo agora.

— Passou o *balhulho*?

— Passou, sim. Era só chuva. O papai está aqui.

Randy jogou os cobertores para o lado e pulou em cima de Marcos, cobrindo-o com abraços e beijos. Nesses momentos, Marcos quase entendia por que Deus fazia crianças como Randy. Ele era amoroso, doce, sincero. Era uma dádiva ter alguém assim na sua vida. E uma tremenda injustiça com o garoto... Randy teria que enfrentar maus bocados durante sua existência. As gozações, morrer solteiro e sem filhos, não conseguir um emprego e um salário capazes de mantê-lo vivo.

Depois do abraço apertado, Marcos olhou bem para aquele rosto longilíneo. Um garoto normal até que começasse com suas palavras empapadas ou suas birras de bebê. Precisou de um pouco mais de atenção quando encarou seus olhos. Havia algo diferente neles. Faziam Randy parecer... Mais velho.

— Te amo, papai.

— Também amo você, Randy.

— Vamu brincá?

Marcos estava um caco, as costas pedindo cama, e o estômago uma cerveja gelada. Mas não teve coragem de negar um pedido do menino.

— Quer brincar de quê?

— De de-se-nhoooo! — gritou Randy. Comemorou com palmas, antes mesmo de começar. Em seguida, se levantou e apanhou sua Lousa Mágica de dentro de uma caixa de papelão. Voltou a se sentar. Enterrou os olhos nela. O rosto próximo demais como a mãe dizia para não ficar.

Começou a desenhar com uma canetinha azul. Marcos já esperava por algum hieróglifo que só Randy conseguiria entender. Como da vez que ele desenhou uma bola com três pauzinhos espetados nela. Demorou muito para alguém acertar que *a coisa* era um cachorro sem uma das patas (havia um cão na vizinhança, o nome dele era Tripé). Desenhar era uma das brincadeiras preferidas de Randy — e, claro, que alguém adivinhasse qual era o desenho. Quase sempre mamãe e papai deixavam que ele ganhasse. O coitadinho não ganharia muita coisa da vida tendo o miolo mole daquele jeito, nada mais justo que ganhasse alguns jogos.

Dessa vez, Randy estava mesmo se esforçando. Conferia o desenho afastando a lousa, mastigava a língua com o tique nervoso recebido do DNA paterno. Marcos não se lembrava de vê-lo fazendo aquilo antes, mas andava tão ausente tentando ficar longe de Odeta, que não estranharia se Randy voasse. A caneta se movia rápido, pra lá e pra cá, precisa como se estivesse nas mãos de um garoto esperto.

— Terminou? — perguntou, depois de uma pausa de Randy.

— Não, papá! Inda não!

A TV alta de Odeta incomodava os ouvidos de Marcos. Um homem que trabalha o dia todo não deveria precisar disputar espaço dentro da sua própria casa. O tipo de situação que acrescentava mais cem metros de abismo entre os dois. *Não, Odeta, não basta você ser uma baleia e usar essas roupas de botijão de gás, ainda tem que se comportar como uma aberração surda!*, pensou.

— Pronto, papá. Divinha!

Randy estendeu a lousinha e entregou para Marcos. Esquecendo Odeta e os ruídos da casa, Marcos apanhou o brinquedo preferido do filho, se preparando para encontrar uma árvore, um gato ou algo ainda mais simples — uma vez Randy desenhou um risco e disse que era uma régua. Mas o queixo do papai veio abaixo quando viu o desenho. Marcos ficou tão assustado que desprezou completamente os traços firmes (não menos surpreendentes) da caneta de Randy. Toda sua atenção estava presa no significado daqueles...

— Onde você viu isso, Randy?

— O que é, papá? Tem que divinhá!

— Primeiro me diz onde você viu isso, Randy!

A pequena aspereza na voz foi o suficiente para o menino. Pequenas estrelinhas apareceram no canto dos olhos. O queixo se enrugou todo.

— Papá tá bávo?

— Não, filho... Não tô bravo. Desenhou um coelhinho?

— Não, papá. — Randy riu e enxugou os olhos, esquecendo que estava triste. — Tenta de novo!

— É um... copo?

Randy meneou a cabeça. A mente de Marcos urrava atrás de alguma explicação.

Como ele viu essa coisa? Deus do céu. Isso é possível? Ou Odeta anda me seguindo e levando o garoto com ela? Não... Ela não faria isso; não envolveria Randy.

— É um poço dos desejos?

Randy inclinou a cabeça, confuso.

— Acho que não, papá!

— Humm... — Marcos levou a mão ao lábio, abaixo do nariz. — Então, é um lugar onde as pessoas *escrevem* seus pedidos?

Houve um pouco de silêncio. De surpresa, Randy gritou:

— Não! Randy ganhô de novo, Randy ganhô de novo!

Três erros e ele vencia, esse era o trato (e foram quatro erros do paizão). E Randy sempre vencia, apesar de esquecer depois de dez minutos.

— Tá certo, campeão, você ganhou. Mas agora precisa contar o que é para o papai, tá bom?

Randy franziu a testa como se não concordasse.

— Anda, Randy... O que é isso aqui? — pousou o dedo sobre a Lousa Mágica.

— Papá bavo? — repetiu Randy. Às vezes, ele fazia aquilo. Se perdia em uma pergunta e a repetia por horas, por dias. Se isso acontecesse, Marcos nunca não teria sua resposta.

— Não, Randy. Mas o papai quer saber o que é o desenho.

— Randy conta, papá. É o pato da Nigacinha.

— Como é?

— É... O... Pa-to da *Ni-ga-ci-nha*.

— Prato da Ciganinha? É isso que você quer dizer? — perguntou. O dedo tocou a lousa com mais força e tremeu. Marcos percebeu o erro e o recolheu depressa. Não queria assustar o filho ou mostrar como estava nervoso, mas a ansiedade de saber como aquilo saiu da cabeça de Randy... Jesus, como não estaria maluco de curiosidade?

O menino sorriu, mostrando todos os dentes. Depois bateu palmas. Papai estava certo. O desenho era mesmo o prato da Ciganinha. Não que Marcos tivesse ficado feliz ou fosse pressioná-lo para descobrir detalhes. A cabeça de Randy era um processador velho e todo técnico de computação sabe o que acontece quando se exige demais de uma coisa dessas. Perda total, placa-mãe queimada — ou, no caso de Randy, convulsões.

— Vô pegá oto binqueto — ele disse. Saiu do chão e voltou até a caixa de papelão do canto do quarto. Com algum esforço, a carregou e virou a caixa de cabeça para baixo. Uma chuva de brinquedos rolou pelo chão. Randy só começou a escolher alguns depois de se sentar outra vez.

Enquanto a criança se distraía, Marcos aproveitou para conferir o desenho. Era mesmo o pratinho que ele vira na loja de esquisitices. Os pontos de interrogação azuis estavam invertidos, mas eram claros no desenho. E Randy podia escolher entre as sete cores disponíveis, mas fez os sinais justamente com a caneta azul. Dentro do prato desenhado, outra surpresa: Randy tentou traçar os pequenos rolinhos de papel onde os desejosos rabiscavam seus pedidos. Marcos estava arrepiado da cabeça aos pés. Para piorar, os trovões voltavam aos céus para deixar ele e Randy ainda mais tensos. Mas Randy não estava dando a mínima para o céu explosivo, enquanto erguia um carrinho nas mãos.

Seria possível?, pensava o pai, ainda interessado na lousinha. Os traços firmes. Randy parecia diferente, mais ágil. Mais *esperto*?

A nova brincadeira com o carrinho mostrou um Randy mais coordenado. Nada daqueles empurrões descontrolados que arrasavam com os Hot Wheels em dois dias. O menino empurrava um pequeno caminhão de bombeiros com a destreza de um garoto de uns *seis, sete anos*. Em se tratando de Randy, era um progresso e tanto.

Os computadores fritaram minha cabeça. Mas e se aquela cigana estivesse certa? E se...

Ficaram por duas horas naquela segunda brincadeira. Randy se divertindo e Marcos catalogando cada novo gesto do filho. Mesmo a fala empapada dele começou a ficar mais clara. Era como se a sua cabeça tivesse se tornado uma enorme esponja, absorvendo tudo ao redor. As falas da TV, os trejeitos de Marcos, os sons da rua. Marcos ficou várias vezes com os olhos molhados, agradecendo a Deus pelo aparente avanço de Randy. Mas o avanço do menino não era *coisa de Deus* como dizia um programa evangélico que Odeta assistia na televisão, enquanto Marcos preferia a pornografia na internet.

Randy, enfim, cansou-se. Estava bocejando, quase dormindo sentado quando Marcos o colocou na cama e foi para a sala. Odeta já havia ido para cama. A sintonia porca e cheia de chuviscos da tela logo o presenteou com um sono curto e picotado. Quando percebeu, já passava das onze. Hora de ir para cama também. Antes, escovou seus dentes e tornou a encontrar o espelho cheio de distorções do armarinho. Dessa vez preferiu encará-lo, de longe e depois, tomado por novas surpresas, mais de perto. Marcos não conseguia encontrar os fios brancos de sua cabeça. Nenhum deles. Também sentiu algo diferente quando encostou o quadril na louça da pia. Seu amigo que morava na terra das cuecas estava maior. Não que tenha durado muito tempo. Marcos rapidamente voltou ao normal quando ouviu o ronco da mulher deitada em sua cama. Melhor assim, se Deta percebesse a empolgação, o esmagaria entre suas coxas. Ela queria sexo. Estava cercando seu homem, reclamando seus direitos de fêmea. Marcos não podia *negar fogo* para sempre. Talvez fosse melhor acabar logo com isso. Pular para cima dela e pensar em uma garota como Cat. Abriu a porta do quarto, esperando encontrá-la enfiada na camisola encardida e suspensa na altura da pança. O estômago chegou a embrulhar — para contrariá-lo ainda mais, Odeta sequer se raspava.

A silhueta nada excitante que esperava encontrar repousava no escuro do quarto, *vestida*. Marcos arrastava os passos, observando a duna estática que marcava o tecido do lençol, tentando não perturbá-la.

Sentou-se à cama, evitando qualquer ruído que pudesse acordar o gigante adormecido. As malditas molas não concordaram e estouraram um *"pleim"* como se soubessem o que ele pretendia. Marcos respondeu com uma careta dolorida. Odeta continuou dormindo. Ele respirou fundo e também se cobriu com o lençol velho que compraram no Walmart há uns dois anos, compraram *seis* jogos na promoção, não eram bonitos ou bons, davam coceira, mas pelo menos custaram pouco.

Meia hora depois e seus olhos ainda estavam arregalados para o teto.

É muita sorte. Randy melhorando, Odeta desmaiada sem querer meu salame na baguete dela. Sem cabelos brancos nas têmporas?! Quem diria que um dia tão ordinário acabaria tão bem?

Depois de longos minutos vasculhando o fundo de seus pensamentos, alguns bastante obscuros, Marcos adormeceu. Seu último pensamento foi sobre ela, a Ciganinha.

7

Um cheiro bom atingiu os sentidos de Marcos bem antes que ele abrisse seus olhos.

Naquela manhã, ele acordou disposto. Nada da preguiça depressiva que sempre o segurava dentro do quarto, nada de Odeta tentando abraçá-lo, nada de intestino preso. Seria bom acordar sempre assim, com um otimismo absurdo contaminando tudo. A evolução de Randy na noite passada, o sono repentino de Odeta. Pela primeira vez em muito tempo, Marcos estava *feliz*. E ficou ainda mais quando chegou ao banheiro e encarou seu *amiguinho* da terra das cuecas. Definitivamente estava maior. Marcos sorriu. A sorte continuava com ele.

Quando saiu do banheiro, o cheiro da cozinha o atingiu com mais força. Parecia bom demais para algo feito por Odeta. Pensou se haveria outra mulher na cozinha. De bunda esculpida e seios duros, magra onde era preciso...

— Acordou, seu dorminhoco? — indagou a mulher de sempre. Odeta ainda estava lá... Mas mastigava uma maçã e usava um vestido limpo em vez do tecido que Marcos confundiria com uma capa da Ultragaz.

— Bom dia, Deta... — resmungou Marcos, se alongando em uma espreguiçada. Chegou mais perto para conferir a mesa assustadoramente cheia. Pães — salgados e doces —, frutas, iogurte. Tinha até suco de laranja.

— Para que tudo isso?

— Para você.

Marcos coçou a cabeça, constrangido. Mesmo parecendo uma morsa, pobre Odeta... ela tentou agradá-lo naquela manhã.

— Senta aqui, toma café comigo — ele disse. Olhou para o café, mas preferiu um pouco de suco de laranja.

— Não mesmo! Estou de regime, Marcos. Quero ficar bonita pra você.

Por muito pouco, ele não cuspiu o suco. Esperava por aquelas palavras desde que Odeta engravidou de Randy — foi naquela época que ela começou a comer por um time de futebol inteiro.

Olhou bem para a mulher. Parecia diferente. Não no físico, mas Odeta tinha uma autoconfiança predatória atrás dos olhos. Ela conseguiria qualquer coisa se mantivesse aquela vontade viva. Marcos suspirou esse desejo e atacou o café da manhã.

Deta parou naquela única maçã. Quando terminou a fruta, passou a separar materiais de limpeza — ficavam na cozinha mesmo, em um armário perto do fogão. Marcos parou de mastigar outra vez. *Odeta limpando a casa? Sem visita da minha mãe marcada?*, pensou.

Pobre Marcos. Ele sequer desconfiava quantas surpresas aquele dia ainda guardava. Uma delas vinha para a mesa agora. Diretamente da caixa de pandora.

— Bom dia — disse Randy.

— Oi, filho — Marcos respondeu de volta, sem dar muito crédito, sem perceber aquele "bom dia" *perfeitamente* articulado. Como era rotina, começou a afastar as facas do alcance de Randy.

— Esquece isso, pai. Tô melhorando.

Marcos ergueu os olhos e deixou uma das facas cair no chão.

Notou primeiro os cabelos de Randy. Estavam penteados, ele parecia ter passado gel ou coisa assim. O olhar bobo não estava mais em seus olhos. Aquele que puxava uma cadeira e sentava à mesa era apenas um garoto de onze anos, talvez um pouco menos, mas nem de longe era o Randy sem tutano que costumava sentar bem ali.

— Meu Deus, Randy! Você... Você está mesmo... *bem?*

— Acho que sim. Mas preciso de roupas novas. Aqui em casa só tem roupa de bebê.

Marcos foi até ele e o abraçou. Conteve o choro sobre seus ombros finos. Odeta continuou com seus preparativos, enchendo um balde com detergente na pia da cozinha. Ela não parecia tão surpresa com Randy ou consigo mesma.

Santo Deus.

Randy estava bem, Odeta tentava se cuidar. Tudo estava tão perfeito.

Tão *quase* perfeito. Antes que Marcos perguntasse a Odeta desde quando Randy melhorara da cabeça, seu celular começou a tocar e trepidar sobre a mesa. Ele o atendeu depressa, deixando uma fatia de pão doce mordiscada no prato e se perguntando se o aparelho o acordaria de um sonho bom.

— Alô?

— *Arô!* É Nakura! *Computadô* pifou de novo, Marco!

— Não é possível... trocamos a peça ontem, seu Nakura.

— Não interessa. Peça pifou. Precisa conserto novo. E de grátis, né?! Tô esperando, Marco — ele disse e terminou a ligação.

— Tava bom demais... — Marcos desabafou, batendo o telefone contra a mesa.

— Vai dar tudo certo — disse Odeta. Estava de costas e tentava desencardir dez anos de gordura da parte de cima da geladeira. Marcos observava sua enorme bunda sacolejando como um saco de geleia.

Marcos terminou o pão, deu um beijo em Randy e saiu. Queria ficar por lá e conversar com ele o dia todo, descobrir se a evolução espantosa era permanente, levá-lo ao médico mais tarde. Estava tão empolgado que também sentiu vontade de dar algum carinho a Odeta. O bom senso disse que era cedo demais para isso. Podia ser um plano, afinal. Para conseguir completar aquela famosa dança do acasalamento.

8

Fazia sol. Não o calor monstruoso dos últimos dias, mas um tempo agradável que trazia um vento leve capaz de refrescar a rua toda. Marcos entrou no 147 e partiu para o mercadinho do japonês. Caminho de sempre. Rua parada de sempre...

A chuva da noite passada destruíra parte do trabalho do pessoal da prefeitura. O mesmo negão (afrodescendente de porte grande e musculoso) com o rego aparecendo tomava conta da placa de desvio, o mesmo baixinho cretino chamado Marcelo comandava a turma do macacão laranja. Só para constar no caderno de tentativas, Marcos resolveu pedir passagem.

— Seu Marcelo! O cara aqui tá querendo atravessar — disse o homem negro.

Déjà-vu total. Exceto que, dessa vez, o baixinho decidiu se aproximar do carro. Marcos pensou em seu dedo médio esticado no dia anterior. Só faltava essa; apanhar dos brutamontes da prefeitura logo no começo do dia.

Seu Marcelo franziu os olhos, tentando reconhecê-lo dentro do carro. Marcos acenou timidamente. Em seguida, o homenzinho se afastou.

— Pode tirar as placas — disse. — Deixa ele passar.

O 147 passou bem devagar pelo meio do pessoal. Marcos deu um aceno espalmado para o baixinho em vez do dedo médio de sempre. Ele retribuiu o sinal.

Tomara que essa sorte dure o dia todo, foi o que Marcos pôde pensar.

Alguns quilômetros sem muito trânsito e estava no mercadinho. Nakura estava na porta, estressado e tragando um cigarro ruim. O chão forrado com outras guimbas, mostrando que ele fazia aquilo há algum tempo.

— Tudo bem, seu Nakura?

— Bem nada. Arruma porcaria do computador!

— Calma, chefe... Tô aqui pra isso...

— Perdendo venda desde ontem — meneou a cabeça. — Arruma logo porcaria.

— O que aconteceu com a máquina? — Marcos perguntou. Depois de colocar os calços nos pneus traseiros, seguiu para o interior do mercadinho, andando depressa e mostrando a urgência que não tinha.

Mais adiante, Cat se esticava sobre uma bancada carregada de limões. Usava uma minissaia laranja. Mini não... Micro. Os melões saltados. Cat, Cat... Sempre mostrando mais do que devia. Marcos sentiu a calça apertar assim que a viu.

— *Catína*, explica pro seu Marco o defeito — disse Nakura, às suas costas. Em seguida, saiu bufando e pisando duro. Cat tomou seu posto e caminhou até Marcos. Estava sorridente naquela manhã. Talvez o padrasto tivesse suspendido o castigo.

— Oi, Marcos.

— Sobrou pra você, Cat? — sorriu. Sentiu um pouco de falta do *tio* que sempre antecedia seu nome.

— Não esquenta. Vou mostrar o problema.

Marcos deu a volta no biombo de cimento e ocupou a cadeira que havia no caixa para quase nunca ser usada (era baixa demais, além disso, ninguém passava muito tempo parado ali). As costas agradeceram. As brincadeiras com Randy na noite passada o arrebentaram. Cat também deu a volta na bancada. Ficou de joelhos e se esticou toda, tentando ligar o computador. A cabeça acabou ficando perigosamente perto das coxas de Marcos. Ela se virou pra ele. Os olhos de Marcos pararam nos seios enormes. Cat percebeu, mas dessa vez, não escondeu as frutas.

— Tá querendo o que com essa cara, tio? — ela perguntou e o encarou por baixo das sobrancelhas.

Aquele foi... "o sinal". Ela estava mesmo fazendo aquilo? Dando mole para ele? Marcos decidiu arriscar:

— Melhor parar com isso, Cat. Seu pai me mata se...

Nunca chegou a concluir a frase. Cat puxou a blusinha para baixo e colocou os sonhos de consumo de qualquer humano masculino sobre as coxas de Marcos. Em seguida, abriu o zíper de sua calça. Marcos não soube o que fazer. Esperou paralisado que o despertador do criado-mudo o acordasse do novo sonho. Ainda sem acreditar no que acontecia, tentava aniquilar a expressão abobalhada do rosto. Dos fundos do mercado, Nakura às vezes olhava para ele, sem saber o que se passava no chão. De onde estava, ele podia ver somente o rosto de Marcos, apontando pela bancada. Nessas alturas, Cat já salivava em cima dele. *Literalmente.* E ela estava adorando fazer aquilo. Era bem provável que fosse uma vingança pelo mês de castigo, mas e daí?

Enquanto ela trabalhava, Marcos observava três estrelinhas desconhecidas tatuadas no ombro esquerdo da garota, perto da nuca. A cabeça bombeando incansavelmente sua virilha.

Ele permitiu, cravando as unhas sob o assento da cadeira para não gemer, mas logo precisou dizer com a voz amortecida:

— Melhor parar com isso, Cat. Não tô mais aguentando. — Seus dentes estavam trancados. Olhava para a cara de paspalho de Nakura aos fundos; o japonês estava checando os repolhos.

Cat colocou suas mãos por baixo das nádegas de Marcos e apertou. Ele revirou os olhos, prendeu as mãos com força embaixo da cadeira.

— Cat! Eu...

Ela o puxou mais para dentro.

Obrigado, Deus!

Aquele foi o orgasmo mais forte da sua vida. Incontrolável, trêmulo e mudo. Cat terminou o serviço sem sujeira ou desperdício. Sorriu de onde estava. Em seguida, se levantou e, sem dizer uma palavra, deixou Marcos com a máquina pifada.

Marcos estava amortecido, ele não merecia tanta sorte. Mas talvez merecesse. Sempre soube que havia algo de indecente em Cat, mas aquilo? Logo pela manhã?

Ajeitou-se melhor na cadeira quando ouviu passos curtos no meio do mercadinho. Era Nakura. Vinha ligeiro para o caixa, cuspia fumaça pelo nariz.

Ele sabe. E se tiver uma câmera aqui? Ele viu!

Nakura parou do lado de fora da bancada e tamborilou os dedos sobre a superfície. Marcos engoliu a pouco de saliva que tinha na boca.

— Arrumou porcaria?

Sem ter o que falar depois de cinco minutos com Cat, Marcos respirou fundo. Abaixou-se e apertou instintivamente o botão que ligava o computador.

Bip!

Parecia impossível, mas aquela droga funcionou de primeira. Do outro lado da bancada, Nakura também parecia descrente. Ele apanhou os óculos com a mão direita, subiu os olhos sobre as lentes e perguntou:

— O que era?

— Mau contato. Às vezes, acontece. Pode ter sido alguma pane elétrica, por causa dessa chuvarada. É difícil diagnosticar, seu Nakura. Faz o seguinte, o senhor observa e se tornar a dar defeito, me liga. A qualquer hora.

A qualquer hora que Cat estiver por aqui.

— Quanto fica conserto?

— Não é nada.

Seria muita cara de pau cobrar algo além do que já tinha recebido. Mesmo assim, Nakura retirou uma nota de cinquenta da carteira e entregou a Marcos.

— Gasolina — disse. O técnico quase teve pena. Quase...

Junto com a grana, veio um cartão pessoal. Nakura explicou do que se tratava.

— Esse amigo meu tem firma grande e precisa de técnico. Liga pra ele, Marco.

— Poxa... Obrigado, seu Nakura. Vou ligar sim. Hoje mesmo. — Dos fundos, Cat simulou limpar os cantos da boca e distendeu um sorrisinho. Era o começo de uma bela amizade.

9

Marcos voltou para casa mais cedo naquela manhã, feliz como uma adolescente que descobre não estar grávida. Ligou para o tal amigo do sr. Nakura assim que atravessou a porta de casa.

Foi um passo e tanto para melhorar sua situação. Marcos acabou fechando um contrato fortíssimo naquele mesmo dia, um que não contava com sua estúpida ideia de convênios. Se tudo caminhasse como esperava pelos próximos meses, ganharia o suficiente para pagar as contas e guardar algum, para qualquer despesa extra com Randy.

E seu garoto não precisaria disso...

10

Em dois meses, a inteligência desarrolhada de Randy o transformara em um garoto-prodígio. Em três, ele alcançou — e superou — os colegas da mesma idade. Enquanto isso, Odeta perdeu peso e estava realmente bonita. Seus cabelos estavam loiros e bem cuidados, seus seios empinados depois de um implante. De quebra, ela exibia uma silhueta (contou com muitos bisturis para isso) que dava inveja nas garotas da rua viciadas em Coca Diet. Marcos estava cada vez mais atraído por ela, como era inimaginável há noventa dias — o próprio endocrinologista que acompanhava Odeta estava surpreso com a mudança corporal dela. Do outro lado da moeda, Marcos também continuava atraído por Cat. Com a ausência de Odeta devido às constantes cirurgias e horas de academia, Cat rapidamente se tornou amante de Marcos — uma filial das boas, que não dava a mínima para a matriz. Uma ou duas vezes por semana, Marcos a encontrava em um quarto no Íbis — ele alugou uma suíte só para isso.

Quando Odeta fez sua última cirurgia — um pouco de silicone no bumbum —, Marcos tinha um carro novo, outros dois contratos e tempo sobrando para passar com sua família tão maravilhosa quanto sua amante de dezenove anos. A vida que pediu a Deus. O que não significa que terminaria assim...

11

Fazia frio e tudo cheirava a sangue. Todas as cores eram o vermelho aos olhos de Marcos. Chão, paredes, lençóis. Ele estava feliz. Parecia um sonho, mas o gosto do sangue que ele bebia em um copo vagabundo era salgado e quente, como nenhum sonho poderia proporcionar. Um pouco de soda mesclava-se àquele gosto. Havia corpos pelo chão, pedaços de corpos. Uma coxa humana enfiada em uma meia três quartos estava ao seu lado, um tronco sem um dos braços dormia no carpete; uma cabeça permanecia em cima da TV, sangrando sobre a tela. Marcos sentia uma ereção poderosa e constante, parecida com a que um dia experimentou em um corredor onde repousava a Ciganinha. Havia *outro* corpo no quarto. Mais inteiro e feminino. O tórax aberto e oco, escavado. Suas vísceras estavam jogadas ao lado, cobertas por algo fluido e transparente. Marcos sabia o que era aquilo; aquela gosma havia saído de um homem. De algum modo, ele sabia. E se regozijava. Apanhou um cigarro e se aproximou da janela. Tentou não sujar o filtro amarelo com o sangue das mãos. O sangue era bom para muitas coisas, mas não prestava um bom serviço combinado ao cigarro. O tabaco é um prazer egoísta. Ele tragou e segurou um pouco da fumaça no peito. Sentiu alguma culpa roendo sua consciência confusa e imaginou que aquele corpo que fumava perto da janela talvez não fosse o seu. Marcos nunca teve um anel de prata de São Jorge no anelar da mão direita.

Quando teve coragem de piscar os olhos, estava dentro de Odeta. Da linda e reformada Odeta a qual ele adorava possuir com alguma violência. Marcos continuou se movendo, gemendo, só saiu de cima dela quando terminou. Rolou seu corpo para o lado e respirou fundo algumas vezes.

— Que foi, amor? Você tá suando frio — ela disse, acariciando seu peito.

— Acho que apaguei por um momento. Eu... Saí de mim.

— Sinal que foi bom — disse Odeta. — Para desmaiar, deve ter sido.

— Foi fantástico — respondeu. Os olhos pararam no teto. Odeta virou de lado, procurando o travesseiro. Em segundos, estava dormindo.

Marcos não. Ele ficou estudando o teto e tentando entender o que acabara de acontecer. Há semanas os pesadelos iam e vinham com uma frequência assustadora. Marcos culpava o estresse com os novos clientes e a fusão com a Abbey Softwares, mas, no fundo, imaginava que esse era um motivo frágil demais para suas desordens noturnas. Pelo menos uma vez por semana ele acordava empapado em suor. Vivia cenas grotescas, presenciava rostos desconhecidos e desfigurados pelo pânico. Mas Deus, esse último o fez pensar em um analista. Não seria possível nessa semana, mas quem sabe na próxima? E a contar com mais um pouco da sorte que vinha tendo, os pesadelos talvez nem durassem tanto.

12

Na manhã após aquela noite horrível, Randy também tinha novidades.

— Filho, a mamãe já falou que você precisa ser paciente com seus colegas. Não esqueça que você também tinha suas dificuldades.

Era a primeira cartinha de advertência de Randy requerendo a assinatura dos pais — ele tinha chamado um coleguinha da escola de burro. Não só isso, mas também esmurrou o mesmo garoto no olho esquerdo quando ele devolveu a provocação o chamando de *alienígena* — sua evolução intelectual inexplicável acabou chegando depressa aos corredores da nova escola.

Marcos sorria em silêncio, tomando mais um café da manhã exagerado na casa nova que compraram em uma área nobre da cidade. A vida melhorou rápido desde aquela tarde chuvosa n'O ESTRANHO E O MÁGICO e o provedor da casa, que agora enfiava um pão com Nutella na boca, tentava não se lembrar da sua antiga vida. A nova TV, entretanto — ainda parcelada —, ameaçava quebrar o encanto da manhã perfeita e falava sobre a pior onda de crimes que já acometera em Três Rios.

— Peraí, gente. Quero ouvir isso — Marcos disse. Apanhou o controle remoto e aumentou o volume da TV da cozinha (umas das quatro da casa).

— Interessado em desgraças logo cedo? — reclamou Odeta. Depois deu outro gole em um suco de alguma coisa amarela com granola.

— Shii.

— Foram encontrados mais dois corpos decapitados no hotel Éden, próximo à rodovia Washington Luiz, quilômetro 77. A onda de crimes está sendo atribuída a um suposto serial killer, batizado pela população de "Açougueiro". Até o momento, a polícia não tem pistas sobre o suspeito, mas testemunhas disseram ter visto um homem branco, alto e muito magro saindo da última cena de crime. Os restos dos corpos, segundo a faxineira do hotel que concordou em nos dar uma declaração, estavam espalhados pelo quarto todo.

A TV cortou para a testemunha:

— O quarto todo branquinho estava vermelho de sangue. Até o teto. O desgraçado ainda se satisfez de sexo em cima dos restos da menina.

— A polícia nos informou que pretende rastrear o suspeito pela coleta do DNA, mas se esse material não pertencer a uma pessoa com ficha criminal, não possibilitará nenhuma identificação. João Linhares Mesonesto para o *Jornal da Manhã*.

— Meu Deus do céu, onde esse mundo vai parar? — disse Odeta.

Marcos girou o corpo e derrubou o pote de geleia de morango no chão da cozinha. Flashes disparavam em sua mente. Cenas de sexo, gritos horríveis, prazer e dor.

— Tudo bem, amor? Ficou pálido de repente.

— Pai?

— Fiquei impressionado com a notícia. Como alguém pôde...

— Você? Impressionado? — perguntou Odeta. — A notícia não é pior que essas porcarias de terror que você adora.

— Mas isso é de verdade, porra! — Marcos gritou. Também golpeou a mesa fazendo os talheres tilintarem sobre os pratos. Randy arregalou os olhos. Era raro ver o pai descontrolado assim.

Com um olhar mais frio, Odeta pediu um pouco de calma, enquanto se abaixava no chão da cozinha com um pano úmido.

— Me desculpem. Às vezes, fico pensando onde vamos parar com tanta violência.

— Deus vê esse tipo de coisa, Marcos. Deus vê tudo. Ele vai fazer a polícia encontrar esse doente.

— Tomara — disse Randy. Em seguida, a van que o levava para a escola encerrou o café da manhã com sua buzina. O menino se levantou e apanhou o bilhete. — Tô indo. Assina para mim, pai — pediu outra vez. Marcos rabiscou.

— Sabe que não deve fazer esse tipo de coisa, não é?

— Sei, sim — Randy respondeu.

— Deus tanto dá como tira, Randy. Lembre-se sempre disso — reforçou Odeta.

Marcos engoliu um pouco de café, se esforçando para não engasgar.

— Quer ajuda aí embaixo? — perguntou a ela.

— Vou passar um paninho, depois eu limpo essa meleca direito.

Odeta disfarçava, mas seus movimentos fortes demais mostravam o que ela também sentiu ouvindo a TV. Não era todo dia que um decepador chamado Açougueiro ficava solto pelas ruas. As cidades eram grudadas naquele pedaço quente do estado, encontrá-lo daria muito trabalho à polícia. E falando em trabalho, era hora de Marcos encarar o dele.

— Preciso ir, tenho uma tonelada de problemas para resolver hoje.

Odeta se levantou e ganhou seu beijo sem precisar pedir. Ela aproveitou para ajustar a gravata do marido. Quando Marcos seguiu até a porta de saída, suas pernas ainda bambas precisavam de atenção para não fazer besteira.

Deus do céu, eu estava lá enquanto fazia sexo com Odeta? E quem pode me culpar por isso? Alguém pode condenar um homem pelo que ele faz sonhando?

13

— Bom dia, sr. Marcos. Dormiu bem? Tá com uma cara esquisita...

Essa era Carolina. A secretária *playmate* de Marcos. Começaram a transar há um mês e meio. Sempre no escritório, bem longe dos olhares de Odeta ou Cat.

— Dormi com os anjos, Carol. Estou preocupado com a onda de violência, só isso.

— Tá falando do Açougueiro, né? — Carol mascava um chiclete com a boca aberta, tornando-a quase uma prostituta profissional. Aquilo sempre excitava Marcos, mas não naquela manhã. Ela continuou: — O povo dessa cidade não fala de outra coisa.

— Vi a notícia pela tv — disse Marcos. Foi para sua sala enquanto conversavam. Marcos afastou a cadeira da mesa, colocou o paletó sobre ela e se sentou. Também ligou o notebook. — Quando isso tudo começou?

— Pelo que a polícia sabe, faz uns três meses. Dizem que o maluco começou matando animais pequenos, depois passou para animais maiores. O pessoal da periferia encontrava cães, gatos, encontraram até um cavalo. Ninguém deu muita bola, acharam que era macumba. Mas aí apareceram duas prostitutas... A polícia se envolveu depois disso.

— Viu tudo isso na tv?

Carol riu.

— Eu me atualizo, chefe... Quer que eu te atualize? — perguntou. Sentou sobre a mesa de Marcos e esticou a goma de mascar com os dedos. Devolveu a goma à boca, chupando o indicador. A língua fazendo o que sabia.

— Hoje não, Carol. Precisamos fazer dinheiro.

Carol deu de ombros.

— Vou dar uma dica, mesmo assim. E essa é *de grátis* — insistiu.

Marcos baixou a tela do notebook e retirou as mãos do teclado.

— Tem tudo em um site — continuou Carol. — Sobre o Açougueiro. Tenho um amigo que consegue informações direto da polícia. O irmão dele é investigador.

Marcos dispensou um suspiro. Ele queria mesmo saber mais?

— Hoje não, Carol. Se eu continuar falando desse cara, vou vomitar — disse e voltou a erguer a tela do notebook. — Liga para o pessoal da matriz e transfere pra mim, por favor. O dia tem pepinos demais para oito horas, é bom começarmos logo.

Enquanto Carol descia da mesa e ajustava o vestidinho cinza, Marcos acessou pelo notebook a intranet da empresa. Antes que Carol saísse da sala, a máquina fez sua parte e completou a inicialização com a música terrível de algum programador deprimido. Marcos deu uma olhada no traseiro durinho de sua secretária, prometendo a si mesmo que naquele dia não perderia nem um segundo com ela ou com os sites de pornografia que costumava frequentar.

O gomo mais podre da internet começou a afetá-lo cedo, logo que ingressou no ramo de computadores. Sempre tinha algo novo, alguma vagina virtual para visitar, alguém que filmava a própria transa. Começou com mulheres, o absolutamente normal de um cara novo e feio. As ciberlibertinagens eram só um alívio, uma medicação. Foi só depois de se casar com Odeta que Marcos evoluiu das mulheres para os transexuais e hermafroditas. Daí, para bestialismos e brutalidade. A última fronteira, a última muralha instransponível, eram as crianças. Mas Deus, Marcos nunca aguentou — ou quis — ver muita coisa.

— Você está me enlouquecendo, seu desgraçado? — perguntou para a tela.

14

O dia seguiu calmo, com a maior parte dos problemas resolvidos depressa e sem novos ataques sexuais do computador ou da secretária. Se o excesso de estímulos era o que o estava ligando de alguma maneira àquele psicopata, Marcos puxaria o plugue da tomada antes que fosse tarde demais.

Por volta das três da tarde, ele se afastou da tela e coçou seus olhos. Depois de cinco horas na frente do computador, eles começavam a perder o foco. As lentes novas que usava agora deveriam resolver esse problema, mas lentes de contato não curam enxaqueca. Sua cabeça ameaçava explodir. Talvez fosse sede (almoço picante no chinês da esquina e pouca água durante o dia). Obedecendo à garganta seca, Marcos deixou sua mesa e foi até o pequeno frigobar do escritório. A cabeça latejava, dizendo que era hora de encerrar o dia e tomar uma dipirona. As persianas da janela já estavam abaixadas para diminuir um pouco da luz. Não que adiantasse muita coisa, visto que a luz que o incomodava saía do seu ganha-pão.

A lâmpada do pequeno refrigerador pareceu um sabre de luz quando ele o abriu. Marcos resmungou e cobriu os olhos, tateando pelo interior do aparelho. Apanhou um copo e uma garrafa de água mineral. Preferia vodca, o suco da Rússia que sempre ajudava em suas dores de cabeça. Ok, como se a vida já não estivesse confusa o suficiente sem álcool...

De volta à mesa, colocou o computador em um site de rádio que gostava de ouvir — a Kiss FM — e aumentou o volume. "More Than a Felling" tocava. Marcos deixou-se pender um pouco na cadeira, forçando-a para trás e esticando os pés sobre a mesa, aproveitando o que a vida lhe permitia agora. A garrafa d'água estava na mesa, o copo ainda estava em sua mão esquerda, transmitindo um pouco de frescor do freezer.

E daí que estivesse tendo uma neurose?

Sua família estava bem e isso era o mais importante. Porque no fundo, apesar de todos os riscos, sexo e depósitos polpudos, sua cabeça ainda estava estacionada nos tempos difíceis. Alguns meses não eram suficientes para esquecê-los, talvez anos não o fossem. Marcos levou o copo em direção à testa — quando sua cabeça doía como agora, algo gelado sempre fazia a dor melhorar. Só então percebeu que havia alguma coisa em seu interior.

Apesar da vontade de atirá-lo pela janela, Marcos colocou o copo sobre a mesa. Depois cheirou o líquido vermelho.

Parecia ferruginoso.

Tornou a cheirar.

Afastou-se em seguida e agarrou o descanso de braços da cadeira com força. Aquela coisa era sangue. Ou talvez fosse uma piada de mau gosto com um nível de detalhamento incrível. Ainda trêmulo, Marcos pulou da cadeira e correu até o frigobar. Vasculhou todo o interior.

Além de uma barra de chocolate, uma vodca e duas latas de soda, havia um pacote pardo no congelador. Marcos o puxou para fora.

Foi desfazendo o embrulho, sem deixar que rasgasse. Era um papel grosso, plastificado por dentro, como o papel onde se embrulham queijos e apresuntados nos supermercados. Levou a *coisa* até a mesa e continuou a abri-lo cuidadosamente. Quando terminou, precisou conter o vômito.

Um pouco de carne, uma orelha e dois dedos.

— Marcos? — ele ouviu batidas à porta.

Sem saber o que fazer, Marcos fechou o embrulho de qualquer maneira e o colocou sobre as pernas, usando a mesa como trincheira.

— Não entre, Carol! Não entre aqui ou eu te ponho no olho da rua!

— Tá tudo bem aí? — Um giro incompleto na maçaneta. Marcos correu até a geladeira e atirou o pacote lá dentro, já pingava um pouco, a porcaria descongelou depressa. Socou a porta e começou a correr de novo. Caiu pelo caminho, ruindo em um baque seco com o joelho no chão. Levantou-se e continuou. A porta semiaberta já deixava um tímido feixe da luz mais forte do outro lado entrar, ele a empurrou com força. Carol se afastou antes de ser atingida no rosto.

— Eu mandei não entrar, porra!

— Que bicho te mordeu, Marcos? Credo!

— Vá pra casa, Carol. Minha cabeça está me matando.

— Mas ainda são três da tarde e...

— Dá para me obedecer pelo menos uma vez na vida? Estou dando uma tarde de folga e não vou deduzir do seu salário. Deus!

Dois segundos de reflexão.

— Não quer uma aspirina? Tenho na minha bolsa...

Marcos não respondeu. Continuava segurando a porta e olhando para o maldito frigobar.

— Tudo bem, Marcos. Você ganhou.

Ele ouviu o computador desligando do outro lado da porta. Depois uma reclamação distante. A porta da frente batendo com força extra.

Ainda colado à madeira, Marcos deixou todo ar dos pulmões sair e trouxe ar novo de volta. Raramente se descontrolava daquela maneira, mas até pandas devem ter seus dias ruins. Deus seja louvado... Alguém com pesadelos na cabeça e pedaços de gente na geladeira tem esse direito.

Ele continuou onde estava por algum tempo, temendo que Carol voltasse e invadisse seu pequeno bunker. Só depois de cinco minutos de silêncio se afastou, pensando em como poderia se livrar daquelas...

Com a pressa em esconder tudo, tinha feito a maior lambança na porta da geladeirinha. Suas digitais ensanguentadas estavam em quatro ou cinco pontos. Precisava limpar aquela bagunça antes de se livrar daquelas obscenidades. Sua mente ágil não demorou a pensar em possíveis implicações. Porque a polícia não iria ajudá-lo, não sem ter nenhum suspeito. Sem pistas, o mais provável é que acabassem o incriminando dos assassinatos de alguma maneira que só a corrupção conhece. No entanto, o que mais o atordoava não era a polícia.

Por que esse animal está atrás de mim?

E claro que se tratava do tal maníaco, quem mais sai por aí arrancando mindinhos e orelhas?

O que esse assassino quer comigo? Por que esse monstro deixou seu almoço aqui?

Carol?

Ou alguém enciumado fodendo com ela.

Pode ser isso, ou...

Ela está tentando me incriminar. Por isso deixou que o assassino plantasse esse saco de carne no meu frigobar. Mas por quê? E por que ela não chamou logo a porra da polícia e me ferrou de uma vez?

Não. Não a Carol.

Merda, merda, merda!

Não havia muito material de limpeza no escritório, nem mesmo uma pia decente. Em um primeiro instante, a ideia de jogar tudo como estava na privada pareceu brilhante, mas...

Pode entupir. Ou alguém pode encontrar os pedaços, algum ex-funcionário revoltado, demitido da construção civil, que não encontrou nada melhor pra fazer do que achar restos de gente misturada com bosta no esgoto.

— Vou dar um jeito em vocês — disse baixinho.

Apanhou o único objeto cortante do escritório (uma faquinha quase cega que esquecera no frigobar, junto com um prato borrado pelo último pedaço do bolo de aniversário de Odeta) e o saquinho de porcarias. Levou tudo para o banheiro. Era hora de trabalhar.

15

Marcos não fazia ideia de como ossos humanos eram duros. As orelhas, ele fatiou fácil — o pouco que sobrou, ficou parecendo tirinhas de bacon. Ninguém diria que aquilo eram orelhas. Já os dedos... Quase fatiou os próprios até perceber que a melhor maneira não era fatiá-los, e sim, *descascá-los.* Marcos fez isso e por último cuidou da peça de carne maior; que se parecia muito com um pedaço de fígado. Recendia a ferro aquela porcaria marrom. Mas foi fácil de fatiar. Fez muita sujeira, mas foi fácil.

Terminado o trabalho mais difícil, Marcos voltou para dar uma última olhada na geladeira. Nervoso como estava — e como não estaria? — a probabilidade de ter esquecido algum respingo de sangue na parte de dentro era bem alta. E ninguém gostaria que Carol abrisse aquela merda e encontrasse sangue, não é mesmo?

Não acredito, pensou e perdeu novamente a cor do rosto.

Marcos não encontrou respingos no branco imaculado da geladeira, mas havia algo bem pior escondido nos fundos do congelador. Ele apanhou o embrulho que usava o mesmo papel pardo do anterior, e levou direto ao banheiro. Fechou a porta e desembrulhou a peça, esperando que a criatividade daquele bastardo o fizesse finalmente devolver o almoço.

— Uma tripa?

Marcos não conhecia conscientemente nada de anatomia. Não podia discernir um pedaço de intestino de um pênis de cavalo, então podia supor que fosse qualquer coisa. Ele só confirmou realmente o que era quando começou a fatiar a coisa.

— Ahhh! Deus!

Depois de deslizar a faca contra a peça, um cheiro terrível tomou conta do universo. Nada no mundo fede tanto quanto um intestino cheio, ainda mais um humano. A nojeira estava cuidadosamente amarrada, como uma linguiça. Tão bem embrulhada que podia ser um lanche para aquele maluco. Mas comer merda? *Do que esse cara é feito?*

Marcos conteve os acessos de vômito e só terminou a "operação carne moída" dez minutos depois. Atirou os restos na privada e, antes de puxar a descarga, urinou por cima da mistura. Estava orgulhoso com seu feito, tinha conseguido se livrar das porcarias e nada melhor que um pouco de urina para celebrar uma batalha vencida.

Sua cabeça queimava. No dia seguinte, daria uma prensa em Carol. Não muito, porque se ela fosse inocente, não seria bom que se tornasse uma rival. E ela tinha o endereço do tal site, do conhecido da polícia.

Além de Carol, sua mente também pensava em Odeta. O que alguém como o Açougueiro faria com ela? Ou pior: com Randy? Não, antes que ele os tocasse, Marcos descobriria sua identidade e o que ele queria com seu frigobar.

Acelerado como estava, não demorou nada para que sua cabeça chegasse a outro lugar.

Algum chantagista.

Alguém daquela loja esquisita, é claro.

O safado me viu e resolveu me apavorar.

Mas depois de três meses? E qual o interesse daquela gente pé na cova em prejudicá-lo? Dinheiro? E como souberam que ele estava bem de vida? Quando visitou O ESTRANHO E O MÁGICO, meses antes, ninguém nesse mundo trocaria de vida com ele. Não, não fazia sentido.

Marcos ainda pensava na lojinha bizarra — e em dezenas de possibilidades mais indigestas — quando seu celular o trouxe de volta. O iPhone trotou pela mesa, Marcos o apanhou na corrida. Assim que reconheceu a chamada, precisou respirar bem fundo.

— Pronto?

— Fala, meu gênio da informática!

— Opa, como vai, seu Orlando? Sobre os relatórios pendentes, eu...

— Fica frio, Marcão. Não gastei meus bônus para falar dessas porcarias. Liguei porque você está *em outra* agora.

— Como assim? — Olhou para o frigobar. — Está me dispensando?

— Sem essa, Marcão! Acha mesmo que eu queimaria você, pulando de felicidade como um cabrito? Marcos, meu grande amigo, agora você é supervisor regional! Supervisor, tá me ouvindo? Vai ter que viajar mais, comprar uns ternos novos...

— Supervisor? Poxa. Eu nem sei o que dizer, seu Orlando.

— Não diga nada. Nós é que estamos em débito. Junto com o seu zero a mais no holerite, veio o da equipe inteira. *O homem* quer te conhecer, Marcão! O chefão. Ele disse que precisa saber quem é o cara que está levantando esse defunto.

— Como é? — Marcos colou o telefone na orelha, teria doído se toda sua atenção não estivesse voltada para a conversa dentro do aparelho.

— É! O defunto! Nossa região, pombas! O Centro-Oeste de São Paulo era um defunto pesado aqui na empresa, um pé tamanho 46 no saco do pessoal lá de cima. Marcão... Eu não quero inflar o seu ego ainda mais, mas desde que você chegou, faturamos duas vezes o que a porcaria do pessoal do Sul consegue. Mas faz o seguinte, tira o resto do dia de folga. Quero você tranquilo. Aqueles relatórios, deixa pra semana que vem; faz sem pressa. Ou manda a idiota da minha sobrinha fazer pra você.

— Tudo bem, Orlando... Estou meio sem palavras aqui.

— Vai pra casa, Marcão. Descanse, tome umas cervejas. Amanhã, a gente conversa melhor.

— Farei isso.

— E não esquece de mandar um abraço pra Odeta e pro seu menino.

— Obrigado — Marcos disse com um fio de voz. Depois desligou o celular, bem devagar.

Outra promoção. Sucesso. Glórias.

E claro... assassinatos.

16

O caminho de volta foi interminável naquela tarde. O aumento de cargo e de salário não agradou Marcos a ponto de fazê-lo esquecer do que estava escondido em seu frigobar. Pela primeira vez em meses, sentiu saudade de quando acordava desanimado e tinha que fugir da bunda cheia de celulites de Odeta. Talvez todo o problema fosse esse. O custo de sua mudança do Inferno para o Paraíso chegara na forma de um psicopata. Estaria perfeito, e ele não se importaria se aquele desgraçado maluco matasse o resto da cidade inteira, desde que não colocasse o fio de sua navalha no pescoço de Randy. Não nele. Marcos parou o Ford em frente à sua casa e, por alguns instantes, continuou dentro dele. Precisava de tempo. A cabeça rachando bem lá no fundo, naquela caverna sagrada onde as dipironas e aspirinas não chegam.

O jardim arrumadinho e irritantemente verde era bem diferente da calvície botânica da antiga casa. Dentro da casa nova, encontraria um Randy mais inteligente que o restante da turma e não o garoto babão que precisava de fraldas aos onze anos. E encontraria Odeta. A nova Odeta que conseguiria facilmente um papel principal em um filme pornô de *milfs*. A família perfeita só não tinha mesmo um cachorro. Marcos detestava animais, sobretudo cães. O ódio começou com o pai. Seu velho, para castigá-lo, o trancava no canil com Cadilac — o dobermann da família. Quando Cadilac estava feliz e Marcos não havia aprontado nada, o canil era só mais um lugar da casa, mas quando alguma coisa saía errada, Deus... Era o próprio Inferno. Por sorte, a coleira de Cadilac o segurava longe dos cantos onde Marcos se escondia. Mesmo assim, ele o alcançou algumas vezes — seis pontos na barriga e quatro no braço.

Pela janela da sala, alguém percebeu o carro estacionado. Melhor entrar ou teria que arrumar uma boa desculpa. Marcos desceu, esticou as costas tensas e apanhou a pasta que substituía há algum tempo a caixa de ferramentas. Atravessou o jardim bonito sem precisar desviar de nenhum brinquedo.

À porta, presenteou Odeta com um selinho. Ela vestia algo inimaginável meses atrás. Um vestido justo, especializado em içar seios. Marcos a abraçou longamente, com força, como não costumava fazer e menos que estivessem nus.

— Tudo bem? — ela perguntou, ainda em seus braços.

— Acho que sim.

— A Carolina ligou pra mim.

— É? O que ela queria? — Marcos se afastou para que Odeta não percebesse seu coração disparando.

— Não tem nada pra me contar, Marcos?

— Deta, eu... Do que está falando?

A expressão séria de Odeta foi mudando aos poucos. Esticando-se. O rosto ficando corado. Continuou até que os lábios compusessem um sorriso.

— Sua promoção, bobão! O seu Orlando ligou para Carolina e mandou que encomendasse um buquê de rosas pra mim. Logo que chegou aqui em casa, ela me ligou. Marcos, outra promoção! Isso é incrível!

— Pois é... Acabei esquecendo.

— Como alguém esquece uma promoção para supervisor regional? Quem diria que aquele magrelo enfiado em um 147 chegaria tão longe? Se o papai visse você agora, aposto que ele morderia a língua.

Se o desgraçado do seu pai mordesse a língua, ele morreria envenenado...

— Ando com a cabeça cheia, Deta.

— Podemos dar um jeito nisso, garanhão — ela disse. Um sorrisinho sacana iluminou seu rosto. Marcos pensou que um pouco da nova Odeta poderia mesmo ajudá-lo a relaxar. Acabou desistindo quando percebeu Randy sentado no tapete caro da sala, apertando os botões do Playstation e ignorando o resto do mundo. Era emocionante. O mesmo garoto que há poucos meses não conseguiria empurrar um carrinho em linha reta agora jogava on-line.

— Quer jogar? — Randy perguntou. Odeta saiu de fininho em direção à cozinha, deixando os dois com a tv.

— Que jogo é esse?

— Um jogo de guerra — Randy resumiu.

— Acho que prefiro ficar olhando. Não sou bom em nada mais moderno que um Atari — mentiu. Randy continuou como estava; as costas envergadas, olhos hipnotizados pelos tiros na televisão.

Vê-lo jogando ajudou a limpar a mente dos problemas. Tiros e gritos eram melhores e mais calmos que a consciência de Marcos, que não parava de pensar em dedos fatiados, orelhas, fígados e intestinos humanos.

Quando a campainha tocou, depois de alguns minutos, Marcos checou seu relógio de ouro.

Era 17h40 e parecia um pouco tarde para boas notícias.

Aproximou-se da janela e espionou. Não conseguindo ver quem era, caminhou até a porta da frente.

Pelo olho mágico encontrou alguém vestido como um torcedor do Boca Juniors. O rapaz dos Correios usava um boné azul enterrado na cabeça, não dava para ver muita coisa do rosto. Marcos abriu a porta.

— Seu Marcos Cantão?

— Sou eu.

— É só as-assinar aqui por gentile-leza — pediu o rapaz. Trazia uma caixa de papelão de uns vinte centímetros por dez. Ele parecia nervoso, picando as palavras. Não como um gago, mas como alguém com medo da própria sombra.

— Só assinar? — confirmou Marcos.

— Tem que co-colocar o RG também, se-senhor.

Marcos sacou sua caneta prateada do bolso da camisa e rabiscou o que precisava. O rapaz olhava para os lados e para as costas.

— Prontinho — Marcos disse e recebeu a caixa. Acabou procurando pela van que sempre vinha com o Sedex. Não havia nenhuma na rua, mas talvez tenha ficado do lado de fora do condomínio. A portaria não era muito longe da sua casa.

— Tudo bem com você? — Marcos perguntou. O garoto estava suando um bocado.

— Te-tenha um bom dia, senhor — foi tudo o que disse. Depois saiu sem responder mais nada. Marcos esperou ele se afastar da casa. O rapaz andava depressa. Ele olhou duas, três vezes para trás. Parecia preocupado com alguém em seu encalço.

— Você devia pedir umas folgas — Marcos ainda brincou. O rapaz o ignorou, dobrou a esquina e desapareceu.

A caixa endereçada a Marcos pesava bem pouco, trazia alguma lembrança de um pente de memória dentro dela, algo leve. Marcos chacoalhou o volume, tentando adivinhar o que era. Sentou-se no sofá, em frente à TV onde Randy continuava com seus homicídios.

Tentou abrir a caixa com as mãos nuas, mas depois de alguns segundos, acabou indo até a cozinha buscar reforços.

— Quem era? — perguntou Odeta, vendo-o remexer os talheres da primeira gaveta da pia.

— Correios. Cadê aquela faquinha pequena? Aquela mais velha?

— Essa aqui? — ela perguntou, tirando-a do escorredor de talheres. — Não vá se cortar com ela. O Randy amolou ontem.

Incrível.

A evolução de Randy beirava o impossível. A lembrança do garoto praticamente incapaz que empilhava dominós na sala usando o máximo de sua inteligência ainda era muito forte. Parecia que, a qualquer instante, aquele sopro divino ia mudar de direção e devolver o velho Randy com Q.I. de batata para eles.

A caixa continuava na sala, no sofá, um pouco acima do Randy esperto. Tiros e gritos de guerra enchiam a casa.

— Abaixa um pouco esse volume, filho.

— Só um instante, pai — pediu Randy. Em seguida, se esquivou como se os tiros pudessem atravessar a tela de LED e acertá-lo. — Tô quase ganhando.

Claro que estava. E com aquele volume no talo, ganharia um aparelho de surdez antes do Natal, mas Marcos não insistiu. Randy já tinha quitado sua cota de dor com o mundo, onze anos de prisão cerebral não era pouca coisa.

Com a faquinha em mãos, Marcos apanhou de volta a caixa e voltou até o sofá. Antes de abri-la procurou pelo remetente. O campo destinado a isso dizia apenas: "CASA DOS BRINQUEDOS", sem CEP, sem endereço.

O correio já fora bem melhor, ao contrário da faquinha que estava realmente afiada. A fita adesiva que lacrava a caixa partiu como manteiga. Marcos suspendeu a tampa sem muita cerimônia. Quando a luz da sala iluminou seu interior, a boca de Marcos perdeu toda a saliva.

Eram dentes. Dentes arrancados pela raiz. Pelo menos quinze deles, manchados com sangue coagulado. E graças a Deus que estava coagulado ou teria respingado e manchado todo o sofá. Mesmo tomado pelo pânico, Marcos conseguiu achar divertida a ideia de Odeta encontrando manchas de sangue no sofá caro e imaculadamente branco da sala, ela ficaria maluca.

— Conseguiu abrir? — ela gritou da cozinha. Também estava com as mãos em um cadáver. Um frango para o jantar. Randy continuava concentrado demais em seu jogo para notar qualquer outra coisa.

— Sim — respondeu Marcos. As mãos pesavam sobre a tampa, garantindo que a embalagem ficasse segura.

— E o que é?

— Nada importante, Deta. São apenas umas peças para o computador do escritório.

— Se não é nada importante, você podia me ajudar aqui, né? Tem ficado tão pouco em casa.

— Preciso ir ao banheiro, Odeta — disse e escapou da sala, tomando a escada até o segundo andar. No quinto degrau, tropeçou. Meteu o joelho na quina de um deles e derrubou o volume escada abaixo. A droga da caixa de papelão quicou em outro degrau e acabou abrindo e libertando alguns daqueles dentes. — Que merda — Marcos reclamou baixinho, esfregando com uma das mãos o joelho que encontrara a quina do degrau e recolhendo os dentes com a outra.

— Tudo bem aí? — Odeta perguntou. A voz estava mais perto, talvez na saída da cozinha.

— Tudo! — Ainda faltava um dente, um que rolou dois degraus para baixo. Os passos de Odeta chegando perto da escada.

— Quer ajuda?

— Não, Deta! Não sobe aqui!

— Por quê? Você se machucou, não foi? — A voz mais perto agora.

— Você às vezes é um desastre, amor. Deix...

— Não!

Pensa rápido Marcos, pensa!

— Não venha aqui. Eu não consegui *segurar* — ele falou.

Então um silêncio sepulcral.

E não demorou nem meio segundo para Odeta soltar aquela sua gargalhada escrachada.

— Como é? Você fez na...? Na cueca? — ela perguntou. Randy apertou o PAUSE quando a viu rindo, com uma coxa de frango na mão e faca na outra. Odeta ria tanto que seu avental com uma parreira de uvas desenhada esvoaçava, ameaçando cair.

O menino largou o controle remoto de lado e gritou:

— Papai cagou na cueca! Papai cagou na cueca!

— É! Caguei sim, e caguei feio — disse Marcos, apanhando o último dente fugitivo. — E se não ficarem quietos, faço vocês comerem o que saiu!

Ouviu Odeta contendo o riso porcamente e dizendo a Randy para que fizesse o mesmo. Devia estar apertando os lábios para não explodir de rir outra vez. Algo que não mudou em Odeta foi seu humor, ela continuava um deboche.

Quando chegou ao banheiro, Marcos parecia ter acabado de sair dele. Estava vermelho, suado e ofegante. As mãos tentavam parar de tremer para não derrubar sua pequena caixa de horrores. Na cabeça, inúmeros pensamentos disputando a vaga de ideia mais terrível. O Açougueiro tinha seu endereço agora. Ele, ou o chantagista — e nos dois casos a isca o levava outra vez para Carol. Ninguém mais, além da família, tinha o endereço de sua casa — ou motivos para responsabilizá-lo por homicídios. Mas Carol não tinha um motivo. A menos que... E se aquelas atrocidades em vez de envolverem o Açougueiro fossem exclusivas do ex-namorado traficante dela? Pelo que Carol falava, ele era bem capaz de exageros parecidos. Não devia ser algo fácil de conseguir, clones sintéticos de ossos e carne humanos, mas não seria impossível.

Seguro dentro do banheiro, Marcos voltou a abrir a caixa de papelão. Além dos dentes encontrou um bilhete preso aos fundos, com uma fita durex. Na frente, estava escrito "leia-me", em inglês: *ReadMe*.

Claro que o desgraçado sabe que eu trabalho com computadores.

ReadMe é um arquivo de texto comum, presente na pasta de instalação de muitos programas. Todo software tem um *ReadMe* com instruções iniciais, detalhes da licença, chave de ativação do produto e informações que pouca gente lê. Com o *ReadMe*, os indícios tomaram definitivamente a direção de Carol ou de algum cliente. Marcos descolou o papel, desdobrou e leu:

"O que você viu ontem à noite, eu posso fazer com você. Boca fechada, campeão! Esse aqui falou demais e eu arranquei os dentes dele. Ah! Quase esqueci... Meus amigos me chamam de Açougueiro. *Mas não sei como você deve me chamar."*

A caixa tremia. Os dentes tilintavam lá dentro. Marcos abriu a tampa do vaso e colocou seu dia para fora. Um vômito dolorido e azedo. Toda essa história de matança, Açougueiro e chantagens, o que saiu dele tinha muito mais relação com isso do que a coxinha que lembrava ter comido. Quando as contrações terminaram, ele puxou a descarga, se livrando da capa gordurosa que ficou sobre a água. Ainda de cócoras, colocou a caixa sobre a tampa do vaso e voltou a encarar os dentes dentro dela. Encontrou outra surpresa ali, em uma das laterais e também presa por uma fita adesiva. Uma caneta. *Sua* caneta. Outra prova. E quantas coisas mais aquele monstro ainda podia forjar para incriminá-lo? Aquela caneta era só mais um lembrete: *"Se me caguetar, te coloco na cena, campeão"*. Marcos apanhou a esferográfica, limpou o acrílico com papel higiênico e a enfiou no bolso. *Foi fácil*, pensou. Mas o que faria com os dentes? Não poderia jogá-los no esgoto. Parecia paranoia, mas o esgoto sempre desemboca em algum lugar, e a polícia estava passando um pente-fino na cidade toda por conta dos assassinatos. Distraído, Marcos levantou do chão onde se apoiara para vomitar, pensando em alguma solução. Com a subida, deu com a cabeça nos galhos finos de uma maldita árvore decorativa que Odeta cismou de enfiar no banheiro. Ele dissera que a única justificativa para terem uma arvorezinha ali seria se o dinheiro acabasse e tivessem que limpar a bunda com as folhas, mas não adiantou. E nem para isso serviria aquela maldita palmeirinha. Mas serviria para outra coisa...

É claro!, pensou, massageando da cabeça.

Tornou a se abaixar e retirou a camada de pedrinhas de mármore, expondo a terra do vaso. Tinha bastante terra ali. *O suficiente para desaparecer com um punhado de dentes.* A caixa de papelão iria desmontada descarga abaixo sem maiores problemas, o papelão derreteria facilmente. Com a ideia certa na cabeça, só precisava agora de algo para cavar o vaso decorativo. Olhou em volta. Cremes de Odeta, xampus, toalhas, mais cremes de Odeta e...

— Saboneteira.

De inox. Uma pequena pá. Parecia perfeito.

— Tudo bem aí, amor? — Odeta bateu à porta. Marcos quase gritou com o susto. — O Randy pediu desculpas — ela continuou.

— Acho que é uma virose. Diz para ele que tá tudo bem, que eu já vou descer.

Os passos de Odeta se afastaram de novo. E ela não estava mais rindo, apesar da voz empolada.

Marcos se recostou à porta e esperou, até ter certeza de que ela não voltaria. Depois, com algum esforço, conseguiu usar a faquinha de cozinha para desaparafusar a saboneteira. Para resolver o problema com a terra escavada do vaso de plantas, usou a própria caixinha onde estavam os dentes. Sepultou-os em seguida. Rezou um Pai-Nosso em nome do defunto banguela e jogou a terra sobre eles. O bilhete, Marcos colocou na carteira, no compartimento secreto dos preservativos que não usava com Odeta. Feito isso, tornou a repor as pedrinhas e deu mais de dez descargas para que a caixa de papelão tomasse o caminho da rede de esgoto. Repôs a saboneteira na parede, lavou as mãos e o rosto e desceu.

Ouvindo seus passos, seu filho foi para a frente da escada. Marcos já estava no final da descida.

— Foi mal, pai. Eu estava brincando.

— Um homem não deve se desculpar quando tira sarro de outro, Randy. Dá um abraço e tá tudo certo — pediu ele. O garoto obedeceu e sentiu a camisa do pai suada no peito. Talvez tenha pensado que o pai acabara de cagar um guaxinim, mas não disse nada.

Odeta os observava da porta da cozinha. Marcos também a encarava, por cima de Randy, escondendo algo no olhar que preferia ter deixado fora de casa.

Tinha uma família maravilhosa, conquistara tudo o que sempre quis, mas continuava com suas transadas com Cat e Carol (fora uma ou outra vagabunda que conhecia e gostava). Ele nem lembrava mais da última vez que tinha levado um fora de uma garota. Isso também o incomodava agora. Porque seu comportamento libertino podia muito bem estar atraindo o Açougueiro para dentro de sua casa.

E se ele se aproximar de você, Randy? Do meu Randy! Apertou o garoto.

— Preciso sair um pouco — disse em seguida. — Espairecer as ideias. De onde estava, Odeta o ouviu claramente.

— Doente assim? Agora? Não mesmo, Marcos. O jantar está quase pronto!

— Não faça isso, Deta. Preciso tomar ar fresco — Marcos disse. Caminhou depressa até o aparador da sala e apanhou a chave da porta. Odeta não tentou impedi-lo, Marcos era teimoso como uma mula.

17

Marcos deixou o condomínio e caminhou até que o dia se tornasse noite. Ele só parou quando encontrou um trailer com bebidas, lanches e algumas pessoas. Precisava aliviar a cabeça e nada melhor para isso do que trocar confissões com desconhecidos. A culpa o acompanhava. Durante a caminhada que o tirou do condomínio Osaca e o levou a um bairro pobretão das redondezas, chegou a ter saudade dos dias de pouco dinheiro e sono tranquilo. Nunca pensou ser possível alguém desejar o fracasso, mas, por favor... Entre o fracasso e a morte? Quem ficaria com o Zé da Foice?

No trailer, a primeira coisa a chamar sua atenção foi o dono. Alguém com cara de sujo, fritando uma linguiça fedorenta na chapa. A nuvem de fumaça e temperos parecia gostar dele, o impregnando com sua gordura. No lado dos clientes, um velho usando trapos surrados comia pão recheado com ovo e alguns pedaços de linguiça. Provavelmente as *pontas* das linguiças rejeitadas pelo senhor higiene que era dono do trailer.

— 'Noite — disse Marcos. O velho demorou uma eternidade para cumprimentá-lo de volta. Tinha retinas esbranquiçadas e era surpreendente que enxergasse alguma coisa através daqueles olhos. O gordo sujo jogou bacon e uns pedaços de carne na chapa, fazendo mais fumaça subir. As luzes do trailer tenderam ao azulado da luminária, deixando tudo um pouco escuro e provocante.

Não dava para saber o que ele fritava ali, mas, Deus, o cheiro estava bom. Marcos já começava a ficar com fome quando a pequena TV dentro do trailer começou falar sobre o assunto número um da região. Ele esperou que a reportagem terminasse para puxar assunto. Antes, também notou uma criança, mas só quando ela começou a mastigar pipoca doce, amassando um saquinho cor-de-rosa. Para um menino sozinho em um bando de adultos, ele estava bem à vontade. Devia ser parente do dono do trailer. Marcos notou que ele tinha algo familiar — o mesmo jeito de olhar do velho Randy, concentrado em coisa nenhuma.

O velho maltrapilho comia depressa, derramando pedaços de tomate sobre o peito, nas pernas e no chão. Cheirava a álcool e fumo, e tinha as bolsas dos olhos arroxeadas de quem sempre dormia sem colar as pálpebras — como soldados e mendigos costumam fazer.

— Um absurdo o que esse maluco anda aprontando — disse Marcos. O velho abriu a boca desdentada e mostrou restos mastigados de pão e ovo. A criatura gorda da chapa esticou o pescoço para a televisão engordurada e voltou para a espátula.

— Pessoas enlouquecem às vezes. Faz parte da vida — ele falou, ainda de costas.

— Esse desgraçado devia sofrer na pele o que faz com os outros. Alguém devia fatiá-lo como carne de segunda, arrancar suas vísceras e seus dentes, e depois jogar descarga abaixo — disse Marcos.

— No jornal, não falaram nada sobre dentes — respondeu o gordo, ainda na mesma posição.

Marcos revelara demais, mas o dono da chapa não o interrogaria. Suas costas diziam isso.

Era um homem alto, um pouco calvo; *tentava* usar branco. O avental já estava bege, quase marrom, de tanta gordura impregnada. Marcos se lembrou da camisola antiga de Odeta, quando ela ainda era Odeta-Tonelada.

— Se existisse alguma justiça no mundo, Deus meteria fogo em um cara desses — Marcos insistiu. Precisava botar para fora. Suas surpresinhas o corroíam por dentro.

— Deus não se ocupa com isso. Fogo é coisa do Diabo — disse o dono do lugar.

A frase reverberou dentro de Marcos.

O silêncio agressivo, rompido apenas pelas novas mentiras da TV, fez com que o senhor higiene tornasse a falar quando a chapa ficou vazia. Ele colocou o que preparava em um pratinho, possivelmente aquilo seria seu jantar. Cheirava bem, como uma prostituta doente também cheira bem.

— Vou dizer uma coisa, rapaz. Eu já trabalho na noite faz trinta anos. Vi muita coisa estranha andando por aí depois das onze, coisas que a televisão prefere não mostrar. Porcarias que meteriam medo em um coveiro.

Marcos balançou a cabeça, apontando para a criança, preocupado que o homem assustasse o garotinho com aquela conversa. O dono do trailer fechou a mão, esticou o indicador e circulou sobre a têmpora, fazendo sinal de *miolo mole*. Pareceu tão insensível dizer que deficientes mentais não sentiam medo... Claro que eles sentem, como Randy e seus trovões.

— Mas e esse animal? — continuou Marcos. — Ele parece um canibal, meu Deus, ele... ele fatia as pessoas. Remove os órgãos das vítimas.

— Algumas pessoas nascem diferentes do resto. Sem *filtros*.

— Filtros?

— Todo mundo tem um filtro, chefe — o homem de costas explicou enquanto besuntava catchup e mostarda sobre sua comida. — O filtro é quem diz para gente o que é bom ou ruim; o que você pode deixar entrar na sua alma ou não. Esse doido aí — apontou a bisnaga de mostarda para a TV — nasceu sem isso. Todo mundo, vez ou outra, tem vontade de matar alguém. Um chefe, uma vagabunda, o filha-da-puta do vizinho que resolve lavar o carro com o som alto no domingo de manhã. Caras como esse doido têm mais raiva e menos filtro. Aí dá nisso.

O velho, que terminava seu pão-com-gordura, concordou com a cabeça. Quem sabe ele mesmo já tivesse acabado com a vida de alguém? O pagamento estava ali; velho, sujo, ferrado. Marcos via um prazer obscuro rondando aqueles olhos esbranquiçados.

— Não acho que ele seja maluco — Marcos disse. — Ele é meticuloso, sabe bem o que está fazendo... Malucos são desregulados.

— Rapaz, rapaz... Como você sabe de tudo isso? Conhece o cara? — perguntou o gordo.

O velho riu, cheio de catarro.

— Não! Pelo amor de Deus, não!

— Então não fique falando *coisas*. Atrai desgraça. Os pensamentos a gente segura, mas palavras não. Com quem você anda falando, *Marcos*? — o senhor higiene perguntou. Finalmente ficou de frente para ele, expondo uma barba cheia e grisalha, marcada por nicotina perto dos lábios.

O velho riu mais alto, cuspindo o finalzinho do pão no chão. Um cão sarnento saiu de debaixo do trailer, de trás das rodas, e começou a comer os restos. Tinha a pele toda enrugada, rosada e sem pelagem, algumas feridas espalhadas pra lá e pra cá. O velho fez um carinho no bicho, sem se importar. A criança com olhar de Randy baixou o boné para cobrir sua expressão fria e distante. A rua parecia mais escura agora, ainda mais azulada e lúgubre. O ar também ficou quieto e até o cheiro de tempero se tornou uma memória borrada. O cozinheiro continuava esperando uma resposta de Marcos. "Com quem você anda falando?", ele perguntara. E ele sabia seu nome. Como poderia saber? Marcos não havia dito a ele. Os olhos castanhos cobertos por sobrancelhas enormes esperavam respostas, mas o rapaz fez outra pergunta:

— Como sabe meu nome?

— Não precisa ter medo, Marcos. Está entre amigos aqui — ele respondeu, retornando para a chapa e colocando uma touca encardida na cabeça. Marcos pensou do que adiantaria colocar aquela merda agora, a chapa estava vazia.

— Como você sabe a porra do meu nome? — Marcos perguntou mais alto. Espalmou o balcão e ficou esticado sobre a trave que unia os pés do banquinho. O rosto vermelho e quente. O velho baixou o rosto esquálido sobre os braços apoiados na janela do trailer. Estava rindo descontroladamente, socando o balcão com as mãos. O cachorro correu dali. O garoto puxou ainda mais o boné para baixo, cobrindo totalmente os olhos. Começou a se mover para frente e para trás, como um "cuco" estragado.

— É melhor se acalmar, *Peter Pan* — disse o dono do trailer.

Marcos estremeceu de novo.

Conhecer seu nome já era estranho, mas aquele apelido? Marcos não o ouvia desde a quinta série, quando ainda apanhava dos garotos do colegial — surras que o levaram a abusar de garotos menores, pagando o favor. Ganhou o apelido de Peter Pan em uma peça de teatro que encenou aos oito anos. Acabou fazendo xixi no palco. Era apenas uma criança e não conseguiu controlar o nervosismo quando a cortina vermelha se abriu. Todos riram e ele se tornou a piada mais engraçada dos corredores da escola, mais engraçado até que o garoto que tinha uma única calça e sobrenome de mulher (Margarida).

— Como sabe di-disso? — gaguejou.

— Sabemos de muitas coisas — disse o gordo. Mas não era mais a mesma voz grossa de antes. Marcos se ergueu no banquinho, tentando confirmar aquele absurdo.

— Sabemos de tudo! — gritou o senhor higiene. Em um sobressalto, voltou a se virar de frente.

E era Odeta quem apareceu em seu lugar. Enorme. Suada. Nojenta. Sua boca estava costurada e molhada de sangue. Ela tentava abri-la, descosturando fragmentos de lábio por onde vazavam sangue e cuspe. Marcos se afastou e perdeu o equilíbrio, caiu de costas no chão e se arrastou na mesma posição. Os pés patinaram sobre a grama. O rosto perdeu a cor.

— O que é isso? Que porra de lugar é esse? — perguntou. Conseguiu se reerguer a dois metros do trailer.

Dentro do veículo, a boca de Odeta era uma cortina de carne partida, uma persiana vermelha e ensanguentada movida pelos ventos vindos da garganta. O sangue manchando a roupa, encardindo o bege de vermelho.

— Me beija, amor — disseram seus lábios fatiados. A dicção empapada era quase incompreensível. O cheiro ainda masculino nas roupas.

— Alguém me ajude! — Marcos gritou.

À sua frente, o garoto atirou o boné para longe. E surgiu Randy. O que ele comia do saquinho não era mais pipoca doce. Eram dentes, que de tão podres esfarelavam a cada mordida. Ainda havia restos de carne presos neles. Fiapos escurecidos, como algo que sai de uma panela de pressão. Seu garoto mantinha o mesmo olhar de antes, vazio e desalmado. Olhos vindos de um Inferno qualquer.

Suas roupas foram ficando mais claras e grossas. A camiseta se espessou e formou outro tecido. Correias surgiram nos pulsos e logo seriam capazes de torcer seus braços para trás. Randy estava enfiado em uma maldita camisa de força. Ainda estava aberta, mas claro que alguém viria fechá-la mais tarde, e...

— Qué poquinho, papá? — perguntou Randy. A camisa trançada como um *quimono*.

— Jesus Cristo! O que fizeram com você? O que fizeram *comigo*? — Marcos perguntou, perdendo o controle da bexiga.

— Peter Pan! Seu Peter Pan de merda! — disse a Odeta de lábios recortados, apontando seu dedo engordurado para ele. Randy riu. O velho se acabou de rir outra vez.

Marcos estava enlouquecendo, todos rindo dele e dizendo aquelas coisas terríveis. Lembranças que o magoavam. Liberando sua ira, apanhou um porta-guardanapos de alumínio que havia no balcão e atirou contra a cabeça do velho. Acertou-o de quina e imediatamente um filete de sangue brotou no topo da cabeça dele. Os cabelos sujos e esbranquiçados foram ganhando pigmentação vermelha, o velho levou as mãos ao ferimento e todos pararam de rir. A cabeça de Marcos explodia. Devia haver um aneurisma do tamanho de uma bola de pingue-pongue se espreguiçando lá dentro. Expandindo sua bolha gigante de sangue. Pulsando e distorcendo o que ele entendia do mundo.

Logo o ar temperado começou a cheirar a carne podre. A luz diminuiu ainda mais. O ambiente ficou da cor de um azul quase prussiano. Vindas de lugar nenhum, mariposas famintas atacaram a luz do poste de rua em frente ao trailer. Em segundos, somente a frágil luz azulada da lanchonete tomava conta de tudo.

— Não devia ter feito isso, garoto — disse o velho. As cópias de Odeta e Randy se afastaram do balcão do trailer, tentando fugir do alcance do velho e de uma possível reação explosiva dele. Marcos esboçou um "me desculpe" que não alcançou a boca.

O homem velho levantou do banquinho e o encarou, eriçando uma sobrancelha. Levou uma das mãos sujas para cima da cabeça, para o corte e origem do filete de sangue.

— O que você está faze...?

O silêncio invadiu Marcos quando ele viu a unha do dedo indicador do velho abrir caminho pela carne, dilacerando o pequeno furo e desaparecendo dentro do couro cabeludo. Em seguida, viu o mesmo couro esticar-se para esconder o resto daquele dedo calejado e encardido. A pele era um cobertor velho ameaçando rasgar.

— Meu Deus — disse Marcos.

— Melhor tentar outra pessoa — disse o segundo Randy, dentro de sua camisa de força.

Enquanto isso, o velho mergulhou outro dedo no buraco da cabeça. O barulho de tecido rasgado infestou os ouvidos de Marcos. Porém, aquilo não era tecido, era carne, era o couro cabeludo ornamentado de caspas de um velho andarilho. As roupas ferradas que ele usava diziam isso, que ele era alguém com quilômetros rabiscados na alma. O ruído aumentou, na mesma proporção do sangue que escorria sobre o rosto para depois tomar o corpo. A jaqueta jeans imunda e cheia de broches ficou vermelha e úmida. O andarilho colocou os dedos da outra mão dentro do rasgo, que agora parecia uma boca sem dentes e recheada de banha branca. Um a um, colocou todos os dez dedos para dentro. O estômago de Marcos saiu de órbita, mas o vômito não vinha. Não sobrou muita coisa depois da última vez. O velho gritou alto quando trouxe toda a carne do couro para baixo, descarnando-se. Porém, debaixo daquele sangue todo não havia somente tecido muscular ou ossos. Havia outra pele. Outro ser. Outro *Marcos*.

Seus joelhos deixaram de funcionar quando viu o próprio rosto.

Era ele quem estava dentro daquele velho maltrapilho. E sua versão ensopada de sangue sorriu, mostrando os dentes retos e amarelados que conhecia tão bem.

— Não!

O clone se aproximou, respingando sangue por onde passava; a grama secando a cada gota. O Marcos número um continuava de joelhos, rendido e indefeso, respirando toda a aparência horrível daquele outro que se aproximava. Sua cabeça estava à altura do cinto do homem sujo à sua frente. Marcos olhou para a virilha do vagabundo e temeu por algo que jamais confessaria. O desgraçado colocou as mãos ensanguentadas sobre a cabeça de Marcos e abriu caminho com as unhas. Uma abertura onde também caberiam muitos dedos. Ele começou a gritar, mas estava preso pela dor.

— Sua vez, irmão — disse o outro Marcos. — Quero ver o que tem escondido aí dentro...

Com o sangue sobre os olhos, o ar prussiano ficou vermelho e escuro.

— Nãããããooooo!!! — Marcos gritou até estirar suas cordas vocais.

18

Acordou cercado pelos olhares confusos de Randy e Odeta. Ela estava magra e bonita de novo, segurando uma colher de madeira cheia de frango frito. Randy comia a mesma coisa, mas estava paralisado com o garfo no ar, assustado com o grito do pai. Marcos fazia o mesmo com seu talher.

— Marcos? — disse Odeta.

— Hã?

— Você não é obrigado a comer, se não quiser...

Ele continuou de olhos arregalados. Acabou soltando o garfo sobre o prato.

Não parecia um sonho, sua cabeça ainda queimava na parte de trás. Ele teve medo de levar sua mão até lá e encontrar um rasgo, sangue ou algo ainda pior e impensado. Apanhou o talher que derrubara e comeu um pedaço de frango. Pelo menos era carne branca. E ele, incrivelmente, sentia fome.

Uma hora depois, já digerindo o frango do jantar na cama king-size do quarto, pensamentos faziam jorrar adrenalina em suas veias. O que significavam aqueles apagões e os sonhos horríveis? O que fez durante as duas horas que ficou... *ausente,* como diriam. Com quem esteve? Será que realmente esteve? Marcos não lembrava como — ou se — tinha mesmo saído de casa antes do jantar — menos ainda os motivos dos demônios do trailer que resolveram acabar com ele. De onde vinha o interesse *das trevas* em persegui-lo? Culpa das traições? Das pornografias? Dos animais que torturou na infância? Pouco provável — se o Demônio perseguisse pensamentos e maldades infantis, nunca tiraria férias.

Porém, a pergunta que o afligia transcendia os limites daquela noite. O que o maldito Açougueiro queria com ele e com sua família ainda era seu maior interesse. Ali estava a razão dos seus pesadelos terríveis. Os apagões, os suores, as dores, as crises de consciência — tudo era culpa do maldito assassino.

Entre ideias de como resolver seus problemas e o medo que sentia, Marcos adormeceu. No entanto, suas perguntas tinham um nome grifado em vermelho antes que fechasse os olhos: *Carol.* Ela tinha que saber de alguma coisa, ela era a chave. Só *ela* podia ter aberto a porta do escritório para que o safado deixasse suas porcarias dentro do frigobar, só ela teria acesso à caneta que veio com o rapaz dos Correios. O teto do quarto continuou mostrando prelúdios de sonhos. Um projetor maldito retransmitindo os piores momentos da noite.

19

Marcos chegou bem cedo na manhã de quinta-feira. Deixou o café de Odeta de lado, acelerou pelas ruas e checou se o escritório estava seguro e limpo de novas surpresas antes de fechar a porta. Carol chegou uma hora depois, no horário de sempre, cantarolando algo de Enrique Iglesias sem se preocupar com a pronúncia. Marcos estava trancado em sua sala e, quando a ouviu, a chamou pelo telefone.

— *Carolina?* Estava esperando você chegar — disse quando ela decidiu atender.

— Tá mais calmo hoje? — ela perguntou. Olhava para a porta de Marcos sem a menor vontade de passar por ela, nada satisfeita com o dia anterior e em ser chamada tão cedo pelo nome *sem* a contração.

— Dá um pulinho na minha sala — pediu ele mesmo assim.

Carol deixou a bolsa em cima da mesa e foi até lá. Marcos abriu a porta para que ela entrasse. Antes de concordar, Carol olhou bem para ele, para sua aparência de veterano de guerra desempregado.

— Tá tudo bem com você?

— Espero que sim — ele respondeu e voltou a fechar a porta.

Naquela manhã, ele deixou o computador desligado. Marcos tinha assuntos importantes a tratar e a internet sempre roubava seu dia. Enquanto Carol se aproximava da mesa, ele caminhou até o refrigerador pequeno, sem muita certeza se queria voltar a abri-lo. Mesmo depois de conferi-lo mais cedo, precisou respirar fundo antes de puxar a porta.

Dessa vez estava vazio; ou quase. Além da vodca, uma Coca-Cola pequena esperava na porta, junto com um pedaço de chocolate mordido pela metade. Seus dois vícios preferidos. Mas claro que havia outros. Um deles esperava suas perguntas, exalando um perfume adocicado.

— Olha aqui, Marcos, se for o que anda me devendo, hoje não vai rolar.

— Não é nada disso, Carol. Senta um pouquinho.

Carol puxou a cadeira de rodinhas e deixou seu corpo deslizar sobre ela. Ficou deslizando de um lado para o outro, feito criança. Mascava um novo chiclete com a boca aberta de sempre. À frente da mesa, Marcos pigarreava, tentando encontrar um modo de perguntar a ela sobre suas encomendas. Não podia simplesmente dizer: "Ei, você conhece esse cara que anda estripando as pessoas? É seu amigo? Pede para ele parar de colocar pedaços de gente morta nas minhas coisas, por favor?".

Precisava de tato. Carol era um campo minado. Culpadas ou não, amantes sempre são campos minados.

— Diz logo, Marcos. Tô cheia de coisa pra fazer.

— Nós estamos... Numa boa?

Foi idiota, mas foi o melhor que pôde pensar. E era um bom começo. Nada de acusações, nada de *acuações*, só uma pergunta de um cara casado, preocupado com a secretária gostosa (por acaso, sobrinha de seu superior) que transa com ele.

— Como assim? Você está estranho... Tá escondendo o quê, Marcos?

— Estou um pouco tenso. Só quero ter certeza de que as pessoas que eu gosto estão bem.

— E desde quando você se preocupa comigo?

— Não faz assim. Claro que eu me preocupo. Com você, com a Odeta, com o Randy. Com todo mundo.

— Por que está me dizendo isso agora, Marcos? Você sempre é tão frio...

— A vida nos deixa frio. Mas chamei você aqui por outros motivos.

Ele virou de costas e olhou para o lado de fora, por sua grande janela de vidro blindado. Porque certas coisas são impronunciáveis cara a cara. Quando se casou e teve que dizer o "sim" que o amarraria para sempre a Odeta, entendeu porque noivos ficam de lado em boa parte da cerimônia. Se tivesse que encará-la o tempo todo, provavelmente diria algo como: "Talvez; sei lá; quem sabe no ano que vem; quer mesmo fazer isso?". Diria qualquer bobagem que o afastasse do altar. Olhos podem até não ser as janelas da alma, mas são um detector de mentiras e tanto.

— Ando preocupado com esse maníaco — disse.

— Tá falando do quê, Marcos? Que maníaco?

— O cara que anda arrancando pedaços das pessoas. Falamos sobre ele ontem, lembra?

Claro que lembra. Ela está se fazendo de besta.

— O Açougueiro?

— O próprio. O que sabe a respeito desse cara?

— Que pergunta, Marcos... Sei o que eu falei ontem. Por que isso agora? E por que você está de costas pra mim?

— Desculpe — disse, voltando-se para ela. Carol estava esticada sobre a cadeira, as mãos unidas no colo.

Marcos não tinha certeza se a causa da irritação dela eram suas perguntas ou se ela tinha mesmo algum envolvimento com aqueles *presentinhos*. Poderia aprofundar-se mais, mencionar detalhes, contar do suco de sangue que encontrou no frigobar. *Mas isso poderia afugentá-la.* Nada bom. Carol conhecia suas amantes e, porra, ela mesma era uma delas. E Carol também conhecia alguns desvios de grana da empresa. Nada que conseguissem provar, mas poderia atrasar sua carreira, ninguém gosta de merda voando no ventilador.

— Carol... Existe alguém... Veja que não estou te acusando, mas... — Ele a viu baixar os olhos. — Existe alguma chance de você conhecer esse cara? Esse Açougueiro?

Ela pareceu pensar. Ele também.

Demorou demais pra responder. Ela sabe de alguma coisa.

— Pode ser — Carol respondeu.

Pode ser?! Aquele *Pode ser* roubou sua respiração. *Pode ser* era quase uma confissão. Mais duas ou três perguntas bem colocadas e sairia com uma carta assinada da sala. O Açougueiro poderia mesmo ser a porra de um *gênio* maluco, mas Carol? Ela era só uma garota idiota com a bunda mais redonda da cidade, alguém que deslizaria na própria cagada antes de limpar o chão. Era só uma questão de pressioná-la agora.

— Esse cara pode ser qualquer um, Marcos. Você mesmo pode conhecê-lo. O que eu não entendo é por que me chamou na sua sala tão cedo, com todo esse ar de detetive, pra me perguntar sobre um doido varrido.

— Como sabe que ele é doido?

— *Marcos!* — ela gritou. — Tô com uma TPM filha da mãe, *sangrando* onde você costuma brincar, estou toda inchada, puta da vida de ter que trabalhar num calor desses e ainda tenho que ouvir essa porcaria toda, sem saber o motivo?

Carol estava de pé, espalmando as mãos contra a mesa de madeira.

— Agora me diz: onde pretende chegar com isso?

— Tá bom, Carol. Foi mal...

— Tá bom o quê, Marcos Cantão? Desembucha!

— O chefe aqui sou eu, Carolina.

— Vai se foder, Marcos. Ou desenrola essa língua e para de me chamar de *Carolina*, ou peço as contas e marco uma reunião com a Odeta!

— Ei! Não precisa chegar a esse ponto. Pelo amor de Deus, se acalme um pouco antes que tenha um derrame vaginal. Vou contar tudo, certo?

E contou mesmo. Falou sobre os presentes horríveis e de sua suspeita que ela tivesse participado daquilo. Carol pareceu entender e querer ajudá-lo. Definitivamente, ela não tinha participação nas chantagens do Açougueiro. Ela não era tão boa atriz — ou tão esperta — a ponto de enganá-lo. Quando Marcos terminou — e depois de um pouco de água para retomar o fôlego —, Carol sugeriu:

— Você precisa chamar a polícia.

— Não! Sem polícia.

— Como assim? Esse cara tem acesso à sua casa, ao escritório e...

— Por isso mesmo — interrompeu Marcos. — Não percebe? Se eu abrir a boca, ele pode acabar com a gente. Pode machucar você, ou a Odeta. E o que esse animal faria com o pobrezinho do Randy?

— Sem a polícia, o que pretende fazer?

— Ainda não sei. Talvez esperar pelo próximo passo desse animal. Quem sabe ele não se esquece de mim?

Carol pensou por três ou quatro segundos antes de responder.

— Eu tenho outra ideia.

Marcos concordou em ouvi-la. Não a achava muito inteligente, mas com sorte, Carol seria daquelas pessoas que se saem bem sob pressão. E um pouco de ajuda não faria mal a ele.

— *Eu* — ela disse.

— Como é?

— Eu, Marcos. *Euzinha*. Ele conhece você, deve me conhecer também, mas não acho que esteja de olho em mim. Não vou dizer que me importo com aquele pneu recauchutado da sua esposa, mas gosto de você e do Randy. *Eu* posso fazer o contato com a polícia por você, entendeu? Como ele vai saber?

Marcos coçou o lóbulo da orelha esquerda.

— Talvez funcione. Mas preciso pensar sobre isso.

Carol cruzou os braços, erguendo os seios e aumentando seu poder de convencimento.

— Admita. Sou sua melhor saída, Marcos.

20

Logo que entraram em acordo — ou quase, já que Marcos não estava muito disposto a acionar a polícia —, Carol deixou a sala. Ele tomou metade de um alprazolam e ligou o computador, para ver as notícias sobre seu mais novo amigo.

A primeira página do jornal mais sensacionalista da cidade trazia um novo ataque. Mas a polícia desconfiava que esse novo crime não fosse obra do Açougueiro e sim de um imitador. Marcos não tinha essa esperança... Era ação do original mesmo. Talvez a polícia estivesse dizendo aquilo para disfarçar alguma nova pista ou estivesse mesmo confusa, mas o modo como os corpos foram estripados, a sofisticação das mortes, tudo apontava para o bom e velho Açougueiro. Marcos duvidava muito que alguém da polícia soubesse dos detalhes que ele sabia. Quem teria visto o que ele viu? Não que gostasse ou se orgulhasse disso, é claro.

A foto da reportagem tomou toda a atenção de Marcos. Era uma garota. *Essa você escolheu bem*, pensou.

Havia um corpo no chão. Um lençol cobria cabeça, todo encharcado de sangue. Na reportagem, diziam que o tal imitador tinha inovado e enfiado uma *abóbora* entre as pernas da vítima. O tórax teria sido aberto e também recheado com *iguarias*.

Involuntariamente, Marcos tocou a tela. Ao mesmo tempo, o telefone do escritório tocou, testando de novo seu coração. Apesar da vontade de arremessar o aparelho longe, ele resistiu. O número era do mercadinho do Nakura. Ele não os via há mais de uma semana, então... *foda-se*. Não iria mesmo atender àquela chamada. Só que o aparelho insistiu, morreu e tornou a berrar por outras duas vezes. Carol também ignorava o telefone. Talvez estivesse trocando o absorvente... Como todo homem que tem uma mulher menstruada perto dele, Marcos pensava que qualquer evento relacionado a Carol naquele dia seria culpa das "regras".

Entretanto, a luz da chamada fixa parou de piscar.

Ah não, Carol. Não me chame, não me chame, por favor, não me chame.

Toc-toc...

— Marcos?

— Tá aberta, Carol.

— É o seu Nakura.

— E o que o Nacional Kid quer comigo? Não passamos a conta do mercado pro Ney?

— Passamos, mas ele quer falar com *você*.

Marcos bufou.

— Que seja. Manda ele pra mim de uma vez.

Era hora de respirar fundo, afrouxar o colarinho da camisa e encarar a invenção preferida de Satã. Marcos segurou o plástico frio e o empurrou contra a orelha. Resgatou a velha falsidade que o colocou acima do subúrbio e atendeu:

— Como vão as coisas, seu Nakura?

— Nada bom!

— Problemas com o computador?

— Não computador!

— O que é, então? A nova máquina de cartões?

— Non!

— Seu Nakura, se o senhor não me disser o que quer, não posso ajudá-lo — disse, destilando gotas infinitesimais de paciência. O aparelho do outro lado fez algum barulho, trocando de mãos.

— Alô? Seu Marcos? Desculpe o jeito de Yoshiro. Ele está muito nervoso.

— Quem fala?

— É Berenice, mulher dele.

— Ô, dona Berenice, desculpe não reconhecer sua voz. O que posso fazer por vocês? Seu Nakura não falou muita coisa e...

— A Catarina está sumida desde ontem — disse ela, a voz com aquele carregado sotaque baiano que nunca a deixaria.

— Não imagino onde ela esteja, dona Berenice. Por que ligaram para mim?

Ela passou a falar mais baixo depois disso.

— Eu não nasci ontem, seu Marcos. Sei do que anda acontecendo entre você e a minha filha. Apesar de ela negar, conheço a menina que botei no mundo. Sabe onde ela está ou não?

Fodido, fodido e meio. Não adiantaria negar...

— Não faço ideia, dona Berenice. Ela simplesmente sumiu? Vocês não tiveram nenhuma discussão ou algo do tipo? Sei lá, algum encontro às escondidas... Ela é jovem e...

— Não. Ela saiu como sai todos os dias. Pegou a bolsa cara que o senhor deu pra ela e saiu.

— Tentou o celular?

— Umas vinte vezes. Cai direto na caixa postal. Ou a bateria está descarregada, ou ela desligou.

— Também não está na casa de nenhum familiar de vocês? Avós?

— Nós não temos parentes por aqui, seu Marcos... Ainda falta tentar duas ou três amigas, mas se o senhor souber de alguma coisa, pelo amor de Deus, me liga.

— Claro que sim. E a senhora faz o mesmo.

— E outra coisa, seu Marcos. Quanto a essa *putaria* de vocês dois, não vou mais aceitar isso.

Marcos ficou com o barulho do telefone apitando em sua orelha, demorando alguns segundos até desligá-lo. Sua cabeça estava mais preocupada com Berenice sabendo de tudo do que propriamente com o sumiço de Cat. Se Nakura soubesse daquilo, arrancaria seu pênis, prepararia um sushi e depois faria uma visita a Odeta para dividir o prato. Com certeza a única coisa que prendia a língua de Berenice era o medo da reação do japa. Mas por quanto tempo?

Abstraído como estava, voltou à tela do notebook. Só então conjecturou algo que o encheu de terror.

Será que...

Não.

Desencana, Marcão.

Mesmo assim, olhou mais de perto. Também puxou o zoom da tela, para ter certeza. Não levou dez segundos para levar a mão ao telefone. Dessa vez, Carol atendeu mais depressa (depois de cinco toques, apesar de estar a centímetros do aparelho).

— Manda pra mim o tal site que tem fotos da polícia. O do seu amigo. Preciso tirar uma dúvida.

— Fotos do Açougueiro? Quer que eu vá até aí e digite o endereço?

— Não, Carol. Pode mandar pela intranet mesmo. Eu espero. É coisa à toa, encanação idiota minha.

— Tô mandando.

Dez minutos tensos depois e o "txt" apareceu na tela. E é claro que o tal endereço pertencia a um dos esqueletos escondidos da Deep Web. Sem problemas para ele. Marcos tinha o programa certo para acessar as profundezas. Mesmo sem acreditar, antes de seguir em frente, ele fez uma prece silenciosa, para que não tivesse certo em suas suposições.

Já na tela principal, uma surpresa. Em vez da seta do mouse, Marcos via uma pequena mão descarnada. Após clicar no link, a mesma mão foi golpeada, mantendo o pequeno punhal que a atingiu em seu lugar. Em seguida, um grito agonizante de mulher obrigou Marcos a baixar o volume do notebook. Então, uma cascata de links bizarros surgiu na tela negra à sua frente. Marcos leu dois ou três deles e não resistiu, antes de buscar o que procurava exploraria um pouco mais daquele site.

As opções variavam entre o bizarro e o doentio. Marcos escolheu um vídeo chamado: "Quero ver roubar de novo". Clicou no link e um som metálico iniciou a reprodução.

Um homem baixinho apareceu na tela. Parecia pertencer a alguma tribo ou coisa assim — ele usava uma tanga de couro, sem sapatos e sem camisa. Estava em um descampado, no meio de uma floresta. Ao seu lado, um homem bem alto com um facão na mão direita o obrigava a colocar o braço sobre um tronco de madeira. O baixinho já não tinha uma das mãos. Ele coloca e depois tira a mão, duas ou três vezes. E chora. Dava para sentir a ansiedade do homenzinho através da tela. O horror de perder a única mão que lhe restava no fio de um facão. O homem do facão então grita de novo e convence o rapazinho a deixar o braço quieto (deve ter ameaçado matar alguém da família dele, castrá-lo, sabe-se lá). O baixinho faz o que ele manda e vira o rosto, o facão sobe e ganha um impulso para baixo.

Minha nossa.

Não era um truque. Marcos reconheceria uma fraude a dez metros da tela.

O facão desce e arranca a mão do homenzinho. Ele sai pulando e gritando, feito um macaco mordido, espalhando sangue pela terra seca. O homem levanta o facão sobre a cabeça e sorri. Aparece mais gente na cena, comemorando.

Marcos deixou aquela atrocidade quando outro homenzinho e uma criança foram arrastados para a mesma clareira. Pensou em seu amigo Açougueiro. Depois de sonhar com ele, decapitações perderam toda a graça.

Continuou estudando alguns links e se decidiu por dois ou três com conteúdos sexuais — que quase sempre eram fakes. Mas eles conseguiram ser ainda piores. Ele assistiu dois estupros, descritos como reais, antes de clicar onde precisava. O último dos vídeos, vindo da Malásia, mostrava uma garota amarrada sendo sodomizada por seis homens. O sangue escorrendo por suas pernas brancas. Perto do fim, eles a violentaram com um pedaço de madeira enorme; encerraram com outro facão. Marcos acompanhou sem piscar; apavorado e, admitisse ou não, *excitado.* Mas não era uma boa hora para ereções.

O link em que precisava clicar estava logo abaixo, e apesar de pertencer à obscura Deep Web, insistia em alertar cardíacos, hipertensos ou pessoas impressionáveis a não o acessarem. Marcos mal leu o aviso, estava contaminado pelo terror. Depois de bisbilhotar pelos links anteriores, ver as fotos do Açougueiro tornou-se bem mais que uma obrigação desgastante. Marcos *queria* ver aquilo. Esperava mais daquele horror e nutria o apetite que, no fundo, todo o humano tem. Curiosidade, saber do que somos capazes, comprovar se somos mesmo os dedos do Demônio na Terra.

Marcos clicou sobre o botão "Crimes Locais" e, depois de um novo grito da máquina — dessa vez mais longo que os anteriores —, outra página se abriu. Eles tinham criado uma sessão inteira só para o Açougueiro. Uma homenagem aos seus dotes artísticos.

Doentes. Primeira observação de Marcos.

A segunda foi: *A polícia está escondendo muita coisa...*

Pelas fotos (obtidas do arquivo da própria polícia), o Açougueiro matara bem mais que as supostas três vítimas anunciadas na imprensa. Aquela que Marcos vira no jornal on-line atribuída a um imitador era a décima quinta.

Suas mãos estavam suadas, a cabeça doía um pouco. Em minutos, o nervosismo fez com que Marcos retomasse uma antiga amizade, com alguém guardado em sua escrivaninha. Sempre tinha um maço de cigarros por lá, à espera do fim do mundo. Ele acendeu o Marlboro e o tragou profundamente. Depois da tosse e da tontura — foram meses sem fumar —, o mundo se acalmou e ele conseguiu ver o restante das imagens. Como sabia, o Açougueiro decapitava todas as suas vítimas. A novidade é que de algumas cabeças, ele também arrancava os olhos. Um dos corpos fotografados passou por isso e também teve os braços e as pernas arrancados, invertidos e recosturados. Em outro, o Açougueiro implantou braços extras, compondo uma deusa indiana ensanguentada. Um dos piores retratos mostrava uma cabeça costurada entre as virilhas de uma vítima.

Aquilo passara dos limites. Marcos não conseguia mais ver as imagens. Mas a verdade é que tampouco conseguia parar de olhar. Porque gostava. A moralidade ordenava que desligasse depressa aquela obscenidade, que parasse de se comportar como um monstro ainda pior que o assassino — o Açougueiro pelo menos não devia ficar admirando as fotos do próprio trabalho em um site vagabundo. Enfim, a consciência falou mais alto e Marcos deixou os outros corpos para ver o único capaz de espantar um demônio de seus ombros. Ele precisava descobrir um detalhe naquele último corpo encontrado.

Depois de outras três fotos, encontrou a mesma imagem que tinha visto no jornal sangrento da cidade. "Sem cortes e em alta definição", dizia o link que a protegia. Marcos clicou e quando a tela se abriu, seu corpo ameaçou escorrer pela cadeira. Foi como cair de um sonho, um salto no ar. Sua coluna imediatamente travou com uma punção dolorida que se alastrou castigando todo o seu ser.

Seu desgraçado!, pensou e apertou a mão direita sobre a mesa.

Três estrelinhas no ombro esquerdo e uma sentença de morte para sua amante adolescente. Era ela. E Cat estava estripada como uma vaca no curtume. Todo aquele sangue... Mal dava para ver as malditas estrelinhas, mas Marcos sabia exatamente onde procurá-la, três estrelinhas subindo e descendo, subindo e descendo... Bombeando sua pelve. Não dava para esquecer.

O açougueiro havia destrinchado Cat.

Ela estava com o tórax aberto, edemaciada, principalmente no rosto. Mas o que a foto da imprensa *nobre* não mostrara era a quantidade de coisas dentro dela. O site não pecou nisso.

Ele a usou como lata de lixo, santo Deus!

O tórax era mantido separado por uma trava de volante. Lá dentro, havia papel, latas de cerveja e guimbas de cigarros. O Açougueiro até defecou dentro dela.

A cabeça e o estômago de Marcos o forçavam a parar, mas ele resistia.

Como disseram no jornal, havia uma abóbora inserida em sua vagina. A distensão era enorme, a pele esticada e partida em todo o contorno. O corpo estava sem a cabeça. Esta foi posicionada sobre uma pequena mesa de centro, com duas canetas fincadas nos olhos, como se a cabeça de Cat fosse um tinteiro. Marcos tapou a própria boca com mais força. Se ao menos restasse alguma dúvida sobre a identidade da garota morta... Era Cat mesmo. Em carnes dilaceradas e ossos.

Deixou definitivamente a tela depois de três batidas rápidas à porta.

— Marcos? Conseguiu acessar?

Por sorte, ele havia recostado a porta antes de explorar o site. Assim teve tempo para fechar tudo e devolver a tela à intranet insípida da empresa que comandava.

— Sim. E você podia se lembrar de como se usa o telefone, né?

— Posso entrar?

— Não é uma boa hora, Carol. — Não com todo aquele vômito tentando sair.

— Tô entrando.

Marcos secou o suor da testa e engoliu de volta o que tentava sair do estômago.

— Encontrou o que procurava?

— Acho que sim.

— Ei, olha pra mim. Tô preocupada com você.

— O que quer dizer?

— Não sei se devia tocar nesse assunto...

— Qual assunto, Carol? Agora que começou, termina. Ou minha cara de espanto é tão engraçada pra você?

Carol ameaçou voltar de onde veio.

— Ei, não é culpa sua — ele disse. — Eu ando nervoso, Carol... E sem tempo pra joguinhos. Se você tem alguma coisa para me dizer, por favor, faça isso logo.

— Tá bom... — ela disse lentamente, como uma criança. — É sobre a história da lojinha esquisita que você me contou.

— Da velha cigana tarada?

— É, mas não é com a velha que eu me preocupo. O problema é quando você diz que sua vida mudou completamente depois daquilo. Nada é de graça nesse mundo, Marcos. E Deus nunca faz favores. Isso é coisa do *inimigo*.

— Credo, Carol. Tá parecendo crente!

— Não sou crente, mas não ponho minha alma à venda.

— Perdeu o juízo, garota? Eu não vendi nada. A velha é que trocou favores comigo para não ficar na pindaíba. Fui até muito honesto com ela, podia muito bem ter voltado lá e dito que o pedido não funcionou, e que eu queria o dobro, como foi combinado. Ainda é uma ideia danada de boa, não acha?

— Ir até lá não me parece má ideia. Eu vou com você, se quiser.

Marcos a encarou e deu um tempo a si mesmo. As imagens de Cat ainda serpenteando em cada pedacinho inteligente de seu cérebro.

— Acha *mesmo possível* que a velha tenha alguma participação nessa história toda?

— Bom... Que não seja *ela*. Mas em uma loja de malucos como você disse que era aquele lugar, quem garante que não pegaram seu endereço? Esse negócio de magia negra passa de um para o outro, às vezes. Se eu fosse você, dava uma conferida.

— Passa de um para o outro?

— É, Marcos. Feito uma doença — explicou. Chegou mais perto e ocupou a cadeira, afastando-a da mesa. Em seguida, deu uma cruzada de pernas à la Sharon Stone. Marcos olhou para a fenda, esquecendo que era dia de chuva.

— Pode parar, Marcos. Você já viu sangue demais por hoje.

— Carol, isso é jeito de falar?

— TPM, benzinho, TPM — ela disse.

21

Marcos pensou bastante na sugestão de Carol, sobre voltar para a loja de bizarrices. Foi como se o dia percebesse seus planos. Em menos de uma hora, tudo virou escuridão; o céu ficou carrancudo e Três Rios se preparou para uma tempestade. Marcos dispensou Carol antes que o mundo desabasse sobre ela. Pensou em se oferecer para levá-la até em casa, mas acabou preferindo escoltar uma vodca para dentro da garganta. Agora estava de pé, em frente à janela, sentindo o copo esquentar entre os dedos.

Deus, o que está havendo? Por que isso está acontecendo comigo? O que eu preciso fazer? Ser fiel a Odeta? É isso? Aumentar as doações para o Grupo de Apoio a Pessoas com Câncer? Me diz que eu tenho que fazer, poxa...

As nuvens do céu refletiam o humor divino e ameaçavam derrubar os santos de seus tronos. Ventava muito. Pela janela do escritório, Marcos via pedestres correndo como baratas sem lar. Sentia inveja deles. Afinal, para onde *ele* iria? Não estava seguro no escritório, não estaria seguro em casa. E claro que seus nervos se retorciam com a expectativa.

Marcos pegou outro cigarro e o meteu entre os dentes com raiva. Dessa vez sem crises de tosse.

Tenho que descobrir o que está acontecendo.

Pensou em Cat outra vez. Recheada e decapitada como uma porca. Aquilo não foi justo. Seria mais honesto ter acabado com *ele*, que não abria mão de suas taras, mas ela? O que a coitadinha fez para merecer tal destino? Transou com ele? *Não...* Se fosse isso, teria mais gente morta. Cansado de pensar, Marcos decidiu sentar-se e apreciar a tormenta. Colocou a cadeira em frente à janela que tomava quase toda a parede, puxou outra para apoiar os pés, jogou para longe a gravata. Encheu o copo com mais suco da Rússia.

— Ah, meu pai. O que eu *não* estou vendo?

O dia escuro continuava sonorizado por trovões. Talvez nem as nuvens gostassem do Açougueiro.

De gole em gole, o copo foi diminuindo suas visitas à boca. As tragadas no cigarro rareando, bocejos nascendo. Depois, um sono profundo e atordoado. Dessa vez, quando Marcos abriu os olhos, sabia que estava sonhando. Ele via de novo pelos olhos do Açougueiro.

22

Ele está em outro pulgueiro qualquer. O ar é vermelho, a TV passa um comercial de escadas de alumínio da Polishop. O cheiro que está no ar é agradável e conhecido.

Cat.

Ela ainda está amarrada e viva, o corpo rabiscado como um mapa de anatomia. Fígado, coração, intestinos, útero. Quase tudo *sinalizado*. A moça parece distante; sonolenta ou drogada. O assassino se aproxima, deixando tudo mais claro aos olhos de Marcos. Ele descobre que a luz vermelha vem de um abajur ao lado da cama. Cat sorri nervosamente para o assassino. Marcos não consegue entender o que ela diz, mas ouve sons abafados vindos de trás da mordaça. O assassino tem algo novo nas mãos: uma faca que parece ser capaz de destrinchar um dragão-de-komodo. Marcos percebe novamente, em um dos dedos, o anel de prata polida com o São Jorge. Cat parece enjoada, e a expressão um pouco divertida de segundos atrás se torna pânico genuíno. Ela se debate e não parece mais distante, muito menos drogada ou coisa assim. Está apavorada e confusa, como se acordasse de um sonho bom e estivesse no inferno. Cat consegue soltar uma das mãos e agora tenta, como um animal, se livrar da corda que prende a outra. Marcos não tem nenhum controle sobre o assassino, ele apenas está ali, observando. O matador se aproxima e corta, com um só golpe, três dos dedos de Cat. Só restam o indicador e o polegar em sua mão livre. Ela grita, lágrimas e secreções inundam a mordaça que a impede de falar. O pano está tão apertado que Marcos consegue ver sangue nos cantos da boca. *Como ela permitiu aquilo, por que sorria segundos antes?* Marcos suspeita que o desgraçado seja o namorado dela. Ele o conhece. Cat havia jurado que terminara o relacionamento há dois meses, mas não se pode confiar em uma garota que abocanha um técnico de informática pobretão na frente do padrasto. Os dedinhos cortados agora estão no chão; a mão esguicha sangue para todos os lados. O canto dos olhos revela para Marcos que tem mais alguém ali, alguém que os jornais não mencionaram. Nem mesmo o site maluco do cara que curte as piores bizarrices do mundo teve acesso a essa nova informação. Marcos reconhece *o sujeito*. Já tinha visto aquele rosto em uma foto, entre as coisas que Cat mantinha perdidas em sua bolsa mais cara. É o tal (ex?) namorado. Ele mesmo. Um suspeito a menos para o prêmio de Açougueiro do Mês, pois o (ex?) namorado está nu e com as mãos presas para trás, ele está de joelhos e sangrando por um buraco que ocupa o lugar de seu pinto. Abaixo do rombo, não existe mais uma bolsa escrotal. O assassino dá um chute no estômago do rapaz, o pobre homem geme como um cão atropelado. O Açougueiro se volta para a mocinha sem dedos. Ele se aproxima e, para acalmá-la, mergulha a faca em sua barriga. Cat não morre, mas consente que ele a amarre de novo. Balbucia algo que Marcos pensa ser uma pergunta: "Por quê?". O dono dos olhos parte para a preparação final de sua obra, e Marcos, aprisionado dentro dele, acompanha tudo. Logo percebe que Cat está morta. O Açougueiro vai até a geladeira. Apanha algo novo que havia guardado lá dentro: testículos. Ele volta e mergulha a faca na barriga do (ex?) namoradinho chorão. O (ex?) namorado de Cat perde a respiração de tanta dor. O Açougueiro afasta a mordaça e enfia os testículos ensanguentados na boca do rapaz, depois recoloca o tecido. O prisioneiro demora quase dez minutos para morrer, sufocado com as próprias bolas. O matador espera pacientemente. E Marcos também, preso atrás de seus olhos. Depois de se certificar da morte do rapaz com um novo chute, o assassino urina em cima dele. Quando termina, volta para Cat e termina sua obra. É como um artista pintando um quadro. Um lunático saído da pior parte da mente de Jack, o Estripador. *Agora só falta a maldita abóbora*, pensa Marcos. Também repara que não será fácil descobrir a identidade do desgraçado, os únicos espelhos do quarto (um na sala onde ele está e outro no banheiro) estão cobertos. Marcos imagina por quê. *Ele sabe que estou aqui. Dentro dele. Esperando para entregá-lo à polícia.* Marcos relembra da estátua que mudou sua vida, existe uma miniatura da Ciganinha sendo colocada dentro da abóbora, a abóbora que seria enjaulada entre as pernas de Cat. Tal detalhe crucial não viria a público, mas era importantíssimo para Marcos. O assassino afaga o pano que cobre o espelho do quarto. Acaricia-o como se ele escondesse algo apaixonante. *Um sacana de um narciso,* pensa Marcos. O homem fiscaliza sua obra e olha para o espelho coberto. Parece pensar em apresentar sua obra ao reflexo. E então, arranca o pano com violência.

23

Antes de descobrir o que o espelho escondia, Marcos acordou vomitando azedume e restos de fumaça, e ouvindo a chuva que continuava castigando o mundo lá fora.

Precisou de alguns minutos para conter a tremedeira e a falta de ar, também da Coca-Cola que estava no frigobar. Só então apanhou o paletó — que meteu na cabeça para se proteger da tempestade —, saiu do escritório e entrou no Ford estacionado na calçada. O mundo parecia insano. A escuridão atingia a cidade sem piedade, todos correndo para casa. Deus estava com raiva e Marcos concordava com Ele. Até para o Diabo o castigo de Cat e daquele rapaz pareceria severo demais. Mas ele não conhecia as preferências do Demônio ou do Inferno... Não ainda. Depois de cinco minutos dirigindo seu carro, se interessou pelas horas. Fez as contas que precisava. Seu sono conturbado não durou mais de trinta minutos. Se andasse depressa, resolveria tudo antes do jantar.

— *Droga!* — gritou em seguida. Puxou a direção do carro com força para a esquerda.

Com a ventania, uma árvore despencou e quase acertou em cheio o teto do Ford. Acabou acertando a traseira de raspão — mas não era nada que fizesse Marcos desistir de seu intuito. Aquela loucura acabaria hoje, mesmo que ele precisasse devolver cada centavo recebido naquela maldita tarde de quatro meses atrás.

Granizo despencava do céu enlouquecido. Marcos era um dos poucos motoristas a enfrentar o aguaceiro. Raios riscavam a tarde anoitecida. Então um maluco de bicicleta entrou na frente do carro, vindo de lugar nenhum. Marcos freou, castigando o pedal do carro. Tarde demais. A bicicleta voou pelos ares junto com o passageiro. Um velho negro, de terno, carregando um quadro que agora beijava o asfalto. Marcos parou o carro e pensou se deveria ajudá-lo ou continuar socorrendo a si mesmo. Já ia destravando a porta e descendo, quando, pelo retrovisor, percebeu o homem de pé. Ele mancava um pouco, mas ficaria bem. Voltou a acelerar, foda-se, não podia salvar todo mundo. Que porcaria, nem a si próprio estava conseguindo salvar. A raiva e a indignação cresciam dentro dele. Pobre Cat. Todo aquele sangue. Agora ele também queria sangue. O sangue frio e venenoso daquele homem. Do dono daquele anel de prata que tentava acabar com tudo que ele gostava.

24

Antes de descer do carro, Marcos respirou fundo. Tentou se acalmar e racionalizar o que faria. Ainda chovia. Ele desligou o rádio que tocava "I Ain't No Nice Guy", do Motörhead, e abriu a porta. Um dos pés saiu do Ford e imediatamente reencontrou o azar de meses atrás.

— Não é possível! — Marcos gritou. Em seguida, retirou o pé esquerdo de um buraco disfarçado pela água da chuva (talvez o mesmo que há meses emboscara seu pé). O dia continuava escuro. A canela gritava dentro das meias caras e finas.

Outra aberração paradoxal aconteceu quando um velho saiu com um maldito galo preso em uma gaiola. Um galo preto com olhos raivosos. Esporas capazes de atravessar olhos humanos como cerejas.

— Cuidado com isso, vov... Deixa pra lá, sai da frente — Marcos disse. O velho sorriu, mostrando os três dentes amarelos que ainda tinha na boca, dois em cima e um embaixo (podre e incrustrado de tártaro).

As luzes da loja encheram seus olhos.

Vermelho. Claro que sim... Sempre o vermelho.

Mas, dessa vez, não era apenas o altar da Santa Morte que estava infestado com a cor mais atrativa e perigosa do arco-íris — era toda a loja. Por mais que se esforçasse, Marcos não encontrava a fonte daquela luz. Parecia compor o ar.

Com alguma força, ele puxou vários pelos de seu braço. Doeu. Estava acordado, desgraçadamente acordado. Desnorteado com a própria vida, em um dia de tempestade, na loja mais suja de toda a cidade, tentando salvar sua alma condenada sem nenhum motivo aparente. O mundo de Marcos ruía a cada passo lento no interior da loja maldita. Ele queria encontrá-la, a velha cigana que tirou dele bem mais do que havia dado. Entendia agora que, na maioria das vezes, tudo o que um homem precisa é de sua sanidade.

— Procurando por mim? — Sofia perguntou, saindo de trás de alguns vestidos ciganos pendurados em cabides. Marcos não se assustou com ela. Estava resistente.

— Preciso falar com a senhora.

— Lembro de você, bonitão. Veio receber?

Mau sinal. Se a velha não sabia que seu pedido fora atendido, talvez não tivesse culpa em nada daquilo. Ou pior: talvez a loja fosse outra pista vazia, e ele precisasse voltar a desconfiar de Carolina e do restante do mundo.

— Não exatamente — disse Marcos.

— Percebo... — resmungou a velha. — Que boba eu sou. Você *já* recebeu o que era devido.

Sofia chegou mais perto, estudando as roupas de Marcos, cheirando seu perfume.

— Sua vida melhorou, não foi?

— Mais do que seria lógico.

— Só que...

— Eu estou ficando maluco. A senhora precisa me ajudar.

A velha diminuiu os olhos e inverteu um pouco a cabeça para a direita.

—Vamos conversar em um lugar mais reservado.

— Não quero chegar perto daquela aberração!

— E eu não discuto pagamentos sem a presença do pagador. Seus assuntos são com a Ciganinha, não comigo — disse ela. Já caminhava para os fundos do estabelecimento. Marcos a acompanhou tentando não perdê-la de vista.

— Atanásio, seu desgraçado! Vai pra frente da loja.

O velho obedeceu, se arrastando como uma lesma. Passou por Marcos e lhe deu um sorriso cínico, satisfeito com o desespero do babaca de terno caro e ensopado pela chuva, o pobre-diabo que tentava resgatar sua alma com uma estátua de gesso fantasiada de prostituta romani santificada em uma loja de obscenidades.

Quatro meses não mudaram muito a lojinha. Ainda era o mesmo pulgueiro velho, fedido e amontoado de atrocidades. Mas havia novidades. Sofia explicou quando viu Marcos olhando para elas.

— Com os ataques do Açougueiro, a moda agora é vender réplicas de órgãos humanos.

Marcos ouviu e continuou se esgueirando das peças, mantendo o caminho do meio, sem abrir a boca ou tocar em nada. Fez isso até avistar a luz mais intensa dos fundos da loja. O pedaço maldito de gesso continuava no mesmo lugar, no canto esquerdo da cruz invertida que o corredor formava.

— Tira o sapato pra falar com ela — disse Sofia.

— Mas eu não tirei da primeira vez.

— Exatamente. Essa não é a primeira vez.

Marcos obedeceu. A meia já estava grudada no ferimento reaberto.

— Ai! Isso dói — resmungou.

— Deixa. Um pouco de sangue sempre ajuda. Melhor se for de virgem. Coisa que você não é, né, cavalão? — Aparentemente, Sofia também não tinha mudado muito. Marcos tornou a não dar crédito à sua boca senil e imunda.

— Podemos tratar do assunto agora?

— Você é o dono das perguntas, fio, não eu.

Depois de Sofia dizer isso, o pratinho que guardava os pedidos da Ciganinha voou para o chão, empurrado pelo nada. Marcos arregalou os olhos. A velha se abaixou, tentando juntar os bilhetinhos.

— Parece que ela também lembrou de você.

— Ela tem lembrado de mim faz tempo.

Sofia terminou de juntar os papéis, devolveu o pratinho e parou de frente para Marcos.

— O que você quer, moço rico? Outro trato? Quer aumentar os favores? Abrir uma *poupança*? — sorriu.

— Nada disso.

A idosa enrugou o rosto, com a expressão de quem não tinha a menor ideia do motivo daquela visita. Marcos continuou. E foi direto ao ponto dessa vez:

— O que a senhora sabe sobre esse doido? Esse Açougueiro?

— Eu? O que uma velha cigana saberia sobre isso? Sei do que todo mundo sabe, que ele anda matando gente por aí de um jeito indecente.

— Só isso?

Ela não respondeu. Marcos continuou encarando.

— Fio, escuta aqui... Ficar olhando para mim com essa cara de quem tá com indigestão não vai tirar os demônios da sua cabeça. Diz logo o que veio fazer aqui.

E Marcos contou tudo, como havia feito horas antes com Carolina. Pesadelos, medos, coincidências, a visão pelos olhos do assassino, absolutamente *tudo* o que aconteceu, o bom e o ruim desde que cochichara algo nos ouvidos de gesso da Ciganinha. A velha ouvia e coçava os pelos brancos do queixo.

— Tá escondendo alguma outra coisa, fio?

— Não, dona Sofia. Juro que não.

— Eu não gosto do que vou pedir, mas acho melhor me contar o que desejou no ouvido dela — disse, apontando o queixo para a estátua. — A Ciganinha não gosta de dividir seus assuntos, mas parece que aconteceu algum desentendimento entre vocês dois.

— Desentendimento? Esse cara está arrancando pedaços das pessoas e comendo! Ele bebe o sangue delas e tempera suas entranhas como porcos! Meu Deus do Céu! Desentendimento, dona Sofia? Eu estou dentro dele!

— Cada um usa as palavras que tem, moço. Vai me contar ou não?

Marcos concordou. O que tinha a perder? Dinheiro? O resto do seu juízo? Grande coisa...

— Quando a senhora disse que eu podia fazer um pedido, pensei comigo: um cara tão fodido como eu podia aproveitar essa oportunidade pra mudar de vida. Mudar *mesmo*, entende?

Sofia ouvia. Os olhos vidrados na boca seca de Marcos.

— Eu precisava de muito mais que um único pedido para resolver todos os meus problemas. Eu era pobre, tinha um filho retardado, uma mulher que precisaria da ajuda do Greenpeace se estivesse se afogando. Resolvi pedir o óbvio.

— E o que era óbvio pra você há quatro meses? — Sofia se aproximou da Ciganinha, como se a incluísse na conversa. Disse alguma coisa a ela, mais baixo que um suspiro.

— O que você fez, velha? O que disse a ela?

— Intercedi por você. Mas vai custar caro.

— Caro quanto?

— Quanto vale a vida da sua família?

Marcos não respondeu. Continuou mudo, enquanto Sofia se reaproximava da estátua. A velha subiu em um banquinho de madeira que encontrou embaixo do altar, prendeu os cabelos com as mãos e colocou o ouvido bem perto da boca da estatueta.

— A Ciganinha mandou me contar o resto.

— Vou contar. Eu dou o que a senhora quiser, dona Sofia, mas, primeiro, preciso saber o que é essa coisa. Quem é ou quem foi essa Ciganinha?

Sofia riu de novo e voltou os olhos para a estátua. Estava trocando cumplicidades com a peça de gesso, ridicularizando o desespero daquele homem. Quando julgou ter incomodado Marcos por tempo suficiente, respondeu:

— Não é *quem ela é* e sim *como ela foi feita* que você precisa perguntar. Me diz uma coisa, rapaz, o que achou dos olhos da Ciganinha?

Marcos não tinha tomado toda aquela chuva para mentir.

— São a coisa mais bonita que já vi na vida. Não só eles — continuou —, ela toda parece tão... *viva*.

— Sabe, moço rico, há muito tempo, bem depois da Igreja parar de queimar pessoas, alguém da minha família fez um pacto. Um menino, que depois me daria parte do seu sangue. Ele teve uma vida solitária e ficou desaparecido por muito tempo. Depois que faleceu, suas obras se perderam da família por mais tempo ainda. Ele era um artista e tanto. — Sofia perdeu-se por um instante, como todo velho faz. — Parte do seu talento vinha de uma tinta especial, franqueada por Satanás em pessoa. Dizem que ele pintou a Ciganinha com essa tinta. Meu pai dizia que a Ciganinha era igualzinha à mãe do menino Lester, minha parenta. Dizia também, que o menino ganhou muita coisa na vida com essa tal tinta. Como eu disse, as gerações foram passando e a Ciganinha ficou esquecida. Meses atrás, ela voltou para casa. Não demorou nada para eu descobrir que ela atendia os pedidos das pessoas.

— E a senhora nunca pediu nada?

— Seu eu pedisse, teria recebido. Só que o preço seria caro demais. Tudo que vem de baixo puxa a gente pra baixo depois de um tempo. É como um pântano. Mas chega de me enrolar, moço rico. Se você quer a minha ajuda é melhor desenrolar essa língua. O que pediu a ela?

— Pedi... Que ela... Que ela realizasse *todos* os meus desejos. Todos eles, tudo o que eu gostaria de ter na vida.

Sofia abriu os olhos até que quase pulassem do rosto. A cabeça se agitou de um lado a outro. Então ela abriu a boca e deu uma risada esganada, como uma hiena. Riu tanto que socou as paredes ao lado do altar.

— Do que a senhora está rindo?

— *IDIOTA* — Sofia gritou. — *BURRO!* Achou mesmo que poderia passar a perna nela? Em uma entidade tão velha e sábia? Um vagabundo como você?

— Ei! — Marcos protestou, parecendo ainda mais idiota.

— O coração dos homens é cheio de veneno, rapaz. Cheio de sexo, de podridão e de assassinatos. Cheio de interesses. Todo homem tem uma besta enjaulada e você pediu para que ela a deixasse solta? Foi isso o que fez?

— Mas eu não sou o assassino! Não fui eu!

— Estúpido! Você não é ele *em carne*, mas é em *espírito!* Ele é qualquer um que cruza seu caminho pela rua, mas é você quem mata! É sua vontade que fatia aquelas pessoas quando fica de pau duro! São seus olhos que veem através dos dele!

Tudo se encaixou na mente de Marcos. Os espelhos cobertos para que ele não identificasse o assassino (afinal, subconscientemente, ele queria continuar), o prazer em fatiar cada vítima, o tesão pelas barbáries! Até o sonho naquele trailer maldito onde ele estava dentro de um velho maltrapilho. O assassino podia ser um andarilho, um ricaço, um dono de trailer vertendo colesterol pelos poros, qualquer um, não importaria. Quem matava era ele, realizando desejos que nem sabia ter. O desejo de ser Deus, de não ter limites, de ceifar a carne e beber o sangue. Marcos perdeu as forças e caiu de joelhos, encarando a estátua.

— Desculpe! Me desculpe! — chorou, socando o chão para não fazer o mesmo com aquela estátua maldita. O rosto estava tingido pelo pânico.

— Não é assim que resolvemos as coisas por aqui — disse Sofia. Ela o rodeou e apanhou algo escondido atrás da Ciganinha. Era uma adaga enferrujada.

— O que eu faço com isso?

Sofia se aproximou dos ouvidos da estátua, pareceu ouvir alguma coisa que a fez assentir com a cabeça.

— Ela quer que você escolha. Pode acabar com as mortes por aqui e sua família continua como está. Ou pode desfazer tudo e será como se nunca tivesse entrado pela minha porta — disse. Estendeu a adaga a ele.

Marcos precisava pensar depressa. E só havia uma canção em sua mente, um nome. Uma opção.

Randy. Ah, Randy...

Porque não seria justo fazer aquilo com ele. O garoto estava bem, era o mais inteligente da turma. Pela primeira vez na vida, Randy tinha a promessa de um futuro brilhante. E Odeta? Depois de todas as traições e rejeições oferecidas por ele... Seria justo condená-la a ser de novo uma monstruosidade rejeitada pela sociedade e pelo próprio marido? Uma pobretona morando em uma casa onde ratos e baratas desviam das garrafas de vodca? A mãe horrivelmente gorda de um garoto acorrentado aos três anos de idade, sem dinheiro guardado no banco? E pior: casada com ele, com o velho Marcos; um maníaco sexual assassino que matava suas amantes alugando caras que usam anéis de prata e cobrem espelhos.

— Vou pagar o que devo — ele disse, tomando a adaga.

Sofia se afastou e presenciou o aço penetrando o peito daquele homem com vontade. Marcos gemeu, rodopiou os olhos e, em seguida, tombou, inserindo mais da lâmina dentro dele. A velha ouviu o som das roupas caras sendo perfuradas quando ele sofreu um espasmo. Era um som conhecido. Marcos gorgolejou alguma coisa, tremeu outra vez e morreu. Acima dele, repousava a imagem da Ciganinha.

— Atanásio, tem sujeira aqui. Dá um jeito nisso pra mim — gritou Sofia.

Atanásio, com a vontade de sempre, obedeceu. Sofia se afastou e foi até um telefone preto, ficava atrás do esqueleto de anatomia, no lado direito da encruzilhada oculta da loja. Enfiou seus dedos magros nos números que precisava e, enquanto esperava o chamado, disse a si mesma:

— Más notícias para um, boas para outros... O tempo sempre ajeita esse tipo de confusão.

25

Seis meses depois, na mesma loja cigana, um cliente percorria o corredor comprido com um sorriso no rosto. Ele chegou até Sofia e estendeu sua mão.

— Vim pagar a senhora — disse a ela. Era forte, cabelos nevados, uns sessenta anos.

— Seu negócio não é comigo.

— Mesmo assim, quero agradecer pela ajuda. Tenho tudo o que eu sempre quis, graças à senhora. Minhas falhas de memória acabaram, saí das ruas. Hoje tenho uma esposa linda, um garoto esperto e um bom emprego... Agradeço aos céus por ter me colocado em seu caminho. Aceite — ele disse, retirando um anel de prata com um São Jorge em alto relevo e estendendo a ela. — Quero que fique com isso, faço questão.

Sofia apanhou o anel, notou algum salpico vermelho perdido entre os relevos e os ignorou. Mordeu o metal para atestar que era mesmo prata.

— Dá um abraço no seu garoto por mim — disse depois, satisfeita com o presente.

— Dou, sim. O nome dele é Randy — disse o homem. Em seguida, olhou para a loja que não deixava de incomodá-lo. — Eu estou um pouco atrasado, dona Sofia. Só vim mesmo para deixar o anel. Aceite, é de coração.

Sofia concordou e esperou que ele se afastasse. Então sorriu e resmungou sem que ele a ouvisse:

— Não agradeça aos Céus, agradeça a Ciganinha. Ela sempre ajuda quem pede com fé.

Do lado de fora, o sol brilhava. Sem nenhuma nuvem no céu.

fig. 01

fig. 02

ULTRA CARNEM

PARTE IV
O INFERNO

"Eu formo a luz e crio as trevas."

ISAÍAS 45:7

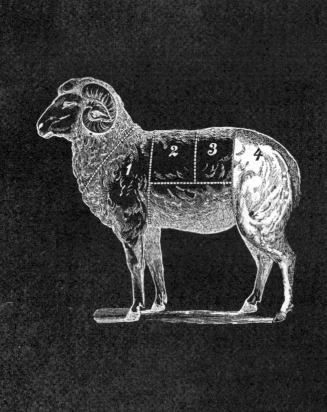

1

Sobre o técnico de informática chamado Marcos Cantão que acabou emergindo para o condomínio mais nobre da cidade para depois desaparecer deixando a esposa e um filho, quase nada se falou em Três Rios. Uma ou duas reportagens, uma entrevista comovida com o menino (que parecia ser algum tipo de milagre inexplicável da medicina) e uma implicação de Marcos Cantão como sendo o homem encontrado morto e irreconhecível às margens da única represa da cidade — classificado por alguns como a última vítima do Açougueiro. A polícia nunca conseguiu encontrar o verdadeiro assassino, tampouco vinculou Marcos como suspeito da onda de assassinatos. Deus sabe que eles não se importaram muito... Para a cidade, a própria polícia e toda a região, o mais importante é que o pesadelo havia terminado. Nos meses que se seguiram, os pais de família puderam voltar a trabalhar sem se preocupar que suas esposas fossem estripadas, garotas voltaram a se arriscar nas ruas e os fiéis das igrejas cancelaram suas promessas aos santos para que aquele bastardo desumano fosse capturado.

Nesse contexto, uma garçonete chamada Lucrécia também seguia com sua vida monótona e mais ou menos segura. Em uma sexta-feira e, por volta das três da manhã, ela procurava espantar seu tédio, ouvindo a conversa de dois clientes em uma lanchonete do subúrbio, um lugar chamado Vagão do Turco.

— E por que não gostou dela? — perguntou um dos homens com um terno surrado que refletia muito de sua personalidade. Ele mostrava a foto de mais uma candidata ao outro homem. Já era o sexto retrato, segundo as contas de Lucrécia.

— Faça-me o favor, Pedro... Não consegue nada melhor que uma viciada em crack bunda-suja? Melhor arrumar outro emprego, parceiro...

— Calma, chefe. Já decepcionei você antes?

— Já — respondeu o garotão. Passou as mãos pelos cabelos negros tão intensos quanto a sua segurança.

A cara avermelhada de Pedro pedia esclarecimentos. O garotão os deu, embora julgasse não precisar.

— E a tal loira que queria ser atriz? Sabia que ela não paga a gente faz um tempão? Desde que a mídia a relacionou conosco, para ser exato. De tanto cavar, os vermes acabaram descobrindo os podres dela, *crianças* e essa sujeira toda...

— Nisso eu não tive culpa — disse Pedro. — Quem podia imaginar? Ela transava com o quarteirão inteiro e tal, mas, chefe... Virar uma tarada por garotos de doze anos não passava pela nossa cabeça. Pô, chefe... Nem você sabia que ia dar merda.

— Sabia sim, mas você me convenceu. — O garotão que devia ter 25, 28 anos no máximo, sorriu e exalou mais autoconfiança pelos poros. — Eu me pergunto por que você e seus empregados não conseguem fazer nada direito. Quer um exemplo de trabalho bem-feito, Pedro? Eu dou. O nome dele é Marcos Cantão.

Lucrécia, que já estava interessada na conversa entre eles, deu nova atenção à mesa. Ela tinha ouvido alguma coisa na televisão sobre o homem. Encontraram um corpo perto da represa, ainda usando a roupa de trabalho, disseram que podia ser ele. Seria mais uma notícia ruim dispensada na gaveta dos esquecimentos de sua mente se não houvesse um detalhe crucial naquela morte: o Açougueiro. Ela também teve medo daquele bastardo. O homem desfigurado da represa que poderia ser Marcos Cantão havia sido o último.

— Chefe, por favor. Você não pode comparar meus contratos com o que aconteceu com ele. Se os ciganos tivessem me ajudado, ou se pelo menos eu tivesse *a tinta*, sabe? A história dela ecoa na empresa, nós não temos como competir com isso. Além do mais, foi o senhor mesmo quem recuperou as obras do garoto. É o que dizem e...

— Não acredite em tudo que dizem, Pedro.

Fingindo se interessar apenas pela sujeira das mesas, Lucrécia chegou mais perto. Passava um pano úmido sobre uma delas e continuava esticando os ouvidos à conversa dos homens. Aqueles dois sempre se reuniam na lanchonete, sempre de madrugada, perto das duas, três horas. O cara que mandava era o mais novo. O *bonitão*. Lucrécia ficava toda acesa quando servia café a ele. Mesmo que ele não fosse tão bonito (como de fato era), ela não o esqueceria por um motivo simples: ele adorava café turco fervido com molho de pimenta. Às vezes, tomava aquilo depois de beber um bocado com outros homens (ele sempre estava acompanhado). Lucrécia estranhou o *tempero* do primeiro pedido, mas como negar alguma coisa para aqueles olhos angelicais? O jovem possuía uma ternura lúdica e, ao mesmo tempo, uma coisa *sacana* e suja que parecia despir toda a decência de quem ficasse à sua frente. Era alguém com quem ela transaria até ficar assada — e pediria por mais. O outro era um tipo comum. Ordinário e meio gordo. Pelo que ela ouvira, um agenciador de modelos ou coisa assim. E devia agenciar bem mais que garotas anoréxicas movidas a sibutramina. Lucrécia chegou a pensar na polícia quando, em um encontro anterior, aproveitou uma distração e olhou para o álbum de fotos que o gorducho evitava deixar sozinho. Salafrário, todas eram garotinhas.

Além do obsceno, ele também era viciado em pastilhas antiácidas. A cada dez minutos, comendo ou não, ele enfiava uma na boca — quando não colocava várias delas ao mesmo tempo.

A conversa entre os dois seguia, desprezando o interesse da garçonete.

— Preciso de pelo menos mais três. E nada relacionado a crianças. Quero algo novo.

— Para quando, *chefão*?

— Dois dias, estamos perdendo mercado. Sem urgência, nenhum santo chega ao Paraíso.

— Dois dias!? Nem que Deus nos ajudasse — disse Pedro, secando a careca com um lencinho. Em seguida, fez uma expressão arrependida e arremessou uma pastilha na boca. Mal a mastigou.

— Se eu quisesse ajuda *Dele,* não teria te contratado.

— Eu me expressei mal, peço perdão. Os negócios estão difíceis, chefe, muita concorrência e...

— Escuta uma coisa, Pedro. Nunca pensei que precisaria cobrar por sua dedicação, mas você está pedindo para ser tratado como um qualquer! — O bonitão deu um golpe sutil na mesa com a mão aberta.

— Não é is-isso che-chefe...

Mostra pra ele, bonitão!, pensou Lucrécia.

O gorducho continuou:

— A concorrência anda pesada. Em toda a esquina tem gente trabalhando contra nós. Em toda *bendita* esquina. O que nós vendemos perdeu o interesse. A meleca do *Zeitgeist* está mexendo com os nossos clientes, deixando muita gente em uma onda nova; numa onda boa, está me entendendo?

— Eu não sei... Não acho que seja *só* isso. Será que não estamos procurando no lugar errado? Desatualizados, quem sabe?

— Pode até ser. Mas preciso da sua ajuda nisso, chefe. Sozinho não dá.

Lucrécia balançou a cabeça. Mesmo uma garçonete noturna sabia que não se pede ajuda para o chefe. Sorriu de onde estava, com a expectativa de o gordinho nojento se dando mal. Não gostava daquele homem. Ele era um verme, um aproveitador. Qualquer cérebro minimamente pensante perceberia isso.

— Como é? — perguntou o bonitão. Dessa vez socou a mesa com mais vontade. Os pequenos potes com sal e palitos rodopiaram sobre os eixos. O homem de terno barato se apressou em apanhá-los.

Lucrécia correu para limpar um pouco do Bloody Mary que o garotão espalhou pela mesa. Era a primeira vez que o via tão irritado. Usualmente era muito calmo (e bonito).

Enquanto ela fazia seu trabalho, os homens pararam de conversar. O pano úmido cheirando a desinfetante dando mais voltas que o necessário. Quando terminou, Lucrécia foi para trás do balcão e voltou a fingir que trabalhava, dando polimento ao granito verdolengo da superfície.

— Escuta aqui, Pedro. Eu pago seu salário para que *você* resolva meus problemas. Agradeça por ter problemas!

— Eu... me... Me desculpe, chefe. É que a pressão está muito forte sobre *a captação*, estamos perdendo o juízo.

— Se você não quisesse a pressão, deveria ter continuado no seu emprego público. Mas isso não te servia, né? Quantas você comia naquele tempo? Fala aí, Pedrão? Eu respondo... Duas: sua mulher e a sua filha.

Pedro olhou para trás, conferindo se ninguém estava ouvindo. Fama ruim no negócio deles era uma trivialidade, mas também não ajudava em nada. Por sorte, a garçonete estava entretida com alguém ao telefone.

— Fala baixo, chefe... Nervosismo atrapalha os negócios.

— O que atrapalha é *incompetência,* Pedro — disse o rapaz, e deu um gole em seu Bloody Mary. — Tentou falar com o pessoal da *prévia*?

— Eles não me dão atenção. Você conhece esse pessoal, eles nunca escutam. Talvez se o senhor mesmo falasse com eles...

Lucrécia despachou o telefone e voltou a ouvir a conversa. Secava copos secos com um pano seco (ou seja, enrolava).

— Você é um banana, Pedro. Mas vou ligar para o Aim. — O garotão mergulhou a mão direita na jaqueta e sacou um celular que valia mais que a vida de Lucrécia.

Nem mesmo Pedro havia visto algo parecido. Todo transparente, parecia uma fatia de cristal tatuada com botões vermelhos. Pedro cresceu os olhos quando o viu. O garotão percebeu e tapou o que devia ser a boca do aparelho.

— É um segredinho do nosso último contrato. A Apple vai parecer uma lavanderia depois que lançarem isso aqui — disse bem baixinho.

— Quem arrumou a conta? — Pedro perguntou.

(Conheça teu inimigo... principalmente se ele trabalha na mesma empresa que você).

— O Davi.

Filho da puta.

Davi era o homem forte da companhia. Lidava com as operações internacionais. Dizem que chegou a cuidar dos Beatles por um tempo, bem antes do Paul supostamente morrer de acidente, desgrudando a cabeça do pescoço; mas sabe-se lá... Naquele tipo de negócio se ouvia muita besteira.

— Alô? Aim?

Pedro aproveitou para secar mais da careca com o lencinho escuro e tomar outra pastilha. Lucrécia estava à distância, ainda mais curiosa em descobrir quem eram aqueles homens. Aquilo tudo era muito estranho, o modo como falavam, o horário das reuniões. E que tipo de negócio um cara bonitão como aquele tem com um gordo fedendo a desodorante barato e arrogante como o tal do Pedro?

Na mesa, bonitão continuava com seu aparelho cujo valor devia ter mais de cinco zeros.

— ...o problema aqui, Aim, é que o Pedrão... É... ele mesmo; *aquele* Pedro. Ele está com a gente ainda, sim... O lance é que nós estamos tendo uma reunião em um (olhou de lado para classificar onde estavam)... um *boteco*, e eu queria que você participasse. Qual boteco?... O Vagão do Turco. Isso. Esse mesmo. O vendedor de ouro... Tá bom... Pelo banheiro, como sempre.

Lucrécia tinha novas perguntas. O que havia no banheiro? E como o bonitão conhecia os negócios do chefe? Era policial?

Ela estava de costas para os lavabos, atenta aos dois homens à mesa.

Foi quando outro homem surgiu às suas costas.

2

Mesmo que tivesse tomado o táxi mais rápido do mundo, o tal Aim não chegaria tão rápido. E ela podia jurar que não havia ninguém por lá a não ser seus dois clientes das madrugadas de sexta. Desprezando o olhar confuso da garçonete, o homem misterioso passou por ela e caminhou até a mesa de reunião improvisada. Era negro e bem alto.

— Boa noite — ele disse, ainda de pé. A voz era quase uma ameaça. O homem parecia ainda mais alto perto dos outros dois homens sentados. O bonitão era lindo, mas não era alto. E o tal Pedro parecia um penico.

— Sente-se — disse o bonitão.

Talvez trafiquem drogas, além das mulheres.

Lucrécia conhecia o velho turco e sabia do ouro branco "em pó" que ele vendia — para os clientes mais seletos. Gente fina, que saía de seus castelos e precisava de um porãozinho agradável para comprar *açúcar*. Ela nunca vendera essas coisas, mas fazia vistas grossas. Já tinha problemas demais para dar uma de informante da polícia, desde que o marido a abandonara, deixando-a com três dentes a menos e um monte de contas para pagar. Mesmo assim, ela não reclamava de suas misérias, preferia agradecer por não ter um filho na mesma situação lamentável. Também achava que Deus estava surdo há um bom tempo, então, pedir alguma coisa era perder tempo.

— Vocês acabaram de me fazer perder um *clientaço* — disse o homem negro. — Um não, cinco! — ele completou, um pouco irritado. Todos se irritam com perdas, ainda mais ele, um líder *Damaled*.

— Banda de rock? — perguntou o garotão.

— É... Quase assinaram. A concorrência anda atrás deles, fazendo o que sabem fazer de melhor.

— Que é...? — perguntou Pedro.

— Me foder, camarada, me foder. Mas vamos resolver o que interessa por aqui, tenho uma reunião com meu pessoal antes de o sol nascer.

Lucrécia continuava atenta, torcendo para aquela conversa esquentar e animar sua noite de sexta-feira. Pensar na vidinha sem graça que levava a deixava doente. Mais que a falta de dinheiro, a falta de diretrizes e sonhos a estrangulava. Trinta e oito anos de derrotas faziam seu espírito usar uma bengala. Sua mãe costumava dizer que o sofrimento envelhecia e cada ruga de Lucrécia concordava com ela. Se tivesse ouvido seus conselhos... Teria pelo menos evitado tipos como o traste do ex-marido... Mas ninguém conhece do amargo e do doce até que prove. Com Gil, Lucrécia teve o bastante de um homem para não querer mais nada. Seus namorados agora eram o emprego e um vibrador descascado chamado Milton, comprado nos anos 1990.

— O Pedro dizia que está faltando um pouco de *preparo* para a venda de novos contratos. A informação confere? Como está sua equipe? — perguntou o bonitão. O homem negro fritou Pedro com um olhar que borrou de medo até a distante Lucrécia. Um olhar furioso, os olhos quase desaparecendo dentro do rosto de estivador.

— A incompetência sempre tem um culpado, é o que eu penso — disse Aim, seco e seguro.

— Ei, tenha calma... Vou explicar melhor — Pedro contemporizou.

Lucrécia apostaria que o bonitão de jaqueta de couro — que parecia despojado demais para ser dono de alguma coisa que não fosse uma motocicleta — se divertiu com o pavor do gorducho de terno. O homem negro também estava de terno. Impecável por sinal, cada vinco, cada abotoadura de ouro, o prendedor de gravatas. Tudo nele parecia perfeitamente ajustado. Pensou que ele se parecia com o ator que fez *O Mistério de Candyman* — o cara que era evocado no espelho —, só que Aim era mais forte. Também percebeu que ele ainda estava sem um copo. Lucrécia virou de costas, procurando uma tulipa especial — quase nunca usava uma daquelas, o chefe não gostava. Pedro tomava uma Norteña, cerveja uruguaia da casa. Segundos antes, ele a ofereceu ao homem negro para acalmá-lo.

Naquele momento, Aim Lamé conferiu que não estava sendo observado pela garçonete enxerida e abriu a mão direita. Um dos copos secos, que ela fingira secar minutos antes, saiu de onde estava e foi parar na palma da mão dele. Pedro não gostou. O garotão de jaqueta de couro não se importou, pagou a ousadia com um riso curto e isso foi tudo.

— Precisava fazer isso? Se ela tivesse visto, precisaríamos matá-la! Que droga, Aim! — lamentou Pedro. Lucrécia também encontrou seu copo. Olhou para a mesa um pouco antes de atravessar o balcão pela portinhola suspensa.

Onde ele arranjou o copo?, ela se perguntou. Deixou como estava. Não era a primeira vez que algo no velho vagão transformado em lanchonete a assustava. Ela até gostava disso. Quebrava a rotina.

— Pedro, Pedro. Autocontrole é o segredo — disse Aim, mas só depois de beber da cerveja.

— Não entendo vocês... — Pedro resmungou.

— Nem tente. A coisa aí dentro — disse Aim, sinalizando com seus grandes dedos a própria cabeça — não acompanharia.

— Chega dessa implicância. Sabem o quanto precisamos uns dos outros. Agora diga, Aim: como podemos melhorar o que a sua equipe vem fazendo?

Os ombros retesados de Aim perderam um pouco do tônus.

— Tudo bem... Admito que estamos tendo alguns problemas técnicos.

Lucrécia se aproximou mais, ainda protegida pelo balcão. Estava agachada agora, os joelhos doíam, mas e daí? Conseguia ouvir perfeitamente os três homens. Bem devagar, puxou um banquinho de madeira — que servia de suporte para alcançar o topo do balcão onde ficavam as bebidas mais caras — e sentou-se. Recostou-se no balcão, acabou esbarrando em uma coqueteleira com seu braço esquerdo. *Cuidado, garota!* Apanhou o recipiente de alumínio antes que chegasse ao chão, dois centímetros antes do chão; precisa como um tiro de *sniper*.

Sabia que aqueles homens eram perigosos. Podia sentir. Como toda criança sabe que a floresta cheira a morte e que os velhos nem sempre são bonzinhos. Coisas que o coração grita bem alto. Aim olhou para trás. Não encontrando nada, a não ser o balcão de madeira, retomou sua linha de raciocínio.

— O que está acontecendo é que eles não sentem mais medo. A maioria. A porcaria da ciência está acabando com o nosso negócio. A ciência e a Igreja, que agora faz carinho nos ateus. Às vezes, sinto saudades da Santa Inquisição.

Lucrécia era um microfone com captação ativa.

— Sem contar que precisamos lidar com esse monte de filmes de terror, livros, essa baboseira toda. As pessoas não têm mais medo do nosso pessoal. A gente faz o que sabe, assopramos temores e ideias ruins, escondemos as chaves do carro, jogamos panelas no chão. E nada. Ou eles culpam o vento, ou dizem que é problema psicológico. Todo mundo tem o diabo de uma explicação. — Quando notou o que tinha dito, Aim desculpou-se. O chefe o absolveu com um sinal e perguntou:

— Tentaram falta de grana? Quando falta dinheiro, os idiotas enlouquecem. Faça um pai de família perder o emprego. Dê um câncer a ele. Incentive a filha a se drogar e transar com o porteiro cheirador de cocaína. Que é isso, Aim... Não te coloquei nesse cargo à toa... Você é bom.

— Sei disso, chefe. Mas o meu pessoal está se superando lá fora. Não dá para pressionar mais.

— E traição? Chifre? Deixa a macacada louca também — sugeriu Pedro. Lucrécia ouviu e tentou afastar suposições da cabeça. Não estava pronta para acreditar no óbvio.

— Claro que sim. Os sujeitos nem ligam... Trocam de mulher como trocam os pneus do carro. E as mulheres nem isso... Se tiver grana envolvida, então, ninguém se importa que o maridão ande transando com outra. Aceitam mais sujeira que uma privada pública.

— E por que nada disso chegou aos meus ouvidos até agora? Eu não sou onisciente, pô! — disse o chefe. — Não aqui em cima.

— Calma, seu Lúcio. A gente vai resolver — disse Pedro.

Lucrécia adorou saber o nome do bonitão. *Lúcio...* Nome forte.

— Calma? Calma o cacete! Sabe quanto tempo eu demorei para conseguir ganhar alguma coisa nesse planetinha de bosta? Milênios, porra!

Lucrécia sentiu um cheiro forte, algo queimando. Um cheiro ruim como ovo podre, e bem mais intenso. Quase saiu do esconderijo para fiscalizar, mas se fizesse isso, perderia o final da conversa. Estava quase certa de que aqueles três eram demônios. Ainda podia ser uma pegadinha de mau gosto, uma besteira para a TV de domingo, mas ela iria até o fim. Se o cara mau e bonitão que estava tomando umas biritas fosse mesmo o Diabo, tinha muito a tratar com ele.

— Só gostaria de saber *uma coisa* — disse Lúcio, ligeiramente mais calmo. — Se eles não querem as graças do Pai e nem as minhas, querem o quê?

— É isso o que não conseguimos descobrir — disse Aim. — Vou dar outro exemplo. Tinha esse homem... Cliente potencial, vindo da área de armamento. O Berzeck. O cara desanimou depois de projetar a bala mais perversa do país; a bala de bruxa. — Pedro boiava na definição, a Norteña esquentando na mão direita. Aim explicou: — São balas envenenadas. Não são feitas para matar, só para enlouquecer. O pessoal do Exército gosta de usar. Parece veneno de barata. Você acerta um soldado, um só. No meio da noite, o filho da mãe acorda psicótico, achando que todo mundo é seu inimigo. Banho de sangue garantido. Também usam para acalmar rebeliões em presídios.

— Já entendemos, Aim — disse Lúcio. — Mas e aí? O cara desanimou e...?

— Ficou doente da cabeça. Eu mesmo acompanhei o caso. O ponto é que o Berzeck ficou tão perturbado com os resultados de sua invenção que começou a procurar explicações para a vida dele. Quanto mais ele corria para o outro lado, para o deus dele, mais a gente se esforçava. Seguimos o protocolo e fizemos a mulher dele, que já não valia muita coisa, transar com o quarteirão todo. Fizemos a cabeça dele para que contratasse um detetive e filmasse tudo. Sabe no que deu? — Pedro e Lúcio ouviam atentos. — Em nada. O filho da mãe assistiu à fita, chorou uma meia hora, arrumou as malas da mulher e pediu para que ela saísse de casa. *Educadamente!* Nem um soco, chefe! Nem uma subida de voz. Nada.

— É... Existem casos que não tem jeito... — lamentou Lúcio. — Com Jó foi assim.

— Mas não paramos por aí, sabíamos da importância de ter um cara feito o Berzeck trabalhando na equipe. Atacamos o garoto dele. Falávamos obscenidades em seus ouvidos o dia todo. Incentivávamos todo tipo de ideia promíscua, fazíamos com que seu ânus pinicasse noite e dia. Não demorou muito, o moleque se viciou em pó e começou a fornecer o rabo magro para pagar seu vício. Sabe o que o pai fez? Poxa vida... Esperávamos pelo menos uma crise de choro. O babaca do Berzeck pagou um psicólogo e um curso de artes para o filho. *Artes!*

— Que filho da mãe — disse Pedro. Suas mãos estavam por baixo da mesa, massageando o zíper. Ficara excitado com a história do garoto, como sempre ficava quando ouvia algo assim. Lembrou-se de quando assinou seu próprio contrato. Tinha apanhado a esposa transando com o motorista, por trás, com requintes de sodomia. Na época dele, esse tipo de surpresa bastava para desesperar alguém. Pedro ficou doido e entrou para a empresa de Lúcio na mesma semana.

— Tentaram mais alguma coisa? — perguntou o chefe.

Entrincheirada no balcão, Lucrécia tremia. Já não tinha dúvidas. Aqueles homens eram mesmo demônios. Seu coração pulava para fora do peito. A boca estava tão seca que a língua sentia os lábios trincando com a falta de saliva. Seu estômago estava gelado. Com o interesse naquela conversa, a garçonete esquecera completamente o remédio que precisava tomar quatro vezes ao dia para manter o sangue dentro dos vasos — sua pressão devia estar explodindo. Nem com a genética tivera sorte na vida, descobriu que era hipertensa aos 32 anos. Ainda assim, não sairia dali, danem-se os remédios. Lucrécia queria aproveitar a chance. Mas que tipo de préstimos uma azarada como ela ofereceria ao Diabo? O que barganharia com ele? Nem Deus — que era bem menos exigente — quis muito assunto com ela. Ela imaginava que o diabo charmosão colocaria fogo em seu corpo assim que a visse. Mas a garçonete não imaginava o valor que uma alma — inclusive *almas* bem piores que a dela — tinha para ele. Almas humanas, caras e disputadas.

— Tentamos de tudo, chefe... — respondeu Aim. — Já no desespero, colocamos o Berzeck na cadeia, um policial corrupto que aliciamos ajudou nisso. Tarefa fácil para o meu pessoal. Berzeck pegou pena por pedofilia, teve dedo nosso na condenação, claro... O homem foi estuprado duas, três vezes por semana, durante um ano, pelos maiores "picas" do xadrez. Bandidos violentos... — O chefe bonitão sorria com as manobras, orgulhoso. Porém, aquilo não duraria.

— Sabe o que ele fez? — perguntou Aim.

— Me surpreenda — disse Lúcio.

— Fundou uma porcaria de igreja evangélica. Dentro da ca-dei-a! Foi o golpe final. Meu pessoal saiu com o rabinho entre as pernas e desistiu dele. É duro assumir, mas estamos com dificuldades, sim. O seu ex-patrão deve estar rindo à toa.

— Cuidado, Aim. Ou vai voltar para o buraco sujo de onde saiu — preveniu Lúcio.

— Calma, Lúcifer — disse Pedro.

Aim baixou a cabeça e a agitou para os dois lados.

Em seguida, o ar do velho vagão ficou avermelhado. Também ficou quente, como tudo o que era de metal ali. Chaves de carro, pregos, parafusos, prateleiras. O tonel de chope parecia uma panela de pressão. As torneiras chiavam. A correntinha de prata que circulava o pescoço de Lucrécia queimou seu pescoço.

— Nunca mais me chame assim quando estivermos aqui em cima!

Os olhos de Lúcio sibilavam com a cor do fogo. Não só a retina, mas todo o olho. Pedro tirou seu relógio do pulso e o que tinha nos bolsos antes que se queimasse. Aim aceitou as queimaduras e esperou o chefe se acalmar.

— Ai, que droga! O que é isso, meu Deus? — disse Lucrécia. Alto demais. Mas não foi só isso. Enquanto tirava o colar fumegante, ela se desequilibrou, derrubando meia dúzia de copos no chão. Quando conseguiu coragem para se levantar, os três homens olhavam para ela.

3

— Estão vendo, só? Agora vou ter que matar a humana — disse Lúcio. Lucrécia tentou correr, mas depois de dois passos sentiu seus ossos travarem. O corpo parou em um baque, os cabelos voaram para frente do rosto e sua pele estremeceu em ondas. — Venha cá, mulher — disse o bonitão.

O corpo de Lucrécia obedeceu. Por mais que ela resistisse, obedeceu. Seus pensamentos, interessados nos favores do Diabo, davam a ele o poder sobre seu corpo. As trevas afastam a luz às vezes, assim como o oposto. As trevas do Demônio ainda mais. Contudo Lucrécia era uma filha da mãe teimosa e não se entregaria tão fácil. Não depois de uma vida de violência, abandonos, lágrimas e ódio.

Ela travou a perna direita, focou toda a sua força sobre ela. Lúcio percebeu seu esforço. Então sorriu e, com um rápido girar dos dedos indicador e médio da mão direita, partiu o osso da canela de Lucrécia em dois lugares. Parte do osso da fíbula imediatamente saltou para fora da carne. O som de tecido rasgado era nauseante. Sangue jorrou pela ferida aberta. Pedro sorriu com Aim. Dois velhos amigos, assistindo ao chefe trabalhar direito.

— Que vagabunda teimosa! — disse Pedro.

— Melhor não resistir — aconselhou Aim. — Vai sofrer menos.

Lucrécia, no entanto, continuava se opondo à influência de Lúcio. Gritava a cada impulso dele, travava os dentes, travava a carne.

Não adiantou. Seus passos dolorosos continuaram avançando até que a levassem para frente da mesa sete.

— Gosta de bisbilhotar? — perguntou o bonitão.

Ela não respondeu. Em parte porque fazia tanta força que seus dentes estavam travados.

— O que você ouviu, hein, Lucrécia? — Lúcio insistiu, fazendo incandescer seus olhos. Ela viu algo belo naqueles olhos vermelhos. Havia algo de puro neles. Ainda que fosse a maldade.

— Como sabe o meu nome? — ela preferiu perguntar. A boca cerrada, tentando conter a dor. O corpo paralisado.

— Sei de muitas coisas, mulher. Agora responda à minha pergunta.

— Ouvi tudo, demônio. Cada palavra.

— Bem — disse Lúcio, voltando a ter olhos humanos —, nesse caso vou precisar matá-la. Último desejo?

— Por favor, não me mate — pediu, optando pelo paradoxo. O rosto vermelho ganhou novas lágrimas. Um choro que não era só de dor. Era ódio também. E não era do Demônio. Lucrécia estava odiando a Deus por permitir, depois de uma vida tão desgraçada como a dela, ser morta pelas mãos de Satã. Um sentimento tão forte que causou arrepios de prazer no Príncipe das Trevas.

— Faça um desejo, mulher! Vou matá-la de qualquer jeito — disse Lúcio. A voz não tinha mais o tom jovem e sexy que combinava com sua aparência. Era uma voz saída das profundezas da Terra, onde a morte é considerada um prêmio. Mil vozes em baixa rotação, todas juntas escorregando por sua garganta quente.

— Seu desgraçado, não é à toa que anda *tomando ferro* dos seus clientes. Pode me matar, seu bosta! Não sou de pedir arrego para *macho*.

Lúcio se aproximou mais. O cheiro dele a nauseou. O Diabo tomou o pescoço fino em suas mãos e começou a apertá-lo. Depois mais. Quanto mais apertado, mais ira aquela fêmea humana exalava. Um mar de ódio contido em uma mulher tão pequena? Esfregões, cusparadas, prisões, abortos, doenças e humilhações. Um milhão de esqueletos guardados no armário de uma simples garçonete estéril. Ela também parecia gostar daquilo, porque Lucrécia não desafiava o Demônio enquanto resistia, desafiava a Deus, se recusando a pedir Sua ajuda. O Diabo gostou da ideia e apertou ainda mais. Estava em transe, inebriado pela raiva da mulher.

— Acha que ele vai matá-la? — perguntou Pedro.

— É provável — respondeu Aim. Tomou outro gole de cerveja. Estava quente, claro que sim... Não somente os metais se esquentam quando o demônio fica nervoso. Até a água incendeia.

— Pensa que consegue ser melhor do que eu? Do que eles, mulher? — O bonitão perguntou com a voz enrugada de demônio. Apontava para Aim e Pedro.

— É fácil ser melhor que seus lacaios — Lucrécia respondeu, usando o que tinha de ar nos pulmões.

Lúcio a manteve presa e a estudou longamente, como se lesse cada segredo emaranhado em suas rugas. Afrouxou um pouco o pescoço para que ela pudesse respirar. Relaxou a arqueadura dos olhos.

Lucrécia estava tão certa de que morreria que desprezou o medo. De fato, não temia a morte. O que congelava seu coração era a maldita expectativa da vida. Conforme Lúcio tomava seus pensamentos, percebia quanta dor aquela mulher desgraçada já havia suportado. O próprio pai fez com que ela abortasse aos treze, para que ninguém soubesse dos segredos sujos dos dois; ele também a esterilizou. O primeiro estupro no trabalho aos quinze, naquele mesmo bairro, em um restaurante italiano. Lúcio viu o dono mafioso esfregando o rosto adolescente de Lucrécia em uma privada manchada de merda enquanto gritava palavrões e a enrabava. Mesmo assim, Lucrécia permaneceu no bairro. Foi de novo, e de novo, *e de novo* humilhada, até que o bairro mais podre da cidade passasse à enganosa classificação de "classe média". O demônio viu em suas memórias o corpo vendido para bancar a vida que, de outra maneira, não teria. Viu Deus abandonando uma ovelha que resistia aos lobos.

E que aprendeu a resistir ao pastor.

Uma ovelha dessas não deve ficar sem pasto, o Demônio pensou.

Pedro, e mesmo um espírito endurecido como Aim, não aguentariam tanto. Aquela esfarrapada entregue em suas mãos sulfurosas conhecia muito do pré-requisito de seus associados. *Sofrimento* era algo fundamental naquele tipo de negócio. No ancestral pacto com o Demônio.

— Desculpe meus modos, Lucrécia — disse ele e a deixou respirar livremente.

A voz estava jovem de novo. Os olhos se abrandaram definitivamente e o ar tinha um odor fresco. O bonitão das madrugadas estava de volta.

— Precisamos estar atentos em nossa área de atuação. Tem muita gente por aí que prefere fingir que não existimos, mas que faria uma guerra para nos destruir — justificou-se.

— Não sou uma delas — disse Lucrécia, tentando controlar a dor da fratura exposta em sua perna. E claro que conseguiria. Lidava tão bem com a dor quanto com a gordura das panelas.

— Vou explicar um pouco do processo. Pedrão; traz alguma coisa para ela beber.

— Vodca — pediu Lucrécia. — E um guaraná.

Adaptar-se depressa a novas situações, outra especialidade de Lucrécia.

— Você não devia misturar — disse Lúcio. — Estraga a vodca.

— Eu não vou misturar.

Pedro, contrariado, foi atrás do que a moça pediu. A cabeça sacudindo de um lado para o outro atrás do balcão; a calvície, vermelha como um morango.

Todos ficaram quietos até que ele voltasse. Aim a estudava, curioso e interessado na humana destemida à sua frente. Todo demônio de uma categoria razoável sabe apreciar um humano com sangue nos olhos. A última mulher corajosa como aquela que ele vira se chamava

Joana. E era escura até no nome se o ouvissem na língua certa — apesar de uns espertalhões por aí não entenderem a piada...

Lucrécia apanhou o guaraná e deu um bom gole; na lata mesmo. A vodca, ela jogou sobre a ferida da perna.

— Merda! — disse quando o álcool pareceu derreter seus tecidos. Pedro vergou o pescoço para não ver aquilo. Lucrécia esticou o braço e apanhou a toalha de uma mesa ao lado. Rasgou-a e apertou forte em um torniquete. — Pode falar, bonitão — continuou, arfando um pouco. — E se me arrumar um cigarro, agradeço.

Aim estalou os dedos e estava com um Marlboro nas mãos.

Há anos ela não fumava. O dinheiro era tão curto que não sobrava para vícios. Lúcio, em um truque de salão que não costumava fazer, produziu uma chama azul, como a de um maçarico, acima de seu indicador. Lucrécia não pareceu se impressionar nem um pouco e acendeu o cigarro. Tragou lentamente, sentindo uma tontura boa.

— O que temos aqui é um negócio como outro qualquer, mas você já deve ter percebido nossas bases. E quem eu sou.

— Acredita em mim, cara, eu não tenho nada contra você. Nadinha — ela disse.

— Pude perceber. Mas falando do nosso negócio, essa parte do pessoal cuida dos novos contratos — apontou para os dois outros homens. — O Pedro é o cara das assinaturas e o Aim cuida da coação aos clientes. Você deve ter ouvido algumas bobagens sobre encruzilhadas e outras crendices, mas a única verdade nisso tudo é a parte do contrato assinado com sangue. O resto é besteira. E também não é *só* sangue. O que sai das veias é misturado a uma tinta especial que o pessoal recebe, um milagre que tentaram esconder há algum tempo. — sorriu. Aim retirou de seu paletó um tubinho de vidro com a tal tinta. Para Lucrécia pareceu sangue, um pouco mais fino, mas era da cor do sangue. Belíssimo.

— Não entendi muito bem a parte da *pressão*. Desde quando as pessoas precisam ser pressionadas pra ganhar dinheiro?

— Não é tão simples. A Igreja que nasceu depois que crucificaram o filho do meu antigo chefe complicou tudo. Ficam espalhando essa bobagem de fogo eterno, gemidos e ranger de dentes. Então você deve imaginar que precisamos ter um pouco de *perspicácia* extra ou simplesmente o negócio não ia funcionar. O pessoal do Aim cuida disso. Não existe essa besteira de *paranormal*, entende? Existem caras como o Aim. Depois da lapidação deles, os selecionados vêm a nós como moscas na carniça.

— Mas por quê? O que você ganha com isso?

— Eu tive uma discussão com um cara uma vez. E ele me disse que eu não poderia vencê-lo em uma disputa justa. Bom... Tudo se resume a isso. Ele sequestra pelo amor e eu pelo favor; a dor, nós dois usamos. E olha que eu vinha ganhando fácil há muito tempo, mas essa porcaria de internet... Mulher, isso acabou comigo. Agora todo mundo conhece tudo, lê tudo e *desacredita* em tudo. Nem eu ou Ele — apontou para cima — valemos muita coisa se não acreditarem em nós. Talvez precisemos rever todo esse nosso negócio, mas quer saber? Eu ainda pretendo ganhar essa aposta... E quando ganhar, vou provar quem é quem no mundo.

Aim deu um grande sorriso, Lucrécia olhou para ele. O homem negro estava bem diferente agora. Com chifres — dois na cabeça e vários menores pelo rosto; no queixo, nas maçãs de estivador — e com a pele escarificada.

— Desculpe, mas detesto parecer humano — justificou-se.

— Entendo você — disse Lucrécia. O Diabo sorriu. Ela continuou: — Já percebi o que fazem. E Lúcio, você não vai ganhar do cara lá de cima desse jeito.

— Como é?

— Isso aí, vocês estão jogando errado. Não sabem mais o que as pessoas querem, não estão mais dentro de suas casas. E elas não acreditam mais em você, Lu... Muito menos em Deus, que está pouco se lixando pra elas. Outra coisa: esse negócio de ficar mexendo camas e jogando copos de vidro no chão, isso não assusta nem criancinha. Quanto tempo faz que vocês não vão ao cinema? Assistiram *Hellraiser*? Conhecem Freddy Krueger? A Regan de *O Exorcista*?

— Esse último, sim. Foi um dos últimos filmes onde fiz uma ponta... — disse o bonitão, um tanto saudosista.

— De medo eu entendo. Pessoal... Vocês não estão nem perto.

Os três se entreolharam. Lucrécia continuou o bombardeio.

— E os desejos? Sabe, as pessoas querem fama, não só dinheiro. Querem gozar o dia inteiro, querem ser astros de Hollywood, querem fãs comprando suas revistas. Querem a porcaria de uma rua com o nome delas! Entenderam?

O Diabo estava interessado. As palavras daquela mulher faziam total sentido.

— O que eu vejo aqui — continuou Lucrécia — é um Diabo velho com cara de novo, um demônio que não assusta nem uma velhinha que tem medo da morte e um gordinho safado que não conseguiria vender seguros de vida para a mulher de um homem com câncer. — Aim e Lúcio baixaram a cabeça, envergonhados. Aim tamborilava os dedos pela mesa, esperando aonde tudo aquilo os levaria. Mas foi Pedro quem reagiu.

— Sua porca! Acha mesmo que pode falar assim com a gente?

O cheiro ruim começou a se espalhar de novo. O mesmo acontecia com o calor. Aim se afastou da mesa, fazendo a cadeira se arrastar depressa. Pedro em seguida. Lucrécia continuou onde estava e deu outro gole no refrigerante que começava a esquentar.

Lúcio levantou-se e tirou a jaqueta. Algo em suas costas começou a crescer por dentro da camiseta. Seu rosto e sua pele também se modificaram. Ele envelheceu dez anos em segundos. Seus músculos cresceram junto. Nas mãos surgiram garras negras e compridas. Os olhos ferveram de novo. Seus pés saíram facilmente dos sapatos e se tornaram patas com cascos bifurcados. Lúcio caminhou em direção a Pedro, e por onde pisou o chão ganhou marcas escuras. Sua camisa ficou apertada, chegou a rasgar nos bíceps, mostrando uma musculatura enorme e hipervascularizada. Estava todo vermelho, brilhante, como se exalasse luz. Seus poros contendo milhões de sóis dentro deles. Lúcio se mostrava como *a Estrela* para Pedro, pela segunda vez. A primeira foi quando o admitiu, depois de demitir o antigo cara dos contratos. Seu nome não era relembrado — como o de Pedro também não seria. O único negociante com um nome lembrado até hoje se chamava Judas.

— Sua vez de pagar, Pedro — disse Lúcifer.

— Mas, chefe? Depois de tudo que eu fiz?

— Negócios... — disse. Lúcifer apanhou um guardanapo da mesa. — Precisamos nos reciclar...

O demônio amassou o guardanapo entre os dedos e o incendiou na palma da mão, o fogo dançou para ele, de uma maneira que as chamas não fazem. A pequena bolota de cinzas ainda fustigava algum calor quando ele a assoprou. O papel quase sem peso se consumia em cinzas, um LED vermelho na escuridão da noite. A fagulha bailou sobre o ar quente do trailer. Seguiu flutuando até atingir o terno de Pedro. Ele a estapeou e assoprou a brasinha presa em seu ombro. Começou a incinerar logo em seguida. Pedro gritava, tentando apagar aquele fogo, gritava, mesmo sabendo que não conseguiria. Seu rosto já derretia quando ele disse:

— Espero você lá embaixo, sua piranha!

Então seus lábios pegaram fogo e viraram cinzas, como todo o resto de seu corpo.

— Encontre uma cadeira confortável, porco.

Lucrécia varreu a mesa com os olhos e apanhou um dos copos de vidro. Atirou-o no chão causando uma explosão de estilhaços. Com o maior dos cacos, fez um corte profundo na palma da mão direita. Não esboçou qualquer reação dolorosa. Reagiu como se tivesse passado a faca em um pote de margarina e perguntou:

— Onde eu assino?

O Diabo sorriu, certo de que tinha feito uma bela troca. Seu corpo se retraiu e ele voltou a ser o rapaz bonito que usava uma jaqueta de couro e dirigia um Maverick envenenado.

— A tinta, Aim. Alguém acaba de entrar para o time...

4

O bonitão estava com o tubo de tinta nas mãos, satisfeito com o sangue generoso que deixava o corpo de Lucrécia.

— Preciso que você beba dessa tinta, Lucrécia. Sinto muito que tenha cortado a mão dessa maneira, mas às vezes você é impetuosa demais para ser controlada. E não se preocupe com o corte, nós daremos um jeito.

Ela olhou para a ponta do osso que emergia de sua perna. Começava a ficar tonta.

— Sinto muito, não posso fazer nada em relação a isso. Você ainda não era *minha* quando aconteceu.

Atordoada mas decidida, Lucrécia apanhou o tubinho que saiu do bolso de Aim — ele agora parecia humano outra vez — e o destampou. Um pouco de vapor vermelho escapou pelas bordas.

— Só molhe a língua, mulher — preveniu Lúcio. — Você não faz ideia de como é difícil conseguir essa essência.

Ela obedeceu e tão logo sentiu a ferrugem adocicada do líquido, notou seus sentidos se esvaindo. Aim a amparou antes que caísse.

— Quer mesmo fazer isso? Com ela? — ele perguntou a Lúcio.

O Diabo sorriu da inocência de Aim. Ele aprenderia com a eternidade, tão certo quanto Lúcio venceria aquela velha disputa com os Céus. Em vez de responder, Lúcio apanhou a chave do Maverick no bolso da jaqueta.

Aim checou o relógio em seu pulso.

— Eu ainda tenho aquela reunião. Quer ajuda para colocá-la no carro?

— Na verdade, quero que você cuide do Maverick. Vou levá-la para baixo. Pode estacionar o veículo na frente da loja da cigana Sofia. Ninguém naquele lugar colocaria as mãos no meu carro.

5

Era dezembro, e Lucrécia estava na escola, pensando no que receberia de presente de Natal. Poucos metros à sua frente, Amanda e Camila brincavam com as bonecas que receberam antes do dia 24. Não seriam as últimas, mas com toda a certeza seriam melhores que o presente reservado a Lucrécia. Aos nove anos, ela ainda acreditava em Deus e também na pureza humana. Por esse motivo, quando o professor disse que era hora do intervalo, ela pensou que era o momento certo para se aproximar das duas amiguinhas que conversavam perto dos balanços do pátio. Amanda logo percebeu a aproximação e disse a Camila, pouco se esforçando para que Lucrécia não as ouvisse:

— Eu não acredito... A fedida está vindo atrás da gente.

Camila deu de ombros, mas girou o corpo garantindo que suas costas a protegessem de Lucrécia.

— Tão brincando do quê? Posso brincar com vocês?

— Não enche — Amanda respondeu.

Lucrécia persistiu e sentou-se perto das duas, no chão. Olhava para as bonecas novinhas em suas mãos, e também para uma mais antiga, desprezada, cujo vestido rosa já estava todo manchado de chocolates, doces e todo o tipo de porcarias que Camila enfiava na boca. Se aquela boneca fosse de Lucrécia, estaria novinha em folha. Ela a colocaria dentro do armário e só brincaria com ela depois de lavar as mãos.

— Posso ficar com aquela? — perguntou. — Eu devolvo, juro por Deus que devolvo. Eu só quero brincar com vocês.

— Não — Camila respondeu. Puxou a boneca suja para mais perto de si e a colocou debaixo de sua perna esquerda. Amanda riu e acrescentou:

— Você vai passar pobreza para nossas bonecas. Eu não gosto de você, não gosto do seu cheiro e não gosto do lugar onde você mora. Minha mãe disse que o seu pai é um tarado e que sua mãe é uma vaca.

Lucrécia sentiu uma pontada no estômago. Dizer aquilo do seu pai? Ela nem sabia direito o que significava tarado, tudo o que ouviu é que um tarado machucava meninas e até mesmo mulheres grandes. Porém, infelizmente, sabia o que era uma vaca. Ela se afastou das duas e foi até onde os meninos brincavam. Um deles, chamado Henrique, costumava colecionar besouros. Ele os colocava dentro de um vidro de maionese e ficava ouvindo seu ruído. Os professores da escolinha não aprovavam aquilo, mas Henrique era o que eles chamavam de *especial*. Ele tinha o miolo mole, e a única maneira de mantê-lo quieto durante o intervalo era deixando-o com seus experimentos. Lucrécia se aproximou e deu uma olhada no frasco de vidro ao lado dele. Henrique a notou quando sua sombra tapou o sol que aquecia seu rosto pálido.

— O que você pegou hoje? Posso ver? — Lucrécia perguntou.

— É meu — o garoto respondeu e abraçou o vidro. A coisa presa dentro do recipiente ficou agitada. Começou a se chocar contra o vidro, fazendo um tec-tec incômodo e assustador. Lucrécia chegou mais perto e conseguiu vê-la. Parecia uma abelha, mas muito maior. Também era mais escura.

— Eu só quero segurar um pouquinho. Por favor. Dou meu chocolate se você deixar.

Aquele era seu lanche. Seu pai deu a ela antes de deixá-la na escola. Tudo o que pediu em troca foi que ela não contasse para a mamãe sobre sua amiga que usava roupas curtas e o beijava na boca. Lucrécia concordou, fazia muito tempo que ela não comia um chocolate. De qualquer maneira, ela não teria enchido a paciência da mamãe com aquele assunto indigesto. Desde que ela começou a tomar remédios e seus cabelos caíram, mamãe não tinha muita felicidade, o melhor mesmo era deixá-la em paz. Papai também precisava de um pouco de sossego, quem sabe assim parasse de beber tanto.

— Só um *poquim, tá bão?* — disse o miolo mole.

Lucrécia cumpriu sua parte e deu o chocolate a ele. Henrique o enfiou na boca e começou a balançar para a frente e para trás, ele sempre fazia isso quando estava muito feliz ou muito bravo. Pensando bem, ele fazia aquilo na maior parte do tempo. Lucrécia aproveitou para se afastar com o vidro.

— Ei, acorda — chacoalhou e disse ao inseto lá dentro. Olhando mais de perto, conseguiu identificá-lo. Um ano antes, quando seu pai resolveu derrubar um quartinho imundo que havia no quintal de casa, um monte de vespas o atacou. Elas o picaram no rosto e ele ficou deformado uma semana inteira.

Dessa vez, a vespa não se lançou contra o vidro. O que fez foi parar na posição onde estava um dos dedos de Lucrécia. Então, ela fez a coisa mais legal do mundo: colocou seu ferrão para fora, todinho.

— Boa menina — ela disse.

As duas bobonas ainda estavam brincando. Lucrécia se aproximou mantendo o vidro às suas costas, o rosto dispensando uma autoconfiança que não combinava com ele. Talvez por esse motivo, Amanda tenha parado com o que fazia e esperado que a menina pobretona voltasse a se aproximar.

— O que tem aí atrás? — Amanda perguntou.

— A coisa mais legal do mundo — Lucrécia respondeu, se lembrando do ferrão.

— Mentira. Você não tem nada legal — Camila disse. — O que é? Um sabonete para meninas fedidas?

As duas riram e um vento mais frio bagunçou os cabelos de Lucrécia. Eles eram compridos, loiros, e estavam totalmente embaraçados. Lucrécia costumava mantê-los presos, mas naquela manhã mamãe acordou parecendo um zumbi. Ela pediu que papai desse um jeito nos cabelos da filha, mas ele não deu muita bola. Ultimamente, seu principal compromisso era manter as garrafas na geladeira. Ele e mamãe discutiam muito, mamãe dizia que a doença dela era culpa dele, papai dizia que ela era uma puta ignorante e às vezes batia nela. Lucrécia não se envolvia, não seria nada bom apanhar junto com mamãe.

— Vão querer ver ou não?

Amanda e Camila se entreolharam. O que uma menina fedida e suja como Lucrécia Trindade teria a oferecer? Uma boneca sem cabeça? Um vestido furado na bunda como o que ela usava quando ia à missa? Talvez fosse um cachorro pulguento que ela encontrou no pátio.

— Antes diz o que é — Amanda pediu.

— É mágica — ela disse e foi desrosqueando a boca do vidro às suas costas. As duas meninas se mexiam, ameaçavam levantar, moviam o corpo, tentando enxergar o que ela tinha ali atrás. — Querem ver ou não?

— Tá bom, feiosa. Você venceu. O que quer em troca? — Amanda perguntou. — E não pede minhas bonecas porque eu não vou dar.

— Nem eu! — confirmou Camila.

Antes que terminasse de abrir o vidro, Lucrécia sentiu alguém tocando seus ombros. Ela se virou depressa para o inspetor Marques — que parecia uma salsicha amassada — e abraçou o vidro. Ele não pareceu incomodado, ou mesmo curioso com o que ela tentava esconder; aliás, ele nem pareceu notar.

— Seu pai está aqui, ele quer falar com você.

— Agora?

Marques se abaixou até a altura dela. Era um homem gordo e não foi muito fácil para ele fazer aquilo. Voltou a tocar seus ombros.

— Você precisa ser forte, coração. Seu pai vai precisar de você.

— O que aconteceu? Foi alguma coisa com a minha mãe?

Marques baixou os olhos e assentiu com a cabeça. Esperava que Lucrécia começasse a chorar ali mesmo.

— Já vou. Fala pro meu pai que tô indo. Vou dar tchau pras meninas.

O inspetor concordou e começou a caminhar até a entrada das salas de aula com seu andar cocho. Lucrécia viu seu pai em um relance. Ele estava com os cabelos desgrenhados e com o rosto vermelho. Não parecia triste, mas com certeza estava furioso.

— O que aconteceu? — Camila perguntou a Lucrécia.

— Deixa ela ir embora — Amanda disse em seguida. Depois, falou para Lucrécia. — Ninguém gosta de você, fedida. Aposto que sua mãe fugiu de casa para nunca mais olhar para sua cara feia.

Quieta, Lucrécia virou de costas. Movimentou a boca do frasco, garantindo que um leve movimento o abriria. Então ela jogou o pote de maionese no chão e saiu correndo. Logo ouviu as duas meninas gritando.

Naquela manhã cinzenta, não pareceu importante esperar pelo desfecho do ataque. Lucrécia ganhou o corredor que dava acesso às salas de aula, apanhou a mão de seu pai e deixou aquela escola nojenta para nunca mais retornar. Enterraria sua mãe três horas depois, e com ela, a melhor parte de sua vida.

6

— Mamãe? Mãe, acorda! — ela gritou, ainda presa em sua infância. Diante de seus olhos, sua mãe estava deitada sobre a cama grande onde à noite dormia com papai. Seu rosto estava enorme, seu peito não se movia para cima e para baixo. Havia um cheiro ruim dentro do quarto — mais tarde, alguém diria que aquilo era éter. Lucrécia apanhou o braço que caía para fora da cama e começou a sacudi-lo. Alguém a arrastou dali e disse que era tarde demais. Ela resistia e mantinha os pés no chão; tinha tanto para dividir com a mãe... Ela ainda era nova demais para viver sem mãe, era nova demais para qualquer coisa!

Lucrécia sentiu uma leve tontura, depois perdeu o corpo em queda livre. Abriu os olhos e tornou a fechá-los. Não conseguiu mantê-los abertos em um primeiro instante. Havia uma luz amarelada muito forte ameaçando cegá-la. Na segunda tentativa, a luz havia ido embora. Em seu lugar, reconheceu penumbra e um cheiro defumado que tomava conta de tudo.

— Até que enfim está acordada, pensei que fosse dormir para sempre — disse uma voz feminina. Lucrécia não tentou reconhecê-la, seria inútil com o torpor que a tomava por completo.

— Que lugar é esse? Ainda estou sonhando? — perguntou. Tentou se levantar do que parecia uma poltrona de couro, mas o peso do próprio corpo a trouxe de volta.

— Nada de sonhos, queridinha. Você está sã e salva. *No Inferno*. Dessa vez, a adrenalina fez sua parte e Lucrécia conseguiu se sentar. Sentiu uma fisgada na musculatura da perna. Cambaleante, deixou a poltrona e se apoiou na parede mais próxima. Começou a andar em frente, em passos sofridos, seguindo na direção de um pequeno facho de luz que escapava pela soleira da porta do lugar ao qual estava confinada. Sua perna não ajudava em nada. Alguém fez um curativo e enfaixou, mas, a cada passo, o osso parecia tentar voltar para fora da carne.

— Que merda está acontecendo aqui? Quem é você? — Lucrécia estava confusa. Tinha avançado pelo menos seis passos, mas a luz da soleira continuava se afastando dela. E havia algo de errado com aquelas paredes.

— Pode me chamar de 150.030. Sou sua melhor amiga a partir de agora. As luzes voltaram a brilhar em seguida. Nada muito forte, apenas um lustre de três lâmpadas, fracas como velas, preso no teto. A claridade iluminou o rosto da mulher. Aparentava ter mais ou menos a idade de

Lucrécia. Era mais alta e mais loira. Metade do rosto estava coberto por mechas de seu cabelo comprido.

— Eu não sei quem você é, e para ser sincera, estou me lixando. Quero saber quem foi o babaca que me trouxe para cá. E também quero falar com o responsável.

A mulher loira suspirou. Deu dois passos em direção a Lucrécia e, enquanto polia as unhas com algo que tirou do bolso da calça social cinza que vestia, respondeu:

— Não abuse da sorte, querida. Quem trouxe você até aqui foi o dono desse lugar. Não consigo imaginar o que ele viu em você, mas aprendi há muito tempo a não discutir com o Lu.

— Então... Foi de verdade? O que aconteceu no bar e...

— Tão de verdade quanto a ferida em recuperação em sua perna. Acredite, Lucrécia, existem muitas maneiras de vir parar aqui em baixo, você deveria estar agradecida — meneou a cabeça, torcendo os lábios vermelhos. — Algum espertinho me encarregou de mostrar o lugar a você. Pelo menos a parte que eu conheço, porque ninguém conhece tudo do Inferno.

— Luzes — disse em seguida. E a luz se fez, tornando as três lâmpadas tímidas bem mais potentes.

Lucrécia recuou um passo quando notou a parede onde estava encostada. Não exatamente a parede, mas o que estava pendurado nela.

A primeira moldura mostrava uma criança chorando. Lucrécia já havia visto aquele quadro antes, como muita gente que nasceu e cresceu nos subúrbios. Eram bem populares até os anos 1990. Ao lado dele, havia outras quatro pinturas. Na parede da frente, outras cinco, e às costas de Lucrécia, bem atrás da poltrona de couro vermelha onde acordara, havia uma obra que ocupava toda a parede. Essa chamou mais a sua atenção — não é todo dia que se vê um quadro constituído de insetos formando um escaravelho.

— Que horror — disse ela, por fim.

— Não, querida. Esse aqui é um dos oásis da realeza. Mas você vai ter tempo de conhecer as outras instalações.

Lucrécia recuou alguns passos, não conseguiria ficar em pé por muito tempo. Voltou até a poltrona de couro e deixou o corpo cair sobre ela. Aproveitou para erguer a perna e avaliar como estava indo seu ferimento — seu vestido largo de garçonete permitiu o movimento. Puxou a atadura de gaze e deu uma boa olhada.

— Caramba, olha só o tamanho dessa cicatriz! E como foi que conseguiram fechar o corte tão rápido?

— Ouça, querida; e ouça bem para não esquecer nunca mais; nada no Inferno é o que parece ser. Você acordou depois de alguns meses, ok? Enquanto isso, o pessoal daqui deu um jeito de recolocar seu osso no lugar. Mas eu não sairia correndo se fosse você.

— Correr? Eu mal consigo andar!

— Eles também pensaram nisso.

A 150.030 deu as costas a Lucrécia e caminhou até a porta. Havia uma bengala negra apoiada na parede. Parecia novinha, até brilhava. Não havia um cabo decente, mas tudo bem; era melhor que andar se escorando nas paredes. E pelo menos tinha um cabo de madeira onde poderia apoiar as mãos.

— Pode usá-la, é sua. Eu até ajudaria você a andar, mas precisamos manter a fama ruim desse lugar. Aliás, você não está aqui para ganhar favores. Pelo que entendi, seu trabalho será oferecê-los.

Lucrécia apanhou a bengala, apoiou-a no chão, testou se resistiria ao seu peso.

— Não pode pelo menos se apresentar direito? Qual o seu verdadeiro nome?

— Não estou autorizada. Se ficar mais fácil para você, pode me chamar de *Trinta*.

Sem alongar o assunto, Trinta caminhou até a porta e a abriu. Esperou que Lucrécia se acostumasse com a nova bengala. Ela não demorou muito. Depois de dois ou três passos desencorajados, começou a andar com alguma segurança.

Adaptação, pensou Trinta. *A vadia é boa nisso.*

7

Ao passar pela porta, Lucrécia pensou estar sonhando de novo. A realidade de onde estava agora era o oposto da sala onde acordara. Nada de paredes limpas, nada de temperatura amena, nada de quadros enfeitando as paredes e nada de silêncio. Quando a porta às suas costas se fechou, Lucrécia viu-se de frente para um enorme corredor, com paredes feitas de rocha. O teto era alto e feito de cimento, havia luminárias fluorescentes chiando, algumas piscavam sem parar. Lucrécia também notou escavações nas rochas. Dentro delas, corpos humanos cinzentos pareciam hibernar a cada três, quatro metros. E essa não era a pior parte. Entre as catacumbas verticais, havia celas dos dois lados. Um cheiro de urina e suor recendia pelo ar viciado, todo o som era resumido a um homem chorando e goteiras. Lucrécia olhou para o chão, depois de falhar no primeiro passo. Bateu sobre a superfície com a nova bengala.

— Pedras. Que lugar é esse?

— Primeiro nível. Onde todo vagabundo esfarrapado acaba. O chefe não gosta muito daqui, mas ele reconhece sua utilidade. O tipinho de gente que cai nesse buraco não serve para nada. O grande interesse deles é ficar aqui remoendo o passado. Para sempre. Lar dos inúteis, querida.

Lucrécia escolheu a direita — o cheiro que vinha da esquerda era um pouco pior. No terceiro passo, mais um pouco de azar. Seu vestido farfalhou com a corrente de vento e acabou tocando em uma das poucas grades abertas. Lucrécia o recolheu depressa, mas já era tarde. Estava manchado com ferrugem. Bem, marrom como estava, era melhor pensar em ferrugem...

— Não podiam ter trocado essa porcaria de vestido? Eu ainda pareço uma garçonete.

— Faz parte do ritual de entrada. E você deveria nos agradecer. Não é todo mundo que tem uma roupa para usar no Inferno. Eu mesma, quando caí aqui, além de nua, fui colocada junto com um bando de demônios tarados, os íncubos. Acho que fiquei uns seis anos sendo rasgada e recosturada. Minha *menina* ainda dói quando me lembro disso.

— Ela se perdeu por um breve instante, mergulhando os olhos na infinidade de celas à frente. — Mas eu mereci, sabe? Uma coisa que você logo vai aprender por aqui é que todo mundo merece o que recebe.

— Prefiro pular essa parte, Trinta. — Lucrécia caminhou mais alguns passos, a perna parecia melhor enquanto se movimentava.

O choro masculino ainda ecoava pelo corredor, entretanto, ela não via ninguém além daquela mulherzinha azeda.

— Por que tantas celas vazias? — perguntou Lucrécia quando passou pela sexta jaula. — Pensei que o Inferno fosse bem mais cheio...

— Tivemos nossa época de ouro, ou é o que dizem. Eu não estou aqui há muito tempo, então... O que eu sei vem dos demônios que soltam a língua depois de comerem um pouco da sua carne.

— Ei! — Lucrécia parou de andar. — Eu não quero ninguém mastigando minha pele!

— Garota... Não é muito diferente do que fazíamos lá em cima. Eu conheço a sua ficha, sei sobre o que você aprontou quando a grana estava curta. Não é muito diferente da prostituição, sabe? Nós damos o que eles querem, nossa pele cresce de novo, a única diferença é que ninguém aqui embaixo vai se achar melhor do que você por causa disso. Mas respondendo melhor à sua pergunta, o Inferno anda vazio, principalmente nos níveis mais rasos. Dizem que esse é um dos motivos para trazerem você para cá.

Continuaram caminhando. Lucrécia sentia a perna machucada formigar um pouco, o que por um lado era bastante útil, já que a dor deixava de incomodá-la. O choro masculino estava mais forte. Ocasionalmente, o homem urrava. Lucrécia começou a não gostar.

— Por que esse coitado grita tanto? Estão comendo a carne dele?

— De certa forma — Trinta respondeu. Havia um sorrisinho pernicioso em sua boca, daqueles que sua avó tem no rosto quando você é criança e insiste em experimentar pimenta. — Ele foi condenado ao verme que nunca morre.

Notando que Lucrécia não conhecia a história, Trinta explicou.

— Está escrito na Bíblia, o filho do homem do Céu profetizou a lenda. Lu deve ter ficado uma fera. Antigamente, ele gostava de manter segredo. Hoje em dia é o oposto, quanto mais falarem do Inferno, melhor.

— Mas as pessoas têm medo desse lugar.

— É... E o medo é bem mais produtivo que a descrença. O Inferno, queridinha, é como o que seus olhos mostram. Você precisa ver para acreditar que existe. Às vezes é como um espelho, você se move e ele se move de volta. Quando alguém não crê no Inferno, vai para outro lugar. Nem o patrão de cima ou o Lu aqui embaixo fazem questão dessas almas. Elas ficam no limbo, apodrecendo para todo o sempre, esperando a porcaria do Juízo Final que nunca vai chegar.

Caminharam mais um pouco, passando por vários daqueles entalhes humanos nas paredes. Alguns respiravam, outros estavam com os olhos abertos, nenhum deles dizia nada.

Pararam de andar quando Lucrécia viu um homem com a camisa manchada do lado do coração se apoiando nas grades. Se ele não estivesse no Inferno, estaria morto como de fato parecia. Seus olhos estavam embaçados, a parte da pele livre das roupas assumia um tom esverdeado. Ele respirava através de um tubo de caneta espetado na garganta edemaciada. Chiava um bocado. Lucrécia parou em frente à cela.

Trinta cuspiu sobre o homem, apanhou a bengala de Lucrécia e o golpeou nas mãos que se agarravam às grades para que se afastassem.

— Quem é ele? — Lucrécia perguntou, enquanto o homem tornava a se reaproximar. Ela notou que ele tinha uma mochila presa em suas costas.

— Pergunte você mesma. Ele ainda pode falar, apesar de ter furado a porcaria da garganta para conseguir respirar.

— Meu nome é Nôa.

— Por que veio parar aqui? Qual foi o seu crime?

Nôa sorriu e ajustou o tubinho de acrílico.

— Eu não devia precisar disso. Estou morto, não estou? Isso é tortura, pô! Até quando vão me manter aqui dentro?

— É só o começo, monte de lixo — disse Trinta. — Vamos, chega de perder tempo com ele. — Devolveu a bengala à Lucrécia.

— Me ajuda, moça — Nôa pediu a Lucrécia.

Trinta riu do desespero do homem e continuou caminhando. Lucrécia a seguiu. As duas avançaram, até que Nôa desistiu de chamar por elas. O som de choro continuava e Lucrécia percebeu que não vinha daquele homem. Pensava no que encontraria mais à frente. Não sentia a menor vontade de descobrir. Trinta ainda tinha algo a dizer sobre o homem chamado Nôa.

— O safado cometeu a maior injúria de todas.

Andaram mais dois passos sem que Trinta continuasse a explicação.

— Não vai me dizer o que é? — Lucrécia pressionou.

— Ele tentou enganar o chefe. Garota, Lu pode ter todos os defeitos do Universo, mas se você souber caminhar com ele, não terá problemas no Inferno. O bonitão ali atrás tentou roubar algo que pertencia ao chefe. Magia cigana, do tipo que não existe mais no andar de cima. Ele ficou furioso. Antes da cela, Nôa passou um tempinho no segundo nível, onde os demônios ateiam fogo em você a cada duas horas. Acho que o chefe só o trouxe para cá para que não *desaparecesse*.

— E o que aconteceu com a vida eterna?

— Nada é eterno, querida. Se uma alma for castigada demais e por muito tempo, sua essência fica tão fraca que pode desaparecer. Acho que o chefe não queria isso para o nosso amigo, Nôa. Penso que ele ainda precise sofrer alguns milhares de anos, ou quem sabe Lu tenha outros planos para ele? O Diabo sempre tem um plano, sabe? — piscou o olho que estava livre da mecha de cabelo.

O som de choro estava mais alto e mais próximo. Lucrécia calculou que depois de três ou quatro celas chegariam até sua origem. Antes, ela tinha tempo para algo que beliscava sua curiosidade.

— Vi os quadros na sala onde eu acordei. O que obras de arte têm a ver com o Inferno? Seu chefe também falou na lanchonete onde eu trabalhava sobre pinturas e esculturas. E alguma coisa sobre uma criança e uma loja cigana. Ele parecia satisfeito com alguém chamado Marcos... Marcos qualquer coisa.

— Cantão é o sobrenome dele, Marcos Cantão. Eu não sei muito sobre o que aconteceu lá em cima, mas o chefe ficou feliz como eu não via desde o Onze de Setembro. O que eu ouvi veio da "rádio peão" — sim, ela também funciona aqui no Inferno. Parece que um menino cigano criou a tal tinta, e eu sei que o chefe precisa dela para ampliar os negócios. É aí que o nosso amigo Nôa, ali atrás, entra na história. Ele tentou tomar a tinta para si. Mas o que eu não sei ainda é qual é o *seu* papel nesse projeto. Como eu disse, eles só me mandaram mostrar o primeiro andar. E eu não gostei nadinha disso.

— Não tenho certeza se eu quero descobrir o que tem ali. — Lucrécia disse a dois passos da cela 68. Trinta a deixou ir em frente, observando e sorvendo suas inquietações.

Enquanto se aproximavam pelo corredor, os gritos do homem abafaram um segundo som, Lucrécia podia ouvi-lo agora. Vinha de um bebezinho, uma menininha. Ela estava sem roupas, em um canto, olhando para um homem sentando que se mantinha de costas para a entrada da cela.

— Um bebê? Como ousam manter um bebê nesse chiqueiro? Crianças não tem pecado!

— Depende... Essa aí não foi batizada. Além disso, a menina foi gerada de uma maneira *muito especial*.

— Chega dessa merda, quero ela fora dessa jaula! Agora! — Lucrécia disse, e empunhou a bengala na direção de Trinta. A mulher se esquivou e os cabelos descobriram a parte oculta de seu rosto por um segundo. Lucrécia teria notado a deformidade se não estivesse tão furiosa.

— Eu não posso fazer isso — Trinta disse. — Mas se você quiser, a porta está aberta.

Ela pensou bem pouco antes de empurrar a grade.

Os metais chiaram, o homem que chorava ficou quieto. Quando percebeu Lucrécia ao seu lado, já dentro da cela, ele girou o pescoço em direção a ela. A mulher precisou se escorar nas grades para não desmaiar.

8

Às suas costas, as grades foram de novo fechadas. Trinta se afastou para onde as mãos de Lucrécia ou sua bengala não a alcançassem. Havia uma expressão morna em seus lábios, uma mistura de satisfação e desprezo. A metade visível do rosto tomada por um sorriso infantil.

— Me tira daqui! Quero sair daqui agora! — Lucrécia gritou.

— Você não pode fugir de si mesma, queridinha; outra regrinha básica desse lugar.

Lucrécia ainda tentou abrir as grades, empurrou e chacoalhou as barras, mas a desgraçada do outro lado a trancou com uma chave. Trinta não estava mais sorrindo sob os cabelos loiros. Mantinha os braços cruzados e encarava os olhos atordoados de Lucrécia.

— Amorzinho, eu não aguento mais ficar aqui, você precisa me ajudar — disse o homem.

— Não quero ouvir a porra da sua voz, *pai*! Não tenha a cara de pau de falar comigo!

— Princesinha, isso não é jeito de falar com o seu pai — o homem disse, e tentou se levantar. Lucrécia o golpeou com a bengala, na altura dos rins. Isso o deteve por algum tempo. Aproveitando-se disso, Lucrécia tomou a criança para si. A menina gritou como um porquinho, seu pequeno nariz estava tomado por muco e ela, prestes a sufocar em seu próprio pavor.

— É seu bebê, Lucrécia. O bebê que seu pai colocou na sua barriga. Não preciso esclarecer para onde vêm os bebês incestuosos, preciso?

— Cadela! Me tira daqui, Trinta! Quero sair daqui agora!

Lucrécia sentiu um movimento diferente em seus braços. Longo demais, frio demais, um pouco ríspido, como se escamas deslizassem por sua pele. Ao devolver os olhos à criança em seus braços, encontrou um réptil. O corpo ainda mantinha o formato humanoide, mas a cabeça era como a de um camaleão. Os olhos se moviam sem sincronia, a coisa grunhia em seus braços como se estivesse sendo queimada viva. Lucrécia insistiu em segurá-la, ciente de que aquele pecado também era seu. Só deixou a criatura cair quando ela mordeu seu polegar direito.

— Você nunca a quis — disse o velho. Lucrécia estava distraída com a coisa reptiliana que se refugiava atrás de um vaso sanitário. Ainda podia ver a cauda se debatendo no meio da sujeira. Quando desviou os olhos, era tarde demais. Seu pai estava de pé, bem à sua frente.

As roupas que usava ainda eram a do seu enterro. Norato Trindade se envolveu com um pessoal barra-pesada depois de adicionar ao álcool o vício em cocaína. Acabou devendo dinheiro a eles e morreu assassinado. A própria Lucrécia tinha escolhido aquele terno. Não custou caro e era bem mais do que o porco merecia. Desceu os olhos para onde as mãos do homem estavam — sobre a barriga. O tecido da camisa estava manchado, sangue novo e antigo se mesclavam em nuances vermelhas e marrons. Norato tentava manter algo escondido, pressionando o ventre e parte do tórax com as mãos encardidas.

— Ele está em mim, Lucrécia. E nunca morre — gemeu. — Você precisa me perdoar, eu não aguento mais!

Talvez para convencer Lucrécia, ou mesmo por um deslize no movimento das mãos, a barriga acabou exposta. Então ela viu. O verme.

A criatura tinha cor leitosa, mas estava toda suja de vermelho. Na boca, possuía três ventosas, de cada uma delas emergia um punhado de dentes afiados. Quando percebeu que estava livre, em vez de pular para fora da carne de Norato, o verme se esticou e mergulhou outra vez contra a pele. Começou a rodopiar e abrir caminho. Norato gritou, cambaleou até os fundos da cela, só parou quando encontrou a parede. Apertou o estômago e deslizou até o chão. Tentava tapar o ferimento que nunca cicatrizava. Um pouco de sangue escorria pelo buraco.

— Me liberte, eu suplico.

Lucrécia estava chorando. Não lembrava muito bem da última vez que fizera tal coisa sem o impulso de dor física. Provavelmente, tinha sido quando enterrou aquele filho da puta — e suas lágrimas eram de felicidade.

— Estão apenas começando com você, papai. E quer saber? A magrela — Norato a chamava assim, quando estava de cara cheia e a violentava — está por cima agora. E você está no chão, na lama, no Inferno de onde nunca deveria ter saído. Vou fazer o possível para o seu sofrimento durar para sempre.

— Eu me arrependi, *Deus* sabe que sim! — ele disse.

Um rugido tomou os corredores e cada bloco da prisão. O espaço vazio fez o ruído se repetir inúmeras vezes. As estruturas humanas emparedadas gritaram. Norato continuava com a inteligência de um plasmódio. Dizer o nome de Deus ali embaixo? Era como cuspir na cruz no andar de cima.

— Não, você não sabe o que é arrependimento — Lucrécia disse. Norato se deitou abraçado ao ventre. Seu verme eterno o roía por dentro. Lucrécia conseguia ouvi-lo, sua mastigação úmida e faminta.

Enquanto apreciava o sofrimento daquele bastardo, um movimento perto do aparelho sanitário chamou sua atenção. Ela se afastou em direção às grades, caminhando de costas, na expectativa que o próximo castigo pertencesse a ela. Entretanto, sabia que não tinha culpa na geração da criança incestuosa. Ela também era uma criança na época. Frágil demais, crente demais.

O que deixou o espaço da privada foi a forma transmutada da criança. Ela tinha uma boca enorme agora, com três fileiras de dentes — duas em cima e uma na arcada inferior da boca. A coisa era incrivelmente forte, caminhava ereta sobre as patas traseiras e não era muito maior que um gato. Seus olhos continuavam como antes.

— Não! De novo, não! — Norato gemeu.

Então a criatura se lançou sobre o rosto desprotegido dele — as mãos de Norato ainda se concentravam na barriga, a apertando para que o verme não se movesse tão depressa. As garras dianteiras do bebê réptil perfuraram o rosto de Norato, se fixaram nele como as traves de uma sonda de petróleo. As traseiras começaram a golpear seu rosto, arrancando pedaços de carne. Parte desse tecido, a besta réptil consumia, os menores pedaços caíam no chão. Norato gritava desesperadamente, fez isso até que a criatura se interessasse por sua língua. Foi o que motivou Lucrécia a voltar para as grades, ela não queria e não precisava ver mais nada.

— O que está acontecendo aqui? — perguntou outro visitante.

Lucrécia reconheceu a voz forte que ouvira no Vagão do Turco quando todo aquele pesadelo começou. Trinta recuou um passo largo quando a ouviu. Perdeu a cor no rosto e se encolheu contra a parede. Um dos soterrados tentou agarrá-la e mordê-la, ela o repudiou.

— Eu não...

Trinta chegou a olhar para trás, provavelmente pensando em fugir daquele homem, mas ficou onde estava. Aim se aproximou e apanhou o molho de chaves da cintura da mulher. Depois a empurrou, metendo a mão enorme em seu rosto e a derrubando no chão. Ele abriu a porta da cela e Lucrécia saiu. Ergueu a bengala e correu em direção a Trinta. A mulher não tentou fugir ou se proteger, mas puxou a parte dos cabelos que lhe cobria uma das metades do rosto.

— O que aconteceu com seu olho? — Lucrécia perguntou, incapaz de golpeá-la.

No lugar da órbita havia um buraco escurecido. As pálpebras se afundavam seguindo a concavidade da fenda. Era horrendo, chegava a ser repulsivo.

— 150.030, já chega! — disse Aim. — Não foi para isso que você ganhou sua liberdade.

— Meu nome é Amanda, seu fedido! Amanda Miller — disse Trinta.

Lucrécia perdeu o chão.

— Amanda?

— Eu mesma, sua fedida! Sua vespa espetou meu olho! Você acabou com a minha vida, sua desgraçada!

— Ei! Não fui eu quem colocou você aqui! — disse Lucrécia. Mas não havia muita convicção em sua voz. Por sorte, Aim estava no mesmo corredor, pronto para colocar cada vírgula em seu devido lugar.

— Ela tem razão, Trinta. Foi sua fúria que a condenou. Você envenenou cada alma que cruzou seu caminho. O que esperava depois de matar duas crianças?

— Eu não estava feliz, tá bom? Era meu direito não querer que ninguém mais fosse feliz. E aqueles desgraçadinhos mereceram.

Lucrécia teria perguntado quem eram eles, mas Amanda-Trinta foi mais rápida.

— E eles eram meu sangue, *meus* sobrinhos. Uma noite eu fiquei de babá para que a safada da minha irmã pudesse trepar com o marido dela. As pestinhas não paravam de chorar. Eu estava alta, então coloquei os dois na banheira e eles ficaram quietos. Também fiquei quieta, duas semanas depois, quando morri de overdose.

— Tenha um pouco de vergonha na cara. Você não teve uma overdose, você usou crack até se matar. Seu caso é claramente um suicídio — disse Aim.

— Ainda estou conversando com o chefe.

— Está sim, e ele não está nada convencido. Além disso, quem a autorizou a usar seu nome terreno? — Aim perguntou. O ar começou a cheirar esquisito, ácido. Lucrécia sentiu seus olhos arderem.

— Quando vocês terminarem, eu quero sair desse lugar. Não quero estar por perto quando o porco acordar — disse Lucrécia.

Aim assentiu com a cabeça. Recuada a ele, Trinta se levantava e espanava a sujeira grudada na roupa. Ela também devolveu o cabelo ao lado danificado do rosto.

Trinta não precisava, mas explicou:

— Eu era alérgica. A picada da sua vespa apodreceu meu olho e um pedaço do meu rosto. Eu quase morri.

— Desculpe, eu não tinha como saber.

— Mas o que tirou meu juízo foi a Camila. Tudo o que ela precisou foi um pouco de pomada e um curativo na bochecha. Depois daquele dia, ela nunca mais falou comigo. Meus pais tinham vergonha de mim. Eles me tiraram da escola e me trancavam no quarto quando alguém visitava nossa casa. Acho que a culpa também é deles. Eu não entendo como eles não vieram para cá!

— Sinto muito.

— Não, Lucrécia — disse Aim. — Algo realmente inútil no Inferno é o arrependimento. Além disso, o chefe detesta. — Ele recolocou o cadeado na cela de Norato. O condenado não estava mais gemendo ou se movendo, exceto pelos pés que trepidavam convulsivamente a cada um minuto ou dois. — Eu cuido dela de agora em diante — ele disse a Amanda-Trinta. Apanhou Lucrécia pelo braço e a conduziu até que ela conseguisse controlar as pernas trêmulas de novo.

9

Lucrécia encontrou uma população carcerária bem maior depois de atravessar o primeiro portão que limitava um segundo bloco de celas. Ela já conseguia caminhar sem a ajuda de Aim, suas pernas doíam bem menos e um ânimo inexplicável reabastecia sua alma. Ao que parecia, a cada visão atormentadora dos torturados, seu sangue se enchia de energia. Sua pele, seus músculos, toda a essência de seu ser ficava renovada.

Mantiveram silêncio por mais ou menos vinte celas. Na altura em que estavam agora, as celas antes ocupadas por uma única pessoa começavam a ficar abarrotadas. Lucrécia parou em frente a uma delas, cheia de homens de terno com suas valises em mãos. Muitos deles tinham entre quarenta e sessenta anos.

— Quem são eles? — ela perguntou.

— Está curiosa com o Pedro, não é? O homem que você conheceu no seu antigo trabalho.

— Não quero provocar ninguém com as minhas perguntas. Parece que por aqui o silêncio vale ouro.

— Você é esperta, Lucrécia. Não me admira ter despertado o interesse do chefe. — Aim recuou um pouco e também ficou de frente para a cela. Os homens conversavam entre si, confabulando algo entre os sussurros. — Você não vai encontrar Pedro em uma dessas celas. Ele já ficou por aqui, depois foi promovido. No Inferno, você nunca é readmitido em um cargo inferior. Ou você sobe... ou queima. De certa forma, Pedro deixou de existir. O chefe o mandou para o lugar mais terrível do mundo.

— Vai me dizer qual é?

Aim sorriu.

— Reencarnação.

Ao ouvirem a palavra, os homens de terno se afastaram da cela, ficaram todos espremidos contra a parede. Um deles gemeu enquanto era pressionado pela massa transpirante dos outros, mas ele não se arriscou a deixá-los.

— Não parece tão ruim — Lucrécia comentou.

— Mas é quando você sai de uma cela dessas. É bem provável que Pedro volte como uma barata. Ou uma porca. Criada apenas para ser possuída, fornecer suas tetas e presenciar suas crias virando churrasco.

Lucrécia absorveu a explicação e deixou o assunto de lado. Voltar para a Terra não estava em seus planos. Não daquela maneira.

— Quem são eles? — perguntou, notando que os homens dentro da cela continuavam acuados.

— Negociantes. Estão aqui embaixo porque passaram a perna em todo mundo lá em cima. Aqui você tem corruptos, advogados inescrupulosos, investidores da Bolsa, traficantes de mulheres... Não os borra-botas que sujam as mãos. Eles são *os cabeças*, se é que você me entende. Lá em cima, eles tinham ouro e poder, aqui embaixo só tem uns aos outros. Eles discutem o tempo todo. Quase sempre a discordância evolui para a violência. É quando fica mais engraçado. Eles se mordem, furam os próprios olhos com suas canetas caras, depois acordam e fazem tudo outra vez. De novo, de novo e de novo.

— Repetição.

— Ideia genial, não?

Aim recomeçou a caminhar.

As celas continuavam cheias. Lucrécia viu algumas mistas, onde mulheres e homens eram torturados por demônios. Não deu muita atenção a elas. Depois de alguns minutos no Inferno, descarnações, decapitações e laceração de corpos ocupam um lugar na trivialidade — o pior mesmo é o que começa a emergir dentro de você. Lucrécia pensava no pai, pensava em novos castigos para ele.

— Você está calada, imaginei que tivesse muitas perguntas — Aim quebrou o silêncio dos passos e do toc-toc-toc da bengala.

— Não é isso. Eu tinha uma ideia totalmente diferente do Inferno, Aim. Sempre disseram que era quente e que havia lagos de fogo para todos os lados. Vocês me pegaram de surpresa.

— Ah, o fogo. Você se refere à Geenna.

— Geenna? Nunca ouvi falar.

— Lucrécia: uma alma que não foi contaminada pelas bobagens da Igreja. Você é mesmo um achado e tanto, mulher. Geenna costumava ser um lugar na Terra, alguns a conheciam como Vale de Hinom. Ainda existe, fica perto de Jerusalém. Mas a melhor parte do lugar foi trazida para cá. Quando o filho das nuvens encarnou na Terra, ele definiu o lugar como sendo o Inferno. Originalmente queimaram crianças no vale, depois passou a ser um depósito de carcaças. Os povos sacrificavam animais em homenagem ao seu criador, depois atiravam o que sobrava no buraco e ateavam fogo. O verme que nunca morre que habita seu pai nasceu da mesma ideia. Podemos conhecer o vale se você quiser, é um deleite e tanto para os olhos. Não digo o mesmo sobre os que queimam em suas chamas. São homens e mulheres ordinários, espíritos fracos demais para servir ao chefe ou ao antigo chefe deles, em suma, criaturas desprezíveis. Ladrões de galinhas, humanos revoltados com a própria existência, padres que caíram na tentação da carne.

— Acho que vou dispensar — disse ela.

Chegavam a outra porta de aço que impedia o corredor. Essa era enorme. Bem maior que a primeira passagem, tinha pelo menos três metros. A coisa era feita de metal e devia pesar meia tonelada. Havia algo escrito na superfície plúmbica, escavado. Lucrécia passou os dedos sobre o baixo-relevo.

— Feitiços antigos — Aim explicou. — O chefe é o único que conhece a tradução.

— É bonito — ela comentou. Os caracteres mais altos formavam figuras florais, tribais, aquilo era muito melhor que os alfabetos terrenos.

— É lindo — Aim concordou. — Dizem muitas coisas sobre o Diabo, mas se esquecem de notar de onde ele veio. Lúcifer — disse mais baixo, quase inaudível — era mesmo um anjo. Ele sempre apreciou a beleza, a arte, e não perdeu o apreço pelo belo.

— Dá para ver isso só de olhar para ele...

— O que você conheceu, o homem chamado Lúcio, é parte dele. Mas existem outras. Como o demônio alado que incendiou Pedro. Chamamos de Estrela. Quando o chefe fica daquele jeito é melhor não irritá-lo. — Aim tocou a porta de metal, e na mesma hora, nasceu um barulho entre as ferragens. Lucrécia ouviu três travas metálicas se ajustando. Então, a porta cedeu e um facho de luz branca banhou o corredor escurecido.

Aim atravessou primeiro, Lucrécia precisou esperar até que seus olhos voltassem a enxergar.

10

Lucrécia sentia cheiro de flores. O mofo das paredes, a escuridão, os gemidos que nunca cessavam haviam ficado para trás. Não estavam mais em um corredor, mas no que parecia uma sala de conferências. O lugar era o segundo andar de alguma estrutura. Abaixo deles, Lucrécia encontrou dezenas de cadeiras vermelhas e um palco, iluminado pela luz que a cegou quando abriram a porta do primeiro nível.

— Estamos esperando alguém? — ela perguntou, quando não suportou mais ouvir a respiração pesada de Aim.

— Esse lugar é minha base de operações. Você vai passar algum tempo por aqui, para aprender a treinar Damaleds.

— Sabe, Aim, eu estou cansada de não entender metade do que você diz. Também estou cansada desse vestido brega e dessa bengala vagabunda.

— Podemos providenciar tudo, mas antes preciso falar com o chefe. Não é muito inteligente inovar no Inferno. Lá em cima, o livre-arbítrio é a lei, mas por aqui? Se quer um conselho, faça exatamente o que lhe mandam.

Lucrécia manteve a revolta dentro da garganta. Aim decidiu explicar-se.

— Um Damaled é um demônio que não nasceu demônio. Todos nós somos transformados quando perdemos as graças dos Céus, e dez por cento do Inferno, *rigorosamente* dez por cento, se torna Damaled. Sua função é atormentar os homens, ajudá-los a escolher o caminho descendente. Quando você começou a discutir lá em cima, impressionou todo mundo. O chefe está procurando alguém com a sua... perspicácia.

— Para trazer mais gente para cá? — perguntou Lucrécia, se apoiando no parapeito.

— Vou explicar de uma maneira bem simples. Você tem a Terra, o que existe em cima e o que existe embaixo. No fundo, tudo se divide em uma guerra entre os reinos. Estamos nos preparando para uma decisão há muito tempo. O exército de cima manda seus soldados, mas eles são arrogantes, metidos, se acham a parte mais importante da criação, e você sabe que ninguém na Terra gosta de um espertalhão. Eles são intransigentes, são uns imbecis. Nós, por outro lado, somos divertidos, espertos, e se você seguir as regras terá um pós-morte melhor do que sua antiga vida. O problema todo reside na propaganda que foi feita do chefe e da nossa gente. Pense bem, quem correria o risco de queimar para todo o sempre e ter suas tripas arrancadas do ventre noite após noite? É só isso o que falam sobre o Inferno. Eles se esquecem das orgias, das bebedeiras, das noites que passamos apreciando o melhor que a Terra tem a oferecer. Mesmo o trabalho aqui embaixo é divertido. Diga para mim, existe algo mais divertido que sacanear os outros?

Lucrécia também não respondeu a essa pergunta. Na verdade, ela tinha outra pergunta em mente, uma que jamais faria. Enquanto Aim se glorificava daquele local, Lucrécia imaginava quantos Damaleds estiveram em seu encalço. Forçando suas decisões erradas, seu desprezo pela vida, a influenciando para que aceitasse viver como uma ratazana faminta. Talvez fosse deles a culpa pelo que aconteceu entre ela e o pai tarado. A pergunta que decidiu fazer veio maquiada, mas no fundo tinha a mesma essência.

— Podemos influenciar qualquer um?

— Qualquer um que nos dê a chave para seus tormentos — Aim respondeu. — Eu caminhei sobre a Terra antes do Nazareno nascer, três séculos antes. Desde então, encontramos resistência de uma ou duas dezenas de pessoas. São o que chamam nas igrejas de santos. — Terminou fazendo uma careta. Em seguida, Lucrécia ouviu sons de passos vindos do andar de baixo e se esticou sobre o parapeito para enxergar quem se aproximava.

— Vamos — disse Aim. — Tenho ordens para que você conheça alguém.

11

Na saída do auditório, no andar de baixo, onde chegaram depois de tomar um elevador, Lucrécia e Aim passavam por um grupo dos tais demônios. Sobre a crosta terrestre, um Damaled pareceria um homem comum, mas, na dimensão infernal, ele mostrava a própria carne. Lucrécia se recostou à parede, tentando não esbarrar em nenhum daqueles seres nojentos.

A pele das criaturas era como a dos porcos. Branca, gordurosa, os folículos pilosos eram grossos e encharcados de sujeira. Eles não cheiravam muito bem, o que se desprendia dos corpos era uma mistura rançosa de suor e azedume. Suas orelhas longas e nuas de pelos pendiam pela cabeça, como tiras de carne. Também tinham poucos dentes, o que piorava seu aspecto horrível. Estavam nus e não havia vestígio do sexo que não fosse um pequeno pingente de carne.

— Mestre! — disse um deles a Aim. — Quem é ela? É a mulher? A que vai ajudar a gente? Eu poderia caminhar com ela? Mostrar o lugar? — Ele deu um passo em direção à Lucrécia, e ela se espremeu contra a parede. — Sei onde conseguir comida de gente, moça! Igualzinha a lá em cima. Ou, se a senhora quiser, podemos arrumar uns rapazes. Ou umas garotas. Eles vão deixar você doidinha! E cocaína? Tenho heroína, ácido, um monte de coisas boas, eu posso levar a senhora até onde elas ficam — A coisa salivava, e Lucrécia também. Garotos, as drogas, tudo a interessava bem pouco, mas a comida? Senhor Diabo! Alimentos a tentaram de verdade. Só de imaginar um bom bife e um copo de refrigerante gelado... Talvez devesse considerar a proposta. Exceto que aqueles mesmos bastardos gentis poderiam ter facilitado sua descida, bem antes que Lúcifer o fizesse.

— Se afaste de mim, aberração — ela disse e estocou a barriga da criatura com a bengala. Outros Damaleds se afastaram com a agressão. Aim sorriu e tocou a madeira envernizada da bengala.

— Depois. Agora precisamos continuar.

— Você não disse que está no comando dessas... *coisas*?

— Hoje, não. Meu antigo instrutor var tomar o meu posto.

Lucrécia lançou os olhos para o palco, as luzes piscaram e se firmaram novamente. Havia alguém ali, de barbas mal aparadas, olhos pequenos e rápidos. Não era muito alto e usava uma túnica encardida. Trazia um pedaço de corda envolta no pescoço.

— Ele é quem eu estou pensando?

— Judas. Em carne, osso e espírito. E antes que me pergunte sobre a corda no pescoço dele, não é escolha do pessoal daqui. Judas ainda está bravo com o que aconteceu com ele na Terra. Mantém aquilo no pescoço para lembrar-nos como o dono do Céu pode ser rancoroso. Não foi exatamente suicídio, como eles ensinam lá em cima.

Continuaram caminhando pelo piso inferior até encontrarem uma porta amarela. Algum ruído escapava pela abertura e Aim a recostou para que Lucrécia não ouvisse nada do que ainda não precisava saber. Ela podia ser esperta e ter impressionado o chefe, mas espíritos recém-chegados ao Inferno costumam fazer o mesmo que faziam em vida: merda. Terminou abrindo uma segunda porta, vermelha, dez passos depois daquela porta amarela.

A sala onde ingressaram era redonda, tinha cerca de seis metros de diâmetro. Dela, várias saídas emergiam, cada uma protegida por uma porta. Todas eram igualmente cinzentas, e não eram grandes como as portas do corredor de celas — mais tarde, Aim explicaria a ela que o nome certo do primeiro nível era "Ala dos Menores Tormentos". Aim caminhava para uma das novas portas, a terceira da esquerda para a direita. Ele levou a mão à fechadura prateada, mas antes que continuasse, Lucrécia o interpelou apanhando sua mão livre.

— Quero saber para onde está me levando. E quero saber agora!

Os olhos de Aim se escureceram, a cortina negra deslizou como petróleo sobre os globos oculares. A mulher se afastou com medo que ele retomasse a forma demoníaca que presenciara meses antes — que parecia ter sido ontem —, no Vagão do Turco. Aim era até bonitão em carne humana, então melhor que ficasse assim.

— Não abuse de sua sorte. Você passou a perna em muita gente desde que chegou aqui, e eu me incluo nessa. De agora em diante, você obedece, quietinha, se não quiser passar algumas noites com o seu velho.

— Não fiz por mal, Aim. Só estou confusa. E também sinto fome.

Ele resmungou algo mal-humorado na língua reptiliana dos demônios e abriu a porta. Uma lufada de vento quente e úmido atingiu Lucrécia. Junto a ela, um odor sufocante de velas. A mulher esperou que Aim avançasse, mas ele não se moveu além da abertura.

— De agora em diante, você fica sem minha assistência. Tem alguém do outro lado que vai responder às perguntas necessárias.

— Lúcio?

Dessa vez, Aim gargalhou. Precisou levar as mãos à barriga para conter a própria deselegância. Lucrécia começou a encolher de vergonha, olhando para o seu vestido. Ela ainda era a mesma, uma ninguém, uma pobre coitada fedendo a gordura e ressentimento. Aim não se comoveu e, parando de rir, sugeriu que ela avançasse e fechou a porta.

12

Assim que atravessou, Lucrécia tentou abrir a porta que atravessou, claro que faria isso, tinha pavor de lugares fechados desde que fora violentada pelo segundo homem de sua vida. Pensou se seria ele, o italiano, quem a estaria esperando.

— Tem alguém aí? — perguntou à penumbra. — Que fique bem claro que eu fui convidada!

Ninguém respondeu de volta, o que a fez agir com a inteligência da velha Lucrécia:

— Nem tente uma gracinha, moço. Eu conheço o dono desse lugar e, se você tocar um dedinho em mim, vai queimar para sempre em *Genala*.

— O nome certo é Geenna — disse uma voz masculina. Vinha de trás de um suporte com múltiplas fileiras de velas, parecido com o que existe nas igrejas (exceto que eram vermelhas e alaranjadas). Do modo como o fogo iluminava o espaço à frente do homem, Lucrécia não conseguia ver seu rosto recuado. O que ela via da sala eram as velas e uma mesa no centro do lugar, redonda e toda pintada com letras cuneiformes. As paredes também tinham coisas escritas, mas escuro como estava, ela não via mais do que rabiscos.

Antes de voltar a falar, Lucrécia deixou a bengala preparada. *Quem será o próximo idiota que vai perder um olho?*

— Mostre-se. Eu tenho uma arma aqui, não duvide que acerto seu saco!

Lucrécia ouviu um sorriso tímido, porém verdadeiro. O homem saiu de onde estava em seguida. Seus sapatos guincharam como se estivessem molhados. O estranho parou perto da mesa e colocou as mãos sobre o encosto de uma das cadeiras de veludo vermelho. O terno dava a ele algum respeito, a gravata afrouxada contribuía para que parecesse sexy. Seus pés realmente estavam molhados, um pedaço das pernas também, abaixo dos joelhos.

— Não vou lhe fazer mal. Seu nome é Lucrécia, correto? Moça, alguém dos andares inferiores deve gostar mesmo de você, pois, desde que cheguei aqui, essa é a primeira vez que me deixam usar uma das salas de conferência.

— E você quem é? Vice-presidente do coisa-ruim?

— Bem que eu gostaria... Estou aqui para colocá-la a par de uma situação indigesta que tem se prolongado por muito tempo.

O homem puxou a cadeira destinada a Lucrécia e esperou. Ela não se moveu. Antes queria dar uma boa olhada nele.

Em um primeiro momento, Lucrécia enxergou somente um rosto cheio de cicatrizes, mas, tão logo firmou seu olhar, a pele se restabeleceu.

— Pode vir até aqui. Eu não mordo.

— Sorte sua, você morreria se comesse um pedaço meu — mentiu. Mas ela supunha que o homem à frente não soubesse disso. Estavam no Inferno, cercados por demônios e tormentos, dizer aquilo era como assumir aids em um presídio dos anos 1990, uma pequena chance de não perder o pouco que restou de dignidade.

O homem era alto, mas não parecia perigoso. Lucrécia decidiu se aproximar. Colocou a bengala à frente e sentiu sua perna ferida fisgar outra vez. Era um incômodo e tanto, mas não chegava nem perto da fome. Seu estômago queimava, contraído, apertado como um gomo desidratado. Ela aceitou a cadeira escolhida e o homem fez a gentileza de ajudá-la a se sentar.

O estranho sentou-se de frente para ela, estendeu a mão e se apresentou:

— Meu nome é Marcos, Marcos Cantão.

Não é muito comum isso de sentir arrepios no Inferno, mas Lucrécia sentiu cada poro de seu corpo contrair-se. O que ela tinha a ver com aquele cara? Além de Trinta, se lembrava, claro, da última vez que ouvira o nome dele na Terra. Não foi em um noticiário ou em uma conversa com sua melhor amiga manicure, o nome daquele homem saiu diretamente da boca do Demônio.

— Já ouvi falar de você, moço. Dizem que você é a última vítima do Açougueiro, certo? O que está fazendo aqui? — perguntou, suprimindo a parte da tinta e dos ciganos. Chegaria nesse ponto mais tarde.

— Longa história, Lucrécia. Digamos que eu tinha uma ligação muito próxima com o assassino.

Ela afastou um pouco a cadeira e firmou o punho na bengala que estava ao seu lado, sobre a mesa — apenas por precaução. Ele não tinha lá muita cara de assassino. Na verdade, era um homem até bonito para a idade. Também tinha olhos miúdos e sacanas, Lucrécia reconhecia um tarado a quilômetros de distância. E tudo bem com isso, desde que ele mantivesse sua arma dentro das calças.

— O que eu estou fazendo aqui? Com você?

— Estou aqui para explicar sua nova missão. Você já deve saber que o chefe tem planos para você e que tem um monte de demônios revoltados com isso. A verdade, Lucrécia, é que o chefe não dá ponto sem nó. Para não gerar mais atritos desnecessários com o resto do pessoal, ele quer que você conclua um projeto.

Marcos notou que ela estava um pouco pálida. Também notou o motivo, quando as mãos de Lucrécia desceram, demorando demais para retornar.

— Está se sentindo mal? — perguntou. Ele já sabia do que se tratava.

— Estou morrendo de fome, não tem nada para comer aqui?

— Infelizmente, não. Esse é um dos problemas do Inferno. Quando cheguei aqui, meses atrás, sentia que meu estômago deixaria de existir. Ele ainda dói às vezes, mas a gente se acostuma. É um tipo de regra aqui embaixo, se acostumar com a dor.

— O que exatamente você faz aqui? Fica recebendo garçonetes e jogando conversa fora?

Marcos sorriu. Lucrécia era espirituosa, também era bonita por baixo daqueles cabelos desgrenhados e de sua roupa engordurada. Mulheres arredias são as melhores, ele apostaria que ela era um arraso na cama.

— Vai responder à minha pergunta? — ela insistiu.

— Eu ainda sou técnico em informática.

Lucrécia não conteve o riso.

— Tá certo, e eu ainda sou garçonete. Mas não foi isso o que eu perguntei, quero saber sobre seu *novo* trabalho, o que você faz na terra dos demônios.

— Vou tentar explicar. — Marcos olhou para as mãos unidas sobre a mesa, massageou o pescoço que sempre incomodava quando ele precisava falar por mais de dez minutos. Ele ainda sentia como se a carne estivesse partida, e seu pescoço — decapitado em vida —, prestes a cair no chão. Logo que chegou, alguém disse que ele também se acostumaria com isso, Marcos começava a duvidar. Ele continuou: — Você já deve ter percebido que o Inferno não é exatamente o que pintam nos quadros. Não é tão lotado, não tem aquela temperatura escaldante em todos os níveis, você não ouve choro e ranger de dentes, a não ser que explore o Tártaro. Você acharia estranho se eu dissesse que existem computadores aqui embaixo?

— Não tenho tempo para estranhar coisa alguma. Acabei de ver meu pai que estava morto há dez anos e um homem com uma corda no pescoço chamado Judas. Ah, e agora estou tendo uma conversa amigável com um cadáver. Mas me conte sobre os computadores do Inferno, qual a utilidade deles por aqui? Catalogar os condenados?

— Essa parte o chefe faz de cabeça. Ele conhece cada pecador daqui. Também sabe nossas ambições, nossos pontos fracos, antes mesmo que você tenha um pensamento, ele já esteve dentro da sua cabeça. Os computadores servem para outra coisa. Já deve ter percebido o interesse do pessoal em expandir esse reino, não?

— Parece que esse é o único objetivo deles.

— Os computadores servem para isso. O chefe quer interagir com a tecnologia terrena sem precisar abanar as asas e subir até a superfície.

— Ele me pareceu bem à vontade lá em cima.

— Não, minha querida. Ele detesta. Nosso cheiro, o cheiro da Terra, a maneira como precisamos abrir nossas bocas para falar, ele odeia até mesmo o modo como caminhamos. Mas de tudo o que ele mais detesta, em primeiro lugar fica a esperança. Não existe esse sentimento por aqui, sabe? No Inferno tudo é matemática, tudo é fechado e cíclico. Já ouviu falar em transcomunicação?

— Sou uma garçonete, mas não sou burra, Marcos. Também assisto TV e acesso a internet. Claro que já ouvi falar. É como nós falamos com os espíritos usando rádio, televisão, telefone ou outra porcaria qualquer.

— Aqui nós chamamos outra porcaria qualquer de computador. É esse o meu trabalho, arrumar meios para que o Inferno fique conectado com a Terra, intermitentemente.

— Mais ainda?

— Eu não estou falando de pornografia e assassinatos desfocados, Lucrécia. O chefe está bem além desse lixo. O que estamos trabalhando é uma linha direta com o Inferno. Mas estamos começando. E o que me trouxe aqui para essa nossa conversa foi outro motivo.

— Minha missão? — ela perguntou, quase gemendo. Levou novamente as mãos ao estômago, dessa vez abaixou a cabeça até que tocasse a madeira desenhada da mesa. Marcos procurou algo em seu bolso. Quando Lucrécia ergueu o rosto havia um cigarro perto de sua boca.

— Cigarro sempre ajuda.

Ela esticou a boca até alcançá-lo e Marcos o acendeu com um isqueiro prateado. A mulher tragou com vontade, esperançosa que a fumaça amenizasse seu apetite.

— Melhor? — Marcos perguntou.

Lucrécia respondeu soltando a fumaça bem devagar e rodopiando os olhos. Marcos explicou em seguida o que com certeza ela perguntaria.

— Podemos fumar aqui embaixo. Vícios são liberados quando ele — apontou para baixo — permite.

Ela fumou mais um pouco. Só quando o rato em seu estômago — parecia mesmo haver um, talvez houvesse — parou de morder, continuou com as perguntas.

— Quer dizer que você vai ligar o Inferno aos computadores da Terra?

— Eu? Quem me dera. Eu vou só soldar os cabos. Voltei a ser um técnico de computação como expliquei, creio que seja meu Inferno atenuado pelo que fiz lá em cima, antes de destruírem meu rosto e cortarem meu pescoço. Mas essa parte fica para a próxima, não estou aqui para falar de mim mesmo. Ah, Lucrécia, este lugar pode ser muito, muito ruim. O que você vê é só uma pontinha dos tormentos. Existem vários níveis de Inferno. Gelados, incandescentes, infernos cheios de demônios e desabitados. Infernos que corroem sua carne como ácido de bateria. Nós fomos privilegiados, temos aqui o que o outro nos negou.

— Deu... — ela começou a falar. Marcos golpeou a mesa antes que ela concluísse.

— Nunca diga o nome que comanda os Céus aqui embaixo. Jamais! O chefe é onipresente por aqui, nesse exato momento, ele ouve cada sussurro da nossa conversa.

Lucrécia estava assustada, e outra vez estava com a bengala entre os dedos.

— Você aprendeu um bocado sobre esse lugar em bem pouco tempo. Como sabe de tudo isso?

— O tempo corre diferente por aqui. Uma eternidade no Inferno é um dia lá em cima. Assim que cheguei, os capangas de Lu me deram um curso intensivo. É basicamente o que estamos tentando fazer com você.

Lucrécia terminou seu cigarro e procurou onde apagá-lo. Marcos estendeu a mão e o apanhou. Colocou ainda aceso dentro da palma, fechou a mão e, quando tornou a abri-la, o tubinho reduzido não estava mais lá.

— Mágica — ele disse e sorriu.

— Você disse que eu tinha uma missão. Quero saber do que se trata.

— Antes, eu tenho uma pergunta. Já ouviu falar de Wladimir Lester?

— Com esse nome ele é o quê? Algum tipo de vampiro?

— Não, diabos, claro que não. Wladimir nasceu há muito tempo, mas não creio que vai viver para sempre. Não lá em cima. Vou tentar resumir a história, certo? Como foi que você chegou aqui embaixo? Do que se lembra?

Lucrécia precisou se esforçar bastante. Sua mente não tinha a mesma agilidade terrena naquele lugar. Mais tarde, Aim explicaria a ela que esse é um dos problemas com os níveis mais rasos do Inferno, eles limitam sua inteligência.

— Depois da conversa com os três homens esquisitos, eu escolhi acompanhar seu chefe, quer dizer, *nosso* chefe. O cara das nuvens nunca tinha me dado a menor chance, então... Você precisa escolher um lado, não é?

Marcos assentiu, pensando que, às vezes, é o lado quem escolhe você. No entanto, não disse isso a ela.

— Depois, eu molhei a língua em um negócio vermelho, uma tinta amarga e doce ao mesmo tempo. Ainda sinto o gosto na boca.

— Essa tinta é a principal contribuição de Lester para este lugar. Pelo que me contaram ninguém conseguiu produzir uma gota daquilo desde o menino cigano, nada que fosse sequer parecido. O chefe em pessoa tentou produzi-la, mas tudo o que conseguiu foi uma diluição. Sabe, Lucrécia; Lu tem milhares de métodos para fazer um espírito descer as escadas, mas por algum motivo, ele dá extremo valor aos pactos. Penso que é para expandir os negócios, conseguir aliados... Diga-me, quando você ouviu falar pela primeira vez sobre pactos com o demônio? Sim, é o que está pensando, Lucrécia. Os pactos tiveram um avanço e tanto com Lester. Artistas, políticos, apresentadoras de tv. E o próprio Lester era um artista. Ele produziu muitas obras, mas poucas dedicadas ao Inferno. E todas continham traços dessa mesma tinta. Começou quando era uma criança, Wladimir Lester flagelou os próprios pais e quem ousou se meter em seu caminho. Mas então, um belo dia, ele desapareceu. Lu enviou suas tropas para a superfície, elas varreram a terra, e quando eu digo a terra, não me limito ao Brasil. Eles vasculharam cada pedacinho de chão.

— E agora querem que uma garçonete solteirona encontre o cigano?

— Não, Lucrécia. Wladimir Lester foi encontrado há algum tempo. O que Lúcifer deseja é que ele assuma seu posto neste lugar. Ele crê que suas obras têm o poder de mover exércitos ao seu favor. O que eu posso dizer por experiência própria é que o que o menino produz pode ser bastante persuasivo...

— E por que ele mesmo não vai falar com esse tal de Lester?

— Eles tiveram um desentendimento. O que o menino queria ia bem além do que Lúcifer estava disposto a oferecer. Lester se reclusou desde então. Se refugiou para longe dos olhos do Céu ou do Inferno. Mesmo que o chefe quisesse ir até ele, não seria possível. Existe uma trégua entre o Céu e o Inferno, entre os reis dos dois reinos.

Há milênios nenhum deles pode apanhar um descrente com as próprias mãos. Foi isso que Lester se tornou. Encontrar a sua localização foi quase um acaso. Um dos recém-chegados o reconheceu na Terra e o descreveu ao seu demônio guia, um dos Damaleds de Aim. Desde então, o Demônio tem procurado uma alma que convença o cigano a descer. Sua alma, Lucrécia.

13

Lucrécia permaneceu quieta por alguns instantes, olhando para o rosto indecifrável de Marcos sob a luz das velas coloridas. Havia algo escondido ali. Ela imaginava que se tratasse de saudade. Quando Marcos parava de tagarelar e olhava para o decote do seu vestido, ele ficava com os olhos perdidos, tomado pela vida que deixou de ter.

— Eu ainda não estou convencida. Minha verdade é que seu patrão me ofereceu um lugar entre os dele e poupou minha vida para que eu desse dicas sobre a humanidade. Ainda não tive tempo para pensar sobre o tipo de vida que levaria no Inferno. E agora vocês me aparecem com essa conversa mole de missão. Eu já tenho quase quarenta anos, sou esperta o bastante lá em cima, mas esse lugar me parece o mundo da mentira. Como vou saber o que será de mim depois que realizar os planos de Lúcifer?

— Você não vai saber — Marcos disse. — Mas garanto uma coisa: se decepcionar o chefe, se tentar contrariá-lo uma única vez, ele pode tornar sua vida um completo desastre.

— Mais? Eu só tive desastres até hoje. Nasci pobre, fui humilhada, agora estou no Inferno. O que pode ser pior do que isso? E acho engraçado você falar de vida... — ela disse e se moveu sobre a cadeira. Desceu uma das mãos e massageou a perna. Sentiu o relevo da cicatriz já consolidada.

— Você não está completamente morta, se é o que a preocupa.

Lucrécia arregalou os olhos de novo. Viva? Como alguém pode estar vivo no Inferno?

— Esse é outro engano sobre esse lugar. Apesar do que andam dizendo nas igrejas, o Inferno realmente existe. Não no fundo da Terra como era ensinado antes, é claro. Estamos em outra dimensão. Esse lugar abriga alguns vivos quando é conveniente, sabe? É o seu caso. Também o dos soldados que desceram junto com o chefe na primeira guerra e de uns poucos sortudos.

— E o homem negro? Aim?

— Ele nunca teve uma alma humana. É um demônio antigo. Lúcifer fez com que ele nascesse em um ventre humano e passasse uma vida na Terra, mas sua essência sempre foi outra. Talvez por isso o chefe tenha tanto interesse em você, uma humana casca-grossa, uma ovelha abandonada por D. que consegue circular pelo Inferno, em carne e osso.

Alguém tocou a porta e fez com que Lucrécia pulasse sobre a cadeira. Tranquilamente, Marcos deixou seu assento e caminhou até a saída.

— E então? Podemos começar? — Aim perguntou, sem atravessar a porta. — O chefe acabou de me dar uma prensa.

— Eu quero falar com ele — Lucrécia já estava de pé, apoiada na bengala e tentando ignorar a dor que sentia.

— Todos querem falar com ele — Aim respondeu com um sorriso e entrou na sala. — Mulher, você está esgotando nossa paciência, e junto com ela, sua sorte — meneou a cabeça. — Vou simplificar tudo. Você pode ficar aqui para sempre, perder o que ainda lhe resta de humanidade e ser a concubina número um dos demônios do Hades. Ou pode me acompanhar até o andar de cima e garantir uma aposentadoria tranquila em algumas centenas de anos. — Olhou para o relógio no pulso. — Eu vou lhe dar três minutos terrenos para decidir.

Lucrécia olhou para Marcos, tornou a olhar para Aim e, em cinco segundos, respondeu:

— Quando partimos?

14

Marcos precisou sair às pressas, logo depois que Lucrécia deu sua resposta — parece que havia um garoto tentando se comunicar com o Inferno, um dos bons, com o tempero de ira e vingança que os Céus detestavam. Aim começou os preparativos com a mulher em seguida, levando-a para outra localidade do Inferno. Antes disso, voltaram a tomar o corredor das celas. Lucrécia andou o mais depressa que podia. Aquele lugar era tão deprimente... Suas lembranças vinham em torrentes. Andou ainda mais rápido quando sentiu o cheiro azedo do suor de seu pai.

Passaram pela sala onde ela havia acordado e depois por cem metros de celas vazias. O som dos seus passos criava algozes na mente atribulada de Lucrécia. Ela podia imaginar os demônios metidos entre as paredes, camuflados, apenas esperando que Aim desse a ordem para que eles se fartassem dela. Estavam quase chegando à outra enorme porta, quando Lucrécia perguntou:

— Para onde estamos indo?

— Para o rio — Aim respondeu. Sua voz mordaz afirmava que ele também não estava feliz.

Tão logo se aproximaram, Lucrécia notou a diferença daquela porta para as anteriores. No lugar dos traços cuneiformes havia entalhes de formas humanas. Todas estavam em sofrimento. Mulheres caíam aos joelhos velando seus filhos, homens eram enforcados e descarnados, demônios se fartavam com a carne dos mais desatentos. Também havia uma inscrição na parte de cima. Não estava na linguagem antiga, tampouco em alguma língua que Lucrécia compreendesse, mas usava o abecedário ocidental.

— O que está escrito? — ela perguntou.

— O mesmo que do lado de fora.

— Ei! Estamos do mesmo lado, certo? Vai machucar muito responder minhas perguntas?

Aim suspirou. Lucrécia sabia ser petulante. Ainda assim, essa talvez fosse a chave para conseguir trazer Lester para seu verdadeiro reino.

Com um movimento rápido dos dedos, ele reorganizou as letras. Elas brilharam como se estivessem queimando a madeira antiga. Alguns entalhes também se modificaram, baixando as cabeças e protegendo os olhos.

Lucrécia leu em voz alta:

— "Deixai toda esperança, ó vós que entrais". Dante, não é? Isso faz algum sentido quando se *sai* desse lugar?

— O poeta estava certo nos dois sentidos. Ou você crê que haja mais esperança na Terra do que no Inferno?

Ficar calada era o melhor a ser feito.

Aim tocou a porta mais uma vez e Lucrécia perdeu a consistência. Só voltou a si do outro lado da abertura. Abriu os olhos, reafirmou as mãos sobre a bengala e avistou uma área pantanosa e escurecida. Havia sepulturas onde a terra vencia o lodo das águas. Corvos disputavam espaço sobre as lápides. Cipós desciam das árvores ressecadas como os cabelos de um cadáver. O cheiro também incomodava; um misto de podridão e ranço. A consistência do ar era tão ácida que os olhos de Lucrécia começaram a lacrimejar.

— Bem-vinda ao Vale do Suplício — Aim disse e tomou a frente.

Lucrécia avançou quase às cegas. Mesmo contrariado Aim a conduziu pelos braços por alguns passos.

Avançavam mais de dez metros de escuridão quase total quando o demônio decidiu falar de novo.

— Nós estamos fazendo o caminho inverso. Esse lugar tem esse nome porque é onde as almas infelizes tentam seu último acordo com o que mora nos Céus. Eles se humilham, rastejam, prometem o que nunca seria cumprido. Presenciei homens comendo o próprio vômito nesse pântano. Tentam de tudo para se livrar do que os aguarda depois da primeira porta.

— E ninguém consegue escapar? Ninguém nunca conseguiu?

— São almas orgulhosas. Fazem o que fazem para tentar o logro, a enganação.

Passaram por uma fileira de lápides. Sobre elas, muitos capacetes camuflados. Também havia crucifixos em cima de algumas poucas, cobertos por lodo, com um cheiro que tornava impossível qualquer aproximação.

— Guerra? — Lucrécia perguntou.

— Não existe melhor método para extrair a essência de um humano. Os soldados mais cruéis ficam por aqui, ajudando o pântano a se manter horrível. Olhe ali, atrás das árvores.

Lucrécia fez isso e encontrou um batalhão de soldados. Era incrível como nazistas e aliados trabalhavam juntos. Talvez por que gostassem da tarefa que lhes fora imposta. Havia outros dois soldados entre eles. Pelas barbas compridas e corpos esqueléticos, Lucrécia imaginou que eram de algum ponto do Oriente. Os soldados mais antigos — cuja pele estava colada aos ossos de maneira que raios X seriam totalmente dispensáveis — enfiavam lanças compridas em suas barrigas. Os homens choravam e gritavam. Plenamente conscientes de seu sofrimento, enquanto seus intestinos vazavam pelos furos.

— Minha nossa, quando tempo isso dura?

— Todo o tempo — Aim respondeu. — Vamos em frente, você não quer ver a segunda parte do que eles fazem.

Dessa vez Lucrécia obedeceu sem protestos. Ela detestava soldados, como qualquer outro tipo de autoridade, mas aquilo? Céus! Parecia horrível, mesmo que os homens torturados fossem estupradores, como papai-tarado. Pensando bem... Não, nada disso. Nenhum castigo é exagero para essa laia.

Chegaram a uma área mais lodosa e Lucrécia precisou se escorar de novo em Aim. Ao contrário dos dela, seus sapatos polidos continuavam brilhando. Aim caminhava como se o chão lamacento fosse asfalto sólido. Passaram por uma área mais arenosa de onde avistaram outro batalhão de soldados, depois por três árvores carregadas de pessoas enforcadas. Todas vivas, gorgolejando, gemendo e golpeando a ar abaixo dos pés enquanto sufocavam. Elas não estavam de uniforme, mas nuas — os homens não tinham mais sexo, alguém ou alguma coisa havia cuidado desse detalhe. Aim explicou que se tratavam dos conspiradores e subversivos, pessoas que viviam para espalhar a discórdia na Terra. Quando questionado sobre o motivo de estarem sendo torturados, Aim explicou que aqueles bastardos conspiraram inclusive contra Lúcifer. Nada de misericórdia nesse caso.

O ar ficou mais *rarefeito* quando o som borbulhante das águas tomou o lugar dos gemidos dos torturados. Lucrécia passou a caminhar mais devagar, imaginando que a qualquer momento fosse cair desmaiada. Aim estava dez passos à sua frente quando parou, enfiou uma das mãos na parte de dentro do paletó e tirou de lá uma moeda dourada. Ele a atirou à sua frente. A névoa se agitou sobre a superfície do lago oculto onde a moeda mergulhou. Um cão rosnou a alguma distância.

— Que merda foi essa? — Lucrécia arquejou. — Tenho pavor de cachorros.

— Cérbero? Ele não vai chegar perto de nós. Não enquanto seu dono não ordenar.

Sobre o lago, alguma nova movimentação. Porém, a névoa espessa não deixava que se visse mais de dois metros a frente. Além de espessa, era fétida. Tinha o cheiro da decomposição humana.

Roubando as últimas reservas de energia, Lucrécia chegou até Aim. Ele olhava para a frente e prendia a respiração, parecia preocupado.

À distância que o nevoeiro permitia enxergar, a silhueta de uma balsa de aproximava. Sobre ela, a sombra de uma túnica apodrecida remava usando o que parecia um conjunto de ossos emendados. Lucrécia recuou um passo quando em um relance notou seu rosto. O pouco de carne que havia tinha a mesma cor do lodo onde estava pisando. Os olhos eram amarelados e fundos, o nariz já não existia, deixando em seu lugar um buraco carcomido e ossos. O barqueiro continuou remando até chegar perto da margem.

— Caronte — Aim disse. Lucrécia não precisou perguntar sobre ele. Garçonetes modernas também conhecem um pouco de mitologia.

O barqueiro escorou o remo feito de ossos no assoalho da balsa — feita do mesmo material — e se apoiou sobre ele.

— Sabes que não posso atravessar um vivo pelo Aqueronte. Existem outros meios para tal.

A voz de Caronte era pouco mais que um sussurro. Lucrécia a comparou com a voz de um cliente do Vagão do Turco. Inácio estava condenado pelos pulmões e usava um balão de oxigênio — o que não o impedia de acender um cigarro atrás do outro. A voz de Caronte tinha aquela mesma ranhura.

— Tenho autorização. *Dele.* A mulher precisa trilhar alguns caminhos do Inferno.

Caronte virou de costas e confabulou algo consigo mesmo, em uma língua desconhecida para Lucrécia. Parecia estalada, como o sibilar faminto de um lagarto. Sua túnica se agitou com um vento mais forte que trouxe o fedor do rio para perto da margem.

— Com quem ele está falando?

— Corante, seu irmão gêmeo. Caronte o assassinou depois de ser roubado por ele. Quando algo não funciona como deveria, eles conversam entre si.

Lucrécia pensava em apressar Caronte e seu amigo invisível, quando viu a silhueta do barqueiro se voltando para ela. Caronte agora tinha metade do rosto coberto por uma máscara de bronze. Com um movimento lento, ele recolocou o remo de ossos dentro do rio e convidou Aim a ingressar. Mas antes...

— Preciso das minhas moedas. Uma para você, sete para a desgraçada; uma para cada pecado herdado dos pais.

— Duas moedas, esse é o combinado — disse Aim.

— Ainda sou o dono do rio, demônio. Se quiserem atravessar, o preço é esse.

— Sua ganância nunca deixa de me impressionar, velho.

Aim forçou as mãos sob o terno e apanhou as moedas negociadas. Caronte as colocou bem perto dos olhos, em seguida mordeu uma delas.

— Suba, mulher — disse Aim. — Estaremos em segurança em cima da balsa.

Tão logo Lucrécia colocou seu peso *vivo*, a balsa oscilou sobre as águas. Um pouco do rio subiu até o assoalho composto por ossos. Ela recuou os pés para que aquela imundice não a tocasse. Era vermelha. Também tinha um pouco do cheiro de...

— Que nojo, isso tudo é sangue?

O barqueiro dispensou seu sorriso gasto como resposta.

15

A travessia durava cerca de trinta minutos. Tempo suficiente para Lucrécia observar as almas que tentavam se lançar sobre a balsa, enquanto Caronte as devolvia ao rio de sangue com seu remo feito de ossos. Duas ou três vezes foram tantos braços sobre o assoalho que a balsa dançou perigosamente rumo ao fundo. Aim estava muito sério, o que motivou Lucrécia a perguntar se eles corriam algum risco. A resposta do até então comandante supremo dos Damaleds — ou atormentadores, como ele sugeriu chamá-los — foi a seguinte:

— No Inferno, nada é completamente imutável. As almas em sofrimento tentam incessantemente escapar de seu estado de penúria. O rio que você vê é composto por almas crentes que não tiveram um velório justo. Ninguém rezou por eles ou encomendou suas almas. Como deve saber, essa não é uma crença sul-americana, e sim grega. É por isso que estão aqui, no Inferno que eles mesmos criaram.

— E nós estamos aqui por qual motivo?

— Pela travessia. Existem apenas sete portais para este lugar. Cada um desemboca em um ponto diferente da Terra. Para onde iremos, precisamos do barqueiro.

Em seguida, Caronte ordenou que fizessem silêncio. O nevoeiro tornara-se tão espesso que era impossível enxergar um metro à frente. Ele remava lentamente agora, às vezes tateando as águas em busca de um banco de areia traiçoeiro — ou de podridão, pelo que supunha Lucrécia. Pelos lados, ouvia-se o lento murmúrio das almas. Pulmões tentando cuspir a água que os encharcava, restos cadavéricos buscando inutilmente escapar de seus algozes. Cérbero uivava à distância, clamando por seu dono.

— Esse lugar é horrível, não é à toa que ninguém tenha interesse no Inferno. Não dá para melhorar pelo menos essa porcaria de balsa? Aim, eu não sei o que seu chefe quer que eu faça, mas a entrada desse lugar não é nem um pouco positiva.

O barqueiro rugiu algo entre os panos apodrecidos.

— Estamos ouvindo, Lucrécia — Aim disse.

— Um pouco de segurança talvez? Ou uma passagem VIP para quem ganhou um lugarzinho no coração do Demônio? Isso é o mínimo, pelo amor de... Pelas asas de Lúcifer! — corrigiu-se.

— As almas crentes precisam saber o que esperar daqui. A travessia é uma espécie de preparação. Serve para facilitar o total desapego da vida. Já pensou no trabalho que teríamos para explicar para cada desgraçado desse mundo que ele morreu e que está no Inferno? E que a partir de agora quem manda na sua eternidade é o Demônio alado das profundezas?

Sem mudar de opinião, Lucrécia comentou:

— Faz sentido. Mas eu não compreendi muito bem o que você disse sobre almas crentes. Cada um tem seu próprio Inferno, é isso?

— De certa maneira. O Inferno é um lugar físico como já deve ter sido informada pelo rapaz dos computadores. E o mundo, ah, Lucrécia, o mundo é um vale de lágrimas interminável. No princípio, e digo realmente no começo quando Lúcifer se precipitou dos Céus, o Inferno não passava de um principado de fogo. Ninguém, nem mesmo Lúcifer, se portava como humano. Nosso principal interesse e o de todo demônio daqui era cuspir na criação divina. Não é segredo que o brinquedinho preferido da inteligência celestial é o homem. Um macaco razoavelmente inteligente, sem ofensas, dotado de uma alma, com capacidade de aprendizado e evolução praticamente ilimitados. Queríamos ofender a criação, entendeu? Mas os séculos e a própria evolução humana nos obrigaram a rever conceitos. Lúcifer teve a astúcia de perceber que sua minoria de anjos caídos não faria frente ao exército dos Céus.

— Um terço dos anjos... — Lucrécia comentou.

— Apenas no começo. Muitos deles morreram longe das asas do Criador. Lúcifer foi perdendo aliados, o Inferno tornou-se um lugar abominável e solitário. Então, o chefe começou a pensar melhor nos macacos preferidos da criação. Observou que eles tinham parte de sua astúcia, e que muitos de vocês eram maliciosos e inteligentes na mesma proporção. Lúcifer começou a catalogar seus pensamentos, fez deste lugar o que vocês conceberam que fosse. Assim, o Inferno caribenho é completamente distinto do Inferno japonês: um dos meus preferidos, confesso. Claro que ainda existem almas torturadas em todos os níveis do Inferno, mas hoje temos o que pode ser chamado de plano de carreira. Tudo o que precisa ser feito para escapar dos tormentos eternos é tomar parte no plano de expansão de Lúcifer. Atualmente, em vez de asas gotejando sangue e lodo, ele usa uma jaqueta de couro e masca chicletes.

— E é bonito — comentou ela.

— Ele sempre foi belo. Mesmo investido de toda a fúria do Hades, seu fogo é capaz de seduzir legiões.

— Estamos chegando — disse Caronte. Sua voz soou ainda mais desencorajada e distante.

Lucrécia descobriu o motivo quando olhou novamente para as águas. Elas não tinham mais a cor do sangue. Tampouco o ar recendia a ranço e podridão. A névoa que impedia a visão ainda pairava sobre as águas, mas alguma luz ameaçava seu reinado de escuridão. Estavam se distanciando do Inferno, e Caronte precisava dele como seu cachorro Cérbero precisava de cadáveres para comer.

Logo a balsa se chocou contra a margem. Lucrécia se apoiou em Aim para não cair e foi afastada por seu olhar severo. Ele não fez isso, mas provavelmente pensou em limpar o local onde ela o havia tocado.

— Obrigado, Caronte. Você trabalhou bem.

Em resposta, o barqueiro estendeu a mão pedindo outra moeda. Aim deu a ele. O espírito ancestral de Caronte a merecia depois de concordar em transportar a mulher. Não era segredo que todo demônio e guardião do Inferno detesta alguém de carne e osso.

Apoiada em sua bengala, Lucrécia trocou o assoalho instável da balsa pelas margens seguras. A névoa mais clara já permitia que ela observasse o chão.

Aim esperou que Caronte deixasse as margens com sua balsa, que, às vezes, era um barco, dependendo do número de almas. Lucrécia sentia-se agradecida por ter tido companhia naquele pedaço lacrimoso do Inferno, imaginou a si mesma, sozinha, depois de uma vida decepcionante na Terra, presenciando o horror do barqueiro e de seus domínios. Foi só quando os sons do remo de Caronte entre as águas se tornaram distantes demais para serem ouvidos que Aim voltou a falar.

— Preciso que feche seus olhos.

— Fechar meus olhos? No Inferno? Tá de brincadeira, né?

— Seu intelecto reduzido não suportaria a transição. Agora faça o que eu mando e mantenha as mãos nos meus ombros. Eu vou guiá-la.

16

O tempo desacelerou tão logo Lucrécia deu o primeiro passo. A pele do rosto foi a primeira a notar a ausência de tato, algo que logo tomou o corpo todo. Os ouvidos captavam sons distorcidos, embaralhados e desacelerados. Gemidos, uma turbina de avião, uma matilha de cães disputando território. De todos os sentidos, somente o olfato tornou-se mais apurado. Lucrécia captou um perfume adocicado, depois cheiro de parafina queimada e, por fim, sentiu um odor tão intenso que a fuligem se alojou em sua garganta. Não conseguia respirar direito. Sobre as pálpebras, escuridão e luz se alternavam. Os olhos se movimentavam a esmo, lutando contra a vontade que o cérebro tinha de abri-los. Onde estaria agora? No que era descrito como limbo?

Desdenhando de sua ansiedade, Aim seguia em frente, a passos curtos e comedidos. Nas poucas vezes que as mãos de Lucrécia ameaçaram escapar de seus ombros, ele contrariou a vontade de abandoná-la e diminuiu ainda mais sua marcha. A mulher era um brinquedo de Lúcifer e não poderia ser tocada enquanto ele não ordenasse.

Depois de dez passos, um vento gelado a lembrou que estava viva. Os lábios de Lucrécia perceberam depressa e trincaram em alguns pontos. Os ossos doíam; sobretudo a fratura mal consolidada da perna. O ferimento queimava por dentro, doía tanto que ela precisou parar duas vezes. O vento gelado persistiu até que a mulher o vencesse com as próprias pernas. Em seguida, lufadas de outro vento, esse quente e cheio de poeira, a atingiram. Mesmo sem abrir os olhos, Lucrécia reconheceu o fedor da superfície. Também reconheceu o som de um veículo que passou por eles deixando um rastro de poeira. Aim deu um passo mais longo e a deixou desamparada. Ficou olhando para aquela mulher rodopiando sobre si mesma com os braços estendidos, mostrando toda sua incapacidade. Ainda se perguntava o que Lúcifer havia visto nela.

— Aim? Aim, você está aí?

— Pode abrir os olhos, mulher. Estamos em segurança.

17

Estavam em segurança, mas que lugar deplorável era aquele?

Antes de perguntar sobre isso ou de fazer qualquer movimento mais longo que uma respiração, Lucrécia tinha questões mais urgentes.

— Até quando vou usar esses trapos? Se esse cigano é tão importante quanto vocês dizem, eu deveria pelo menos usar uma roupa decente, não acha?

— Sinceramente, não. Mas nunca entendi a vaidade das mulheres.

— Ah, claro que não. Deve ser por isso que você continua usando seu terno de cem mil dólares. Qual é Aim, eu não estou pedindo para me dar superpoderes, eu só quero sair desses trapos. — Puxou um pedaço do vestido e levou até o nariz, deixando um pouco de suas pernas apareceram na solidão da estrada. — Esse lixo ainda está cheirando a gordura. E eu sei lá o que mais se impregnou no tecido. Eu não dou mais um passo se não der um jeito nessa droga!

Aim sacudiu a cabeça, desceu os olhos e encontrou os próprios sapatos polidos que conseguiam resistir à poeira. À frente, o sapatinho de vinil vermelho de Lucrécia, que de vermelho não tinha mais nada.

— Está tudo aí dentro, Lucrécia. O chefe não transformou você na Mulher-Maravilha, mas creio que você consiga mudar sua própria roupa. Basta fechar os olhos e ver a si mesma, da maneira como gostaria de estar.

Insegura e descrente, ela obedeceu. Cerrou as pálpebras, respirou profundamente e sentiu-se a criatura mais ridícula do Céu e da Terra — e do Inferno, claro. Porém, quando voltou a abri-los, Aim estava sorrindo.

Em vez do antigo trapo cor-de-rosa que começava a ficar marrom com a gordura impregnada, Lucrécia usava um terninho vermelho. Nos pés, os calçados que pareciam sapos pisoteados deram lugar a botas de couro que reluziam o reflexo do sol. Mesmo a bengala, antes um pedaço de madeira e verniz, recebera um cabo de marfim, exatamente como ela imaginara, com o formato de uma serpente branca.

— Nada mal. Talvez você seja de fato especial. Nunca vi um humano aprender tão rápido.

— O que mais eu posso fazer? — ela perguntou, tocando o tecido suave do terninho. Mesmo o cheiro do tecido era novo. Os botões que o fechavam pareciam feitos de prata. E deviam ser mesmo, se seguissem sua imaginação, seu desejo.

— Essa parte vai precisar descobrir sozinha...

— Faz parte do processo — ela interrompeu, repetindo o que ouvira até ali. — Posso saber onde estamos? O que nós fazemos no meio de uma estrada de terra? E sem um carro?

— São dez minutos de caminhada. Podemos conversar um pouco enquanto isso.

Aim deu o primeiro passo. À frente, mais ou menos cinquenta metros de estrada. Às margens dela, uma paisagem seca e abandonada. A única expressão de vida era uma matilha de cães disputando uma fêmea no cio. Um dos cachorros já estava enganchado a ela, enquanto outros dois o atacavam com mordidas. A fêmea gritava, sentindo o órgão edemaciado do parceiro lacerar suas entranhas.

— Lar, doce lar... — disse Lucrécia.

— Estamos em Minas Gerais. Perto de um vilarejo chamado Martírios. Fica logo depois do aclive — falou, apontando para a frente. Sob o ponto mais alto da estrada havia uma árvore seca e um poste de madeira sustentando fios de alta tensão.

— Bom nome para uma cidade no meio do nada. Vai me dizer que o cigano mais importante do universo está em um cafofo desses?

— Posso garantir que sim.

Passavam próximos à matilha de cães. Lucrécia não conseguiu presenciar a cena e seguir em frente. Ela se abaixou, apanhou um pedregulho e atirou sobre os cães. O vencedor deixou a cadela em paz e correu para o meio do mato seco. Os demais fizeram o mesmo, inclusive a fêmea. Lucrécia estava chorando, algo que surpreendeu Aim.

— Como eles podem fazer isso com ela? Pobrezinha!

— Ninguém resiste à sua própria natureza por muito tempo. Ele — olhou para o céu que começava a ficar nublado — desejou que fosse assim. Não viu o que a cadela fez? Ela não fugiu para o outro lado, preferiu ficar entre seus estupradores. O que isso diz a você, mulher?

Ela pensou bem pouco.

— Que tudo sempre pode piorar.

18

A entrada da cidade limitava-se a um posto de gasolina abandonado e caindo aos pedaços e a um arco enferrujado, dando boas-vindas aos visitantes. Lucrécia não conseguia confabular um nome mais perfeito. Jesus Cristo, o lugar tinha o nome de Martírios!

Logo que avançaram pela entrada, chamaram pelos olhares dos miseráveis que se aventuravam na tentativa de asfalto que cobria a cidade. Havia um bar com a fachada já parcialmente descascada até o cimento. Na frente do lugar, um grupo de cinco homens tentava acabar com o fígado tomando aguardente. Eles olhavam para Lucrécia com algum apetite, algo que só perdurou até encararem Aim.

— Lugar detestável. Não importa o que tenha acontecido comigo em Três Rios, essa cidade consegue ser pior. Notou a expressão no rosto deles? Essa gente não está mais viva! Como não enxergam a miséria onde vivem?

— Eles enxergam, sim. Só não tem pernas ou vontade suficiente para fugir dela. São como a cadela que você tentou ajudar. Vivem em bandos, sugando uns dos outros o que ainda lhes resta de vida.

— Que queimem no Inferno — Lucrécia disse, quando um deles disse uma gracinha que fez os outros homens rirem e olharem para ela.

— Acho que não. As chamas de Geenna desprezam o combustível ruim deles. Talvez possam encher o rio das Dores, Caronte gosta dos despretensiosos. São fáceis de controlar. — Deu o próximo passo com mais firmeza. — Vamos andando, quero encontrar o cigano e voltar para casa. Você ainda tem muito a aprender por lá.

— Tem ideia de onde ele está?

Aim respondeu apontando para uma serpente cujas escamas eram feitas de gente. Uma procissão.

A maioria dos fiéis era de mulheres. O primeiro pelotão era composto pelas mais velhas, cobertas dos pés à cabeça por vestes negras. Elas seguravam suas velas, usavam xales, muitas precisavam da ajuda da mulher ao lado para seguirem em frente. Todas entoavam cantos sacros e simples, do tipo que se encontra nos folhetins das igrejas católicas interioranas. A segunda parte era infestada de gente comum. Mulheres com vestidos de chita, poucos homens, algumas crianças que tentavam simular as expressões de fé dos adultos. Depois dos dois blocos, o que se via era uma mistura de gente comum e vagabundos que, esperançosos, seguiam os passos de quem tinha mais fé.

— Esperam conseguir graças gritando como babuínos. Eles deviam perder dois minutos de conversa com o chefe. Nas poucas vezes que ele falou do comandante celestial, deixou bem claro o quanto Ele era chato. E pelo que me consta, Ele detesta puxa-sacos.

— Não deve ser fácil saber o que todo mundo está pensando. Minha mãe costumava dizer que a maldade é mais exata quando estamos quietos. Nossa mente é capaz de pensamentos terríveis. Mas o que quer dizer apontando para esse bando de aloprados? Vai me dizer que o cigano maldito virou santo?

Aim esticou os lábios sem mostrar os dentes e continuou seguindo a procissão. Tomava o cuidado de não se aproximar demais ou permitir que Lucrécia o fizesse. Se dentre aquelas dezenas de humanos houvesse um vidente, alguém capaz de enxergar a pele verdadeira de Aim ele poderia alertar aos demais.

A procissão atravessou o que parecia ser o centro de Martírios. Por todo o caminho, algumas escamas da serpente debandavam enquanto outras tomavam seu lugar. Havia gente parada nas portas das casas e dos comércios. Habitantes desnutridos de alma e coração, que insistiam em permanecer naquela terra seca. Muito do comércio local estava sendo encerrado. Lucrécia notou inclusive uma agência bancária — que devia ser a única — fechando as portas quando a procissão se aproximou de sua fachada.

Durante a travessia, o calçamento de paralelepípedos não a ajudava. Lucrécia temia enfiar a ponta da bengala em um dos vãos e se estatelar no chão. Pensava nisso e caminhava um pouco mais devagar quando alguém puxou a parte mais baixa de seu vestido novo. Como havia se tornado costume, ela empunhou a bengala na direção do idiota que ousou tocá-la. Ela não saberia responder se fora sua passagem pelo Inferno, o pacto firmado na lanchonete ou sua roupa nova, mas nunca se sentira tão confiante na vida. Mesmo assim, o que seus olhos revelaram a enterneceram um pouco.

— O que você quer? — ela perguntou.

O garotinho com o rosto sujo de terra sorriu, mostrando a janelinha de dois dentes de leite perdidos. Olhava para a bengala, há pouco recuada de seu peito. Ele tornou a encarar Lucrécia em seguida, mas não disse nada.

— Sai daqui, menino. Não tem nada melhor para fazer? — intrometeu-se Aim. O menino colocou o que podia de língua para fora e fez um barulho flatulento com a boca.

— Deixe — Lucrécia disse a Aim. — Ele não vai machucar você.

Com muita dificuldade, ela se abaixou, apenas o suficiente para ouvir o que o garoto tinha a dizer. A procissão estava mais animada agora, algumas mulheres demonstravam imenso prazer em cantar mais alto que suas concorrentes.

— Você não é daqui, é? Nem você, nem o negão.

Os olhos de Aim faiscaram uma pequena rajada de eletricidade. Lucrécia respondeu que não; e isso bastou.

— Viemos ver um amigo. Você sabe que procissão é essa?

— Todo mundo sabe. Eles rezam para o beato. Ele morreu dentro da igreja, dona. Ele morreu bem no meio do altar, enquanto o padre rezava. Dizem que ele faz milagres, mas minha tia Herminda diz que só Deus faz milagres. Você acha que alguém pode fazer milagres, dona?

— Eu não sei. Mas espero que sim. O que me diz desse beato? Você acredita nele?

Os ombros do menino subiram e desceram.

— Tanto faz. Ele pode aparecer e virar uma galinha colorida que minha vida não vai mudar nadinha. Tem um trocado? Eu não como um pão faz três dias.

— Você tá bem gordinho para alguém que não come nada.

— Só um trocadinho, moça! Minha mãe me bate se eu não levar dinheiro para casa.

Lucrécia tateou o bolso, procurando alguma coisa que não deveria estar ali. Aim não deixou que ela terminasse.

— Some daqui, moleque. Desapareça ou mando o Demônio puxar sua perna quando estiver dormindo.

— O padre disse que o Diabo não existe! Você tá *mangando* de mim!

Em silêncio, Aim se aproximou e arregalou seus grandes olhos negros.

— Todos sabem que nem tudo o que os padres dizem é verdade. Como daquela vez que o antigo capelão pediu para que todos os meninos tirassem suas roupas. Você estava lá, Leandro. Você era bem pequeno, mas aposto que se lembra do que sentiu.

O menino recuou um passo, alternando olhares para Lucrécia e Aim. De repente, sua esperteza o havia abandonado. Seus olhos estavam úmidos, os braços recolhidos às costas. Lucrécia pensou que ele começaria a chorar ali mesmo. O menino preferiu correr, e ele só parou quando dobrou a próxima esquina, cinquenta metros à frente.

— Por que fez isso? Eu posso lidar com uma criança.

— Tenho certeza que sim, mas o menino tocou sua alma. Você não pode deixar que isso aconteça. Se quiser continuar nas boas graças do

Inferno, nunca se afeiçoe a eles, Lucrécia. Crianças são como veneno para um Damaled. Além disso, estamos chegando ao nosso destino.

A mulher mirou o horizonte à frente. Pouco depois de uma nova ravina de paralelepípedos naquela cidade que parecia um tobogã, a cruz de uma igreja aparecia entre as cabeças humanas da procissão. Assim que a notou, Lucrécia sentiu uma fisgada na perna e parou de andar outra vez. Depois foram os olhos que perderam o foco e os pulmões que pareciam cheios de poeira. Aim a tomou pelo braço antes que caísse.

— O que está acontecendo comigo?

— Você vai se acostumar. É a presença Dele — apontou o dedo indicador para cima. — Sua alma ainda está confusa, ela clama por quem a criou. Com o tempo, a sensação ficará mais controlável. Creio que seu assunto com Wladimir Lester ajudará nisso. — Aim a deixou sobre as próprias pernas outra vez. Olhou ao redor. — Venha, você precisa descansar um pouco, tem um hotel no próximo quarteirão. Não devemos encontrar o cigano enquanto esses malditos entoarem cânticos.

— Me dá um tempo, esquisitão. Eu mal consigo respirar.

— Vai conseguir. A presença da fé para alguém que escolheu o Inferno é um pouco parecida com a sensação de ar rarefeito. Amanhã você já vai estar melhor. Tudo o que precisa para vencer a montanha é de uma noite de sono.

Lucrécia firmou sua bengala e deu um passo em direção à calçada. Não era muito mais nova que o chão, mas ao menos esta era feita de concreto.

— Eu não sentia sono até sairmos do Inferno. Sono, cansaço... Na verdade, eu me sentia bem melhor.

— Você descansou por meses. Além do mais, ninguém dorme no Inferno. Se para você isso pareceu uma dádiva, para muitos é a pior danação de Lúcifer. Agora venha comigo, não precisamos que você caia de cara na calçada e chame a atenção desses caipiras.

Lucrécia tornou a fraquejar, pouco antes de chegarem ao hotel Paraíso, onde passariam a noite. A entrada era uma calamidade, não havia sequer um letreiro no ponto mais alto da construção, o nome do hotel estava escrito com tinta vermelha desbotada e sombreado por uma palmeira saída da mente de alguém que não terminou de cursar o jardim de infância. O interior, no entanto, surpreendentemente agradou Lucrécia. Piso frio sem aquele odor mofado de carpetes, um tímido lance de escadas, a única parte que ela não havia gostado nada era o gerente. Um tipo ensebado, magricela, com uma camisa aberta no peito que mostrava seus poucos pelos que começavam a branquear. Ele comia um pedaço de frango, desfiando a carne com as mãos engorduradas e chupando o que restava entre os dedos. Quando ergueu os olhos notou que havia duas pessoas em seu hotel, principalmente a que entrou na frente.

— Aim... — disse com a voz cigarrada. — De novo visitando nossa cidade maravilhosa? Nunca pensei que gostasse tanto assim de sentir calor. Aliás, pensei sim, claro que sim.

— Não gosto do calor *daqui*. E também não gosto de você, Lupércio.

A caricatura de gente lambeu os dedos de novo e sorriu. O canino direito era de ouro, mas naquela boca até o metal mais cobiçado do planeta parecia merda. Aim chegou mais perto e tamborilou os dedos sobre o balcão.

— Quero o quarto de sempre, o que não costuma feder.

O gerente pareceu não ouvi-lo, os olhos cravados em Lucrécia.

— Quem é a princesa? Tá transando com ela? — cochichou. Lucrécia ouviu mesmo assim.

O próximo movimento de Aim pareceu um vento forte. Em menos de um segundo suas mãos testavam a ossatura fina do pescoço de Lupércio. O homenzinho estava içado no ar, batendo as pernas contra o forro de madeira do balcão da recepção.

— Mais respeito. Ela caiu nas graças do chefe.

Em um gesto conhecido, Caricatura de Gente espalmou as mãos no ar. Aim o manteve entre os dedos por algum tempo, se divertindo com o pavor do homenzinho. Quando o devolveu, o fez como quem se livra de um saco de cal. Caricatura de Gente perdeu uns cinco segundos retomando o oxigênio. Depois se desculpou e apanhou uma chave embaixo do balcão. Estendeu-a para Aim. Como o demônio não se moveu, ele a deixou sobre a madeira.

— Suíte presidencial, comandante. — Lupércio acrescentou, massageando o pescoço.

Com um suspiro que não passou de um gole de ar rejeitado pela boca, Aim o deixou em paz. Lucrécia já estava no segundo degrau da escada, contando os segundos para escapar da presença de Caricatura de Gente.

— Conheci um monte de idiotas como ele. Não precisava ter quase quebrado o pescoço do homem, eu sei me virar sozinha.

— Você não o conhece. Ele é dono de uma rede de tráfico de mulheres. Algumas jovens demais para receber essa classificação. Temos negócios com Lupércio desde 1992. Quando me disseram que o cigano estava nessa cidadezinha mixuruca pensei que era um bom sinal. O inferno está em todo o lugar, mulher, mas ele adora Martírios.

O quarto escolhido por Aim era o único sem numeração. A porta era a mais velha de todas, ficava no fim do corredor e parecia bem mais a entrada de um depósito de produtos de limpeza do que de um quarto. A impressão perdurou somente até Aim girar a maçaneta.

— Quem imaginaria? — Lucrécia comentou, se lembrando de uma cena de *Um Príncipe em Nova York*, estrelado por Eddie Murphy. Não havia uma banheira no espaço, mas o chão era de porcelanato. Em um trecho do piso brilhante havia um grande tapete com motivos persas. Sobre ele, um módulo de madeira marfim, uma televisão enorme e um receptor de TV a cabo. Mas de todas as perguntas Lucrécia escolheu somente uma:

— Onde você vai dormir?

Aim foi até janela e tirou do caminho a cortina de seda e a renda que protegia os vidros.

— Eu não sou como você. Ficarei de vigília essa noite. No momento certo, estará acordada.

— Posso saber qual é o momento certo?

Aim se afastou da janela. Caminhava em direção à porta.

— Durma, Lucrécia. Tenho alguns assuntos a tratar com o homenzinho lá embaixo.

19

Os incontáveis pesadelos de Lucrécia não foram suficientes para acordá-la — e qualquer Deus ou Demônio sabia que seu coração pedia o oposto. No primeiro deles, ela revisitara a primeira investida do pai desgraçado que a trouxe ao mundo. Sentiu o cheiro de seu suor e o bafo de aguardente. Sentiu coisas bem piores. No segundo, Lucrécia despertou dentro de um caixão. Conseguia ouvir as pessoas do lado de fora, todas dizendo como aquela infeliz viveu uma vida miserável, como ela devia estar contente agora que se libertara dos suplícios da vida. Mas Lucrécia não estava morta. Ela sentia a escassez do oxigênio, as unhas perdidas tentando escavar a madeira; chegou a sentir um ou dois vermes invadindo a pele macia de seu bumbum. Mas o pior de todos os pesadelos foi o último e com maior duração. Nele, Lucrécia precisaria escolher entre sua mãe e a si mesma. Depois de conhecer a morte dentro de um caixão, não foi uma tarefa fácil. Entretanto, mamãe não morreria de câncer como de fato aconteceu. Naquele sonho nefasto, sua mãe teria a pele escaldada por chumbo quente. Lucrécia fez sua escolha e presenciou a segunda morte da pobre mulher. Enquanto viveu, sua mãe gritou por clemência. Em seu último suspiro, absolveu Lucrécia, dizendo que a amava. Tamanho horror fez o corpo de Lucrécia entrar em colapso. Suas pernas tremiam, sua pulsação estava disparada, sua língua estava mais seca que as paredes do quarto.

Foi quando alguém a sacudiu pelos ombros.

— Lucrécia, abra seus olhos. Estamos atrasados — Aim disse. Depois a golpeou na barriga com sua própria bengala.

Demorou algum tempo para Lucrécia reconhecer que estava acordada. Antes, checou as paredes do quarto esperando encontrar novos embustes. Passou a mão sobre o rosto e retirou um pouco do suor acumulado durante a noite. Olhou para suas roupas. Ainda usava o terno vermelho que escolhera no dia anterior. O tecido continuava perfeitamente alinhado, ao contrário de seu manequim.

— Estou acordada? — ela perguntou.

— Você precisa dar um jeito nesse rosto. Parece que foi atropelada.

— E eu fui — ela disse e saiu da cama.

Colocou a perna dolorida para fora e a forçou contra o chão. Parecia um pouco melhor, mas ela só teria certeza depois que andasse até o banheiro. Foi o que fez.

Em vez da bengala, Lucrécia preferiu se apoiar nas paredes. Recostou a porta e deu uma olhada no espelho. Os olhos estavam bastante inchados, uma parte do rosto sulcada pelo travesseiro, os cabelos não eram melhores que um novelo de lã nas mãos de um gato. Nada que um pouco de maquiagem não resolvesse.

Tudo bem, deu certo com o vestido, ela pensou e fechou os olhos. Imaginou um conjunto completo de maquiagem, daqueles que as vagabundas do Turco levavam em suas bolsas caras quando iam transar com ele e retocavam o rosto no Vagão.

O que apareceu em cima da pia de granito foi algo saído de uma loja de R$ 1,99.

— Vai ter que servir — ela disse a si mesma, se sentindo mais idiota que o menino mágico que morava embaixo da escada.

20

Do lado de fora, Aim a esperava com a porta do quarto aberta. Como sempre, aquele bastardo estava impecável. Aim era o negro mais bonito que ela conhecera na vida, era *um pedação* como ela costumava dizer. Quando Lucrécia avançou até o meio do quarto, ele sorriu, provavelmente lendo seus pensamentos.

— Não fique se achando — ela disse. Sem esperar resposta, atravessou a porta.

Tomaram o lance de escadas, Aim perguntou se ela sentia fome. Lucrécia respondeu que não e que vomitaria qualquer coisa que enfiasse na boca. No térreo, Caricatura de Gente assistia a um vídeo pornô. Ele não desligou o aparelho de TV, mas teve a decência de virar a tela para si e reduzir o volume. Aim lhe entregou a chave e nenhum deles disse uma palavra.

Do lado de fora, o clima razoavelmente fresco das sete da manhã dava falsas esperanças sobre o resto do dia.

— Para onde? — Lucrécia perguntou.

— Precisamos ir até a igreja.

Lucrécia já conhecia o caminho e não fez questão de poupar suas pernas. Quanto mais rápido resolvessem o probleminha com aquele cigano, mais depressa retomaria sua carreira no Inferno. Tinha planos em mente. Quem sabe algum dinheiro? Esfregar sua ascensão social na cara do Universo seria maravilhoso. Também dar um jeito naquele cabelo ruim, fazer uma escova progressiva que não se desfizesse na chuva, alisar umas rugas; quem sabe aposentar Milton, o Vibrador, e alugar um amante bem-dotado?

— O gato comeu sua língua? — Aim perguntou.

— Não tive uma noite espetacular, tá bom? Eu só quero encontrar esse cigano e voltar para casa, seja lá onde vocês decidirem que eu more.

As ruas ainda estavam desertas, mesmo os bares que acumulavam a derrota humana ainda estavam vazios. Pelas calçadas, alguns cães dormiam emparelhados, dividindo pulgas e o calor dos corpos.

Assim que alcançaram o topo do aclive, Lucrécia teve outra surpresa. Aim parecia nervoso, mas admirava a catedral que se desenhava à frente. E não era para menos.

A única parte acanhada da estrutura era a cruz em seu ponto mais alto. Abaixo dela, uma estrutura gótica se enaltecia, com estatuetas e adornos em quase todo o contorno. As paredes eram feitas de granito bruto, e Lucrécia não pôde deixar de pensar no pavimento das celas do Inferno. Os vitrais enormes eram vistos à distância, imagens de Jesus, do panteão dos santos, o maior deles mostrava Maria amparando seu filho ensanguentado quando o tiraram da cruz.

Caminharam em silêncio até se aproximarem da igreja. Mais perto, Lucrécia descobriu um jardim viçoso aos fundos, com rosas, margaridas, beijinhos e um punhado de outras flores que ela desconhecia. Uma mulher como ela, nascida e crescida no subúrbio não tinha tempo ou interesse em lidar com a beleza — quando seu estômago ronca, tudo que você aprecia é um prato de comida.

— Chegamos cedo — disse ela, notando a quase esterilidade da frente da igreja.

— Não queremos chamar atenção.

Aim se deteve pouco antes do lance duplo de degraus que os levaria até a catedral. Olhou para cima, talvez para o topo da igreja, provavelmente mais acima, para o ser que diziam ser o dono daquele lugar.

— Não me diga que você não pode entrar em uma igreja?

— Eu apenas não gosto — Aim respondeu e deu um passo. Deixou que Lucrécia desse os dela sozinha.

Havia cerca de seis pessoas dentro da igreja. Três delas usavam xales negros sobre a cabeça e ocupavam os três primeiros bancos em frente ao altar. Elas olharam para trás quando ouviram o ruído da bengala de Lucrécia. Juntas, suas idades beiravam os trezentos anos. As mulheres voltaram a cruzar os dedos e fingir que rezavam quando tiveram certeza de incomodarem os novos visitantes. Lucrécia ouviu um chiado ao seu lado direito. Havia uma pira de água benta ali, que começava a ferver.

— Não vai durar muito. Creio que seja apenas uma mensagem de boas-vindas para nós dois — Aim explicou.

Tomaram a lateral esquerda da igreja, onde não havia bancos para atrapalhar seu caminho ou suportar as bundas magras das bestas. No entanto, existia uma imagem bizarra em um anexo lateral, depois de um pequeno oratório no qual fiéis poderiam se ajoelhar. Na escultura de mármore, um homem de vestes clérigas segurava a própria cabeça decepada. Lucrécia parou para olhar.

— Quem era ele? — perguntou, fazendo com que Aim retrocedesse alguns passos.

— São Dinis. Muitos o conhecem como São Dionísio. Ergueram essa catedral em sua homenagem, uma réplica da que existe na França. Dizem que ele era eloquente e conquistou centenas de pagãos com sua língua afiada. O problema é que os recém-convertidos se recusavam a adorar a César, o Romano. Então, o imperador Décio ordenou que arrancassem sua cabeça.

— Não vejo nada de extraordinário nisso. Cortavam a cabeça de todo mundo naquele tempo. Isso quando não jogavam os coitados para os leões ou partiam suas bundas ao meio com as máquinas de tortura da Inquisição.

Aim sorriu da ignorância da mulher.

— De fato. Mas nenhum outro homem caminhou seis quilômetros pregando as palavras Dele — apontou para cima — com a cabeça decepada entre as mãos. Essa era a distância até o local onde Dinis foi enterrado.

Antes que Lucrécia soltasse outra pérola, uma sombra se projetou pelas costas dos enviados do Inferno. Aim talvez tenha percebido de pronto, mas foi Lucrécia, sempre a curiosa, quem lançou primeiramente os olhos para trás.

21

O homem que ali estava usava um batina. Os cabelos claros rasos à cabeça e a pele muito branca o faziam parecer estrangeiro. Era tão alto que fez Aim parecer pequeno, devia ter quase dois metros. Não que o demônio tenha se intimidado. Tão logo o notou, disse a primeira provocação:

— Espero que tenha mudado de ideia desde o nosso último encontro.

Acentuando uma grande ruga na testa, o homem respondeu:

— Aim, não é? Um nome difícil de esquecer. Vejo que trouxe companhia dessa vez, o que disse para essa pobre mulher para arrastá-la até aqui? Ofereceu dinheiro? Ou quem sabe prometeu algo que nunca será capaz de cumprir?

Aim esboçou um sorriso e conteve o volume da voz.

— Venho em paz. Eu *sempre* venho em paz, padre. A mulher se chama Lucrécia. Ela está trabalhando conosco.

Ciente da bobagem que escalava a garganta de Lucrécia, Aim se antecipou e disse:

— Eu expliquei ao padre anteriormente sobre a nossa empresa. Sobre o interesse dos investidores em obras sacras, e da boa quantia que pagaríamos se pudéssemos conhecer pessoalmente o gênio artístico por trás delas.

— Esqueceu de mencionar que você ameaçou meu primeiro diácono e espancou duas pessoas da cidade que se recusaram a falar mais do que você mereceria saber. E você já teve sua resposta, Aim. O autor está morto, suas obras cuidam de perpetuar sua vida miserável.

— Não foi o que seu rebanho disse.

— Homens espancados e assustados falam qualquer coisa. Como alguém poderia estar vivo depois de tanto tempo? Conhece alguém com mais de trezentos anos? Agora, se vocês já terminaram, preciso cuidar dos preparativos para a missa noturna. Devem ter visto a procissão dos fieis de Dionísio, estamos a uma semana do aniversário de morte do santo e não preciso de sua influência negativa por aqui.

O homem esguio já estava de costas quando Lucrécia avançou em sua direção. Infelizmente, sua vontade era bem mais forte que suas pernas. Acabou tropeçando, os pés se inverteram, torcendo o tornozelo direito. Lucrécia só não caiu porque as mãos do religioso foram mais rápidas. Aim não a acompanhou. Queria ver em primeira mão se aquela mulherzinha valia tanto investimento.

— Quero conversar com o senhor. Desculpe pelos modos do meu amigo, mas o assunto que tenho a tratar é muito importante.

— Eu não a conheço, senhora. Todo assunto que tinha a tratar já foi discutido com seu amigo. — O padre apontou para Aim. Ele estava de costas, falando com alguém pelo celular.

— Eu imploro — Lucrécia insistiu. Estava de novo sobre as próprias pernas, ajustando com as mãos o caimento do terninho vermelho. — Posso dizer que meu futuro depende do que nós conversarmos.

Mais uma vez, o padre lançou os olhos para Aim.

— Seu amigo é um homem presunçoso. Podemos conversar se isso aliviar sua alma, mas adianto que nada do que ele diz é verdade. Esse homem é um corruptor, senhora. Você faria bem se não tivesse relação alguma com ele.

— Uma conversa, padre. Eu e o senhor. É tudo o que estou pedindo. Depois iremos embora.

O homem branco baixou os olhos e encarou longamente a mulher à sua frente. Ela também *não* parecia sincera, ninguém com uma bengala tão cara o seria dentro de uma igreja, a menos que estivesse doente e precisando de um milagre. Mas talvez o verdadeiro milagre fosse a chance definitiva de se livrar daqueles mercenários.

— Podemos conversar na sacristia da igreja, mas preciso ser breve. Acompanhe-me, por favor.

Antes de segui-lo, Lucrécia procurou decifrar a expressão de Aim. Seria impossível. Ele facilitou o trabalho e assentiu com a cabeça, lentamente. Em seguida, voltou ao celular.

22

Quando a força é inútil começa o trabalho de um diplomata. Enquanto cruzavam a igreja em direção à sala da sacristia — onde os padres usualmente se paramentam para as missas, e onde também ficam todos os objetos destinados ao culto de Deus —, Lucrécia tinha certeza que sua função ia bem além do treinamento dos demônios ultrapassados do Inferno. Também começava a ter a mesma certeza de que o Inferno a infectara permanentemente. Era como uma alergia. Sua pele coçava bastante, principalmente no ponto mais sensível, que ainda era a ferida da perna. Parece que Lúcifer faria questão que aquela porcaria doesse para sempre, como a lembrança de um ex-namorado cretino que arrasou com sua virgindade antes de dar no pé.

— Antes de entrarmos... Meu nome é Lucas Crispim.

— Lucrécia, padre — disse ela, estendendo suas mãos úmidas. Crispim retribuiu a saudação e em seguida espetou uma chave na porta branca que ficava atrás de uma cortina vinho. Ao lado dessa, outra cortina da mesma cor servia para restringir dos olhos um órgão eletrônico, um violão, uma caixa amplificada vagabunda e um microfone e seu pedestal. O padre aproveitou para cobri-los após a entrada de Lucrécia.

Assim que cruzou a porta, ela espirrou.

— Desculpe. Deve ser o cheiro da sala.

— É canela — explicou o padre. — Dizem trazer prosperidade e afastar energias negativas. Eu gosto do cheiro. Sente-se, por favor.

No centro da sala havia uma mesa redonda com tampo de mármore branco. Sobre ela, uma renda vermelha. Lucrécia também notou um grande armário de madeira escura à sua frente, com mais de seis módulos. Parecia bem velho, tão velho — e em tão bom estado — quanto o restante da igreja. Em um desses módulos, tão alto que quase tocava o teto, um relógio cuco continuava acertando as horas. Porém, o que mais chamou sua atenção tomava conta da quase totalidade da parede à sua direita. Enquanto o padre fechava a porta e caminhava para a mesa, Lucrécia se calou olhando para a estátua.

— Lindo, não acha? — perguntou Crispim.

— Sinceramente, padre... Eu não entendo por que a igreja continua mostrando seu maior representante espetado em um crucifixo. E entendo menos ainda o fato das pessoas gostarem de ver seu sofrimento.

— Nós, humanos, gostamos de superação. Cristo lavou nossos pecados, mas, na minha opinião, sua maior contribuição foi a mudança que se sucedeu durante sua vida, e principalmente depois de sua morte. Cristo veio nos trazer a luz do pai celestial. Antes dele, vivíamos no obscurantismo, sem um caminho correto a seguir. Consegue imaginar como o mundo seria se ele não tivesse nos ensinado o amor?

A essa questão, Lucrécia jamais respondeu. Na verdade, imaginava perfeitamente. Para começar, ninguém aceitaria viver uma vida miserável com a crença que depois de morto tudo ficaria bem. Ninguém acordaria cedo no domingo para ir para uma igreja onde todos fingem ser bonzinhos para, logo depois dos sacramentos, falarem mal das roupas ou da maquiagem dos outros. Sem religião, os homens talvez percebessem que deveriam ser melhores entre si, pela simples questão de que se não fizessem isso tornariam suas vidas miseráveis. Sem dogmas, as mulheres poderiam ser bonitas e maquiadas em todos os continentes, ninguém seria apedrejado por adultério e os extremistas não se comportariam como elefantes na andropausa procurando um filhote de doze anos para rebocar à sua selva particular.

— É um pouco difícil para mim, não tive uma educação religiosa. Mas admiro o que ele tentou fazer por nós — mentiu.

— Bem, não foi para isso que viemos até a antessala. Aceita um café? Água?

— Serei breve, padre. Queremos uma entrevista com o artista. Só isso. Não pretendo *obrigá-lo* a seguir conosco, digo o mesmo sobre o senhor permitir que nós o vejamos. Mas eu conto com o seu bom senso para essa última decisão.

Crispim caminhou até a mesa e se sentou. Cruzou as mãos sobre o mármore branco.

— Se esse é seu único pedido, recebeu minha resposta há dez minutos. Quando seu amigo nos visitou meses atrás, fui categórico em dizer a ele que estava enganado. Você sabe quem é o prodigioso artista que sua empresa procura? Wladimir Lester. Se você se interessa por arte, já deve ter ouvido falar dele. Lester é um artista cigano, nascido até onde se sabe, antes de 1800. Acredito que Aim e seus superiores estejam fora do seu juízo perfeito.

Lucrécia estava com a cabeça baixa, sorrindo e mirando o padre com seus olhos pequenos e espertos.

— O senhor diz que Lester é um artista cigano. Não seria correto para alguém morto dizer que ele *foi* um artista cigano?

— Não torça minhas palavras, senhora. Você entendeu perfeitamente o que falei.

— Padre, ouça, eu só quero conversar com ele. Não pretendemos chamar a imprensa ou atribular a vida do pobre homem. Já sabemos que milagrosamente ele está aqui e que continua pintando. Toda essa igreja é prova disso. Uma catedral desse porte, no meio do nada? Eu sei que o Vaticano tem muito dinheiro, mas não consigo encontrar uma resposta para investirem tanto em uma cidadezinha que não aparece nos mapas. Rastreamos algumas obras, notamos o cuidado em esconder os recibos. Se existe uma coisa nesse mundo que sempre deixa uma marca por onde passa, é dinheiro. — Lucrécia não entendia de onde fluíam as palavras certas, mas era como a nascente de um rio. Bastava pensar em Lester e Lúcifer e sua língua fazia exatamente o que precisava fazer. Não que estivesse incomodada...

Ao contrário de Crispim, que deixou a mesa sem uma palavra.

Ele foi até o armário escuro onde havia uma cafeteira elétrica fumegando. Apanhou uma xícara para si, pingou algumas gotas de adoçante e perguntou:

— Qual é o seu papel em toda essa história? A senhora me parece sensata, diferentemente do seu amigo. Deus me perdoe dizer isso, mas ele pareceu um demônio na primeira vez que pisou em Martírios. Ele e o outro rapaz, um que usava jaqueta de couro, cujo nome me foge da memória agora.

— São homens se comportando como homens. Quando o interesse se sobrepõe à razão, é a vez dos exageros. Estamos sob pressão, padre. Nossa empresa apostou alto nas obras de Lester. Gastamos muito dinheiro para encontrá-lo, e bem mais adquirindo as poucas obras disponíveis para compor nossa coleção. Quando finalmente descobrimos seu paradeiro, nossa empresa virou um *inferno*.

Crispim pigarreou e lançou os olhos para a estátua crucificada.

— Desculpe, foi força de expressão. Padre, o dinheiro que as obras têm dado à sua igreja, podemos triplicar, quadruplicar se nos der uma chance. Do que o senhor tem medo? Não podemos arrastar o homem daqui à força, ainda mais alguém que seria considerado uma aberração da velhice. Queremos que ele continue produzindo, nosso único papel seria agenciar suas obras.

— Nós temos tudo de que precisamos.

— Sim, *vocês* têm. Mas e o resto dessa cidade? Eu vi a miséria como vivem, as mulheres definhando e os homens se embriagando. Vi crianças com a barriga cheia de doenças. Padre Crispim, nós podemos ajudar toda essa gente. Podemos fazer muito mais se contarmos com a sua compreensão. Até quando a Igreja sepultará suas riquezas sobre os próprios pés?

— Não creio que esteja qualificada para falar da Santa Igreja.

— Pense nas criancinhas, padre. Podemos reconstruir a cidade. Meu pessoal faria isso em um piscar de olhos. Novas escolas, um hospital decente, podemos inclusive organizar excursões para a visitação da sua igreja; se o senhor gostar da ideia, obviamente.

Dinheiro... A verdadeira linguagem universal.

— *Supondo* que ele esteja mesmo vivo, o que esperam encontrar em alguém tão velho que não seja senilidade e incapacitação? Sinto muito, sra. Lucrécia, mas não vejo objetivo algum em um encontro com Wladimir Lester. Suas obras estão na igreja, e poderíamos ceder muitas delas à sua empresa, nos termos que acabou de apresentar.

Lucrécia percebeu a chance e decidiu aumentar as apostas. Ela se levantou, apanhou a bengala escorada à mesa e cravou os olhos miúdos em Crispim.

— Encontrar o autor é fundamental. Agradeço pelo seu tempo, padre, mas creio que nossa conversa termina aqui. Existem muitos artistas espalhados pelo mundo; as ruas estão cheias deles. Os abrigos de moradores de rua, as estações de metrô. Pode ser que o senhor tenha razão e Wladimir Lester não valha tanto trabalho e dor de cabeça.

Porém, a semente estava plantada e o padre Crispim a deixava germinar dentro dele. Claro que detestava a miséria de Martírios. Sua igreja e o hotel Paraíso eram as únicas coisas decentes em toda aquela cidade. Mesmo a fé dos fiéis ultimamente estava reduzida a dois ônibus que aportavam em Martírios uma vez por ano — e deixavam apenas a metade do dinheiro do qual poderiam dispor. Além disso, a mulher falou em um novo hospital. Desde os anos 1990 que o São Matheus não tinha equipamentos ou médicos suficientes. Prova disso era sua própria mãe, a sra. Luzia Mirra, morta depois de uma infecção bacteriana que poderia ter sido sanada em uma semana com antibióticos e um antibiograma decente. Infelizmente para ela e para o padre Crispim, era uma mulher teimosa. Catarina não aceitou ser internada em um hospital particular, exigiu o mesmo tratamento que o resto da cidade recebia. Suas últimas palavras foram: "Que seja feita a vontade de Deus".

— Espere. Ainda temos o que conversar.

Lucrécia se deteve a um passo da porta. Esticou os lábios em um sorriso acidental e tornou a aniquilá-lo quando se virou de frente para o homem de cabelo claro.

— Estou ouvindo, padre.

23

Ambos concordaram que ninguém poderia saber sobre o que aconteceria a seguir, nem mesmo Aim. O padre também exigiu que Lucrécia deixasse qualquer pertence na sacristia. Os celulares, as câmeras e os gravadores que ela não dispunha. Tudo o que ela trouxera foi sua bengala e uma bolsinha vermelha, carregada com seu kit fracassado de maquiagem (também deixou a bolsa sobre a mesa).

Saíram pela porta da sacristia. Aim estava do lado de fora, sisudo e contrariado por ter ficado de fora da conversa. Não ficou mais satisfeito quando Lucrécia disse a ele:

— Preciso de uns minutos com o padre. Explico tudo quando voltar.

— Nada disso, eu a trouxe até aqui, não vai me tirar da jogada e pegar todas as glórias para si mesma.

Lucrécia pediu um instante a Crispim. Chegou mais perto e inclinou o pescoço, de modo que Aim precisasse baixar o seu para ouvir o que ela tinha a dizer. Seu rosto venceu a maquiagem e ganhou uma tonalidade vermelha que Aim passaria a reconhecer como tudo o que tem essa cor na natureza: perigo.

— O que vai acontecer se eu contar para o Lu que você fodeu com tudo? Pense nisso, demônio, aposto que ele ficaria bem insatisfeito.

— Cuidado — Aim respondeu e a apanhou pelo braço. Apertou, mas ela não demonstrou a dor que sentia. — Está brincando com uma chama que não pode controlar, mulher. Vai acabar se queimando.

— Lucrécia? — Crispim a chamou, percebendo que os dois estavam prestes a se atracar dentro da sua igreja.

Aim a deixou ir. Recuou até a parede lateral e se mimetizou na sombra de uma coluna de sustentação da nave. Lucrécia continuou seguindo os passos ruidosos do sacerdote.

Subiram ao altar, quatro degraus. Crispim ajudou Lucrécia a vencê-los e a levou até os fundos. As três mulheres que oravam nos bancos mais próximos do altar se interessaram e cacarejaram algo entre si. Uma delas riu, olhando para a mulher manca que pensava ser muito importante. Crispim as ignorou como era sábio fazer, enquanto Lucrécia calculava como seria maravilhoso quando aquelas três galinhas velhas tombassem ao Inferno.

Eles só pararam de caminhar quando fizeram uma curva suave para a esquerda, um pouco depois da última coluna de sustentação da igreja. Lucrécia agradeceu. O granito polido do altar era venenoso para sua condição física.

Crispim parou de frente para outra cortina vermelha que ficava protegida dos olhares curiosos dos fiéis — de costas para o resto da igreja. Lucrécia não imaginou o motivo para aquele tecido estar ali. Não poderia existir uma sala atrás dele, o espaço não seria maior que dois metros quadrados. Suas suspeitas terminaram assim que Crispim puxou o tecido.

— Vamos atravessar a parede? — Lucrécia perguntou, olhando para a pedra de mármore polido à sua frente. Havia um único entalhe nela que dizia: "Orai e Vigiai".

— Mais ou menos. — Crispim respondeu. Em seguida, retirou um colar de prata de dentro da batina. Havia uma chave enroscada no metal. Mas era diferente de qualquer chave que Lucrécia já vira. Para começar, era cônica. Na ponta, havia duas aberturas mais espessas, perfuradas, como os canos de uma espingarda. Antes de usá-la, Crispim checou novamente se não estavam sendo seguidos por Aim ou uma das beatas.

— Vá em frente. Estamos sozinhos — Lucrécia confirmou.

Tremendo um pouco, Crispim colocou a chave dentro do "G" da palavra "vigiai" e a pressionou com força. Um estalido suave emergiu da estrutura. O padre então rodou a chave. A parede de mármore — que na verdade era uma porta — cedeu logo depois, com muito pouco ruído. Crispim apanhou algo do outro lado da abertura. Lucrécia retrocedeu um pequeno passo.

— Calma, precisamos de luz — ele disse e exibiu uma lanterna pequena. Lançou o facho aceso para o interior da porta e viu o semblante de Lucrécia derretendo como um maratonista que tombou no meio da prova.

— Pode desistir, se quiser. São mais de quarenta degraus.

Dentre todas as palavras e expressões disponíveis nos dicionários, Lucrécia escolheu a mais comovente e verdadeira:

— Que merda.

Escadas... A nova maldição de Lucrécia.

— O senhor primeiro, padre. Eu vou precisar das paredes e de alguém que me impeça de rolar até lá embaixo.

Crispim fez isso assim que fechou a porta de mármore às suas costas. Por um instante, a lanterna do sacerdote falhou e tudo ficou escuro. Lucrécia se recostou à parede rústica, temendo por um deslize estúpido que no seu caso não era raridade. Percebeu um brilho frágil vindo de baixo e também cheiro de velas. Crispim voltou a acender a lanterna e também a chama de um isqueiro que apanhou em uma nova abertura na parede. Ao lado da cripta havia um candelabro com uma vela bastante grossa. Ele a acendeu e encarou o rosto surpreso de sua visitante.

— Tudo bem?

— Vai ficar quando chegarmos lá embaixo.

A descida não foi tão complicada, afinal. Tirando um pouco de falta de ar, da perna ruim de Lucrécia queimar como brasa e das duas vezes que ela precisou ser amparada por Crispim, os degraus pareceram brincadeira de criança. E não era mero palpite o que ele disse sobre mais de quarenta degraus — depois de o padre ter acendido outros seis candelabros, Lucrécia contou 58. Então a luz de muitas velas iluminou o chão firme feito de mosaicos de cimento. Lucrécia e Crispim estavam logo depois do último degrau, em um pequeno vestíbulo. Era retangular e os dois menores lados tinham a mesma largura da escadaria íngreme.

— Credo, tá um gelo aqui embaixo — reclamou ela.

Crispim estava parado à sua frente, calculando a sinceridade daquela mulher. Ela era forte e obstinada, mas muita gente ruim também nasce assim.

— Preciso confiar em você daqui pra frente, como você confiou em mim na descida das escadas.

— Eu sei que ele está vivo, padre. Você não mente muito bem.

— Vivo é uma palavra bonita demais para descrever o pobre homem. Me dê dois minutos antes de ir atrás de mim. Preciso conversar com ele.

Lucrécia concordou e esperou enquanto sussurros anunciavam sua presença. Não ouviu nada que partisse de Lester. Nem mesmo um suspiro. Os passos de Crispim ressoaram de volta bem antes dos dois minutos. Lucrécia o teria agradecido se suportasse minimamente a presença de alguém a serviço de Deus. Ela passou algumas horas difíceis no inferno, mas sua vida fora daquele lugar foi bem pior.

— Ele concordou em falar com você.

Lucrécia avançou alguns passos tímidos, ainda testando o chão com sua bengala de cabo de marfim. Percebeu que não ouvia os passos de Crispim atrás de si.

— Você não vem?

— O velho quer falar a sós com você. Eu não concordei, mas a idade dá a ele o direito de ser teimoso. Pode fechar a porta quando passar por ela.

Sem acreditar em tamanha sorte — que, provavelmente, não tinha nada a ver com sorte —, Lucrécia deu os passos que precisava até sair do vestíbulo.

24

Dizem que a segunda função das velas, logo depois de fornecer luz, é guiar as almas até o caminho dos justos. Se essa fosse toda a verdade, ninguém naquele porão precisava se preocupar com um mapa. Havia velas acesas em cada pedaço de parede livre. Elas só não eram mais numerosas porque precisavam dividir o espaço restante com os quadros. Lucrécia não conseguiu notar mais nada depois de pousar os olhos neles. Eram dezenas, centenas talvez, se fossem contados os que estavam escorados nas paredes ou enrolados como pergaminhos. Ela olhou para o teto e teve a mesma surpresa. Ao redor de um candelabro com mais de cinquenta velas, pinturas se enovelavam em um torvelinho de cores. A mulher poderia ter ficado ali, por horas a fio, admirando a arte que nunca despertara seu interesse. Lucrécia só entrara em um museu uma vez na vida — e carregava um carrinho com produtos de limpeza e uma vassoura. Em dois dias, acabou sendo demitida depois de se encrencar com a supervisão.

No centro da sala, havia uma mesa de madeira. Sobre ela, mais tinta do que as tonalidades conhecidas por ela se assomavam. Também pincéis, alguns sacos de algo branco que poderia ser gesso, molduras e telas vazias — estavam empilhadas por quase um metro. À direita da mesa — na parede mais distante de onde Lucrécia estava parada e absorta com os quadros —, um som ponteado, que lembrava as asas de um inseto preso em uma caixa de papelão, tiquetaqueava como um relógio acelerado. Havia alguém sentado ali, em uma cadeira desconfortável de vime. Ao lado da figura corcunda, além da parafernália que os pintores usam, havia uma bandeja com frutas — algumas roídas pela metade —, um jarro de barro e uma caneca encardida.

— Olá — Lucrécia disse, sem encontrar palavra melhor.

— Diga logo o que você quer — respondeu ele com a voz cansada. — Estou ocupado.

Cansada seria um enorme eufemismo. A voz daquele pobre coitado era tão fina quanto um suspiro. Não fosse a acústica privilegiada do porão em que se encontravam, Lucrécia não o teria compreendido. Ela se aproximou mais, temendo que na próxima frase isso acontecesse. Caminhou devagar, pensando no que diria ao velho. Sua cabeça cheia de ideias e frases estava vazia. Que tipo de conversa poderia ter com alguém tão velho? O que proporia a ele? O que uma carcaça humana de mais de duzentos anos teria de interesse? Um marca-passo?

— Eu acho que o senhor sabe o que me trouxe aqui. Meu nome é Lucrécia e trago interesses do Inferno.

— Pensei que diria algo como: "Eu sou o demônio e vim fazer o trabalho do demônio". Fico feliz que não repetiu as palavras de um homem morto. A originalidade é sempre a melhor porção de um homem. No seu caso, de uma mulher. E antes que me pergunte, eu me atualizo — esticou a mão esquerda em direção a uma pilha de jornais.

A mão direita não parava de pintar. O velho continuava de costas, com um capuz sobre a cabeça, mergulhando o pincel em várias ilhotas de tinta sem precisar olhar para elas. Lucrécia chegou perto o bastante para ver sua última criação. Era o rosto do homem que ela conhecera no Inferno, o rapaz dos computadores. Ao redor dele, uma porção de membros decapitados compunha uma mandala de carne. O sangue que saía dos pedaços e cotos se afilava e injetava cores mistas no retrato do rosto fino e perturbado. Dependendo de como se olhasse — inclinando levemente os olhos para a esquerda — havia outra feição imersa no rosto de Marcos, dissolvida em pigmentos, alguém que Lucrécia conheceu aprisionado no primeiro nível do Inferno. Nôa.

— Como você sabe sobre eles? — ela perguntou.

— São parte de mim. Como todos que um dia se envolveram com meus quadros e minhas esculturas. Mais precisamente, com o que a trouxe até aqui: *minha tinta*.

— Podemos conversar frente a frente? Não gosto de falar com a coluna retorcida de alguém.

O próximo movimento de Lester foi esticar sua coluna, não muito, mas o suficiente para que seus ossos estalassem como milho em uma panela de óleo fervente. O som repulsivo fez Lucrécia recuar um passo e se armar com a bengala. Lester deixou o pincel e esticou o braço. Lucrécia pôde ver sua mão direita espalmada, tateando e se escorando em um pedaço de parede nua. Ele conseguiu se levantar entre gemidos, parecia não tentar algo parecido há muito tempo. Arfou o ar fazendo a garganta chiar. Lucrécia guardava distância e memorizava o caminho até a saída. Em sua vida terrestre, aprendera bem cedo que velhice não significa honestidade.

Lentamente, os pés de Lester se moveram. Primeiro o direito, em seguida o esquerdo, trançando no chão um círculo imaginário que o colocaria de frente para aquela mulherzinha intrometida.

— Meu Deus, como você é velho!

— O suficiente para ensinar alguém do bando de Lúcifer a não mencionar o nome de seu criador. Chegue mais perto, eu não consigo enxergá-la.

E nem parecia possível. O que restou dos olhos de Lester foram dois globos cinzentos, enrugados e desidratados. O pouco que seu rosto mostrava sob o capuz da túnica não estava em melhor estado. Sua pele era acinzentada e cheirava a mofo. As unhas eram compridas e encardidas, um centímetro ou dois de repulsa e micróbios. O resto dele continuava coberto por uma vestimenta marrom, amarrada por cordas na cintura, como a de um frade. Nos pés havia sandálias de couro que já começavam a ficar tomadas por fungos.

— Vai ficar me encarando ou vai me obedecer?

Resgatando a coragem que andava escondida, ela seguiu as ordens do cigano. Parou a poucos centímetros dele. A bengala ainda em suas mãos, pouco se esforçando para cumprir seu primeiro papel. Lester respirou mais fundo.

— Sinto seu cheiro. Poderia ser bem melhor se não tivesse um pedaço do Inferno grudado em você. Como ele a convenceu? Dinheiro? Poder? O que Lúcifer usou para corromper sua fé?

— Eu o escolhi. Não gosto da concorrência.

— Humm... Temos uma ovelhinha rebelde aqui — Lester disse e estendeu suas mãos repulsivas. Elas foram se aproximando do rosto de Lucrécia, tremendo e se esforçando para conseguirem a altura necessária. — Enxergo melhor com as mãos — ele explicou.

Os ossos de Lucrécia tremeram. O estômago embrulhou, ansiando por afastar o resto do corpo daquelas mãos sulcadas e finas. Mas ela ficou onde estava, faria o que fosse preciso para garantir anos melhores do que os vividos até ali. Além disso, Aim estava lá em cima, provavelmente atirando toda sua decepção e contrariedade nos ouvidos de Lúcifer.

— Quarenta anos, no máximo — Lester disse. — Um pouco jovem para ter tamanha confiança do *descendente.* — Deslizou os dedos indicadores até as extremidades dos olhos — Suas rugas contam que você sofreu bastante. Seu cheiro me diz que está nervosa, seus tremores indicam que ainda não me disse toda a verdade.

— Tenho uma missão. Acho que tenho várias, mas a primeira delas é levar Wladimir Lester comigo.

— Passou pela sua cabeça como eu concordaria com um absurdo desses? — Ele retirou as mãos do rosto de Lucrécia e começou a caminhar. Como um cego — apesar de ainda enxergar um pouco —, Lester conhecia a posição exata de tudo o que havia na sala. Ele não precisava tocar as madeiras cortadas das molduras ou as esculturas que dormiam cobertas por tecidos pardos. Quando se aproximava de um objeto, seu corpo tomava outra direção instantaneamente. O cigano parou de caminhar quando chegou à mesa de madeira do centro da sala. — Vocês do Inferno... Estão sempre supondo que conhecem todos os desejos humanos.

— Quero saber dos *seus* desejos, cigano. Quero tirar você desse buraco sujo e devolver as glórias que sempre mereceu. Estou certa de que o chefe pensa o mesmo.

— Cigano... Engraçado me chamar dessa maneira. Quem recebeu esse nome foi meu pai, Juan Lester. Jamais conheci alguém tão poderoso e tão burro. Ele poderia ter conseguido o que quisesse do seu... chefe, mas preferiu enganá-lo, ou pelos menos era o que meu pobre pai pensava. Eu já pintava naqueles dias. Passava horas com minha tribo, captando suas danças, o modo como conversavam, suas cores que de tão vívidas causavam desconfiança nas pessoas da cidade. Desenvolvi meu talento muito cedo, pintei meu primeiro quadro com três anos. O rosto de minha mãe.

— Posso vê-lo?

— Infelizmente, não. Minha mãe vive dentro da minha mente e em uma ou duas obras. Mas retomando de onde fui interrompido... Acontece que um dia, Lucrécia, eu tive um sonho. Nele, alguém com asas de anjo dizia para que eu vasculhasse os diários de magia do meu pai. Resisti no começo, mas a vontade de um homem sempre é mais forte que sua disciplina, ou pelo menos deveria ser. Foi assim que descobri o oculto, o grande motivo pelo qual toda a tribo respeitava e temia meu pai na mesma proporção. Fiz alguns rituais — infantilidades com ervas, gatos e cachorros. Mesmo nos primeiros passos, minha capacidade artística cresceu como seria impossível para uma criança tão jovem. Era exaustivo e, enquanto eu dormia, o velho cigano também exercitava suas mágicas, ele e minha mãe, sua grande companheira. Um ou dois meses depois de eu ter acesso aos manuscritos do meu pai, o homem-anjo tornou a aparecer para mim. Dessa vez, ele me disse que meu pai faria algo muito, muito ruim. Disse que era tarde demais para ele ou para minha mãe, e que, se eu tentasse impedi-lo, meu próprio pai me mataria. Conhecendo o velho Juan como eu conhecia, não duvidei que fosse verdade. O anjo também me deu instruções de como tirar proveito de tudo aquilo. Eu era apenas uma criança ansiosa em espalhar minha arte para o mundo todo, uma criança sonhadora e idiota. Meu visitante noturno se revelou o Demônio dois sonhos depois. Ele me deu instruções que me permitiriam viver para sempre através dos meus quadros. Como pode perceber, aquele desgraçado trapaceou comigo.

— Mas você vive através dos seus quadros. Eu estive no Inferno, cigano, posso garantir que todos conhecem o nome de Wladimir Lester. Mesmo na Terra você virou uma lenda. Seus quadros devem valer uma fortuna!

— Ninguém quer viver para sempre. Eu vi décadas passarem diante dos meus olhos infantis, vivi guerras suficientes para desprezar os bons dias. Envelheci no corpo de um garoto, eu fui deserdado pela minha própria gente, diabos, tudo que eu toquei tomou a cor da tinta que o Demônio me convenceu a produzir. Conheci mulheres e jamais me interessei em uma segunda noite com elas, eu sabia que elas morreriam e me deixariam com as malditas boas lembranças, com a saudade. Agora vivo em um porão úmido, estou quase cego e minha bexiga desce quando penso em algo líquido. E a morte não chega, não importa o quanto eu a chame ou tente convencê-la. — Lester estendeu os braços e mostrou duas cicatrizes enormes, uma em cada pulso. — Essas não são as únicas — disse, e emendou uma tosse horrível.

— Não sei se posso convencer o chefe a deixá-lo morrer.

— Não seja burra, ninguém pode fazer isso, não agora. Estou no meio da pior das guerras e nenhum dos generais tem interesse em minha alma. Você realmente acredita que a serpente se preocupa com o meu bem-estar? Não, Lucrécia, tudo o que Lúcifer deseja é atrair mais almas para o seu covil, e para isso, ele precisa da tinta.

— O que você deseja? Existe algo que ainda queira?

— Sim. Mas para isso precisaríamos voltar no tempo e mudar o passado. Nem o Diabo consegue fazer isso. Eu gostaria de acordar em minha tenda e sair para um passeio noturno. Gostaria de ouvir os gafanhotos e ver os vaga-lumes, minha nossa, o que eu não daria por um pouco de sereno fresco na pele. O mundo que existe lá em cima não me interessa. Seus carros, suas TVs barulhentas, as pessoas que se esqueceram do que é ser um humano. Vocês são máquinas, moça. Programadas para seguir um rígido padrão de comportamento. Se isso é tudo o que tem para oferecer, pode retomar as escadas.

Em vez das escadas, Lucrécia caminhou em direção à mesa. Ergueu a bengala e golpeou a madeira com toda a força que tinha disponível. Lester se afastou com um sobressalto.

— Ira? Começo a entender porque ele gosta tanto de você.

— Foda-se a sua opinião, velho. Você vem comigo, goste ou não. Eu não vim até aqui para ouvir seus lamentos.

Lester retomou o passo perdido e voltou a se escorar na mesa. Mais seguro de onde estava, levou as mãos ao capuz e o puxou para trás.

O tecido caiu devagar, se enroscando na pele oleosa daquele corpo desgraçado, até chegar aos ombros. Foi preciso muita concentração para Lucrécia não esmorecer quando viu o que saiu do capuz.

— Minha nossa.

Olhar para o que estava oculto era o mais próximo que se chegava de flertar com a morte. A pele manchada e flácida do rosto, as sobrancelhas enormes e brancas, os lábios finos que tinham alguma dificuldade em reter a saliva. Sobre a cabeça nua de Lester, uma infinidade de pintas, algumas altas o bastante para serem confundidas com verrugas. Também feridas que poderiam ser obra maligna daquela doença horrível que acaba por exterminar quem vive demais. As orelhas finas se alongaram com o passar dos anos, agora pareciam brincos indígenas feitos de carne. A boca curvada para dentro sem muitos dos dentes, as bolsas dos olhos pareciam dois desabamentos de pele. E havia o cheiro, o hálito de Lester não era muito melhor que o resto dele, um odor adocicado e enjoativo, ao mesmo tempo apodrecido. Nada em sua aparência era agradável, mas o que mais impressionou Lucrécia foi o nariz: Lester quase não o tinha. Supondo o interesse da mulher, ele explicou.

— Sífilis.

O homem então baixou o semblante e expressou toda a penúria dos últimos anos. Seus olhos ficaram úmidos, seu queixo enrugado trepidou como uma cortina atingida por um vento intrometido. Lucrécia tinha um coração de pedra, mas, pelos deuses, ela ainda tinha um coração.

Tomada pela piedade que não costumava ter, se aproximou do pobre homem. Ele continuava na mesma posição. Suas mãos estavam cerradas em cima da mesa, apertadas com força suficiente para fazer o antebraço tremer dentro do manto.

— Vamos resolver tudo — Lucrécia disse e tocou seu braço. — Basta me deixar agir.

Lester esboçou um soluço logo contido. Ele tinha algo a dizer.

— Moça, *Lucrécia*, eu conheci muitas mulheres insistentes nessa vida. Algumas delas amei com todo meu coração.

— Eu sei que sim.

— Mas dentre todas essas mulheres — continuou, sua voz estava desencorajada, tímida e tremulante como um vento de verão —, eu nunca encontrei uma... — Lucrécia se aproximou mais para poder ouvi-lo — UMA PUTA TÃO TEIMOSA! — gritou.

Agora a garganta de Lucrécia estava entre os dedos nojentos daquele miserável. Ele tinha a força de um homem adulto, um dos grandes.

Lester percebeu que a mulher mancava assim que ela entrou na sala, agora usava a informação a chutando na perna machucada. Lucrécia perdia o que ainda tinha de oxigênio na tentativa inútil de amenizar a dor. Quando se tornou insuportável, ela dobrou os joelhos. Lester a obrigou a deitar e subiu sobre a sua barriga; continuou apertando. A bengala estava distante agora, longe demais das mãos de Lucrécia.

— Você não vai me levar para ele, mulher! Diz pro teu chefe que Wladimir Lester não obedece ninguém. Nem a Deus, nem ao Diabo, Wladimir Lester não obedece ao próprio tempo!

— Es... tá me su-fucan-do, por... fa-vor.

Lester sentia as veias do pescoço fino se inflando depressa. Ele poderia matá-la e ninguém o julgaria por isso. O padreco de cabelo amarelo havia prevenido Aim, claro que a polícia sabia das agressões anteriores. E Lester era só um velho cigano, um abandonado, um coitadinho. Ninguém duvidaria de legítima defesa, ainda mais um padre. Além do mais, padres são especialistas em guardar segredos.

— Eu vou acabar com você, vou mandar esse recado para o seu chefe. Ele vai entender finalmente que mexeu com o cigano errado.

O mundo de Lucrécia estava cheio de estrelas negras. Os sons estavam abafados, a pressão no pescoço era tamanha que sua cabeça pulsava junto com o coração. Pensou em sua mãe. Uma pena que não se encontraria com ela. Lucrécia iria para o Inferno, faria companhia ao seu pai tarado e para as criaturas horríveis enquanto seu espírito aguentasse. Mas não pediria arrego ao Deus tirano dos Céus, isso nunca. Em seu último suspiro, pensaria em Lúcifer. Talvez ele ainda gostasse dela depois de morta. Foi depois desse pensamento que uma intensa luz vermelha iluminou as costas de Lester. As velas se apagaram com o vento que precedeu a mesma luz. Primeiro as do teto, depois as que estavam espalhadas pelas paredes. Em segundos, todo porão assumiu aquela mesma tonalidade vermelha. Uma pequena explosão se fez depois disso, alta o bastante para chamar a atenção do velho cigano. Mesmo com a surpresa, ele não deixou Lucrécia.

— Solte-a, velho — disse uma voz às suas costas.

Em seguida, um relincho.

A visão praticamente nula de Lester não era capaz de enxergar a luz, mas ele jamais se esqueceria daquela voz.

— Não, não você! — disse. — Eu não estou pronto!

25

O Diabo deu um passo adiante e o vórtice às suas costas diminuiu de tamanho, ainda mantendo o brilho intenso.

— Deixe-a ir, cigano — disse Lúcifer. — Não vou pedir de novo.

Lester apertou um pouco mais forte, mas decidiu soltá-la. Livre de suas mãos, Lucrécia começou a tossir e a pressionar a garganta edemaciada. O ar não encontrava o caminho de volta. Ainda assim, ela conseguiu energia suficiente para rastejar para debaixo da mesa. Começava a ter contrações no diafragma, lutando para absorver todo o possível do ar viciado daquele porão.

Com o som da explosão, o padre Crispim voltou a se interessar pelo que acontecia do outro lado da porta do vestíbulo. Ele esmurrou a madeira com força, inúmeras vezes. Lúcifer tratou de acalmá-lo. E foi com a voz do velho cigano que ele disse:

— Está tudo certo, padre. Deixe-me terminar aqui.

Enquanto Crispim concordava com o pedido que julgava ser de Lester, o verdadeiro cigano se espremia contra uma das paredes. Ao fazer isso, derrubou dois ou três quadros que miseravelmente acabaram pisoteados por ele.

— Você não pode entrar aqui, estamos em uma igreja! — Lester disse. A voz tremulava como um motor cansado e cheio de ferrugem. Os olhos incompetentes buscavam o inimigo lançando a cabeça em todas as direções. Aproveitando o embuste, Lucrécia conseguia respirar novamente. Ainda não estava pronta para encarar aqueles dois, sua mente estava confusa e atordoada. Mas ela ouviu perfeitamente quando do o demônio disse:

— A parte de cima é *dele*. Como sempre, o subterrâneo me pertence. Por que você acha que alguém constrói um porão em uma igreja? Para um salão de jogos? Lester, meu caro... A velhice o deixou burro.

— Suas provocações não me ofendem, não mais. Você me tirou tudo!

Infernizado com a provocação, Lúcifer riu de soslaio. Deixou o vórtice de luz de onde havia saído e caminhou em direção a Lester. O velho se encolheu mais um pouco, sentindo o calor e o cheiro que o seduziram quando ainda era um menino.

— Acabe logo com isso. Mate-me.

— É isso que você pensa que eu vim fazer? Matá-lo? Lester, meu velho Lester. Estou nessa igreja fedida justamente pelo oposto. Quero você do meu lado, pintando, compondo, esculpindo, quero que você volte a trabalhar para mim.

— Eu nunca deixei de cumprir minha parte do acordo. Olhe para essas paredes! Tudo que seus olhos enxergarem foi concebido por minhas mãos. Demônio, foi você quem me abandonou, você me tirou de suas asas e me deixou definhar no fel do mundo. Olhe para mim, eu não tive o que combinamos, nunca tive! — Lester tornava a se exaltar.

De onde estava, Lucrécia conseguia alcançar sua bengala. Ela a apanhou com a ponta dos dedos e a trouxe para si. Tentaria algo inusitado. Desde que deixara o Inferno, havia conseguido trazer à realidade um cabo de marfim, roupas novas e uma bolsa com um estojo de maquiagem. Talvez conseguisse algo mais apropriado para aquela situação. Tomou o cabo de marfim entre as mãos e imaginou uma adaga abaixo dele. Imaginou que ela puxaria o cabo e a lâmina mais afiada do mundo estaria bem ali. Algo que furaria a carne podre daquele velho e o ensinaria a nunca mais se meter com Lucrécia Trindade. Acima do plano onde estava, o Demônio continuava seu embate com Lester.

— Você se tornou um velho chorão. Suas escolhas o trouxeram para esse porão, não eu. Você teve tudo que quis, Lester. Depois de queimar o orfanato e terminar sua mais bela obra, a estátua magnífica que chamou de Ciganinha, eu esperei por sua atenção. Mas o que você fez? Se embebedou por anos, conheceu mulheres e se entregou às misérias do mundo. E não bastou errar tanto assim. Você queria mais, então me apunhalou pelas costas e se escondeu nas saias dos padres. Eu presenciei cada passo que o afastou de mim, cigano. Faz ideia de quanto tempo demorei para encontrar a tinta que por direito era minha? Passa por sua cabeça senil quanto tempo faz que estou tentando descobrir o buraco onde você se escondeu? Não fui eu que reneguei sua carne enquanto ainda era jovem, essa culpa é toda sua.

Lucrécia continuava atenta. Pelo que ouvia, o *chefe* estava tomando conta de tudo. Mesmo que quisesse, Lester não iria mais confrontá-la. Porém, de qualquer modo, ela ainda daria uma lição ao velho, a última que ele teria em vida. Querendo ou não, Lester encontraria o Inferno.

— Mate-me, Lúcifer — Lester disse e caminhou em direção ao Demônio. — Sinto seu cheiro perfumado. Você ainda é jovem. Da mesma forma como é esperto e bonito. Não podia ter feito o mesmo por mim?

— Não sem um pedido formal. Você me pediu que sua arte vivesse para sempre e assim foi feito. Considere sua velhice um bônus.

— Eu era uma criança, verme maldito! Com todo meu espírito calejado, eu rejeito sua oferta. Não pode me obrigar a aceitar seu ardil.

— Estava mais perto de Lúcifer. Podia sentir seu calor, seu cheiro quase doce. — Esse é o meu último desejo. Não precisa enviar seus lacaios para me assustar, basta apertar meu pescoço até que eu pare de respirar.

— Não.

— Faça ou eu mesmo coloco fogo em tudo o que existe nesse porão! Em nome do *Deus* que o criou e o jogou pelo ralo, faça isso!

Lucrécia estava curiosa de novo. Uma nova explosão de luz a tomou de assalto. Depois veio o calor. Ela sentiu o cheiro de alguma coisa queimando e olhou para os botões de seu vestido. Ouviu o chiar do jarro d'água que o velho cigano mantinha perto de si e ouviu frascos de tinta estourando suas tampas de cortiça. A madeira da mesa começava a ter cheiro de queimado. Lúcifer estava se tornando a Estrela, e nada no mundo poderia detê-lo. A menos que...

Lucrécia apanhou sua bengala e rolou de onde estava. Deixou a proteção da mesa, se reergueu vencendo as dores que não a deixavam e parou à frente do cigano, impedindo o avanço de Lucífer. O velho erguia o pescoço esquelético e esperava sua sentença. Conhecia Lúcifer o suficiente para saber que nada o irritava mais que ser colocado abaixo de Deus, onde de fato estava. Então ela finalmente compreendeu que não poderia matar o cigano ou deixar que o Demônio o fizesse. Sem Wladimir Lester, Lucrécia Trindade era apenas outra candidata ao esquecimento.

— Lúcifer, não faça isso. Ele é apenas um velho, todo velho é especialista em provocações.

— Mate-me, seu resto de merda dos Céus! Vamos! Mate-me! — Lester sussurrou.

Um dos quadros pegou fogo acima dele. Restos de tinta e papel queimados rolaram sobre sua cabeça e seus ombros, Lester os aceitou e gemeu contento o instinto de sair dali.

— Você vai destruir tudo! Pense, chefe! Pense! Eu também quis matá-lo, mas o que nós ganharíamos com essa estupidez?

Lúcifer tornou a relinchar, seu hálito sulfuroso fez Lucrécia fechar os olhos. Não demorou a reabri-los. Que derretessem, Lúcifer tinha o poder de refazê-los se assim desejasse.

— Saia da frente, mulher, ou vai precisar de uma cadeira de rodas em vez dessa bengala.

— Eu imploro. Você precisa da tinta, e eu preciso do que você me prometeu. Fizemos um pacto, Lu, tenho certeza que podemos entrar em acordo.

— Não! Sem acordos! Eu desejo a morte!

— Ouviu isso? — ela perguntou. — Você está quase dando o que o desgraçado quer. Somos mais espertos que ele, chefe. *Eu* sou mais esperta.

Lúcifer se aproximou ainda mais. A pele de Lucrécia começou a queimar. Sentia bolhas emergindo em seu rosto, alguns fios de cabelo queimando e exalando um cheiro horrível.

— Pense! — repetiu ela.

Os olhos do Demônio eram um mar de fogo. Seu casco queimava o chão de cimento como se fosse feito de madeira. Suas veias infladas de horror formavam riachos de fogo sob a pele vermelha. Porém, contrariando as expectativas dos dois humanos presentes na sala, seu fogo esmoreceu em seguida. Lúcifer diminuiu de tamanho, sua pele rubra voltou à consistência humana. Seus cascos se tornaram pés. Do corpo, fios de tecido emergiram e compuseram seu jeans e sua velha jaqueta de couro. Por último, os chifres derreteram e formaram cabelos.

— Não... Não a escute — choramingou Lester. Exausto, deslizou pela parede de tijolos nus e ficou no chão, como a criança que um dia fora entregue a um homem bom chamado Giordano. Lester se lembrou dele e de como às vezes se sentia feliz com sua presença. E ele o incinerou, como fez com todos os infelizes que cruzaram seu caminho.

— Melhor ter uma boa ideia dentro dessa cabeça — Lu disse. Estava bonito e jovem outra vez, mas seus olhos flamejantes ainda sequestravam um pouco da alegria do mundo. Logo eles também se abrandariam.

— Ele pode produzir mais tinta. E nós precisamos desse elixir se quisermos continuar *no jogo*. — Dito isso, Lucrécia girou o corpo em direção a Lester. Ele continuava encolhido, olhando para o éter, perdido em um mundo que jamais compreendeu.

— Quantos anos você quer? — Lucrécia perguntou.

— Ele não os merece — interferiu Lúcifer. — O desgraçado nos traiu e se escondeu em uma igreja.

— Chefe — ela disse ainda encarando Lester —, ele não é o único traidor entre nós. Pense bem, podemos contar com ele por mais alguns anos. Isso se ele concordar, é claro. O que me diz, Wladimir Lester? Quantos anos compram seus serviços no Inferno?

— Não os quero. Eu vivi o que tinha para ser vivido. Bem ou mal, tomei o que me foi dado. Mas eu gostaria de enxergar bem de novo. Meus olhos não prestam, um médico disse cem anos atrás que eu precisava de óculos. Juro que pedi que você me curasse — disse a Lúcifer.

— Eu não quis. Não iria curá-lo dentro de uma igreja. Existem... *limites*.

— Podemos fazer isso agora? Pense bem, Lu. Ele não está pedindo muito. Pelo que vejo, Lester só está tentando *esticar* o primeiro acordo que vocês firmaram.

— Sempre a maldita arte — Lúcifer resmungou. Tirou Lucrécia do caminho com um toque suave em seu ombro esquerdo e olhou para o cigano encolhido. — Vou dar o que me pede, Lester. Mas você precisa vir comigo. O Inferno é seu lar e faz muito tempo que estamos esperando por sua carcaça imunda.

— Vai me torturar, sei que vai.

O Demônio tornou a sorrir, dessa vez com o rosto tão plácido quanto um riacho no inverno.

— Sua cota de tortura já foi paga. Desejo apenas a tinta, e que você continue produzindo. Dia e noite, noite e dia, enquanto eu não decidir que seus dias chegaram ao fim. E para mostrar que não guardo rancores como ele — apontou para cima —, vou dar-lhe alguma dignidade. Não quero que você chegue no Inferno urinando pelo chão como um cachorro assustado, vamos dar um jeito nessa bexiga.

— Levante-se — Lucrécia disse e estendeu a mão. — Nós começamos com o pé esquerdo, mas podemos recomeçar.

Lester decidiu confiar nela e apanhou sua mão. Estendeu e ela um tubo de vidro, cheio até a boca com sua tinta especial. O maldito ainda tinha as chaves do Inferno dentro do bolso. Lucrécia o tomou para si e guardou o frasco em um dos bolsos do terninho. Em seguida, estapeou gentilmente os ombros de Lester e retirou deles toda a sujeira que desceu dos quadros. Havia uma queimadura bem grande na careca do pobre homem, cobria quase metade da cabeça.

— Também vamos cuidar disso — Lucrécia disse e se afastou. Tomou a direção de Lúcifer para entregar a tinta que motivou toda aquela insanidade.

Já era tarde demais quando ouviram passos rápidos e pesados dentro da sala. Pelo canto dos olhos, Lucrécia reconheceu a silhueta enorme de Crispim. Ele tinha uma faca nas mãos e loucura nos olhos. Corria em direção a Lester, a batina farfalhando como as asas de um grande corvo.

— Eu vou libertá-lo! — disse ele e esticou a mão armada.

Lucrécia girou sobre a perna boa, desprezando a outra que não servia para muita coisa. Sacou o cabo da bengala e notou o brilho de algo que ela conseguira criar com perfeição. Seu corpo perdeu o equilíbrio com o giro apressado, a perna ruim não foi capaz de sustentar parte do copo, Lucrécia caía. No entanto, antes de completar a queda, ela conseguiu estocar Crispim pelo queixo. O aço rompeu os músculos, tendões e ossos que precisava e se alojou no crânio. Crispim inverteu os olhos e caiu de joelhos. Uma poça de sangue logo se formou abaixo dele.

Sorridente, Lúcifer estendeu sua mão direita a Lucrécia e a ajudou a se levantar. Depois, como faria com a carcaça de um animal abatido, apoiou suas botas na cabeça amarela de Crispim e retirou o cabo de marfim de seu queixo. A cabeça do padre ricocheteou e voltou ao solo. Lucífer encarou o cabo que agora possuía uma lâmina incrivelmente afiada em sua extremidade.

— Estou impressionado — disse, e devolveu a peça a Lucrécia. Em seguida, procurou algum sentimento nos olhos de Lester. Tantos anos juntos; seria natural que ele se irritasse com a morte do homem.

— Eu nunca gostei dele — falou Lester.

— Precisamos avisar o Aim, ele ainda está lá em cima — ela informou.

— Acho que não — Lúcifer explicou. — Ele é um demônio, nenhum Damaled fica mais de dez minutos no andar de cima de uma igreja. Acredito que ele esteja no Inferno, tentando reassumir o posto que deleguei a você. E creio que tenha algo que me pertença — disse e estendeu a mão direita. Lucrécia mergulhou a mão em um dos bolsos do terninho e entregou a ele. O Diabo sorriu sentindo a tinta, seu calor orgânico que nunca abrandava, observando sua fluidez avermelhada. Com um movimento circular dos dedos, reabriu o vórtice. Uma nova e aquosa luminosidade alaranjada encheu de brilho os olhos do velho Lester. Quando viu o vórtice pela primeira vez, era apenas uma criança inconsequente, cheia de esperanças no futuro, em seu talento, em sua arte. Diziam que no Inferno não existe esperança, mas não era o que a velha alma de Wladimir Lester dizia. Do outro lado, Lucrécia o aguardava enquanto Lúcifer era saudado por seus milhares de demônios. Finalmente, ele havia conseguido trazer o cigano. Lester suspirou, tomou um gole de coragem e deu o primeiro passo.

— Já é hora de voltar para casa.

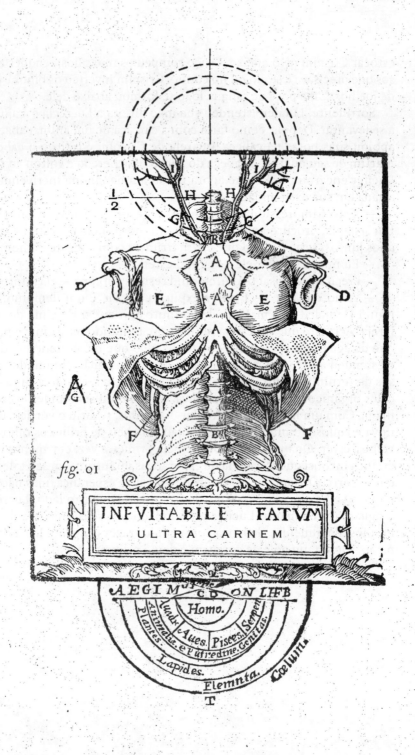

fig. 01

INEVITABILE FATVM
ULTRA CARNEM

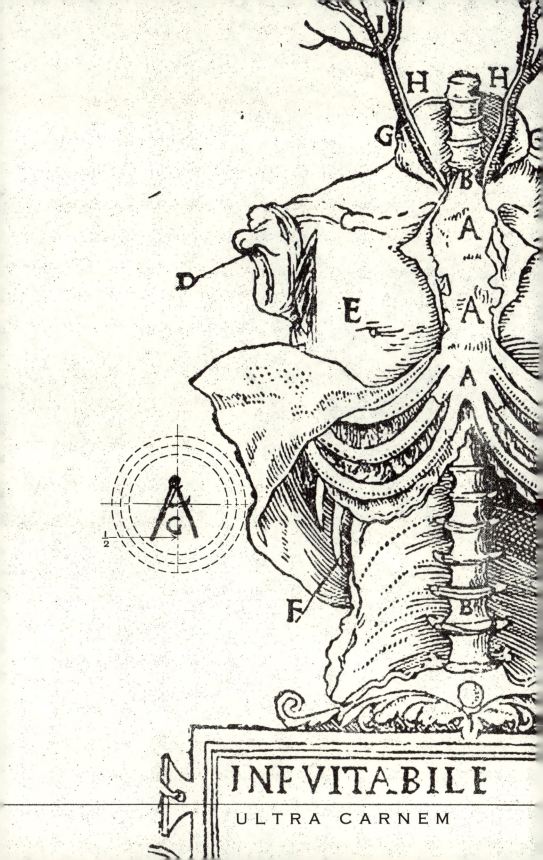

EPÍLOGO
OS TRÊS REINOS
Em nome do pai, do filho e do...

O tempo corre diferente no Inferno. Foi o que disse um demônio chamado Aim Lamé a uma mulher teimosa chamada Lucrécia Trindade.

Ele não estava mentindo e, apesar da eternidade que se seguiu nas terras quentes de Lúcifer, o tempo passou em um piscar de olhos.

Lucrécia agora comandava Aim e seu exército de Damaleds. Passava os dias treinando-os, palestrando, aprimorando seus conhecimentos já ultrapassados sobre a raça humana. Ela também assessorava Marcos e sua nova conexão infernal com a Terra e, quando tinha tempo livre, se especializava, conhecendo cada pedacinho do Inferno. Lucrécia conheceu os Infernos dos dois hemisférios, os gelados e os quentes, os selvagens e os civilizados, os primordiais e os tecnológicos. Em um deles, encontrou a morada certa para o seu pai tarado. Na verdade, era um pequeno pedaço do Limbo, onde apenas Norato e seu verme faminto habitariam por todo o sempre. A criança ela decidiu libertar. Não foi tão difícil convencer Lúcifer, não com tudo o que ela vinha conseguindo para o Inferno.

O Demônio andava ocupado. Passava a maior parte do tempo no andar de cima, usando as dicas de Lucrécia e convencendo pobres desgraçados a ingressarem em uma nova vida cheia de desafios.

No entanto, de tudo o que ela realizara em pouco tempo, ainda existia um pequeno probleminha esquentando os porões de Lúcifer. Lucrécia terminava outra sessão de treinamento quando Aim ingressou no anfiteatro, investido com uma irritação que não costumava demonstrar. Ele esperou que os 42 Damaleds deixassem a sala e se aproximou da mesa onde Lucrécia organizava suas fichas — apesar da insistência de Marcos Cantão, ela detestava os notebooks do Inferno, eles sempre aqueciam demais...

— Sua cara feia não vai me dizer o que está pensando, Aim.

— Temos um problema no primeiro andar. Nôa está influenciando o pessoal novo, dizendo que, se eles rezarem, vão conseguir sair daqui.

Lucrécia não aguentou e começou a rir.

— Sair do Inferno rezando? Por favor, Aim, nunca ouvi nada mais ridículo na vida.

— Ele não vai sair daqui, é claro, mas suas palavras imbecis estão torcendo a cabeça das almas. O chefe está preocupado. As almas estão aceitando sua sentença, se sujeitando ao pavor e agradecendo. Não preciso explicar como isso pode ser perigoso...

— Talvez precise, Aim. Eu não entendo como um punhado de orações pode atrapalhar nossos planos.

— Sofrimento é um dos pilares da nossa empresa. Um mal necessário. Se ninguém tiver medo, podem se recusar aos planos de Lúcifer. Ou pior... O que aconteceria se todos no Inferno começassem a rezar?

— Poderíamos perder almas?

— Sim, o legítimo arrependimento é capaz disso. Algo que eu nunca vi por aqui.

— Exterminem o desgraçado. Pronto. Problema resolvido.

— E torná-lo um mártir? Aqui? Suas palavras já se espalharam pelos corredores, não temos como extingui-lo sem que os outros imaginem que Nôa acendeu aos Céus. É arriscado demais, Lucrécia.

— Tá certo, grandalhão. É para isso que me pagam, não é mesmo? Apesar de detestar o cheiro daquele lugar, vou falar com nosso amigo.

— Não vai precisar descer. Conhecendo você, eu me antecipei. Nôa está do outro lado da porta.

Lucrécia não ficou muito satisfeita com a notícia. Geralmente o elemento surpresa do Inferno era ela. Mas ficou satisfeita em perceber que Aim estava aprendendo depressa. Ela sorriu complacente, acariciou o cabo de marfim de sua bengala e pediu que ele trouxesse o homem.

Antes de entrarem, ouviu um gemido doloroso, seguido por um pedido de desculpas. Aim deve ter dado uma lição no pobre coitado, mas ele bem que merecia.

O que entrou na sala era uma versão estilhaçada de Nôa. Suas roupas estavam rasgadas, a mochila em suas costas, impregnada de

sujeira. O ferimento em seu pescoço vazava algo amarelado e visco-
so. Lucrécia repensou aquela audiência assim que botou os olhos nele.

— Pode nos deixar a sós, Aim.

— Tem certeza? — ele perguntou (em grande parte porque não
queria ser deixado de fora daquela conversa). Lucrécia assentiu e só
tornou a falar quando Aim voltou a atravessar a porta.

— Soube que tem causado problemas, Nôa.

— Eu? Não sou eu o problema desse lugar. Eu fiz o que vocês precisavam lá em cima, cumpri minha parte e recuperei as porcarias do menino cigano. E então vocês me deixam apodrecendo naquela cela nojenta.

— O que você fez se tornou irrelevante agora que temos Lester.
E não vamos esquecer que você tentou sacanear Lúcifer.

— Eu errei com o patrão, concordo. Mas não podem desprezar o que
eu fiz. Como teriam Marcos Cantão se eu não tivesse encontrado a estatueta? Como você teria descido as escadas se eu não tivesse descoberto
a tinta daquele cigano maldito? Estão sendo injustos, Lucrécia. Qualquer
lugar é melhor que o principado de merda do seu chefe, mesmo o Limbo.

— Falar sobre o que não conhece pode ser perigoso, Nôa. Sugiro
que tenha cuidado com o que escapa da sua boca. Podemos costurá-
-la, sabia? Seria a maneira mais simples de acabar com sua influência.

Nôa recuou um passo. Pelo que ouvira nos corredores, Lucrécia
Trindade nunca blefava.

— Eu estou nervoso, tá bom? Olha para mim. Que droga, Lucrécia,
eu estou apodrecendo naquela prisão. O que eu digo sobre o Inferno
se resume ao que vocês me mostram. Poderia ser diferente se me des-
sem uma chance.

— E o que propõe, sr. Nôa? Alguém tão esperto e ousado como você
deve ter um plano e tanto dentro da cabeça.

Nôa engoliu um pouco de saliva seca e percebeu que não precisava mais do tubinho em seu pescoço para respirar. Também notou que
seu odor melhorara bastante desde que entrara na sala. Encarou como
um bom sinal, o primeiro que teve no Inferno. Lucrécia explicou a ele.

— Pode tirar essa porcaria do seu pescoço. E se eu gostar de sua
proposta, não vai mais precisar dele.

Nôa obedeceu e apesar da expectativa de que o sangue jorrasse do
ferimento, aconteceu o oposto. Tão logo o tubinho de acrílico deixou
a carne, uma pele novinha cicatrizou o ferimento.

— Quero ser um de vocês. Um dos caras que vai lá para cima e tor-
ce a cabeça dos vivos. É isso o que vocês fazem, não é?

— Fazemos bem mais que isso, Nôa. E o que me pede está fora do meu alcance. Lúcifer ainda está decepcionado com você, muito decepcionado.

— Faço o que for preciso. Podem me arrancar a pele se for necessário. Faço qualquer coisa que não seja perecer na miséria do andar de baixo.

Miséria, a ferramenta preferida do Inferno. Lucrécia vasculhou o olhar do homem à sua frente e tudo o que descobriu foi sinceridade. Isso a motivou a recuar até a mesa e procurar alguns papéis. Nôa ficou onde estava, controlando a vontade que sentia de implorar novamente. Lucrécia estudou várias folhas, só encontrou o que procurava em duas delas. Apanhou os papéis e, ainda de pé, disse a Nôa:

— Para sair do primeiro nível, você deixará de ser humano. Com isso, Lúcifer pode concordar.

— E o que eu me tornaria?

— O que me pediu. Um Damaled. Alguém que não tem mais a pele humana sobre a carcaça, pelo menos aqui no Inferno. Se você fizer tudo direito, se cumprir as missões que vou lhe oferecer, talvez tenha algo a oferecer a Lúcifer.

— Mas eles são horríveis! — disse Nôa.

— Olhe bem para você mesmo. Não está muito melhor que um Damaled. Seu cheiro é até pior que o deles.

Nôa continuava inquieto, olhava em várias direções, ainda não estava convencido.

— Não é um pós-vida ruim, Nôa. Um Damaled sempre tem um lugarzinho na Terra. Além disso, eles se especializam aqui embaixo, ganham poderes e favores. Dois ou três já conseguiram subir de cargo e retomar a forma humana. Mas não é uma tarefa fácil, você vai precisar ser inteligente e perspicaz, algo que tem demonstrado inutilmente no andar de baixo.

— Posso ver minha Liza?

— Não. Não importa o que você faça, nunca chegará onde ela está.

— Posso voltar a pintar?

— Falarei com o cigano. Se ele concordar, você poderá ajudá-lo. E Nôa, cá entre nós, isso é bem mais do que você merece.

— Vai doer?

Lucrécia não conteve o riso.

— Vai doer muito, mas só no final da transformação. Será como se arrancassem sua pele pela cabeça. — Colocou as folhas abertas sobre a mesa e as mãos sobre elas. Fechou o sorriso e disse a Nôa: — A decisão é sua, sempre foi. Tenho a saída da jaula em minhas mãos, mas não posso girar a chave por você.

Nôa gastou alguns segundos rememorando o andar inferior. Seu cheiro, o ruído incessante dos choros, os condenados que agora chegavam às centenas. Também pensou na Terra. Depois que estivesse no andar de cima, daria um jeito de se divertir, mesmo que fosse rabiscando obscenidades em um espelho.

— Eu concordo, Lucrécia. Mas quero sua palavra que existe uma chance de recuperar minha identidade.

Lucrécia deu sua palavra a ele. Em seguida, explicou o que se espera de um Damaled. Coisas como aterrorizar os vivos e prestar obediência incondicional a Aim, sobretudo a Lúcifer. Também dissertou sobre o que ele poderia fazer ou não no andar de cima, e era uma lista bem grande.

Por fim, quando Nôa absorveu o que pôde das informações, ela explicou do que se tratavam os papéis à sua frente.

— Temos dois casos, Nôa. Ou melhor, 153.342. Esse será seu nome a partir de hoje. E você ficará com ele enquanto o Inferno quiser.

— Isso não é um nome...

— É o que tem para hoje, Nôa. Aceite ou pode voltar lá para baixo.

— Tudo bem. Eu precisava tentar... O que tem nesses papéis?

— Casos mal resolvidos; chamo de oportunidades. O primeiro é um garoto. Um caso clássico de bullying. Seu nome é Serginho e ele precisa de uma forcinha para abraçar o Lu. O garoto é bom, mas ele ainda não sabe disso. Sua função, Nôa, é acelerar o processo.

— Fazer o garoto enfrentar os valentões? — perguntou. Nôa estava sorrindo, sem perceber que muitos dos seus dentes estavam indo embora. Sua pele também perdia os pelos, algo que ele descobriria em breve. Também perceberia que seu pênis perderia completamente a utilidade.

— Achei que fosse gostar. Mas é o segundo caso que o colocará entre os preferidos do Lu. Isso se fizer tudo certo. O nome do sujeito é José Bento. É um religioso e está evitando Lúcifer há anos. O chefe às vezes cisma com alguém, creio que seja apenas para provocar o senhor das nuvens. Se você convencê-lo, me dará forças para ajudá-lo a conseguir novos favores.

Havia algo novo nos olhos de Nôa. Ele estava realmente gostando do que ouvia. Talvez estivesse imaginando o que faria com os escolhidos, tecendo planos e ideias. Entretanto, quando ele olhou para a porta às suas costas, aquela expressão suave derreteu como gelo.

— Só uma coisa me incomoda, Lucrécia. O homem do outro lado da porta. Aim me detesta.

— Ele é um demônio. Vai parar de detestá-lo quando você se tornar um deles. Você vai precisar de Aim, como eu mesma precisei. Sabe, Nôa, dizem muitas coisas sobre o Inferno, mas algo que é comum nos três reinos é que, sem cooperação, ninguém chega a lugar algum. Agora, se já terminamos, tenho trabalho a fazer.

Lucrécia voltou a guardar as folhas dentro de sua pasta e Aim adentrou a sala, como se soubesse exatamente sobre o novo acordo firmado. Ele encarou Nôa e dispensou um risinho ao notar um tufo de cabelos no chão.

— Pode me esperar do lado de fora, 153.342. Já falo com você.

Nôa engoliu a vontade de fazer outras perguntas e se retirou. Seus olhos estavam bovinos, recrutados, ele começava a gostar muito de Aim, embora não soubesse bem por quê.

Quando a porta se recostou novamente, Aim tinha suas próprias inquietações. Lucrécia não deixou de notar, mesmo com o rápido olhar que dispensou a ele.

— Vai ficar me encarando ou vai dizer logo o que o está incomodando você?

Surpreso como sempre com o poder de observação daquela fêmea humana, Aim confessou a ela:

— Temo que ele abra a boca e contamine outros Damaleds com sua língua solta. E não é só isso. Lucrécia, todas essas mudanças... O Inferno não é mais o mesmo. Você tem certeza que tudo o que está sendo planejado dará certo?

Ela colocou seus papéis embaixo do braço, apanhou a bengala e parou bem perto de Aim.

— Tenho sim. Como dizem, estou tão certa quanto o Inferno é quente.

PACTO DE SANGUE

Tudo bem, foi uma grande jornada. Você terminou de ler meu livro, espero que tenha gostado, tenho fé de que o recomende aos amigos mais destemidos, mas... eu seria uma canalha se não dividisse algumas palavras.

Desde que comecei a escrever, tive ajuda de bastante gente — mesmo sem ter quase nada a oferecer e muito a pedir. Aqui escrevo os nomes de algumas delas, representando todos os novos parceiros que porventura não figuram nessa lista. A maioria dessas pessoas incríveis, de uma forma ou de outra, acabou participando de minhas histórias. Todos são igualmente importantes, portanto, isso não é um ranking.

Meus sinceros agradecimentos aos primeiros parceiros (e hoje amigos): Rafa Filth Michalski, Samuel Calmon, Alexandre "Afobório" Durigon, Karina Belo, Rubens Pereira Junior, Everaldo Rodrigues, Weslley Machado, William de Oliveira, Assis Oluaféfé, Lucas Dallas, Neide Silva, Aline Prates, Rafael Machado, Giani Plata, José "Jam" Antônio Moreira, Gabriel Barbosa Souza, Frodo de Oliveira, Guilherme Sakuma, Alexandre Callari, Rosana Mierling, Tiago Toy, Tênisson Filho, Duda Falcão, Oscar Mendes Filho, Nelson Alexandre, Paul Richard Hugo, Luiz Maldonalle e Gustavo L. Perosini. Também agradeço aos meus primeiros leitores incansáveis: Felipe Teixeira,

Cris Silva e Lucas Souza (vocês são demais!), e aos sempre incríveis BookTubers do terror (Everaldo, Rubens, Lucas e Neide) por me proporcionarem minha primeira entrevista em vídeo. Agradeço ao C.L.A.E. e a todos os seus membros (vocês não imaginam o quanto me ajudaram). Não posso deixar de mencionar os amigos da rede, vocês são parte de minha família. E, falando em família, agradeço a todos vocês através de minha esposa, Dante e Sarah.

Muitos profissionais fizeram desse projeto algo que me manterá de cabeça erguida por longos anos. Meu abraço sangrento a todos os magos da Casa da Caveira. Editores, idealizadores, promotores e revisores. Falo de Chucky, Tio Chico, Annabelle, Holy Jesus, Primo It, Egon (e de seu enorme cuidado e sua paciência), Gato Preto, Mãozinha, Wandinha, Black Phillip, Freddy Krueger, Elvira e de todo pessoal ultracompetente que hoje divide parte de seu tempo comigo. Vocês são incríveis!

Bem, meus leitores e amigos, isso era o que eu tinha a dizer. Estendo meus agradecimentos a todos os que leram — gostando ou não — pelo menos uma linha de meu trabalho. Agora deixo vocês com o que conheço bem: o medo! Cubram-se com o lençol dos pés à cabeça quando resolverem dormir (isso sempre funciona comigo...).

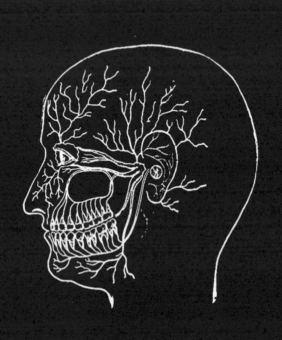

Nascido em 1977, em Monte Alto, São Paulo, foi apenas recentemente que CESAR BRAVO deu voz à sua relação visceral com a literatura. Durante sua vida, já teve diversos empregos — ocupando cargos na indústria da música, na construção civil e no varejo. É farmacêutico de formação. Bravo publicou suas primeiras obras de forma independente, e em pouco tempo ganhou reconhecimento dos leitores e da imprensa especializada. É autor e coautor de contos, romances, enredos, roteiros e blogs. Transitando por diferentes estilos, possui uma escrita afiada, que ilumina os becos mais escuros da psique humana. Suas linhas, recheadas de suspense, exploram o bem e o mal em suas formas mais intensas, se tornando verdadeiros atalhos para os piores pesadelos humanos. Saiba mais em facebook.com/cesarbravoautor.

"O homem cava seu túmulo com o garfo diariamente."
— Mahatma Gandhi

SACIANDO A FOME NA PRIMAVERA DE 2016

DARKSIDEBOOKS.COM